황정견시집주 2
黃庭堅詩集注

Anotations of Hwang Jeong-gyeon's Poems

옮긴이

박종훈 朴鍾勳 Park Chong-hoon
지곡서당(芝谷書堂)에서 한학(漢學)을 연수했으며, 조선대학교 국어국문학부(고전번역전공)에 재직 중이다.

박민정 朴玟貞 Park Min-jung
고려대학교에서 중국고전시 박사학위를, 중국저장대학(浙江大學)에서 대외한어교학 박사학위를 취득했다. 현재 세종사이버대학교 국제학과 교수로 재직 중이다.

이관성 李灌成 Lee Kwan-sung
곡부서당에서 서암 김희진 선생에게 한문을 배웠다. 현재 퇴계학연구원에 재직 중이다.

황정견시집주 2

초판발행 2024년 8월 15일

지은이 황정견
옮긴이 박종훈・박민정・이관성

펴낸이 박성모
펴낸곳 소명출판
출판등록 제1998-000017호
주소 06641 서울시 서초구 사임당로14길 15 서광빌딩 2층
전화 02-585-7840
팩스 02-585-7848
이메일 somyungbooks@daum.net
홈페이지 www.somyong.co.kr

ISBN 979-11-5905-916-2 94820
979-11-5905-914-8 (전14권)
정가 37,000원

ⓒ 박종훈・박민정・이관성, 2024

이 저서는 2019년 대한민국 교육부와 한국연구재단의 지원을 받아 수행된 연구임 (NRF-2019S1A5A7069036).
This work was supported by the Ministry of Education of the Republic of Korea and the National Research Foundation of Korea (NRF-2019S1A5A7069036).

한국연구재단
학술명저번역총서

황정견시집주 2
黃庭堅詩集注

Anotations of Hwang Jeong-gyeon's Poems

황정견 저

박종훈 · 박민정 · 이관성 역

일러두기

1. 본 번역은 『黃庭堅詩集注』(전5책)(北京 : 中華書局, 2007)를 저본으로 삼았다.
2. 위 저본에 있는 '교감기'는 해당 구절의 원문에 각주로 붙였고 '[교감기]'라고 표시해 두어, 번역자가 붙인 각주와 구별했다.
3. 서명과 작품명이 동시에 나올 때는 '『 』'로 모았고, 작품명만 나올 때는 '「 」'로 처리했다.
4. 번역문과 원문 중에 나오는 소자(小字)는 【 】로 표시해 묶어 두었다.
5. 번역문과 원문 중에 나오는 '○'는 저본에 있는 것을 그대로 옮겨온 것으로, 주석 부분에 추가로 주석을 붙인 부분이다.
6. 번역문에는 1차 인용, 2차 인용, 3차 인용까지 된 경우가 있는데, 모두 큰따옴표("")로 처리했다.

1. 황정견은 누구인가?

황정견黃庭堅, 1045~1105은 북송北宋의 대표 시인으로, 자는 노직魯直, 호는 산곡山谷 또는 부옹涪翁이며 홍주洪州 분녕分寧, 지금의 장시江西성 슈수이修水 사람이다. 소식蘇軾, 1036~1101의 문하생 중 가장 핵심적인 인물로, 장뢰張耒·조보지晁補之·진관秦觀 등과 함께 '소문사학사蘇門四學士'로 불린다. 어릴 때부터 총명했던 황정견은 23세에 진사에 급제하여 국사편수관까지 역임했으나 이후 여러 지방관과 유배지를 전전하는 등 벼슬길이 순탄치 않았다. 두보杜甫, 712~770를 존경했고 소식의 시학詩學을 계승했으며, 소식과 함께 소·황蘇·黃으로 불린다.

중국시가의 최고 전성기라 할 수 있는 당대唐代를 뒤이어 등장한 북송의 시인들에게는 당시에서 벗어난 송시만의 특징을 만들어 내야 하는 일종의 숙명이 있었다. 이러한 숙명은 북송 초 서곤체에 의해 시도되었으며 북송 중기에 이르러 비로소 송시다운 시가 시대를 풍미하기에 이르렀다. 황정견이 그 중심에 있었으며 그를 중심으로 진사도陳師道 등 25명의 시인이 황정견의 문학을 계승하며 하나의 유파로 활동했다. 이들을 일컬어 '강서시파江西詩派'라 했는데, 이 명칭은 남송 여본중呂本中, 1084~1145의 『강서시사종파도江西詩社宗派圖』에서 비롯되었다. 25인 모두 강서江西 출신은 아니지만, 여본중은 유파의 시조인 황정견이 강서

출신이라는 점에서 강서시파로 붙인 것이다. 시파의 성원들은 모두 두보를 배웠기에 송대 방회方回, 1227~1305는 두보와 황정견, 진사도, 진여의陳與義를 강서시파의 일조삼종一朝三宗이라 칭하였다.

여본중이 『강서종파시집江西宗派詩集』 115권을 편찬했으며, 뒤이어 증굉曾紘, 1022~1068이 『강서속종파시江西續宗派詩』 2권을 편찬했다. 송대 시단에 있어서 황정견의 영향력은 남송南宋에까지도 미쳤는데, 우무尤袤, 양만리楊萬里, 범성대范成大, 육유陸游, 소덕조蕭德藻 같은 남송의 대가들도 모두 그 풍조에 영향을 받았다. 황정견강서시파의 시풍詩風은 송대 뿐만 아니라 원대元代 및 조선의 시단에도 적지 않은 영향을 미쳤다.

2. 북송의 시대 배경과 문학풍조

송나라는 개국開國 왕조인 태조부터 인종조仁宗朝를 거치면서 만당晚唐・오대五代의 장기간 혼란했던 국면이 어느 정도 정리되어 나라가 안정되고 백성들의 생활환경 또한 비교적 안정을 찾게 되었다. 전대前代의 가혹했던 정세가 완화됨에 따라 농업이 급속도로 발달하였고 안정된 농업의 경제적 기초 위에서 상공업이 번창하고 번화한 도시가 등장하는 등 사회 전반에 걸쳐 전대에 비해 상당한 풍요를 구가하게 되었다. 이처럼 사회 전체가 안정되고 발전함에 따라 일반 백성들은 점차 단조로운 것보다는 복잡하고 화려한 것을 추구하게 되었다. 시대적·사회적 환경은 곧 문학 출현의 배경이고, 문학은 사회생활이 반영된 예술이라고 할 만큼 불가분의 관계에 있다. 유협劉勰이 "문학의 변천은 사회 정황에 따르다文變染乎世情, 興廢繫乎時序"고 한 것처럼, 사회의 각종 요인은 문학적 현상을 결정하기 때문에 이러한 요소의 변화는 필연적으로 문학 풍조의 변혁을 동반한다. 송초 시체詩體의 변천은 이러한 사실을 보여주는 객관적인 증거이다. 특히 송대에는 일찍부터 학문이 중시되었다. 이는 주로 군주들의 독서열과 학문 제창으로 하나의 사회적 풍조로 자리잡게 되어 송대의 중문중학重文重學적 분위기가 마련되었다.

중국 시가의 전성기라 할 수 있는 당대唐代가 마무리되고 뒤이어 등장한 북송 초는 중국시가발전사 측면에서 보면 일종의 '답습의 시기'이면서 '개혁의 시기'였다고 할 수 있다. 이 시기 시단에서는 백체白體, 만당체晩唐體, 서곤체西崑體 등 세 시풍이 크게 유행했다. 이중 개국 초 성세기상盛世氣象 및 시대 분위기와 사람들이 추구하던 심미취향에 매우 적합했던 서곤체가 시간상 가장 늦게, 가장 긴 기간 동안 성행했고 결과적으로 이러한 시대적 문학적 요구는 황정견 시를 통해 꽃을 피우며 북송 시단 및 송대 시단을 대표하게 되었다.

3. 황정견 시의 특징과 시사적 위상

황정견은 시를 지을 때 힘써 시의 표현을 다지고 시법을 엄격히 지켜 한 마디 한 글자도 가벼이 쓰지 않았다. 황정견은 수많은 대가들을 본받으려고 했지만, 그중에서도 두보杜甫를 가장 존중했다. 황정견은 두보시의 예술적인 성취나 사회시社會詩 같은 내용 측면에서의 계승보다는, 엄정한 시율과 교묘巧妙한 표현 등 시의 형식적 측면을 본받으려 했다. 『창랑시화滄浪詩話』·『시인옥설詩人玉屑』·『허언주시화許彥周詩話』·『후산시화后山詩話』·『왕직방시화王直方詩話』·『초계어은총화苕溪漁隱叢話』 등에 보이는 황정견 시론의 요점을 정리하면 대략 다음과 같다.

첫째, 시의 조구법造句法으로서의 환골법換骨法과 탈태법奪胎法이다. 이에 대해 황정견은 "시의 의미는 무궁한데 사람의 재주는 한계가 있다. 한계가 있는 재주로 무궁한 의미를 좇으려고 하니, 비록 도잠과 두보라고 하더라도 공교롭기 어렵다. 원시의 의미를 바꾸지 않고 그 시어를 짓는 것을 환골법이라고 하고, 원시의 의미를 본떠서 형용하는 것을 탈태법이라고 한다[詩意無窮, 而人才有限. 以有限之才, 追無窮之意, 雖淵明少陵, 不得工也. 不易其意而造其語, 謂之換骨法. 規摹其意而形容之, 謂之奪胎法]"라고 한 바 있다『시인옥설(詩人玉屑)』에 보인다. 이로 보건대, 황정견이 언급한 환골법은 의경을 유사하게 하면서 어휘만 조금 바꾼 것을 일컫고, 탈태법은 의경을 변형하여 사용하는 방법이라고 할 수 있다.

예를 들면, 당대唐代 유우석劉禹錫의 "멀리 동정호의 수면을 바라보니, 흰 은쟁반 속에 하나의 푸른 고동 있는 듯[遙望洞庭湖水面, 白銀盤里一靑螺]"를 근거로 황정견이 "아쉬워라, 호수의 수면에 가지 못해, 은빛 물결 속에서 푸른 산을 보지 못한 것[可惜不當湖水面, 銀山堆裏看靑山]"이라 읊은 것은 환골법이고 백거이白居易의 "사람의 한평생 밤이 절반이고, 한 해의 봄철은 많지 않다오[百年夜分半, 一歲春無多]"라 한 것을 기반으로 황정견이 "한평생 절반은 밤으로 나눠 흘러가고, 한 해에도 많지 않노니 봄 잠시 오네[百年中去夜分半, 一歲無多春再來]"라고 읊은 것은 탈태법이다. 황정견이 환골법과 탈태법을 활용한 작품에 대해서는 『시인옥설詩人玉屑』에서 언급한 바 있다.

둘째, 요체拗體의 추구이다. 요체란 근체시의 평측平仄 격식을 반드시 엄정하게 따르지는 않은 것을 말한다. 이를테면, 평성이 들어가야 할 자리에 측성을 두거나 측성의 위치에 평성을 두어 율격적 참신성을 획득하는 방식으로 두보와 한유韓愈도 추구했던 것이다. 황정견은 더욱 특이한 표현을 추구하기 위해 시율에 어긋나는 기자奇字를 자주 사용하면서 강서시파 특징 중 하나가 되었다. 이와 관련하여, 송대 위경지魏慶之가 찬술한 『시인옥설詩人玉屑』에 '촉구환운법促句換韻法'과 '환자대구법換字對句法' 등을 소개하면서, "기세를 떨쳐 평범하지 않으려는 의도에서 비롯되었다. 이전에는 이러한 체제로 시를 지은 사람은 없었는데, 오직 황정견이 그것을 바꾸었다[欲其氣挺然不群, 前此未有人作此體, 獨魯直變之]"라는 평어가 보인다.

　셋째, 진부한 표현이나 속된 말을 배척하고 특이한 말과 기이한 표현을 추구했다. 구체적으로는 술어를 중심으로 평이한 글자를 기이하게 단련鍛鍊시켰고 조자助字의 사용에 힘을 특히 기울였으며, 매우 궁벽하고 어려운 글자를 사용했고 기이한 풍격을 형성하기 위해 전대前代 시에서 잘 쓰지 않던 비속非俗한 표현을 시어로 구사하여 참신한 의경을 만들어내곤 했다. 이와 관련해 황정견은 "차라리 음률이 조화롭지 않을지언정 구句를 약하게 만들지 말아야 하며, 차라리 글자 구사가 공교롭지 않을지언정 시어를 속되게 만들어서는 안 된다[寧律不諧, 而不使句弱. 寧用字不工, 不使語俗]"라고 했으며『시인옥설(詩人玉屑)』, 황정견의 시구 중에는 "다른 사람을 따라 계획을 세우는 것은 결국 사람에게 뒤지게 된다[隨人作計終後時]"라는 구절과 "문장에게 가장 피해야 할 것은 다른 사람을 따라 짓는 것이다[文章最忌隨人後]"라는 구절도 있다.
　또한 엄우嚴尤는『창랑시화滄浪詩話』에서 "소식과 황정견에 이르러 비로소 자신의 기법에서 나온 것을 시로 여기며, 당대 시인들의 시풍에서 벗어난 것이다. 황정견은 공교로운 말을 쓰는 것이 더욱 심해졌고, 그 후로 시를 짓는 자리에서 황정견의 시풍이 성행했는데 세상에서는 '강서종파'라 불렀다[至東坡山谷始自出己法以爲詩, 唐人之風變矣. 山谷用工尤深刻, 其後法席盛行, 海內稱爲江西宗派]"라고 했다. 송대 허의許顗의『허언주시화許彦周詩話』에 "시를 지을 때 평이하고 비루한 기운을 제거하지 않으면 매우 잘못된 작품이 된다. 객이 묻기를 "어떻게 하면 그런 것을 제거할 수 있습니까"라 하였다. 이에 내가 "당의 의산 이상은의 시와 본조 황정견의 시를 숙독하여 깊이 생각하면 제거할 수 있다"라고 대답했다作詩淺易鄙陋之氣不除, 大可惡. 客問, 何從去之. 僕曰, 熟讀唐李義山詩與本朝黃魯直詩而深思之, 則去也"라는 구절이 보인다. 이밖에 『후산시화后山詩話』이나 『왕직방시화王直方詩話』 및 『초계어은총화苕溪漁隱叢話』 등에도 황정견이 시어 사용에 있어서의 기이한 측면에 대한 언급이 보인다.

넷째, 전고典故의 정밀한 사용을 추구했다. 이는 황정견 시론의 "한 글자도 유래가 없는 것은 없다[無一字無來處]"와 연관된다. 강서시파는 독서를 중시했는데, 이것은 구법의 차원에서 전대 시의 장점을 수용하기 위한 것이지만, 이는 전고의 교묘巧妙한 활용이라는 결과로 표현되기도 했다. 그러면서 전인의 전고를 그대로 답습하지 않고 자신의 의도에 맞게 변용했다.

이와 같은 황정견의 환골탈태법과 요체와 기이한 표현 및 전고의 활용이라는 창작법에 대해 부정적 평가도 적지 않다. 『예원치원』에서는 "시격이 소식과 황정견으로부터 변했다고 한 논의는 옳다. 황정견의 뜻은 소식이 불만스러워 곧바로 능가하려 했는데도 소식보다 못하다. 어째서인가? 교묘하게 하려고 하면 할수록 졸렬해지고 새롭게 하려고 하면 할수록 진부해지며, 가까워지려고 하면 할수록 멀어지기 때문이다[詩格變自蘇黃, 固也. 黃意不滿蘇, 直欲凌其上, 然故不如蘇也. 何者. 愈巧愈拙, 愈新愈陳, 愈近愈遠]", "노직 황정견은 소승이 되기에는 부족하고 다만 외도일 따름이며, 이미 방생 가운데 빠져 있었다[魯直不足小乘, 直是外道耳, 已墮傍生趣中]", "노직 황정견은 생경生硬한 기법을 구사했는데 어떤 경우는 졸렬하고 어떤 경우는 공교로우니, 두보의 가행체에서 본받았다[魯直用生拗句法, 或拙或巧, 從老杜歌行中來]"라고 평가했다. 이러한 부정적 평가는 황정견 시의 파급력에 대한 반증이기도 하다. 황정견을 중심으로 한 강서시파가 당대當代는 물론 후대 및 조선의 문인들에도 적지 않은 영향을 미쳤다.

한국 한시는 중종中宗 연간에 큰 성과를 이루어 이행李荇, 1478~1534, 박상朴祥, 1474~1530, 신광한申光漢, 1484~1555, 김정金淨, 1486~1521, 정사룡鄭士龍, 1491~1570, 박은朴誾, 1479~1504 등의 시인을 배출했고 선조宣祖 연간에는 이를 이어 노수신盧守愼, 1515~1590, 황정욱黃廷彧, 1532~1607, 최경창崔慶昌, 1539~1583, 백광훈白光勳, 1537~1582, 이달李達, 1539~1612 등 걸출한 시인을 배출했다. 이때 우리 한시의 흐름은 고려 이래 지속되어 온 소식을 위주로 한 송시풍宋詩風의 연장선상에 있다가, 황정견과 진사도를 배우게 되었으며, 다시 변해 당시唐詩를 배우게 되었다. 이에 따라 이 시기 시인은 송시를 모범으로 삼는 부류와 당시를 모범으로 삼는 경우로 대별된다. 또한 송시를 모범으로 삼는 경우도 다시 소식을 배우고자 했던 인물과 황정견이나 진사도를 배우고자 했던 인물로 나눌 수 있다. 그만큼 황정견의 영향력이 컸다는 것을 알 수 있다.

황정견과 진사도를 배웠다고 언급되는 시인으로는 박은, 이행, 박상, 정사룡, 노수신, 황정욱 등을 들 수 있다. 이들은 각기 한 시대를 대표하는 시인으로, 우리 한시사韓詩史에서 심도 있게 다루어지고 있다. 이들 시인을 '해동강서시파海東江西詩派'라고 규정하고 있는데, 그 이유는 황정견과 진사도로 대표되는 '강서시파'의 영향력 아래에서 찾아볼 수 있다.

이인로李仁老, 1152~1220는 『보한집補閑集』에서 "소식과 황정견의 문집을 읽는 것이 좋은 시를 짓는 방법이다"라고 했으니, 고려 중기에 황정견의 문집이 유통되고 있었음을 확인할 수 있다. 이후 공민왕恭愍王 때에는 『산곡시집주山谷詩集註』가 간행되었고 조선조에는 황정견을 중심으로 한 강서시파 시인의 작품을 뽑은 시선집이나 문집이 여러 차례 간행되었다. 안평대군安平大君도 황정견 등을 포함한 『팔가시선八家詩選』을 엮었고 황정견 시를 가려 뽑아 『산곡정수山谷精粹』를 엮은 바 있다. 성종成宗 때에도 한 차례 황정견 시집을 간행했고 성종의 명으로 언해諺解를 시도했지만 실행되지는 못했다. 이후 유호인俞好仁, 1445~1494이 『황산곡집黃山谷集』을 발간하였고 중종에서 명종 연간에 황정견의 문집이 인간印刊되었다. 황정견 시문집에 대한 잇닿은 간행은 고려와 조선의 시인들이 지속적으로 강서시파를 배우고자 했다는 당대當代 시단의 흐름을 반영한 것이다.

고려시대부터 조선 초기까지 강서시파의 영향을 확인할 수 있는 시인으로 이인로李仁老, 임춘林椿, ?~?, 이담李湛, ?~?, 이색李穡, 1328~1396, 신숙주申叔舟, 1417~1475, 성삼문成三問, 1418~1456, 조수趙須, ?~?, 김종직金宗直,

1431~1492, 홍귀달洪貴達, 1438~1504, 권오복權五福, 1467~1498, 김극성金克成, 1474~1540, 조신曺伸, 1454~1529 등 셀 수 없을 정도이다. 이러한 흐름은 두보의 시를 배우고자 한 것으로 파악되는데, 앞서 보았듯이 황정견이 두시杜詩를 가장 잘 배웠다고 칭송되고 있었기에, 황정견을 통해 두보의 시에 접근해 보려는 노력도 깔려있었다고 할 수 있다. 정사룡도 이달에게 두시를 가르쳤고 노수신은 그의 시가 두시의 법도를 얻은 것으로 평가되고 있으며, 황정욱도 두보의 시를 엿보고 있다는 지적을 받고 있다. 그 밖에 박은, 이행, 박상의 시가 두시의 숙독에서 나온 것을 작품의 도처에서 확인할 수 있다. 이러한 경향으로 볼 때, 두보의 시를 배우는 한 일환으로 강서시파의 핵심인 황정견에 관심을 기울인 것으로 보인다. 이 밖에도 조선 초 화려한 대각臺閣의 시풍에 대한 반발도 강서시파의 작품을 배우고자 하는 한 배경으로 작용했다.

지속적인 강서시파 관련 서적의 수입과 인간印刊을 바탕으로 강서시파에 대한 학습이 고려에서부터 조선 초까지 지속되었고 이를 배경으로 강서시파를 배우고자하는 움직임이 성종 연간에 집중적으로 나타났으며, 한시사에게 거론되는 주요 시인들이 등장하게 되었다. 이러한 연장선상에서 소위 '해동강서시파'가 출현하게 된다.

해동강서시파는 강서시파의 영향을 받고 이에 따라 유사한 시풍을 견지했던 일군의 시인을 지칭하는 개념이다. 이 점에서 해동강서시파는 강서시파의 시풍이나 창작방법론을 대거 수용하고 이에서 한 걸음 더 나아가 자신만의 변용을 꾀한 시인들이라 평가할 수 있다. 황정견을 위주로 한 강서시파를 배웠다고 언급되는 해동강서시파의 시인으로는 박은, 이행, 박상, 정사룡, 노수신, 황정욱 등을 들 수 있다. 이들 시인들이 강서시파의 배웠다는 구체적인 기록도 남아 있다.

해동강서시파의 시가 중국 강서시파의 작법을 수용했다는 것은 단순히 자구를 모방하는 차원의 것이 아니라, 시를 쓰는 법을 배워 우리의 정서와 실정에 맞는 시를 쓰기 위해 노력한 것이다. 결국 해동강서시파의 작품에 대한 올바른 접근은 강서시파에 대한 접근에서부터 비롯되어야 한다. 시작법을 어떻게 수용하고 있는지, 또 어떠한 변용이 이루어진 것인지에 대한 입체적인 접근이 있어야만 해동강서시파에 대한 올바른 평가를 내릴 수 있다. 그 출발점이 바로 해동강서시파에 지대한 영향을 미쳤던 황정견 문집에 대한 완역이다.

4. 『황정견시집주黃庭堅詩集注』는?

『황정견시집주』는 북경北京 중화서국中華書局에서 2007년에 출간한 책이다. 전5책으로 『산곡시집주山谷詩集注』 권1~20, 『산곡외집시주山谷外集詩注』 권1~17, 『산곡별집시주山谷別集詩注』 상·하, 『산곡시외집보山谷詩外集補』 권1~4, 『산곡시별집보山谷集別集補』 권1로 구성되어 있다.

『산곡시집주』 권1~20은 송宋 임연任淵이, 『산곡외집시주』 권1~17

은 송宋 사용史容이, 『산곡별집시주』 상·하는 송宋 사계온史季溫이 각각 주석을 붙여놓은 것이다. 『산곡시외집보』 권1~4와 『산곡시별집보』 권1은 청淸 사계곤謝啓崑이 엮은 것이다.

『황정견시집주』의 체계와 구성을 정리하면 다음 표와 같다.

책	권	비고
제1책	집주(集注) 권1~9	임연(任淵) 주(注)
제2책	집주(集注) 권10~20	
제3책	외집시주(外集詩注) 권1~8	사용(史容) 주(注)
제4책	외집시주(外集詩注) 권9~17	사용(史容) 주(注)
제5책	별집시주(別集詩注) 上·下	사계온(史季溫) 주(注)
	외보유(外補遺) 권1~4	사계곤(謝啓崑) 주(注)
	별집보(別集補)	

각 권에 수록된 시작품 수를 일람하면 다음 표와 같다.

권 수	수록 작품 수	권 수	수록 작품 수
山谷詩集注卷第一	22제(題) 30수(首)	山谷外集詩注卷第三	23제(題) 61수(首)
山谷詩集注卷第二	14제(題) 18수(首)	山谷外集詩注卷第四	18제(題) 31수(首)
山谷詩集注卷第三	19제(題) 30수(首)	山谷外集詩注卷第五	13제(題) 43수(首)
山谷詩集注卷第四	8제(題) 30수(首)	山谷外集詩注卷第六	20제(題) 25수(首)
山谷詩集注卷第五	9제(題) 29수(首)	山谷外集詩注卷第七	27제(題) 31수(首)
山谷詩集注卷第六	28제(題) 29수(首)	山谷外集詩注卷第八	27제(題) 40수(首)
山谷詩集注卷第七	25제(題) 40수(首)	山谷外集詩注卷第九	35제(題) 39수(首)
山谷詩集注卷第八	21제(題) 28수(首)	山谷外集詩注卷第十	30제(題) 33수(首)
山谷詩集注卷第九	28제(題) 44수(首)	山谷外集詩注卷第十一	29제(題) 45수(首)
山谷詩集注卷第十	17제(題) 23수(首)	山谷外集詩注卷第十二	28제(題) 50수(首)
山谷詩集注卷第十一	23제(題) 47수(首)	山谷外集詩注卷第十三	34제(題) 48수(首)
山谷詩集注卷第十二	28제(題) 50수(首)	山谷外集詩注卷第十四	23제(題) 46수(首)
山谷詩集注卷第十三	27제(題) 41수(首)	山谷外集詩注卷第十五	34제(題) 40수(首)

권 수	수록 작품 수	권 수	수록 작품 수
山谷詩集注卷第十四	14제(題) 43수(首)	山谷外集詩注卷第十六	35제(題) 47수(首)
山谷詩集注卷第十五	29제(題) 54수(首)	山谷外集詩注卷第十七	27제(題) 44수(首)
山谷詩集注卷第十六	18제(題) 42수(首)	山谷別集詩注卷上	36제(題) 37수(首)
山谷詩集注卷第十七	25제(題) 29수(首)	山谷別集詩注卷下	25제(題) 46수(首)
山谷詩集注卷第十八	17제(題) 27수(首)	山谷詩外集補卷第一	50제(題) 58수(首)
山谷詩集注卷第十九	28제(題) 45수(首)	山谷詩外集補卷第二	70제(題) 93수(首)
山谷詩集注卷第二十	19제(題) 27수(首)	山谷詩外集補卷第三	91제(題) 138수(首)
山谷外集詩注卷第一	24제(題) 29수(首)	山谷詩外集補卷第四	95제(題) 128수(首)
山谷外集詩注卷第二	22제(題) 30수(首)	山谷詩別集補	25제(題) 28수(首)
총 1,260제(題) 1,916수(首)			

『황정견시집주』에는 총 1,260제題 1,916수首의 시작품이 수록되어 있다. 이 거질의 서적에 임연任淵·사용史容·사계온史季溫·사계곤謝啓崑 이 주석을 부기했는데, 이를 통해서도 황정견의 박학다식함을 재삼 확 인할 수도 있다.

임연·사용·사계온·사계곤은 주석에서 시구의 전체적인 표현이나 단어 및 고사와 관련해『시경』·『논어』·『장자』·『초사』·『문선』·『한 서』·『사기』·『이아』·『좌전』·『세설신어』·『본초강목』·『회남자』·『포 박자』·『국어』·『서경잡기』·『전국책』·『법언』·『옥대신영』·『풍토 기』·『초학기』·『한시외전』·『모시정의』·『원각경』·『노자』·『명황잡 록』·『이원』·『진서』·『제민요술』·『오초춘추』·『신서』·『이문집』·『촉 지』·『통전』·『남사』·『전등록』·『초목소』·『당본초』·『왕자년습유 기』·『도경본초』·『유마경』·『춘추고이우』·『초일경』·『전심법요』·『여씨춘추』·『부자』·『수훤록』·『박물지』·『당서』·『신어』·『적곡자』·『순자』·『삼보결록』·『담원』·『한서음의』·『공자가어』·『당척언』·『극담록』·『유양잡조』·『운서』·『묘법연화경』·『지도론』·『육도삼략』·『금강경』·『양양기』·『관자』·『보적경』 등의 용례를 들어 자세하게 구절의 의미를 부연 설명했다. 또한 두보를 필두로 ·도잠·소식·한유·백거이·유종원·이백·유몽득·소무·이하·좌사·안연년·송옥·장적·맹교·유신·왕안석·구양수·반악·전기·하손·송기·범중엄·혜강·예형·왕직방·사령운·권덕여·사마상여·매요신·유우석·노동·구준·조하·강엄·장졸 등의 작품에 보이는 구절을 주석으로 부연하여 작품의 전례前例와 전체적인 의미를 상세하게 서술했다. 이밖에도 여타의 시화집에 보이는 황정견의 작품과 관련된 시화를 주석으로 부기하여, 작품의 창작배경이나 자신의 상황 및 의미를 자세하게 설명한 있다.

이처럼『황정견시집주』전5책은 황정견 작품의 구절 및 시어詩語 하나하나가 갖는 전례와 창작배경 그리고 구절의 의미 및 전체적인 의미를 상세하게 주석을 통해 소개해 주어, 황정견 작품의 세밀한 이해를 돕고 있다.

5. 향후 연구 전망

황정견과 강서시파에 대한 연구는 지금까지 꾸준히 진행되어 왔다. 그러나 아직까지 황정견 시작품에 대한 전체적인 번역이 이루어지지 않았기에, 구체적인 실상의 일면만을 위주로 하거나 혹은 피상적으로 연구가 진행되었다는 점에서 아쉬움이 남는다. 이에 상세한 주석을 통해 작품에 대한 이해를 돕는『황정견시집주』에 대한 완역은, 부족하나마 후학들에게 실질적으로 황정견 시를 이해하기 위한 토대 내지는 발판의 역할 정도는 할 수 있을 것으로 판단되며, 이를 계기로 유관 연구가 활발하게 진행되기를 기대하는 바이다.

첫째, 중국 문학 연구의 측면에서도 황정견을 중심으로 한 강서시파에 대한 연구가 활발하게 진행 될 것으로 기대한다. 강서시파 시론의 핵심이라고 할 수 있는 시의 조구법造句法으로서의 환골법換骨法과 탈태법奪胎法, 요체拗體의 추구, 진부한 표현이나 속된 말을 배척하고 특이한 말과 기이한 표현을 추구, 전고의 정밀한 사용 등에 대한 실제적인 접근이 이루어질 수 있는 계기가 될 것이며, 이로 인해 황정견뿐만 아니라 강서시파, 그리고 강서시파의 영향을 받았던 원대 시인에 대한 연구가 활발하게 진행 될 것이다.

둘째, 조선 문단에 대한 연구도 활발해질 것으로 기대한다. 고려 이후 지속적인 강서시파 관련 서적의 수입과 인간印刊을 바탕으로 강서시파에 대한 학습이 고려에서부터 조선 초까지 지속되었고 이를 배경으로 강서시파를 배우고자하는 움직임이 성종 연간에 집중적으로 나타났으며, 한시사에게 거론되는 주요 시인들이 등장하게 되었다. 이러한 연장선상에서 소위 '해동강서시파'가 출현했다.

해동강서시파로 지목된 박은朴誾, 이행李荇, 박상朴祥, 정사룡鄭士龍, 노수신盧守慎, 황정욱黃廷彧 등 이외에도 이인로李仁老, 임춘林椿, 이담李湛, 이색李穡, 신숙주申叔舟, 성삼문成三問, 조수趙須, 김종직金宗直, 홍귀달洪貴達, 권오복權五福, 김극성金克成, 조신曹伸 등도 모두 황정견이 주축이 된 강서시파의 영향 하에 있다는 연구 성과도 보고된 바 있다.

이로 보건대, 『황정견시집주』 전5권의 완역은 강서시파의 영향을 받았던, 소위 해동강서시파의 실체를 밝히는데 적지 않은 도움이 될 것으로 보인다. 또한 어떠한 부분에서 적극적으로 수용하려고 했는지, 그 목적이 무엇이었는지에 대한 연구의 초석이 될 것이다. 더불어, 강서시파의 영향 하에서 해동강서시파는 어떠한 변용을 통해, 각 개인의 특장을 살려 나갔는지에 대한 연구도 활발하게 진행될 것이다. 시인 개개인에 대한 접근을 통해, 해동강서시파의 특장을 밝히는데 있어 출발점이 될 것으로 기대한다.

황정견시집의 완역은 황정견 시작품과 중국 강서시파의 실체를 밝힐 수 있는 계기가 될 것이며, 동시에 지속적인 관심을 쏟았던 조선의

해동강서시파의 영향 관계 및 변용에 대한 연구가 본격적으로 진행될
수 있는 초석이 되리라 기대한다.

　　대저 시로써 세상에 이름을 날린 자는 한 글자 한 구절을 반드시 달로 분기로 단련하여 일찍이 함부로 드러내지 않고서 반드시 심사숙고한 바가 있다. 옛날 중산中山 의 유우석劉禹錫이 일찍이 말하기를 '시에 벽자僻字를 사용할 때는 반드시 근거한 바가 있어야 한다'라고 했다. 공考功 송지문宋之問의 「도중한식塗中寒食」에서 "말 위에서 한식을 맞으니, 봄이 와도 당락을 보지 못하네[馬上逢寒食, 春來不見餳]"라고 하였다. 일찍이 '당餳'이란 글자가 벽자임을 의아하게 생각하였는데, 이윽고 『모시毛詩』의 고주瞽注를 읽고 나서 이에 육경 가운데 오직 이 주에서 이 '당餳'자에 대한 설명이 있는 것을 알게 되었다. 경문공景文公 송기宋祁 또한 이르기를 "몽득夢得 유우석이 일찍이 「구일九日」이란 시를 지으면서 '고餻'자를 쓰려고 하였는데 생각해보니 육경에 이 글자가 없어서 결국 쓰지 못하였다"라고 했다. 그러므로 경문공 송기의 「구일식고九日食餻」에서 "유랑은 기꺼이 '고餻'자를 쓰지 않았으니, 세상 당대의 호걸을 헛되이 저버렸어라[劉郞不肯題餻字, 虛負人間一世豪]"라고 했다. 이처럼 전배들의 글자 사용은 엄밀하였으니 이 시주詩注를 짓게 된 까닭이다.

　　본조 산곡山谷 노인의 시는 『이소離騷』와 『시경 · 아雅』의 변체變體를 다하였으며 후산後山 진사도陳師道가 그 뒤를 이어 더욱 그 결정을 맺었다. 그러므로 두 사람의 시는 한 구절 한 글자가 고인古人 예닐곱 명을 합쳐 놓은 것과 같다. 대개 그 학문은 유儒, 불佛, 노老, 장莊의 깊은 이치를 통달하였으며, 아래로 의서醫術, 복서卜筮, 백가百家의 학설에 이르기까지 그 정수를 모두 캐어내어 시로 발하지 않음이 없다.

처음 산곡이 우리 고을에 와서 암곡 사이를 소요할 때 나는 경전經典을 배웠다. 한가한 날에는 인하여 두 사람의 시를 가지고 조금씩 주를 달았는데, 과문하여 그 깊은 의미를 자세히 파악하기 어려운 것이 한스러웠다. 일단 집에 보관하고서 훗날 나와 기호가 같은 군자를 기다려 서로 그 의미를 넓혀 나갔으면 한다.

정회政和 신묘년辛卯年, 1111 중양절重陽節에 쓰다.

大凡以詩名世者, 一字一句, 必月鍛季鍊, 未嘗輕發, 必有所考. 昔中山劉禹錫嘗云, 詩用僻字, 須要有來去處. 宋考功詩云, 馬上逢寒食, 春來不見餳. 嘗疑此字僻, 因讀毛詩有餳注, 乃知六經中唯此注有此餳字, 而宋景文公亦云, 夢得嘗作九日詩, 欲用餻字. 思六經中無此字, 不復爲. 故景文九日食餻詩云, 劉郎不肯題餻字, 虛負人間一世豪. 前輩用字嚴密如此, 此詩注之所以作也. 本朝山谷老人之詩, 盡極騷雅之變, 後山從其游, 將寒冰焉. 故二家之詩, 一句一字有歷古人六七作者. 蓋其學該通乎儒釋老莊之奧, 下至於醫卜百家之説, 莫不盡摘其英華, 以發之於詩. 始山谷來吾郷, 徜徉於巖谷之間, 余得以執經焉. 暇日因取二家之詩, 略注其一二. 第恨寡陋, 弗詳其祕. 姑藏於家, 以待後之君子有同好者, 相與廣之. 政和辛卯重陽日書.[1]

---

1 **[교감기]** 근래 사람 모회신(冒懷辛)이 상단의 문자를 고정(考訂)하면서 "이 편의 서문은 광서(光緒) 26년(1900)에 의녕(義寧) 진씨(陳氏)가 복각(復刻)한 『산곡시집주(山谷詩集注)』의 권 머리에 실려 있다. 원문(原文)과 파양(鄱陽) 허윤(許尹)의 서문은 함께 이어져 허윤 서문의 제1단락이 되어버렸다. 현재는 내용에

육경六經은 도道를 실어서 후세에 전해주는 것인데, 『시경』은 예의禮義에 멈추니 도가 존재하는 바이다. 『주시周詩』 305편 가운데 그 뜻은 남아 있지만 그 가사가 없어진 것은 6편이다. 크게는 천지와 해와 별의 변화에서부터 작게는 충조초목蟲鳥草木의 변화까지, 엄한 군신과 부자, 분별이 있는 부부와 남녀, 온순한 형제, 무리의 붕우, 기뻐도 더러움에 이르지 않고 원망하여도 어지러움에 이르지 않으며 간하여도 고자질에 이르지 않고 화를 내어도 사람을 끊지 않으니, 이것이 『시경』의 대략이다. 옛날 청묘淸廟에 올라 노래하며 제후들과 회맹할 때, 계지季子가 본 것과 정인鄭人이 노래한 것, 사대부들이 서로 상대할 때 이것을 제쳐두고 서로 마음을 통할 것이 없다. 공자孔子가 "이 시를 지은 자는 그 도를 아는구나"라고 했으며, 또한 "시를 배우지 말았으면 말을 할 수 없다"라고 했으니, 대개 세상에서 시를 사용하는 것이 이와 같다. 周나라가 쇠하여 관원이 제 임무를 못하고 학교가 폐하여 대아大雅가 지어지지 못한 지 오래되었다. 한나라 이후로 시도詩道가 침체되고 무너져서 진晉, 송宋, 제齊, 양에 이르러서는 음란한 소리가 극심해졌다. 조식, 유정劉楨, 심전기沈佺期, 사령운謝靈運의 시는 공교롭지 않은 것은 아니지만 화려한 비단에 아름답게 장식한 것 같아 귀공자에게 베풀 수는 있지만 백성들에게 쓸 수는 없다. 연명淵明 도잠陶潛과 소주蘇州 위응

　　근거하여 이것이 임연(任淵)이 손수 쓴 서문임을 확정하고서 인하여 허윤의 서문에서 뽑아내어 기록한다"라고 하였으니 이 말을 『후산시주보전(後山詩注補箋)·부록(附錄)』과 참고하여 볼 것이다.

물위韋應物의 시는 적막하고 고고枯槁하여 마치 깊은 계수나무 아래 난초떨기 같아 산림에는 어울리지만 조정에 놓을 수는 없다. 태백太白 이백李白과 마힐摩詰 왕유王維의 시는 어지러운 구름이 허공에 펼쳐지고 차가운 달이 물에 비친 것 같아 비록 천만으로 변화하지만 사물에 미치는 곳은 또한 적었다. 맹교孟郊와 가도賈島의 시는 산한酸寒하고 험루儉陋하여 새우와 조개를 한 번 먹으면 곧 마치니 비록 하루 종일 씹어도 배가 부르지 않는 것과 같다. 다만 두보杜甫의 시는 고금을 드나들어 천하에 두루 퍼져 충의忠義의 기기氣가 성대하니 이를 능가하는 후대의 작자는 없다.

송宋나라가 일어나고 이백 년이 흘러 문장의 성대함은 삼대三代를 뒤좇을만한데, 시로 세상에 이름을 날린 자로 예장豫章의 노직魯直 황정견黃庭堅이 있으며 그 후로는 황정견을 배웠으나 그에 약간 미치지 못한 자로 후산後山 무기無己 진사도陳師道가 있다. 두 공의 시는 모두 노두老杜에서 근본 하였으나 그를 직접적으로 따라 하진 않았다. 용사用事는 대단히 치밀한데다 유가와 불가를 두루 섭렵하였으며, 우초虞初의 패관소설稗官小說과『준영雋永』·『홍보鴻寶』등의 책에다가 일상생활의 수렵까지 모두 망라하였다. 후대의 학자들이 이 시의 비밀을 보지 못하여 이따금 알기 어려움에 어려움을 느낀다. 삼강三江의 군자 임연任淵은 군서群書에 박학하고 옛사람을 거슬러 올라가 벗하였는데, 한가한 날에 드디어 두 사람의 시에 주해를 내었으며 또한 시를 지은 본의의 시말에 대해 깊이 따져 학자들에게 알려주었다. 그러나 세상의 전주箋注와 같지 않고 다만 출처만을 드러내었을 뿐이다. 이윽고 완성되자 나에게 주면서 그 서문을 지어달라고 하였다.

내가 일찍이 두 시인의 시흥詩興이 고원高遠함에 의탁하여 읽어도 무슨 의미인지 알 수 없는 것을 걱정하였다. 임연 군의 풀이를 얻고서 여러 날에 걸쳐 음미해 보니 마치 꿈에서 깬 것 같고 술에 취했다가 깬 것 같으며, 앉은뱅이가 일어서게 된 것과 같으니 어찌 통쾌하지 않으랴. 비록 그러나 그림을 논하는 자는 형체는 비슷하게 할 수는 있지만 그림을 그려낸 심정을 포착하여 말로 표현하기 어렵고, 거문고 소리를 들은 자는 몇 번째 줄인 줄은 알지만 그 음은 설명하기 어렵다. 천하의 이치 가운데 형명도수形名度數에 관련된 것은 전할 수 있지만, 형명도수를 넘어서는 것은 전할 수 없다. 옛날 후산 진사도가 소장少章 진구秦覯에게 답하기를 "나의 시는 예장豫章의 시이다. 그러나 내가 예장에게 들은 것은 그 자상한 것을 말하고 싶지만, 예장이 나에게 말해주지 않았고 나 또한 그대를 위해 말하고 싶어도 못한다"라고 했다. 오호라, 후산의 말은 아마도 이를 가리킬 것이다. 지금 자연子淵 임연이 이미 두 공에게서 얻은 것을 글로 드러내었다. 정미하여 오묘한 이치는 옛말에 이른바 '맛 너머의 맛'이란 것에 해당한다. 비록 황정견과 진사도가 다시 태어난다 해도 서로 전할 수 없으니, 자연이 어찌 말해줄 수 있으랴. 학자들은 마땅히 스스로 얻는 것이 옳을 것이다.

자연子淵의 이름은 연淵으로 일찍이 문예류시유사文藝類試有司로써 사천四川의 제일이 되었다. 대개 금일의 국중의 선비이며 천하의 선비이다.

소흥紹興 을해년乙亥年, 1155 12월 파양鄱陽 허윤許尹은 삼가 서문을 쓰다.

六經所以載道而之後世,[2] 而詩者, 止乎禮義, 道之所存也. 周詩三百五篇, 有其義而亡其辭者, 六篇而已. 大而天地日星之變, 小而蟲鳥草木之化, 嚴而君臣父子, 別而夫婦男女, 順而兄弟, 羣而朋友, 喜不至瀆, 怨不至亂, 諫不至訐, 怒不至絶, 此詩之大略也. 古者登歌淸廟, 會盟諸侯, 季子之所觀, 鄭人之所賦, 與夫士大夫交接之際, 未有舍此而能達者. 孔子曰, 爲此詩者, 其知道乎! 又曰, 不學詩, 無以言. 蓋詩之用於世如此.

周衰, 官失學廢, 大雅不作久矣. 由漢以來, 詩道浸微陵夷, 至於晉宋齊梁之間, 哇淫甚矣. 曹劉沈謝之詩, 非不工也, 如刻繪染穀, 可施之貴介公子, 而不可用之黎庶. 陶淵明韋蘇州之詩, 寂寞枯槁, 如叢蘭幽桂, 可宜於山林, 而不可置於朝廷之上. 李太白王摩詰之詩, 如亂雲敷空, 寒月照水, 雖千變萬化, 而及物之功亦少. 孟郊賈島之詩, 酸寒儉陋, 如蝦蟹蜆蛤, 一啖便了, 雖咀嚼終日, 而不能飽人. 唯杜少陵之詩, 出入今古, 衣被天下, 藹然有忠義之氣, 後之作者, 未有加焉.

宋興二百年, 文章之盛, 追還三代. 而以詩名世者, 豫章黃庭堅魯直, 其後學黃而不至者, 後山陳師道無已. 二公之詩皆本於老杜而不爲者也. 其用事深密, 雜以儒佛. 虞初稗官之説, 雋永鴻寶之書, 牢籠漁獵, 取諸左右. 後生晚學, 此祕未覩者, 往往苦其難知. 三江任君子淵, 博極羣書, 尙友古人. 暇日遂以二家詩爲之注解, 且爲原本立意始末, 以曉學者. 非若世之箋訓, 但能標題出處而已也. 旣成, 以授僕, 欲以言冠其首.

予嘗患二家詩興寄高遠, 讀之有不可曉者. 得君之解, 玩味累日, 如夢而寤,

---

2   [교감기] '而'는 전본에는 '傳'으로 되어 있는데, 의미가 더 분명하다.

如醉而醒, 如痿人之獲起也, 豈不快哉. 雖然論畫者可以形似, 而捧心者難言, 聞絃者可以數知, 而至音者難説. 天下之理涉於形名度數者可傳也, 其出於刑名度數之表者, 不可得而傳也. 昔後山答秦少章云, 僕之詩, 豫章之詩也. 然僕所聞於豫章, 願言其詳, 豫章不以語僕, 僕亦不能爲足下道也. 嗚乎, 後山之言, 殆謂是耶, 今子淵既以所得於二公者筆之乎. 若乃精微要妙, 如古所謂味外味者, 雖使黃陳復生, 不能以相授, 子淵相得而言乎. 學者宜自得之可也.

子淵名淵, 嘗以文藝類試有司, 爲四川第一, 蓋今日之國士天下士也.

紹興乙亥冬十二月, 鄱陽許尹謹叙.

황정견시집주 전체 차례

1. 장문잠이 무구에게 준 작품의 말미에 '이미 군자를 만났으니, 어찌 기쁘지 않으리오[旣見君子云胡不喜]'로 운자 삼은 것을 많이 보고서 받들어 화답하다[1]

奉和文潛贈无咎篇末多以見及以旣見君子云胡不喜爲韻[2]

산곡이 일찍이 「답형거실」과 이 시를 베껴 서사천에게 주면서 "뒤의 여덟 시는 자못 득의의 작품이다. 그러므로 부질없이 써서 보내니, 혹 반, 홍 등 여러 벗과 읽어보시오"라고 했다.

山谷嘗寫答邢居實詩及此詩與徐師川, 曰後八詩, 頗得意者. 故漫錄往, 或與潘洪諸友讀之.

첫 번째 수其一

龜以靈故焦	거북은 신령하기에 태워지고

---

1   살펴보건대『실록』에 "원우 2년 4월 을사에 서주 포의 진사도가 서주 주학 교수에 임명되었다"라 하였다. 여덟 번째 수에서 진사도를 읊으면서 일민(逸民)이라고 하였으니, 대개 아직 관직을 얻기 전이다. 시에서 또 "붉은 석류의 씨방에는 씨가 많네[紅榴鏫多子]"라 하였으니, 원년 가을에 지은 것으로 보아야 한다.

2   [교감기] 문집, 장지본, 전본에는 시의 제목의 '다(多)'자 아래 '이(以)'자가 없다. 또한 장지본에 '위운(爲韻)' 아래에 '팔수(八首)'란 두 글자가 있다.

雉以文故翳	꿩은 무늬가 있으므로 화살 맞네.
本心如日月	본심은 해와 달과 같은데
利欲食之旣	이욕이 완전히 먹어 치우네.
後生玩華藻	후생이 화려한 문장을 즐기니
照影終沒世	그 영광 자랑타가 끝내 세상을 마쳤네.
安得八紘罝	어찌하면 천하의 그물을 얻어
以道獵衆智	도로써 많은 지혜를 거둘까.

【주석】

龜以靈故焦 雉以文故翳 : 두보의 「견흥遣興」에서 "옻나무는 세상에 쓰여 베어지고, 기름은 횃불 밝히려 스스로 타네"라고 했는데, 여기서는 그 의미를 사용하였다. 『주례』에서 "귀인은 여섯 가지 거북의 종류를 관장하니 천귀를 영속이라 하고 지귀를 역속이라 한다"라고 했다. 『좌전』에서 "위후가 장차 오씨 땅으로 가기 위해 무사히 통과할 수 있을까 하고 점을 쳐봤는데 불로 지진 거북이가 검게 타버렸다"라고 했다. 『이아』에서 "바탕에 다섯 가지 색을 모두 갖추어 문양을 이룬 것을 휘翬라고 한다"라고 했는데, 주에서 "휘는 또한 꿩의 종류이다"라고 했다. 반악의 「사치부서」에서 "숨어서 쏘는 것을 익혔다"라고 했는데, 이선의 주에서 "'예翳'는 숨어서 쏘는 것이다"라고 했다.

老杜詩, 漆有用而割, 膏以明自煎. 此用其意. 周禮, 天龜曰靈屬. 左傳曰, 衛侯將如五氏, 卜過之. 龜焦. 爾雅, 素質五采, 皆備成章曰翬. 注云, 翬亦雉屬. 潘安仁射雉賦序曰, 習媒翳之事. 李善注曰, 翳者, 所隱以射者也.

本心如日月 利欲食之既 : 『맹자』에서 "이것을 그 본심을 잃은 것이라
이른다"라고 했다. 한산자의 시에서 "내 마음은 가을 달과 같은데, 푸
른 못은 맑고 희네"라고 했다. 한유의 「송고한서」에서 "이욕이 앞다퉈
나아가니 얻음과 손실이 있다"라고 했다. 『춘추』 환공 4년과 양공 24
년에 모두 "해가 완전히 먹혔다"라고 썼는데, 두예의 주에서 "기既는
전부 다라는 의미이다"라고 했다. 원부 유창劉敞의 「청관구양영숙오대
사시」에서 "중니는 해와 달인데, 완전히 먹혔네"라고 했다. 『논어』에
서 "군자의 허물은 해와 달이 먹힌 것과 같다"라고 했다. 동파는 "본심
은 도심이다"라고 했다.

孟子曰, 此之謂失其本心. 寒山子詩, 吾心似秋月, 碧潭淸皎潔. 退之送高
閑序曰, 利欲鬮進, 有得有喪. 春秋桓公四年, 襄公二十四年皆書, 日有食之
既. 杜預注云, 既, 盡也. 劉原父請觀歐陽永叔五代史詩曰, 仲尼日月也, 薄食
爲之既. 論語曰, 君子之過也, 如日月之食焉. 東坡謂本心者, 道心也.[3]

後生玩華藻 照影終沒世 : 『논어』에서 "후생이 두려울 만하다"라고 했
다. 양자는 "지금의 학문은 다만 화려하게 꾸미는 것뿐만 아니라 또 거
기에다가 자질구레한 것까지 수식한다"라고 했다. 『문선』에 실린 정숙

---

3   [교감기] '논어(論語)'부터 '도심야(道心也)'까지 원본과 부교본에는 이 조목의
     주가 없다.

반니潘尼의「증육기贈陸機」에서 "맑은 물가의 풀을 구경하고 향기로운 바람을 쐬어라"라고 했다. 『박물지』에서 "산 꿩은 아름다운 털을 지녔다. 스스로 그 색을 사랑하여 종일 물에 비춰보다가 눈이 아찔해지면 물에 빠져 죽는다"라고 했다. 『한서』에서 "사마천이 임안에게 보내는 편지에서 "제 마음속에 있는 것을 다 드러내지 못한 채 비루하게 세상을 떠나면 후대에 문채가 드러나지 않을까 한스럽습니다""라고 했다. '몰세沒世'라는 말은 본래 『논어』에서 나왔다.[4]

魯論曰, 後生可畏. 揚子曰, 今之學也, 非獨爲之華藻也, 又從而繡其鞶帨. 文選潘正叔詩云, 玩爾淸藻, 味爾芳風. 博物志曰, 山雞有美毛, 自愛其色, 終日映水, 目眩則溺死. 漢書, 司馬遷書曰, 鄙沒世而文采不表於後. 沒世字本出魯論.

安得八紘置 以道獵衆智 : 『문선』에 실린 평자 장형의「사현부」에서 "오경을 엮어서 그물을 만들고 유가와 묵가를 몰아 사로잡네"라고 했는데, 그 의미를 사용하였다. 조식의「여양덕조서」에서 "우리 왕[조조]이 하늘의 그물을 만들어 펼쳐서 팔방을 습격하여 덮으려고 하네"라고 했다. 양웅이 "덕을 사냥하여 덕을 얻는다"라고 했는데, 대개 도를 배우는 자는 많은 지식이 해가 됨을 싫어하니 그러므로 억지로 얻으려고 해도 그것을 버리는 것이다.

---

4 몰세라는 (…중략…) 나왔다 : "군자는 죽은 뒤에까지 이름이 알려지지 않는 것을 싫어한다[君子疾沒世而名不稱焉]" 『논어 · 위령공(衛靈公)』에 보인다.

文選, 張平子思玄賦曰, 結典籍而爲罟兮, 敺儒墨以爲禽. 此用其意. 曹子建與楊德祖書曰, 吾王設天網以該之, 頓八紘以掩之. 楊子曰, 獵德而得德, 蓋學道者惡衆智之爲害, 故欲獵而去之.

두 번째 수 其二

談經用燕說	경전을 이야기하면서 당치 않은 말을 인용하니
束棄諸儒傳	모든 유가의 경전을 묶어서 버려야 하네.
濫觴雖有罪	시작한 이에게 비록 죄가 있지만
末派彌九縣	말류의 유파는 중국을 가득 채우네.
張侯眞理窟	장후는 참으로 이치의 굴이니
堅壁勿與戰[5]	성벽을 견고히 하고 어울려 싸우지 마시오.
難以口舌爭	구설로 다툴 수가 없으니
水淸石自見	물이 맑으면 돌은 절로 보이는 법이라네.

【주석】

談經用燕說 束棄諸儒傳 : 이 구는 희녕 연간에 경학이 천착한 폐단에 대해 지적하고 있다. 『한비자』에서 "선왕의 말이라 하여 후세가 모두 따르는 것은, 영 땅에 사는 사람이 쓴 편지를 연나라 사람이 그 내용과

---

5   [교감기] '물(勿)'은 전본에는 '불(不)'로 되어 있다.

는 전혀 다르게 해석한 것과 같다"라고 했다. 또한 "영 땅 사람이 연나라 재상에게 편지를 보냈는데, 편지를 밤에 써서 불이 밝지 않았으므로 촛불을 잡고 있던 하인에게 "촛불을 들라[擧燭]"라고 하고 자신도 실수로 '거촉'이라고 쓰고 말았다. 거촉은 편지의 내용과는 아무 상관이 없었다. 연나라 재상이 편지를 받고는 말하기를 "촛불을 들라는 말은 밝음을 존중하라는 의미이다. 밝음을 존중하라는 것은 어진 이를 들어서 기용하라는 것이다"라고 하였다. 연나라 재상이 왕에게 아뢰자 왕은 매우 기뻐하였으며 결국 나라는 다스려졌다. 다스려진 것은 다스려진 것이나 편지의 의미가 아니다. 지금 세상의 학자들은 대부분 이와 같다"라고 했다. 한유의 「기노동寄盧仝」에서 "춘추와 오전을 고각에 묶어 놓네"라고 했다.

此句指熙寧經學穿鑿之弊. 韓非子曰, 先王有郢書, 而後世多燕說. 又曰, 郢人有遺燕相國書者, 當是時, 夜書, 火不明, 因謂持燭者曰, 擧燭云,[6] 而過書擧燭. 擧燭, 非書意也. 燕相受書而說之, 曰擧燭者, 尙明也. 尙明者, 擧賢而用之. 燕相白王, 大說, 國以治. 治則治矣, 非書意也. 今世學者多此類. 退之詩, 春秋五傳束高閣.

濫觴雖有罪 末派彌九縣 : 이 구는 형공의 죄가 아니라 여러 유자들이 천착하여 마침내 그 본원을 잃게 되었다는 말이다. 명황의 『효경서』에

---

6   [교감기] '운(云)'은 전본에는 '이(已)'로 되어 있는데, 아래 구와 연결하면 '이이(已而)'가 되어 말이 통한다.

서 "한나라에서 시작하였다"라고 했다. 살펴보건대 『공자가어』에서 "장강은 민산에서 시작하여 나오는데, 처음 나올 때 수원은 겨우 잔을 넘칠 정도이다. 그러나 강나루에 도달하면 배를 나란히 늘어놓지 않거나 바람을 피하지 않으면 건널 수 없게 된다. 이것은 아래로 흐르면서 물이 불어났기 때문이 아니겠는가"라고 했다. 한유의 「천사薦士」에서 "문장이 동도에 이르러 점차 널리 퍼져, 유파가 백 가지로 흐르네"라고 했다. 『후한서·광무찬』에서 "구현에 회오리바람이 일고 삼정[7]에 안개가 끼어 어둑하네"라고 했다.

言非荊公之罪, 諸儒穿鑿, 遂至失其本原. 明皇孝經序曰, 濫觴於漢. 按家語曰, 夫江始出於岷山, 其源可以濫觴. 及其至江津, 不舫舟, 不避風, 不可以涉. 非惟下流多故耶. 退之詩, 東都漸瀰漫, 派別百川導. 後漢書光武贊曰, 九縣颼回, 三精霧塞.

張侯眞理窟 堅壁勿與戰 : 『진서·유담전』에서 "장빙은 걷는 모습이 이상하지만 이치의 굴이 됩니다"라고 했다. 『한서·항우전』에서 "한왕이 성벽을 견고히 하고 싸우려 하지 않았다"라고 했다.

晉書劉惔傳, 簡文帝曰, 張憑勃窣爲理窟. 漢書項羽傳, 漢王堅壁不與戰.

難以口舌爭 水淸石自見 : 『한서·장량전』에서 "이것은 구설로 다툴 것이 아닙니다"라고 했다. 『고악부·염가행』에서 "남편이 문에 들어오

---

7   삼정 : 해와 달과 별을 이른다.

며, 서북쪽으로 몸을 기울여 흘겨보네. "신랑이여 흘겨보지 마시오, 물이 맑으면 돌은 절로 보이는 법'"이라고 했다.

漢書張良傳曰, 此難以口舌爭也. 古樂府艶歌行曰, 夫壻從門來, 斜倚西北眄. 語卿且勿眄, 水淸石自見.

세 번째 수其三

野性友麋鹿	전원을 좋아해 사슴과 벗하니
君非我同羣	그대는 우리와 같은 무리가 아니로다.
文明近日月	문명은 해나 달과 가까우니
我亦不如君	나 또한 그대만 못하네.
十載長相望	십 년 동안 오래 서로 그리워하는데
逝川水沄沄	거세게 흐르는 물처럼 세월은 흐르네.
何言談絶倒[8]	쓰러질 정도의 담론을 어찌 말하랴
茗椀對爐薰	향초 피운 향로 마주하고 차를 마시네.

【주석】

野性友麋鹿 君非我同羣 : 반악의 「관중기」에서 "신맹은 일흔의 나이에 사슴과 무리 지어 노닐었다. 세상에서 그를 '녹선鹿仙'이라 불렀다"라고 했다. 당나라 육창의 「신청애월新晴愛月」에서 "전원을 좋아해 예전

---

8 [교감기] '하언(何言)'은 전본에는 '하당(何當)'으로 되어 있다.

부터 달을 사랑했네"라고 했다. 유효표의 「절교론」에서 "사슴과 무리 짓는 것을 좋아하였다"라고 했다.

潘岳關中記曰, 辛孟年七十, 與麋鹿同羣遊, 世謂之鹿仙. 唐人陸暢詩曰, 野性從來偏愛月. 劉孝標絶交論, 歡與麋鹿同羣[9]

文明近日月 我亦不如君 : 장후의 문채는 조정에서 임금을 모실 수 있다는 말이다. 『주역』에서 "문명해서 그치니, 인문이다"라고 했다. 『한서·소조찬』에서 "일월의 끝자락 빛에 의지하였다"라고 했다. 『촉지·방통전』에서 "세속을 도야하고 인물을 품평하는 데는 제가 경에게 미치지 못합니다. 그러나 제왕의 비책을 논하고 의복倚伏[10]의 요체를 파악하는 데는 제가 좀 더 나은 것 같습니다"라고 했는데, 여기서는 자못 이러한 의미를 채택하였다.

言張侯文采, 可以入侍. 易曰, 文明以止, 人文也. 漢書蕭曹賛曰, 依日月之末光. 蜀志龐統傳曰, 陶冶世俗, 甄綜人物, 吾不及卿. 論帝王之祕策, 攬倚伏之要最, 吾似有一日之長. 此頗采其意.

十載長相望 逝川水泛泛 : '서천逝川'은 『논어』에 보인다.[11] 한유의 「조

9　[교감기] '유효표(劉孝標)'부터 '동군(同群)'까지 원본과 부교본에 이 조목의 주가 없다.

10　의복: 길흉 화복 성패가 서로 인연이 되어 맞물려 도는 것을 말한다. 새옹지마에서 나온 말이다.

11　서천은 논어에 보인다 : 『논어·자한』에 보인다. 즉 공자가 시냇가에서 말하기를 "가는 것이 이와 같구나. 밤이고 낮이고 멈추는 법이 없도다[子在川上曰 逝者如

산창條山蒼」에서 "물결은 세차게 소용돌이치며 흘러가고, 소나무 잣나무는 높은 산언덕에 있네"라고 했다.

逝川見魯論. 退之詩, 浪波沄沄去. 松伯在高岡.

何言談絶倒 茗椀對爐薰 : 『문선』에 실린 사령운의 「의위태자업중집시擬魏太子鄴中集詩」에서 "어찌 쉽게 만난다고 말하는가, 이 기쁨의 편지는 보배라 하겠네"라고 했다. 『진서·위개전』에서 "왕징이 항상 위개의 말을 들으면 문득 탄식하고 쓰러질 정도였다. 당시 사람들이 "위개가 말을 하면 평자 왕징은 쓰러진다""라고 했다. 한유와 맹교의 절구에서 "찻사발을 섬섬옥수로 받드네"라고 했다. 응소의 『한관의』에서 "상서랑이 입직하면 여자 시사 두 사람이 향을 피운 향로를 잡고 뒤따른다"라고 했다.

選詩, 何言相遇易, 此歡信可珍.[12] 晉書衛玠傳, 王澄每聞玠言, 輒歎息絶倒. 語曰衛玠談道, 平子絶倒. 韓孟聯句曰, 茗椀纖纖捧. 應劭漢官儀曰, 尙書郞入直, 女侍史二人, 執香爐燒薰以從.

斯夫 不舍晝夜]"라 하였다.

12 [교감기] '선시(選詩)'부터 '가진(可珍)'까지 전본에는 이 조목의 주가 없으며 대신 '樂府解題曰何當大刀頭破鏡飛上天'라고 했다.

네 번째 수其四

北寺鎖齋房	북사의 재계하는 방을 닫아걸었는데
塵鑰時一啓	녹슨 열쇠를 한 번 열어보네.
晁張跫然來	무구와 문잠이 저벅저벅 오니
連璧照書几	나란한 구슬이 책상을 비추네.
庭柏鬱蔥蔥	뜨락의 잣나무는 울창한데
紅榴鏳多子	붉은 석류의 씨방에는 씨가 많네.
時蒙吐佳句	때로 아름다운 시구 토해냄을 보는데
幽處萬籟起	그윽한 곳에 수많은 천뢰가 일어나네.

【주석】

北寺鎖齋房 塵鑰時一啓 晁張跫然來 連璧照書几 : 북사는 변경의 포지사를 이르니, 산곡이 이 절에 책상과 벼루를 맡겨 두었다. 포지는 아래의 주에 보인다. 『서경·금등』에서 "열쇠를 얻어 열고 점친 글을 보았다"라고 했다. 『장자』에서 "혼자 빈 골짜기에 도망쳐 사는 자가 명아주가 우거져 겨우 족제비나 다닐법한 좁은 길에서 서성거릴 때 저벅저벅 사람의 발소리만 들어도 기쁘기 마련입니다. 더구나 형제나 친척들이 그의 곁에서 웃고 이야기한다면 어떻겠습니까"라고 했다. 『진서·하후담전』에서 "담이 반악과 같은 수레에서 방석에 나란히 앉으니 당시 사람들이 그들을 "이어진 구슬[連璧]"이라 불렀다"라고 했다.

北寺, 謂汴京酺池寺, 山谷寓几研於此. 酺池見下注. 金滕曰, 啓鑰見書. 莊子曰, 夫逃虛空者, 葵藋柱于鼪鼬之逕, 踉位其空, 聞人足音跫然而喜矣. 又況乎昆弟親戚之謦欬其側者乎. 晉書夏侯湛傳, 湛與潘岳, 同輿接茵, 時謂連璧.

庭柏鬱葱葱 紅榴鏬多子 : 『후한서·광무기』에서 "지관인 소백아가 광무의 고향인 남양을 보고서 "상서로운 기운이 왕성하게 일어난다""라고 했다. 「촉도부」에서 "개암 열매가 틈으로 벌어져 나온다"라고 했는데, 이 글자를 차용하였다. 『북사·위수전』에서 "석류의 씨방에는 씨가 많다"라고 했다.

後漢光武紀曰, 氣佳哉, 鬱鬱葱葱. 蜀都賦曰, 榛栗鏬發. 此借用其字. 北史魏收傳曰, 石榴房中多子.

時蒙吐佳句 幽處萬籟起 : 『진서·호모보지전』에서 "왕징이 "언국[13]은 아름다운 말을 토해내는 것이 마치 톱밥 가루가 멈추지 않고 나는 것과 같다""라고 했다. 또한 「손작전」에서 "「천태산부」를 지어 벗인 범영기에 보여 주었는데, 매번 아름다운 구절에 이르면 곧바로 "정말 우리들의 말이로군""이라고 했다. 당나라 상건의 「제파산사題破山寺」에서 "대나무 길은 그윽한 곳으로 이어지고"라고 했다. 『장자·제물론』에서 "자유가 "감히 천뢰에 대해 묻습니다"라고 하니, 자기가 "대저 천뢰라는 것은 온갖 것에 바람을 모두 다르게 불어넣으니 제 특유의 소리를 내는 것이다. 모두 제 소리를 내고 있지만 과연 그 소리가 나게 하는

---

13 언국 : 호모보지의 자이다.

것은 누구인가'"라고 했다. 두보의 「옥화궁玉華宮」에서 "바람 소리는 참
으로 생황이며"라고 했다.

吐佳句見上注. 唐人常建詩, 竹徑通幽處. 莊子齊物論, 子游曰, 敢問天籟.
子綦曰, 夫吹萬不同, 而使其自已也. 咸其自取, 怒者其誰耶. 老杜詩, 萬籟眞
笙竽.

다섯 번째 수其五

先皇元豐末	선황은 원풍 말기에
極厭士淺聞	학식이 옅은 선비를 매우 싫어했네.
只今擧秀孝	지금 수재와 효렴을 천거하니
天未喪斯文	하늘이 사문을 버리지 않았네.
晁張班馬手[14]	조무구, 장문잠은 반고와 사마천의 솜씨이니
崔蔡不足云	최원과 채옹도 그에 비하면 부족하네.
當令橫筆陣[15]	마땅히 하여금 붓을 휘두르게 하여
一戰靜楚氛	한 번 싸우면 나라의 나쁜 기운 가라앉으리.

【주석】

先皇元豐末 極厭士淺聞 : 『실록・여공저전』에서 "당시 과거는 오로지

---

14 [교감기] '수(手)'는 장지본과 전본, 그리고 건륭본에는 '수(首)'로 되어 있다.
15 [교감기] '령(令)'은 고본에는 '금(今)'으로 되어 있다.

왕안석의 경의[16]만 사용하였기에 선비들은 스스로 배울 수가 없었고 조정의 문사를 맡은 관리들도 점점 그 선발에 들기 어려웠다. 신종이 「답고려서」가 마음에 들지 않았는데, 당시에 그것에 대해 말들이 많았고 사부로 경의를 대신하려고 하자는 논의가 일었다"라고 했다. 소식의 「답장문잠서」에서 또한 "근래 장자후의 말을 보니 선제의 만년에 문자가 비루해진 것을 크게 걱정하여 선비를 취하는 법을 변경하려고 하였으나 다만 겨를이 없었다"라고 했다. 『한서·유림전서』에서 "낮은 아전은 들은 것이 얕으니 전하께서 선포한 율령을 잘 알지 못합니다"라고 했다.

實錄呂公著傳曰, 時科擧專用王安石經義, 士無自得學, 而朝廷文詞之官, 漸艱其選. 神宗以答高麗書不稱旨, 蓋嘗以爲言. 又東坡答張文潛書亦曰, 近見章子厚言, 先帝晚年, 甚患文字之陋, 欲稍變取士法, 特未暇爾. 漢書儒林傳序曰, 小吏淺聞, 不能究宣.

只今擧秀孝 天未喪斯文 : 원우 원년 4월에 집정 대신에 조서를 내려 문학, 정사, 행의의 신하로 관각에 들어갈 후보자 세 사람을 각각 천거하라고 하였다. 이에 필중유와 조보지, 그리고 장뢰 등이 모두 부름을 받아 학사원에서 시험을 보았다. 『진서·공탄전』에서 "수재와 효렴이 이르면 시험을 보지 않고 널리 제수하였다. 수와 효를 임명했다는 것

---

16   경의 : 왕안석의 『삼경신의(三經新義)』의 약칭이다. 왕안석은 시경, 상서, 주례에 대해 새로운 해석을 제기하였다.

은 수재와 효렴을 말한다"라고 했는데, 이것을 인용하였다. 『논어』에서 "하늘이 사문을 없애려 하지 않는다"라고 했다.

元祐元年四月, 詔執政大臣, 各擧文學政事行誼之臣, 可充館閣之選者三人. 於是畢仲游及晁補之張耒等, 皆召試學士院. 晉書孔坦傳曰, 秀孝到, 不策試, 普加除. 署秀孝, 謂秀才孝廉也. 此借用. 魯論曰, 天之未喪斯文也.

晁張班馬手 崔蔡不足云 : 반, 마는 반고와 사마천을 이른다. 최, 채는 최원과 채옹을 이른다. 유우석이 지은 「유자후집서」에서 "한유가 "웅심하고 아건함은 사마천과 비슷하니, 최원과 채옹은 그보다 뛰어나지 않다""라고 했다. 『문선』에 실린 심약의 「은행전론」에서 "전한의 허백許伯과 사고史高[17]도, 그에 비하면 부족하다"라고 했다.

班馬謂遷固. 崔蔡謂瑗邕. 劉禹錫作柳子厚集序云, 韓退之曰, 雄深雅健, 似司馬子長, 崔蔡不足多也. 文選沈休文恩倖傳論曰, 西京許史, 蓋不足云.

當令橫筆陣 一戰靜楚氛 : 『법서』에서 "위부인은 「필진도」를 썼다"라고 했다. 두보의 「취가행醉歌行」에서 "붓의 기세는 수많은 군사를 쓸어버리는 듯"이라고 했다. 『좌전』에서 "한 번 싸워서 패자가 되었다"라고 했다. 또한 "초나라 분위기가 매우 험악하다"라고 했다.

法書, 衛夫人有筆陣圖. 老杜詩, 筆陣獨掃千人軍. 左傳曰, 一戰而霸. 又曰,

---

17 허백과 사고 : 전한(前漢) 선제(宣帝) 때 외척인 허백(許伯)과 사고(史高)를 함께 부르는 말. 허백은 선제의 장인이고 사고는 선제의 외가(外家) 인물이다.

楚氛甚惡.

여섯 번째 수其六

張侯窘炊玉	장후는 군색하게 밥을 짓는데
僦屋得空爐	새 낸 집에 빈 흙 화로 있네.
但見索酒郞	다만 술을 찾는 청년만 보이고
不見酒家胡	술집 주인은 보이지 않네.
雖肥如瓠壺	비록 호리병처럼 불룩 살쪘지만
胷中殊不粗	흉중은 자못 거칠지 않네.
何用知如此	어찌하여 이런 것을 알겠는가
文彩似於菟	문채가 호랑이와 비슷해서라네.

【주석】

　張侯窘炊玉 僦屋得空爐 : 『전국책』에서 "소진이 초나라에 온 지 3일이 되어 왕을 만날 수 있었다. "초나라의 음식은 옥보다 귀하고 땔나무는 계수나무보다 귀한데, 지금 신은 옥을 먹고 계수나무를 때고 있습니다""라고 했다. 『한서·사마상여전』의 주에서 "술을 파는 곳은 흙을 쌓아 화로를 만들고 술그릇을 놓는다. 모양이 가마와 같다"라고 했다. 『장문잠집』에 의거하면 「초도도하공직기황구」를 지었는데, "술집 누대에 방을 세내니, 불룩한 화로에 깃발은 말렸어라. 쥐구멍에 아침밥

짓기 어려운데, 주인 노인은 여러 아이 꾸짖네"라고 했다.

戰國策曰, 蘇秦之楚三日, 乃得見王. 曰楚國之食貴於玉, 薪貴於桂, 今使臣食玉炊桂. 漢書司馬相如傳注曰, 賣酒之處, 累土爲壚, 以居酒器, 形如鍛壚. 據張文潛集, 有初到都下供職寄黃九詩曰, 僦舍酒家樓, 椎壚卷其旗. 鼠壤敗晨炊, 守翁噪羣兒.

但見索酒郎 不見酒家胡 : 이 구는 장문잠에게 헌사한 것이다. 두보의 「소년행少年行」에서 "말 탄 이 뉘 집 백면서생인가, 처마에 내려 사람 둘러싼 걸상에 앉네. 이름도 나누지 않고 너무도 무례하게, 은 술병 가리키며 술맛 보는구나"라고 했다. 『옥대신영』에 실린 신연년의 「우림랑」에서 "옛날에 곽광 집안의 미소년이, 성은 풍이요 이름은 자도라. 장군의 위세를 빌려서, 술집 주인에 웃으며 말하네. 술집 여인 나이 15세, 봄날 홀로 화로를 맡고 있네"라고 했다.

此句以獻文潛. 老杜詩, 馬上誰家白面郎, 臨階下馬坐人牀. 不通姓字麤豪甚, 指點銀瓶索酒嘗. 玉臺新詠載辛延年羽林郎詩曰, 昔有霍家姝, 姓馮名子都. 依倚將軍勢, 謂笑酒家胡. 胡姬年十五, 春日獨當壚.

雖肥如瓠壺 胷中殊不粗 : 『한서·장창전』에서 "몸집은 거대하였으며 살지고 희어서 마치 호리병 같다"라고 했다. 『촉지·장예전』에서 "옹개는 귀신의 지시라고 핑계를 대어 "장예 부군은 호리병 같아서 겉은 비록 윤택하나 속 알맹이는 조잡하다. 죽일 필요도 없으니 묶어서 오

나라에 주어라'"라고 했다. 『진서·왕담전』에서 "왕담의 조카인 왕제
가 "신의 숙부는 자못 어리석지 않습니다'"라고 했다.

漢書張蒼傳曰, 身長太, 肥白如瓠. 蜀志張裔傳, 雍闓假鬼敎曰, 張府君如
瓠壺, 外雖澤, 而內實麤, 不足殺, 令縛與吳. 晉書王湛傳, 王濟曰, 臣叔殊不癡.

何用知如此 文彩似於莬 : 『곡량전』에서 "어찌하여 그가 제후인 줄 아
느냐"라고 했다. 또한 『후한서·등신전』에서 "광무가 "어찌하여 내가
아닌 줄 알았는가'"라고 했다. 『한서·사마천전』에서 "제 마음속에 있
는 것을 다 드러내지 못한 채 비루하게 세상을 떠나면 후대에 문채가
드러나지 않을까 한스럽습니다"라고 했다. 『좌전』에서 "초나라 사람
들은 호랑이를 오도라고 부른다"라고 했다.

穀梁曰, 何用見其是齊侯也. 又後漢鄧晨傳, 光武曰, 何用知非僕耶. 漢書
司馬遷傳曰, 鄙沒世而文彩不表於後. 左傳曰, 楚人謂虎於莬.

일곱 번째 수其七

荊公六藝學	형공의 육예의 학문
妙處端不朽	오묘한 곳은 분명 사라지지 않으리.
諸生用其短	제생은 그 단점을 활용하여
頗復鑿戶牖	자못 다시 곁다리를 파고드네.
譬如學捧心	가슴 부여잡는 것을 배우는 것과 같으니

初不悟已醜[18]　　　애초부터 매우 추한 것을 깨닫지 못하네.

玉石恐俱焚　　　　옥과 돌이 함께 타버릴까 걱정이지만

公爲區別不　　　　공은 구별되지 않을까.

【주석】

荊公六藝學 妙處端不朽 : 왕안석의 자는 개보로 원풍 3년에 형국공에 봉해졌다. 처음 희녕 6년 3월에 지제고 여혜경에게 경의를 수찬하라고 명하고, 안석이 천거한 자방을 함께 수찬하게 하였다. 8년에 수찬한『시경』『서경』『주례』등의 경의가 완성되자 국자감에 보내 판각하게 한 뒤 반포하였다. 원풍 2년 8월에 왕안석은 오자를 개정한 것을 다시 올렸다.『세설신어』에서 "사마 태부가 거기 장군 사현에게 묻기를 "혜자는 저서가 다섯 수레나 되는데 어찌하여 현묘한 경지에 도달한 말이 한 마디도 없소"라 하자, 사안이 "틀림없이 그 현묘한 부분은 전해지지 않았을 것이오""라고 했다.『좌전』에서 "숙손표가 "그 다음은 입언이니 비록 오래되어도 없어지지 않으니, 이것을 불후라고 한다""라고 했다.

王安石字介甫, 元豐三年封荊國公. 初熙寧六年三月, 命知制誥呂惠卿修撰經義, 以安石提擧子雱同修撰. 八年, 所撰詩書周禮義成, 送國子監鏤板, 頒行之. 元豐二年八月, 安石又上改定誤字焉. 世說, 司馬太傅問謝車騎, 惠子五車, 何以無一言入玄. 謝曰, 當是妙處不傳. 左傳, 叔孫豹曰, 其次立言, 雖久而不廢, 此之謂不朽.

18　[교감기] 원본과 부교본에 '이추(已醜)'에서 '이(已)'는 '기(己)'로 되어 있다.

諸生用其短 頗復鑿戶牖 :『세설신어』에서 "주홍무는 단점을 활용하는 데 능숙하고, 두방숙은 장점을 활용하는데 서툴다"라고 했는데, 여기서 이 글자를 사용하였다. 공안국이『논어』에 주를 달면서 "우리 무리의 젊은이들은 대도에 망령되이 천착을 하여 문장을 이뤘다"라고 했다. 명황의『효경서』에서 "당에 오르기를 희망하는 자는 반드시 스스로 문과 창을 열어야 한다"라고 했는데, 주에서 "깊이 파고들어야 한다"라고 했다.

世說曰, 周弘武巧於用短, 杜方叔拙於用長. 此借用其字. 孔安國注魯論曰, 吾黨之小子, 於大道妄作穿鑿, 以成文章. 明皇孝經序曰, 希陞堂者, 必自開戶牖, 注云, 言穿鑿也.

譬如學捧心 初不悟已醜 :『장자』에서 "사금이 "서시西施가 가슴을 앓아 마을에서 얼굴을 찡그리고 다니자 그 마을의 어떤 추녀가 그것을 보고 아름답게 여겨 자기 집에 돌아가 그 또한 가슴을 부여잡고 마을 사람들 앞에서 얼굴을 찡그렸다. 그 마을의 부자들은 그것을 보고는 문을 굳게 닫고 밖으로 나오려 하지 않았고 가난한 사람들은 그것을 보고는 처자식을 이끌고 그 마을을 떠나 버렸다""라고 했다.

莊子, 師金曰, 西施病心而矉其里, 其里之醜人見而美之, 歸亦捧心而矉其里. 其里之富人見之, 堅閉門而不出. 貧人見之, 挈妻子而去之.

玉石恐俱焚 公爲區別不 :『서경』에서 "곤산에 화재가 나면 옥과 돌이

다 타버린다"라고 했다. 『논어』에서 "초목에 비유하면 구역으로 구별
되는 것과 같다"라고 했다.

書曰, 火炎崑岡, 玉石俱焚. 魯論曰, 譬諸草木. 區以別矣.

여덟 번째 수其八

吾友陳師道	나의 벗 진사도
抱獨閉掃軌	고독하게 지내니 문에 손님이 없네.
晁張作薦書	무구와 문잠이 추천하는 글을 지었으니
射雉用一矢	나라 경영에는 인재가 필요하네.
吾聞擧逸民	내 들으니, 숨은 인재를 등용하면
故得天下喜	천하의 기쁨을 얻는다고 하네.
兩公陣堂堂	두 공이 당당히 자리 잡으니
此事可摩壘[19]	이 일을 누가 업신여기랴.

【주석】

吾友陳師道 抱獨閉掃軌 : 진사도의 자는 리상이며 다른 자는 무기이
다. 서주 사람으로 문장과 행실이 매우 높다. 도성에 오니 추밀원 장돈
이 그를 한 번 보고자 하였으나 거절하였다. 한유의 「증별원십팔贈別元

---

19 [교감기] '차사(此事)'는 문집과 고본, 원본과 장지본, 그리고 전본에 모두 '차사
   (此土)'로 되어 있다. 살펴보건대 '사(土)'로 되면 의미가 더 좋다.

十八」에서 "우리 벗 유자후, 그 사람 재주 있고 어질지"라고 했다. 도잠의 「연우독음連雨獨飮」에서 "돌아보니 나 이 고독을 품고 애써 살아온 지 40년이네"라고 했다. 『후한서·두밀전』에서 "유승은 문을 닫고 방문객을 거절하니 찾아와 요청하는 사람이 없었다"라고 했다.

　陳師道字履常, 一字無己, 徐州人, 文行甚高. 來京師, 樞密章惇欲一見之而不可. 退之詩曰, 吾友柳子厚, 其人藝且賢. 淵明詩曰, 顧我抱玆獨, 僶俛四十年. 後漢書杜密傳曰, 劉勝閉門掃軌, 無所干及.

　晁張作薦書 射雉用一矢:『주역·여괘』육오에서 "꿩을 쏘아 맞쳤다. 한 화살이 없어졌으나 끝내 예명譽命을 얻으리라"라고 했는데, 왕필의 주에서 "하나의 화살로 꿩을 쏘았는데 다시 없어졌으니, 분명히 비록 꿩이 있으나 끝내 얻을 수 없다"라고 했다. 이 구에서 "용일시用一矢"라고 한 것은 나라를 경영하려면 인재가 있어야 하는데 이는 마치 꿩을 잡는데 활이 있어야 하는 것과 같음을 말한다. 『세설신어』의 주에서 우예의 『진서』를 인용하여 "육기가 조왕 사마륜에게 대연을 추천하며 "대개 듣자니 번약의 활도 수레에 오른 연후에야 높은 성벽의 공이 드러나며 하나의 대 피리도 다른 대 피리와 함께 배열된 연후에야 신을 강림케 하는 곡을 이룰 수 있다고 합니다""라고 했다. 살펴보건대『주역』에서 "공公이 새매[隼]를 높은 담 위에서 쏘아 잡았으니 이롭지 아니함이 없으리라"라고 했다. '번약繁弱'은 활의 이름이다. 산곡은 대개 이 의미를 사용하였는데, 다만 '사준射準'은 '사치射雉'로 고쳤고 '번약繁弱'

은 '일시一矢'로 고쳤다.

易旅之六五曰, 射雉一矢亡, 終以譽命. 王弼注曰, 射雉以一矢而復亡之, 明雖有雉, 終不可得矣. 此云用一矢, 言爲國之有人材, 猶射雉之有矢也. 世說注引虞預晉書, 陸機薦戴淵於趙王倫曰, 蓋聞繁弱登御, 然後高墉之功顯. 孤竹在肆, 然後降神之樂成. 按易曰, 公用射隼于高墉之上, 獲之無不利. 繁弱, 弓名也. 山谷蓋用此意, 但改射隼爲射雉, 繁弱爲一矢耳.

吾聞擧逸民 故得天下喜 : 『논어』에서 "숨어 있는 인재를 쓰면 천하의 백성이 마음을 의지합니다"라고 했다. ○ 『시경·운한』의 소서에서 "천하 사람들이 왕의 교화가 다시 행해진 것을 기뻐하였다"라고 했다.

魯論曰, 擧逸民, 天下之民歸心焉. ○ 雲漢詩, 天下喜於王化復行.[20]

兩公陣堂堂 此事可摩壘 : '양공兩公'은 조보지와 장뢰를 이른다. 『손자』에서 "당당한 진을 공격하지 말라"라고 했다. 『좌전』에서 "도발이란 깃발이 쓰러지도록 전차를 몰아 적진까지 갔다가 돌아오는 것이다"라고 했는데, 주에서 "미摩는 가까이 다가가는 것이다"라고 했다. 두보의 「장유壯遊」에서 "기세는 굴원과 가의의 성채를 스치고, 안목은 조식과 유정劉楨의 담장을 낮게 여기네"라고 했다.

兩公謂晁張. 孫子曰, 勿擊堂堂之陣. 左傳曰, 致師者, 御靡旌, 摩壘而還. 注云, 摩, 近也. 老杜詩, 氣摩屈賈壘, 目短曹劉牆.

---

20 [교감기] '운한(雲漢)'부터 '부행(復行)'까지 원본과 부교본에 이 조목의 주가 없다.

2. 차운하여 형돈부에게 답하다[21]

次韻答邢惇夫[22]

돈부의 이름은 거실이며 화숙 형서의 아들이다. 젊어서 글을 잘 지어 여러 공들이 많이 칭송하였다.

惇夫名居實, 邢恕和叔之子, 少能文, 諸公多稱之.

爲山不能山	산을 만들어 완성하지 못한 것은
過在一簣止	그 허물이 한 삼태기가 부족해서라네.
渥洼駓驎兒	악와에서 나온 기린은
墮地志千里	태어나자마자 천리에 뜻을 두었네.
岷江初濫觴[23]	민강은 잔의 물에서 시작하여
入楚乃無底	초로 흘러들어 이에 밑이 보이지 않네.
將陞聖人堂	성인의 당에 오르려고 할 때
道固有廉陛	도는 참으로 계단과 렴[24]이 있어야 하네.

---

21 살펴보건대『실록』에서 "원우 원년 정월에 기거사인 형서가 임시로 수주(隨州)를 맡아 떠났다"라 하였다. 돈부는 형서의 아들로, 아버지를 모시고 떠났다. 이 시에서 "꿈에 한수 동쪽 수주에 이르지 못하니[夢不到漢東]"라 하였는데, 한동은 즉 수주이다. 또한 "비가 오니 베개와 대자리에 가을이 들고[雨作枕簟秋]"라 하였으니, 즉 원년 가을이다.

22 [교감기] 문집에서는 '次韻答邢惇夫'라는 제목 아래의 주에 '거실(居實)'이라는 두 글자가 있다. 살펴보건대 '돈(惇)'은 간혹 '돈(敦)'으로 지어지기도 하였는데, 뜻은 서로 통한다. 후대 사람들이 송 광종의 휘호를 피하여 '돈(敦)'으로 고쳤다.

23 [교감기] '민강(岷江)'은 문집과 건륭본에는 '민산(岷山)'으로 되어 있다.

邢子好少年	형자는 젊은이를 좋아하여
如世有源水	세상에 근원 있는 샘과 같네.
方求無津涯	바야흐로 가없는 나루를 찾아
不作蛙井喜	우물 개구리의 즐거움을 멀리하네.
兒中兀老蒼	아이 가운데 우뚝한 노련한 매라
趣造甚奇異[25]	지취가 매우 뛰어남에 이르렀네.
過閥王公門	왕공의 문 앞을 찾아가지만
袖中有漫刺	소매 안의 명함은 닳고 닳았네.
別來阻河山	이별 이후 강과 산에 막혀
望遠每障袂	멀리 바라보며 항상 소매를 드네.
斯文向千載[26]	사문은 천 년이 되어 가는데
有志常寡遂	뜻이 있지만 항상 성취는 적네.
後生文楚楚	후생의 문장은 화려한데
照影若孔翠	공작이 꼬리 자랑하듯 제 잘났다하네.
不應太玄草	응당 『태현경』을 지어서
晞價咸陽市	함양 저자에서 좋은 값을 바라지 말라.

---

24 렴 : 전각의 모서리라고 하는데 계단 위와 당과의 사이에 있는 빈 곳을 이르는
　　것으로 보인다.
25 [교감기] '기이(奇異)'는 고본의 원래 교정에서 "달리 '기위(奇偉)'라고 한 본도
　　있다"고 했다. 살펴보건대 문집과 건륭본에는 '기위(奇偉)'라고 되어 있으며, 문
　　집의 원주에서 "달리 '이(異)'라고 된 본도 있다"라고 했다.
26 [교감기] '향천재(向千載)'에서 '향(向)'은 원래 '상(尙)'으로 지어졌는데, 지금
　　문집과 원본, 장지본과 전본을 따른다.

雨作枕簟秋	비가 오니 베개와 대자리에 가을이 들고
官閒省中睡	공무의 여가에 관청에서 조는구나.
夢不到漢東	꿈에 한수 동쪽 수주에 이르지 못하니
茗椀乃爲祟	사발의 차가 병의 빌미가 되네.
聞君肺渴減	들으니, 그대 폐의 소갈병이 줄어들었다고 하니
頗復佳食寐	자못 더욱더 잘 먹고 잘 자시게.
讀書得新功	책을 읽어 새로운 것 깨달으시고
來鴈寄一字	오는 기러기 편에 한 글자 보내주시게.

【주석】

爲山不能山 過在一簣止 : 『논어』에서 "비유하자면 산을 만들 때 한 삼태기가 부족하면 그친 것도 내가 그친 것이다"라고 했는데, 주에서 "궤簣는 삼태기이다"라고 했다.

魯論曰, 譬如爲山未成一簣, 止吾止也. 注云, 簣, 土籠也.

渥洼駃騠兒 墮地志千里 : 『한서』에서 "원정 4년에 말이 악와 강에서 나왔다"라고 했다. 운서에서 "기린은 흰말에 검은 등을 지녔다"라고 했다. 휴혁 부현傅玄의 「예장행」에서 "남아는 가문을 담당하기에, 태어나면서 위풍당당하네"라고 했는데, 이것을 차용하였다. 소식이 지은 「왕대년애사」에서 "기린은 태어나면서 달리고, 호랑이는 얼룩얼룩하다"라고 했다. 위무제의 「구수수龜雖壽」에서 "늙은 천리마는 구유에 엎

드려 있어도 뜻은 천리에 있다"라고 했다.

漢書, 元鼎四年, 馬生渥洼水中. 韻書曰, 騉騵, 白馬黑脊. 傅休奕豫章行曰, 男兒當門戶, 墮地自生神. 此借用. 東坡作王大年哀詞云, 騉墮地走, 虎生而班. 魏武帝歌曰, 老驥伏櫪, 志在千里.

岷江初濫觴 入楚乃無底 : 『서경·우공』에서 "민산에서 장강을 인도한 다"라고 했다. 『공자가어』에서 "장강은 민산에서 시작하여 나오는데, 처음 나올 때 수원은 겨우 잔을 넘칠 정도이다. 그러나 강나루에 도달 하면 배를 나란히 늘어놓지 않거나 바람을 피하지 않으면 건널 수 없 게 된다. 이것은 아래로 흐르면서 물이 불어났기 때문이 아니겠는가" 라고 했다. 『열자』에서 "발해의 동쪽에 커다란 골짜기가 있는데, 실로 끝이 없는 계곡이다"라고 했다.

書禹貢曰, 岷山導江. 濫觴見上注. 列子曰, 渤海之東, 有大壑焉. 實惟無底 之谷.

將陞聖人堂 道固有廉陛 : 『논어』에서 "자유는 당에 올랐지만 방에는 들어오지 못하였다"라고 했다. 『한서·가의전』에서 "계단이 아홉 등급 이상이 되어 전당의 모서리가 땅과 멀면 당이 높다"라고 했다. 이 구절 은 학자는 마땅히 등급을 뛰어넘어 올라가서는 안 되고 도에 반드시 점진적으로 나아가야 함을 의미한다. 형돈부는 큰 것을 좋아하고 작은 것에 소략하여 어렸을 때부터 먼 길을 떠나려고 계획하였다. 산곡이

그의 문권에 써서 자세히 논하였다.

魯論曰, 由也陞堂矣, 未入於室也. 漢書賈誼傳曰, 陛九級上, 廉遠地則堂
高. 意謂學者不當躐等而陞, 進道必以漸也. 邢惇夫好大畧小, 幼日便爲塗遠
之計, 山谷書其文卷, 論之詳矣.

邢子好少年 如世有源水 : 『남사・하비전』에서 "하후가 울면서 "양랑
이 젊은 여자를 좋아하는 것은 죄가 아니다""라고 했는데, 이것을 차용
하였다. 『맹자』에서 "원천이 계속 솟아 나와 밤낮을 멈추지 않고 흘러
구덩이를 채운 뒤에 나아가서 사해에 이른다. 근본이 있는 것은 이와
같다"라고 했는데, 주에서 "근원이 있음을 말한다"라고 했다.

南史何妃傳曰, 楊郎好年少. 此借用. 孟子曰, 原泉混混, 不舍晝夜. 盈科而
後進, 放乎四海. 有本者如是. 注云, 有原本也.

方求無津涯 不作蛙井喜 : 『서경』에서 "지금 우리 은나라가 장차 멸망
하게 되어, 마치 큰물을 건널 적에 나루터나 물가가 보이지 않는 것처
럼 되고 말았다"라고 했다. 『장자・추수편』에서 "공자모가 "그대는 우
물 안의 개구리 이야기를 듣지 못했는가. 어느 날 개구리가 동해 바다
의 자라에게 가서 말하기를 "웅덩이의 물을 내 마음대로 하며 우물 안
의 즐거움을 편하게 독차지하고 있으니 이것 역시 지극한 경지일세""
라고 했다.

書曰, 若涉大水, 其無津涯. 莊子秋水篇, 公子牟曰, 子獨不聞夫埳井之蛙

乎. 謂東海之鰲曰, 擅一壑之水, 而跨跱培井之樂, 此亦至矣.

兒中兀老蒼 趣造甚奇異 : 한유의 「조노련자嘲魯連子」에서 "밭두둑의 우
뚝한 늙은 매가, 발톱과 부리 자랑하는 너를 불쌍하게 여기네"라고 했
다. 『진서·상수전』에서 "기이한 뜻을 밝혔다"라고 했다.

退之詩, 田巴兀老蒼, 憐汝矜爪觜. 晉書向秀傳曰, 發明奇趣.

過閟王公門 袖中有漫刺 : 『한서·추양전』에서 "어느 왕의 문하인들 긴
옷자락을 끌지 못하리까"라고 했다. 『후한서·예형전』에서 "남몰래 명
함 한 통을 품고 다녔는데, 그러나 명함을 줄 만한 사람을 만나지 못하
여 명함이 품속에서 닳고 닳아서 글자가 보이지 않게 되었다"라고 했다.

漢書鄒陽傳, 何王之門, 不可曳長裾. 後漢禰衡傳, 陰懷一刺, 既無所之適,
至於刺字漫滅.

別來阻河山 望遠每障袂 : 도잠의 「답방참군答龐參軍」에서 "정은 만리 너
머로 통하지만, 자취는 강산에 막혀 있네"라고 했다. 송옥의 「고당부」
에서 "잠시 지나면 선명하여 자태가 우아하고 매혹적인 미녀와 같고,
그녀가 긴 소매를 걷어 올리고 햇빛을 가리면, 정인情人을 기다리는 것
같다"라고 했다.

淵明詩, 情通萬里外, 形迹滯江山. 宋玉高唐賦曰, 其少進也, 晰兮若姣
姬,[27] 揚袂障日, 而望所思.

斯文向千載 有志常寡遂 : 도잠의 「음주飲酒」에서 "도가 사라진 지 천년이 되어가네"라고 했다. 위문제의 「여오질서」에서 "덕련의 재주와 학식은 충분히 책을 지을만한데, 아름다운 뜻을 이루지 못했으니 참으로 애석하도다"라고 했다. 『한서』에서 "무제가 동중서에게 조칙을 내려 "나라는 어렵고 백성들은 이룬 게 적다""라고 했다.

陶淵明詩曰, 道喪向千載. 魏文帝與吳質書曰, 德璉才學, 足以著書. 美志不遂, 良可痛惜. 漢書, 武帝策董仲舒曰, 羣生寡遂.

後生文楚楚 照影若孔翠 : 말기末技를 완상하다가 근본을 망각함을 말하였다. 『시경』에서 "말똥구리의 날개 빛, 그 의상이 선명토다"라고 했다. 『박물지』에서 "산 꿩은 아름다운 털을 지녔다. 스스로 그 색을 사랑하여 종일 물에 비춰보다가 눈이 아찔해지면 물에 빠져 죽는다"라고 했다. 『초사』에서 "공작 일산이여 푸른 깃발이로다"라고 했는데, 주에서 "공작의 깃발로 수레의 일산을 만든다"라고 했다.

言玩末而忘本. 詩曰, 蜉蝣之羽, 衣裳楚楚. 照影見上注. 楚辭曰, 孔蓋兮翠旌. 注云, 孔雀之羽爲車蓋.

不應太玄草 晞價咸陽市 : 『한서·양웅전』에서 "내가 바야흐로 『태현경』을 지어 자신을 지켜 담담하다"라고 했다. 『사기·여불위전』에서

---

27 [교감기] '석혜약교희(晰兮若姣姬)'에서 '석혜(晰兮)' 두 글자는 원래 빠졌었는데, 지금 『문선』에 의거하여 보충한다.

"『여씨춘추』를 지어 함양의 저잣거리에 펼쳐놓고 그 위에 천금을 매달았다. 그리고 한 글자라도 더하거나 뺄 수 있는 자가 있으면 천금을 주겠다고 하였다"라고 했다.

漢書揚雄傳曰, 雄方草太玄, 有以自守, 泊如也. 史記呂不韋傳, 著呂氏春秋, 布咸陽市門, 懸千金其上, 有能增損一字者, 予千金.

雨作枕簟秋 官閒省中睡 夢不到漢東 茗椀乃爲祟 : 유종원의 「모첨하시재죽茅檐下始栽竹」에서 "서늘함이 짙은 이슬에 모이고, 베개와 대자리에 서늘함을 이미 아네"라고 했다. 『문선』에 심약의 「학성수와」가 있는데, 이것을 인용하였다. 『좌전』에서 "한수 동쪽 나라 중에 수나라가 큰 나라입니다"라고 했다. 당시 화숙 형서는 수주로 귀양 가고 돈부가 모시고 있었다. 『좌전』에서 "초소왕이 병이 생겨 점을 쳐보니 "하수의 신령이 병의 빌미가 되었다""라고 했다.

柳子厚詩, 淸泠集濃露, 枕簟凄已知. 文選沈休文有學省愁臥詩, 此借用. 左傳, 漢東之國, 隨爲大. 時和叔謫隨州, 惇夫侍焉. 左傳, 楚昭王有疾, 卜之, 曰河爲祟.

聞君肺渴減 頗復佳食寐 讀書得新功 來鴈寄一字 : 돈부는 폐에 병을 앓아 피를 토한다. 산곡이 일찍이 지은 시에서 "폐의 열기는 지금 좋아졌는가, 약간의 시원함은 오동나무 우물에서 생기네"라고 했다. 『악부』에 실린 왕유의 「이주가」에서 "수자리 떠나는 사람에게 은근히 부탁했지, 기러

기 올 때 일찍 편지를 부치라고"라고 했다. ○ 두보의 「등악양루登岳陽樓」
에서 "친한 벗이 한자 글월도 없으니"라고 했다. ○ 소식의 「환심보동년
형시권還深父同年兄詩卷」에서 "한 번 읊조리니 폐의 소갈병이 줄어들고, 두
번 읽으니 두통이 사라졌네"라고 했다.

惇夫病肺嘔血, 山谷嘗有詩云, 肺熱今好否. 微涼生井桐. 樂府伊州歌曰,
征人去日殷勤囑, 歸鴈來時早寄書. ○ 老杜詩, 親朋無一字. ○ 東坡詩, 一哦
肺渴減, 再讀頭風痊.

3. 현동부의 추회에 화운하다. 10수[28]

和邢惇夫秋懷. 十首[29]

첫 번째 수其一

殘暑已倣裝	무더위 한풀 꺾여 이미 행장을 꾸리니
好風方來歸	선선한 바람에 바야흐로 돌아가려네.
未能疏團扇	둥근 부채를 멀리할 수 없지만
且復製秋衣[30]	또한 가을 옷을 만들기도 해야지.
高蟬遽如許	목청 돋운 매미는 급하게도 우는데
長吟送落暉	길게 읊조리며 지는 해를 보내네.
相戒趣女功[31]	여자는 옷을 빨리 만들라 경계하는데
莎蟲能表微	베짱이는 능히 미세한 조짐을 알려주네.

【주석】

殘暑已倣裝 好風方來歸 : 장형이 「사현부」에서 "좋은 날을 가려 비로소 행장을 꾸리네"라고 했는데, 이선의 주에서 "숙倣은 시작하다는 의

---

28 시에 진사도를 읊은 작품이 있으니 앞에 보이는 내용과 같다.

29 [교감기] 문집에서 제목 아래의 주에서 "돈부의 이름은 거실(居實)이다"라고 했다. 명대전본에서 시의 제목 아래의 주에서 "전체 시는 일곱 수인데 나머지는 산일 되어 기록하지 못하였다"라고 했다. 살펴보건대 대전본에서 산일 되었다고 하여 기록하지 않은 것은 두 번째, 세 번째, 네 번째 도합 세 수이다.

30 [교감기] '차(且)'는 문집과 고본, 장지본에서 '파(頗)'로 되어 있다.

31 [교감기] '계촉(戒趣)'는 문집에는 '교촉(敎促)'으로 되어 있다.

미이다"라고 했다. 『춘추·민공원년』의 경문經文에서 "계자가 돌아왔
다"라고 했는데, 『좌전』에서 "민공의 그 일을 칭찬하기 위해서다"라고
했다.

張平子思玄賦曰, 簡元辰而俶裝. 李善注云, 俶, 始也. 春秋閔公元年書, 季
子來歸. 左傳曰, 嘉之也.

未能疏團扇 且復製秋衣 : 반첩여의 「원가행」에서 "합환선을 만드니,
마치 보름달처럼 둥그렇구나. 항상 두려운 건 가을이 와서 서늘한 바
람이 뜨거운 열기를 빼앗아서, 상자 속에 버려져 은정이 중도에 끊어
지는 것"이라고 했다. 『시경·빈풍』에서 "칠월에 대화심성大火心星이 서
쪽으로 내려가면, 구월에는 두꺼운 옷을 주느니라"라고 했다. 『초
사』에서 "연잎을 마름질하여 옷을 만들었다"라고 했다.

班婕妤怨歌行曰, 裁爲合歡扇, 團圓似明月. 常恐秋節至, 涼風奪炎熱. 棄
捐篋笥中, 恩情中道絶. 豳詩曰, 七月流火, 九月授衣. 楚辭曰, 製芰荷以爲衣.

高蟬遽如許 長吟送落暉 : 『후한서·좌자전』에서 "돌연 늙은 숫양 하나
가 두 앞다리를 굽히고 사람처럼 일어서며 말하기를 "급하게도 구는
군""라고 했다. 『문선』에 실린 육기의 「의고시」에서 "여든 노인이 지
는 해를 탄식하네"라고 했다.

後漢左慈傳, 老羝人語曰, 遽如許. 文選陸士衡擬古詩曰, 大耋嗟落暉.

相戒趣女功 莎蟲能表微 : 『춘추고이우』에서 "입추에 촉직이 운다"라고 했는데, 송균이 "촉직은 귀뚜라미이다. 입추가 되면 여자들이 옷을 만드는 일이 급해진다. 그러므로 재촉하는 것이다"라고 했다. 『시경·빈풍』에서 "오월은 여치가 울고 유월은 베짱이 운다. 시월에는 귀뚜라미가 내 침상 아래에 들어온다"라고 했는데, 전에서 "이 세 사물이 이렇게 하는 것은 장차 추위가 점차 닥쳐오기 때문이오, 갑자기 오는 것이 아니다"라고 했다. 「단궁」에서 "계무자가 병들어 누웠는데, 교고가 자신의 제최복을 벗지 않은 채 들어가 찾아보고서 "이 예도가 장차 없어지려고 합니다. 선비들은 오직 공의 문에서만 제최복을 벗습니다"라하자, 계무자가 "또한 좋지 아니한가. 군자는 미세한 잘못을 드러내 밝히는 것이다""라고 했다.[32] 이에 대한 주에서 "표는 밝힘이다"라고 했는데, 이 시에서 차용하여 베짱이가 추위를 경계한 것은 마치 재앙은 하루아침에 오는 것이 아니어서 그 조짐을 일찍 분별해야 하는 것과 같음을 말하고 있다.

春秋攷異郵曰, 立秋促織鳴. 宋均曰, 趣織, 蟋蟀也. 立秋女功急, 故趣之. 豳詩曰, 五月斯螽動股, 六月莎雞振羽, 十月蟋蟀入我牀下. 箋云, 言此三物之如此者, 將寒有漸, 非卒來也. 檀弓曰, 季武子寢疾, 蟜固不說齊衰, 而入見曰, 斯道也, 將亡矣. 士唯公門說齊衰. 武子曰, 不亦善乎. 君子表微. 注云, 表猶

---

32 계무자가 (…중략…) 했다 : 이 구절에 대한 정현(鄭玄)의 주에 말하였다. "계무자(季武子)는 강하고 또 국정(國政)을 전단하였으니, 나라 사람들이 그를 섬기기를 군주와 같이하였으나 교고(蟜固)는 예를 잘 지켜서 그를 두려워하지 않았다"

明也. 此詩借用, 言莎蟲戒寒, 如履霜之辨早.

두 번째 수其二

曩時高唐客	옛날 고당의 여인이
暮雨朝行雲	저녁엔 비, 아침엔 구름이 되었네.
陰居懷天匹	신들의 거소에 있는 천생의 짝을 그리니
楚觀夢紛紜	초의 누각에서 꿈은 분란하네.
我欲覩光儀	나는 빛나는 모습 보고 싶어
齋明炷爐薰[33]	재계하고 화로에 향을 사르네.
天高萬物肅	하늘이 높아 만물이 엄숙해지니
誰爲帝子魂	누가 고인古人의 혼을 부를까.

【주석】

曩時高唐客 暮雨朝行雲 : 송옥의 「고당부」에서 "선왕이 일찍이 고당
에서 노닐다가 한 부인을 보았습니다. 그 여인이 "첩은 무산의 여자로,
고당관의 손님으로 있습니다. 듣자하니 임금께서 고당에서 노닌다고
하니 원컨대 베개와 자리를 받들고 싶습니다"라고 했다. 왕이 인하여
사랑을 나눴다. 그녀가 떠나면서 말하기를 "첩은 무산의 남쪽, 높은 구
릉의 험한 곳에 있습니다. 아침에는 아침 구름이 되고 저녁에는 내리

---

33 [교감기] '노(爐)'는 장지본에는 '향(香)'으로 되어 있다.

는 비가 되어 아침이면 아침마다 저녁이면 저녁마다 양대의 아래에 있
을 것입니다"'라고 했다.

宋玉高唐賦曰, 先王嘗游高堂,[34] 見一婦人, 曰妾, 巫山之女也. 爲高唐之
客. 聞君游於高唐, 願薦枕席. 王因幸之. 去而辭曰, 妾在巫山之陽, 高丘之阻.
旦爲朝雲, 暮爲行雨. 朝朝暮暮, 陽臺之下.

陰居懷天匹 楚觀夢紛紜 : 『문선·낙신부』에서 "비록 태음에 잠겨 처하
지만 길이 군왕에게 마음을 기대리"라고 했는데, 이선의 주에서 "태음
은 여러 신들이 거처하는 곳이다"라고 했다. 또한 "포과성[35]이 짝 없음
을 탄식하고, 견우성이 홀로 처함을 읊조리네"라고 했다. 사혜련의
「칠월칠일七月七日」에서 "은하수에 견우, 직녀성이 있는데, 해가 갈수록
서로 만나지 못하네"라고 했다. 「고당부」에서 "초양왕이 송옥과 운몽
의 누대에서 노닐었다"라고 했다. 또한 "올라 누각의 곁에 이르니, 땅
은 바닥을 덮어 평평하였다"라고 했다. 『본초강목·인삼조』의 주에서
"『약성론』에서 "허약함을 앓으면 대부분 꿈이 분란하다"라고 했다"라
고 했다.

文選洛神賦曰, 雖潛處於太陰, 長寄心於君王. 李善注曰, 太陰, 衆神之所
居. 賦又云, 歎匏瓜之無匹兮, 詠牽牛之獨處. 謝惠連詩, 雲漢有靈匹, 彌年闕

相從. 高唐賦曰, 楚襄王與宋玉遊於雲夢之臺. 又曰, 上至觀側, 地蓋底平. 本草人參條注, 藥性論云, 患人虛而多夢紛紜.

我欲觀光儀 齋明炷爐薰 : 『문선』에 실린 범운范雲의 「고의古意」에서 "끊임없이 광채 나는 모습 그리네"라고 했다. 『예기・중용』에서 "재계하고 성대한 의복으로 제사를 받들게 한다"라고 했다. 『극담록』에서 "당창관[36]에 여자가 있었는데, 옥예화를 잘라 허공으로 뛰어올라 떠나갔다"라고 했다. 엄휴복의 「양주당창관揚州唐昌觀」에서 "종일 마음 재계하고 천제에게 빌어도, 혼이 녹고 눈이 흐릿하여 도를 만나지 못하네"라고 했다.

選詩曰, 脉脉阻光儀. 禮中庸曰, 齋明盛服. 劇談錄曰, 唐昌觀有女子, 折玉蘂花, 騰空而去. 嚴休復有詩曰, 終日齋心禱玉宸, 魂銷眼冷未逢眞.[37]

天高萬物肅 誰爲帝子魂 : 『문선』에 실린 장경양의 「잡시」에서 "용이 칩거하니 따뜻한 기운이 어리고, 하늘이 높으니 만물이 엄숙하네"라고 했다. 『초사・상부인』에서 "상부인이 북저에 강림하니, 눈이 황홀해지며 나상군를 근심스럽게 하네"라고 했다. 이선이 「고당부」에 주를 내면서 인용한 「양양기구전」에서 "적제의 딸이 요희인데, 갑자기 죽어서 무산의 남쪽에 장사 지냈다"라고 했다. 산곡의 이 시의 의미는 죽은 사

---

36 당창관 : 당나라 때 장안의 안업방(安業坊) 남쪽에 있던 집으로, 현종의 딸 당창공주가 기르던 옥예화가 유명하였다.
37 [교감기] '봉(逢)'은 원본과 부교본에 '거(渠)'로 되어 있다.

람을 그리워하지만 볼 수가 없기에 이에 흥을 의탁한 것 같다.

文選張景陽雜詩曰, 龍蟄暄氣凝, 天高萬物肅. 楚辭湘夫人曰, 帝子降兮北
渚, 目眇眇兮愁予. 李善注高唐賦引襄陽耆舊傳, 赤帝女曰姚姬. 未行而卒,
葬於巫山之陽. 山谷此詩, 意若思古人而不得見, 故託興於此.

세 번째 수 其三

七均師無聲	칠음이 조화로워도 소리가 없음을 앞세우고
五和常主淡	오미가 조화로워도 항상 담박한 맛을 주로 하네.
芸芸觀此歸[38]	무성한 만물 돌아간 근원을 보니
一德貫眞濫	한 덕이 참과 거짓을 꿰뚫네.
夢臨秋江水	꿈에 가을 강가에 서니
魚鰕避窺瞰	물고기와 새우도 넘겨보는 걸 피하네.
明月本無心	밝은 달은 본래 무심한데
誰令作寒鑑	누가 차가운 거울이라고 하는가.

【주석】

七均師無聲 五和常主淡 : 『당지』에서 "조효손이 음률을 정하였으니,

---

38 [교감기] '관차귀(觀此歸)'는 문집에서는 '귀차묘(歸此妙)'로 되어 있다. 고본의
    원래 교정에는 "달리 '관차묘(觀此妙)'로 되어 있는 본도 있다"라고 했다.

첫 번째는 궁, 두 번째는 상, 세 번째는 각, 네 번째는 변치, 다섯 번째는 치, 여섯 번째는 우, 일곱 번째는 궁으로, 그 소리는 탁한 음에서 맑은 음에 이르는 것이 일균이 된다"라고 했다. 『회남자』에서 "무음은 소리의 대종이다"라고 했다. 또한 "소리가 없으면서 오음이 울리고 맛이 없으면서 오미가 조화롭다"라고 했다. 『예기·왕제』에서 "오미의 조화가 다르다"라고 했다. '和'의 음은 '胡'와 '臥'의 반절법이다. 양웅의 「해조」에서 "큰 맛은 반드시 담박하다"라고 했다.

唐志, 祖孝孫定律, 一宮二商三角四變徵五徵六羽七變宮, 其聲由濁至淸爲一均. 淮南子曰, 無音者, 聲之大宗也. 又曰, 無聲而五音鳴焉, 無味而五味和焉. 禮記王制曰, 五味異和. 和音胡臥反. 揚推解嘲曰, 大味必淡.

芸芸觀此歸 一德貫眞濫 : 『노자』에서 "무릇 만물은 무성하지만, 각기 그 근원으로 돌아간다"라고 했다. 또한 "만물을 서로 어울려 생겨나는데, 나는 그 돌아감을 본다"라고 했다. 『논어』에서 "하나로써 꿰뚫는다"라고 했다. 한유의 「추회秋悔」에서 "옛 소리는 오래전 파묻혀 사라져, 음의 참과 거짓을 볼 수가 없네"라고 했다.

老子曰, 夫物芸芸, 各歸其根. 又曰, 萬物並作, 吾以觀其復. 魯論曰, 一以貫之. 退之詩, 古聲久埋沒, 無由見眞濫.

夢臨秋江水 魚鰕避窺瞰 明月本無心 誰令作寒鑑 : 본래 당대에 뜻이 없으니, 그것은 밝은 달이 사물을 비추듯 사람은 밝게 보는 그를 당대인

들이 꺼려했기 때문이다. 뜻이 없는 것이 어찌 본심이랴. 한유의 「봉화
괵주 · 경담奉和虢州 · 鏡潭」에서 "물고기와 새우도 피하지 않는데, 다만 교
룡을 비추네"라고 했다. 또한 「기노동」에서 "매양 지붕 대마루 타고 앉
아 아래를 엿보기에, 온 집안이 놀라 달아나다 발목을 삐곤 한다지"라
고 했다. 소식이 만년에 지은 「화황수재감공각和黃秀才鑑空閣」에서 "밝은
달은 본래 절로 밝으니, 무심을 누가 경계로 삼는가. 허공에 걸린 것이
물을 비추듯, 여기에 산하 그림자 그려내네"라고 했다.

言本無意於當世, 人忌其照見之也如明月之鑑物, 豈其心哉. 退之鏡渾詩,
魚鰕不用避, 只是照蛟龍. 又寄盧仝詩, 每騎屋山下窺瞰, 渾舍驚怕走折趾. 東
坡晩年詩亦曰, 明月本自明, 無心孰爲境. 挂空如水鑑, 寫此山河影.

네 번째 수其四

王度無畦畛	왕의 법도는 경계가 없으니
包荒用馮河[39]	거친 이 포용하고 무모한 용맹도 쓰네.
秦收鄭渠成	진은 도랑 완성한 정국을 기용하고
晉得楚材多	진은 초나라의 많은 인재 등용했네.
用人當其物	인재를 기용함에 실상에 맞아야 하니

---

39 [교감기] '빙하(馮河)'는 원본과 부교본, 장지본에 '빙하(憑河)'로 되어 있다. 살
   펴보건대 '빙(馮)'과 '빙(憑)'은 고금자가 통용하니, 이후부터 거듭 나오면 다시
   교정하지 않는다.

不但軸與蕭	다만 은거하는 대인뿐만이 아니라네.
六通而四闢	천지 사방으로 통하고 네 계절 순응하면
玉燭四時和	사시가 조화로워 도가 빛난다네.

【주석】

王度無畦畛 包荒用馮河 : 『좌전』에서 "우리 왕의 법도를 생각하여, 민력을 옥과 같이 여기고 금과 같이 여기니"라고 했다. 『한서·한안국전』에서 "성인은 천하로서 법도를 삼았다"라고 했다. 『장자』에서 "그가 절도 없는 행동을 하면 그대도 그와 함께 절도 없는 행동을 하고"라고 했다. 또한 "관대하기는 마치 무궁한 사해처럼 넓고도 넓어서 이것과 저것의 경계가 없어야 한다네"라고 했다. 한유의 「증최립지贈崔立之」에서 "장부는 끝내 배척하는 마음을 가져서는 안 되네"라고 했다. 『주역·태괘』 구이에서 "거친 것을 포용해주고 황하를 맨몸으로 건너는 용맹을 쓰며, 멀리 있는 것을 버리지 않으면서도 가까운 벗이라 하여 사정私情을 두지 않으면 중도에 맞을 것이다"라고 했는데, 주에서 "거칠고 더러움을 포함포용하여 황하黃河를 맨몸으로 건너는 미련한 자를 받아줄 수 있다. 마음 씀이 크고 넓어서 먼 것을 버리는 바가 없기 때문에 "먼 것을 버리지 않는다"고 말하였다""라고 했다.

王度見上注. 漢書韓安國傳曰, 聖人以天下爲度. 莊子曰, 彼且無町畦, 亦與之爲無町畦. 又曰, 汎汎乎其若四海之無窮, 其無所畛域. 退之詩, 丈夫終莫生畦畛. 易泰卦之九二, 包荒用馮河. 不遐遺朋亡. 得尙于中行. 注謂包含荒穢, 受納馮河者也. 用心宏大, 無所退棄, 故曰不遐遺也.

秦收鄭渠成　晉得楚材多 : 앞에 보이는 「차운자유적계병기次韻子由績溪病
起」에 "인재는 신구를 포용하며"라는 뜻과 같다. 『한서·구혁지』에서
"한은 진이 토목공사 벌이는 것을 좋아한다는 것을 듣고 진을 고달프
게 하면 동쪽으로 정벌하지 않을 것으로 여겼다. 이에 수공 정국을 진
에 간첩으로 보내 속이게 하여 경수를 뚫어 밭에 물을 대도록 하였다.
중간에 일이 발각되자 진은 정국을 죽이려 하였는데, 정국이 "처음 신
이 한의 간자였으나 개천이 완성되면 또한 진나라에 이로울 것입니다"
라 하였다. 이에 진나라는 그렇다고 여겨 마침내 개천을 완성하게 하
였다"라고 했다. ○『좌전』에서 "성자가 진나라에 사신으로 갔다가 돌
아와 초나라로 갔다. 영윤 자목이 그와 더불어 이야기를 나누다가 "진
나라 대부와 초나라 대부 중 어디가 더 낫소"라고 묻자, "초나라에서
인재가 나오지만 진나라가 실제로 쓰고 있습니다"라고 대답하였다. 자
목이 "인재가 될 만한 동족과 인척이 그곳에는 없는가"라 묻자, "비록
있지만 초나라의 인재를 씀이 실로 많습니다"라 대답했다"라고 했다.

亦前詩人材包新舊之意. 漢書溝洫志, 韓聞秦之好興事, 欲罷之, 無令東伐.
使水工鄭國間說秦, 令鑿涇水, 以漑田. 中作而覺, 秦欲殺鄭國. 鄭國曰, 始臣
爲間,[40] 然渠成亦秦之利也. 秦以爲然, 卒使就渠. ○ 左傳, 聲子使於晉, 還如
楚, 令尹子木與之語, 問晉大夫與楚孰賢. 對曰雖楚有材, 晉實用之. 子木曰夫

40　[교감기] '신(臣)'은 원본과 부교본에 '성(誠)'으로 되어 있다.

獨無族姻乎, 對曰雖有而用楚材實多.

用人當其物 不但軸與薖 : 『장자』에서 "말한 것이 사물에 마땅하면 하루 종일 말한 것이 모두 도이다"라고 했는데, 이것을 차용하였다. 『시경·고반』에서 "은거하는 집이 언덕에 있으니 대인의 마음이 넉넉하도다"라고 했는데, 주에서 "'매薖'는 넉넉한 모습이다. 달리 굶주린다는 의미이다"라고 했다. 또한 "그릇 두드리며 언덕에서 노래하니 대인이 은거하여 사는 곳이로다"라고 했는데, 주에서 "축軸은 나아감이다. 또는 병이 든 것이다"라고 했다.

莊子曰, 言而當物, 則終日言而盡道. 此借用. 考槃詩曰, 考槃在阿, 碩人之薖. 注云, 薖, 寬大貌. 一云, 飢意. 又曰, 考槃在陸, 碩人之軸. 注云, 軸, 進也. 一云病也.

六通而四闢 玉燭四時和 : 『장자』에서 "나아가 제왕의 덕을 여섯 가지 방향과 네 가지 차례[41]대로 속속들이 알고 있는 사람"이라고 했다. 여기서는 이것을 차용하여, 마땅히 순임금이 사방의 문을 열어 많은 어진 이를 불러 모은 것처럼 해야 함을 말하고 있다. 『이아』에서 "사시가 조화로운 것을 옥촉이라 이른다"라고 했는데, 주에서 "도의 빛이 빛남이다"라고 했다. 『한서·유향전』에서 "뭇 어진 이들이 조정에서 화합

---

41 여섯 (…중략…) 차례 : 육통(六通)과 사벽(四闢)은 각각 육합(六合)의 공간에 통달하고 사시(四時)의 시간을 따른다는 뜻이다.

하면 만물이 들에서 조화롭다"라고 했다.

莊子曰, 六通四闢於帝王之德. 此借用. 以言當如舜之闢四門, 廣致衆賢也. 玉燭見上注. 漢書劉向傳曰, 衆賢和於朝, 則萬物和於野.

다섯 번째 수其五

相如用全趙	인상여를 기용하여 조나라 강성해졌고
留侯開有漢	유후는 한나라 국운 열었네.
名登太山重	이름은 태산처럼 무겁고
功略天下半	공명은 천하의 반을 뒤덮었네.
讓頗封韓彭	염파에 사양하고 한신과 팽월을 봉하였는데
事成羣疑泮	일이 완수되자 많은 의심이 풀렸네.
天道當曲全	하늘의 도는 응당 굽은 것을 온전히 하니
小智驚後患	작은 지혜는 훗날의 근심을 걱정하지 않네.

【주석】

相如用全趙 留侯開有漢 : 『사기·인상여전』에서 "조 혜문왕을 섬겼다"라고 했다. 「유후세가」에서 "한나라 6년 자양을 유후에 봉하였다"라고 했다.

史記藺相如傳曰, 事趙惠文王. 留侯世家曰, 漢六年, 封張良爲留侯.

名登太山重 功略天下牛：『사기・인상여전』에서 "태사공이 "인상여는 명성이 태산처럼 무거웠으며 그는 지혜와 용기를 겸하였다고 할 수 있다""라고 했다. 「유후세가」에서 "고제가 "군막 안에서 전략을 운용하여 천리 밖에서 승리를 결정한 것은 자방의 공이다""라고 했다. 「오도부」에서 "물길을 내어 천하의 반에 관개하였다"라고 했는데, 이것을 차용하였다.

史記藺相如傳, 太史公曰, 藺相如名重太山, 其處智勇, 可謂兼之矣. 留侯世家, 高帝曰, 運籌帷幄中, 決勝千里外, 此子房功也. 吳都賦曰, 灌注乎天下之牛. 此借用.

讓頗封韓彭 事成羣疑泮：『사기・인상여전』에서 "인상여가 상경이 되어 위치가 염파의 위에 있게 되었다. 염파가 선포하여 말하기를 "내가 상여를 보면 반드시 욕을 보이리라"라 하니, 상여가 듣고 그를 회피하였다. 매번 조회할 때면 병을 핑계 대어 염파와 자리를 다투려고 하지 않았다. 인상여가 외출하여 멀리서 염파를 보고 수레를 이끌어 피하면서 "내가 이렇게 행동하는 것은 국가의 위급함을 먼저하고 개인적인 원수는 뒤로 하기 때문이다""라고 했다. 「유후세가」에서 "한나라 왕이 장량에게 묻기를 "내가 함곡관 동쪽의 땅을 떼어 상으로 주고자 하는데 누가 나와 공을 함께 할 수 있겠소"라 묻자 장량이 "경포와 팽월이니 이 두 사람을 급히 부려야 합니다. 한신은 큰 일을 맡길 수 있으니, 그 땅을 떼어 상으로 주고 싶다면 이 세 사람에게 주면 초나라를 격파

할 수 있습니다"라 하였다. 마침내 초나라를 격파한 것은 이 세 사람의 공이다"라고 했다. 『주역』에서 "비를 만남이 길함은 모든 의심이 없어진 것이다"라고 했다. 『북사·유림전』에서 "쌓여 있던 많은 의심들이 얼음 녹아내리듯 풀렸다"라고 했다. 『시경』에서 "아내를 데려오는 일은 얼음이 녹기 전이라네"라고 했다.

史記相如傳曰,[42] 相如爲上卿, 位在廉頗之右. 廉頗宣言曰, 我見相如, 必辱之. 相如聞, 不肯與會. 每朝時, 常稱病, 不欲與廉頗爭列. 相如出, 望見廉頗, 引車避匿,[43] 曰吾所以爲此者, 以先國家之急, 而後私讎也. 留侯世家曰, 漢王問良, 吾欲捐關以東棄之, 誰可與共功者. 良曰, 黥布彭越, 此兩人可急使. 韓信可屬大事. 卽欲捐之, 捐之此三人, 則楚可破. 卒破楚者, 此三人力也. 易曰, 遇雨之吉, 羣疑亡也. 北史儒林傳序曰, 積滯羣疑, 渙然冰釋. 詩曰, 迨冰未泮.

天道當曲全 小智驚後患 : 『노자』에서 "굽은 것은 온전해지고 구부러진 것은 곧게 된다"라고 했다. 『장자』에서 "작은 지혜는 촘촘하다"라고 했으며, 또한 "한 시대 백성들의 고통을 차마 보지 못하여 만세의 근심거리를 아무렇지도 않게 여기고 있다"라고 했다. 이 시는 앞의 시와 함께 붕당의 조짐을 밝혀서 그 폐단을 구하려고 하였다.

老子曰, 曲則全, 枉則直. 莊子曰, 小智間間. 又曰, 不忍一時之傷, 而驚萬世之患. 此詩與前篇, 皆救朋黨之漸.

---

42 [교감기] 저본에는 '사기인(史記繭)' 세 글자가 빠졌기에 지금 보충한다.
43 [교감기] '인거(引車)'는 원본과 부교본에는 '긍거(亘車)'로 되어 있다.

여섯 번째 수 其六

慶州名父子	경주는 명성 날린 아버지의 아들로
忠勇橫八區	충성과 용기는 천하에 떨쳤네.
許身如稷契	직과 설에 비견된다고 자신하니
初不學孫吳	애초부터 손무, 오기는 배우지 않았네.
荷戈去防秋	창을 들고 방추산으로 갔는데
面皺鬢欲疏	얼굴은 주름지고 머리칼은 성그네.
雖折千里衝	비록 천리 밖에서 적을 꺾더라도
豈若秉事樞	어찌 재상이 되는 것만 하랴.

【주석】

慶州名父子 忠勇橫八區 : 경주는 범덕유를 지칭하는데, 덕유의 이름은 순수純粹이다. 『한서·소육전』에서 "대장군 왕봉은 소육이 이름난 아버지의 자식으로 재능이 있다고 여겼다"라고 했다. 『문선·변망론』에서 "충성과 용기는 백 대에 전해진다"라고 했다. 또한 태충 좌사의 「영사시」에서 "아름다운 명성은 천하에 떨쳐졌다"라고 했다. 두보의 「별이의別李義」에서 "곧은 기운은 천지에 뻗쳤네"라고 했다.

慶州謂范德孺, 見上注. 漢書蕭育傳, 以育名父子, 著材能. 文選辨亡論曰, 忠勇百世. 又左太沖詠史詩曰, 英名擅八區. 老杜詩, 直氣橫乾坤.

許身如稷契 初不學孫吳 : 두보의 「자경부봉선현영회自京赴奉先縣詠懷」에

서 "어찌 그리 어리석은가, 조심스럽게 직과 설에 비교해 보네"라고 했다. 『진서·산도전』에서 "손무孫武와 오기吳起를 배우지 않았지만 눈에 보이지 않게 합치합니다"라고 했다.

老杜詩, 許身一何愚, 自比稷與契. 晉書山濤傳, 不學孫吳而闇與之合.

荷戈去防秋 面皺鬢欲疎 : 『시경』에서 "창과 몽둥이를 들고"라고 했다. 두보의 「기동가영」에서 "들으니 그대의 아장은, 방추변장으로 붉은 하늘에 가깝다고 하네"라고 했다. 『능엄경』에서 "파사닉왕이 "나이가 들어 늙어가게 되자 머리는 세어지고 얼굴은 주름졌습니다""라고 했다.

荷戈見上注. 老杜寄董嘉榮詩曰, 聞道君牙帳, 防秋近赤霄. 楞嚴經, 波斯匿王曰, 迫於衰耄, 髮白面皺.

雖折千里衝 豈若秉事樞 : 『안자춘추』에서 "범소가 진평왕에게 이르기를 "제나라는 병합할 수가 없습니다. 제가 그 임금을 시험하려고 하니 안자가 알았고, 제가 그 음악을 범하고자 하니 태사가 알았습니다"라고 하니, 이에 제나라를 정벌하려는 계책을 그만두었다. 공자가 이를 듣고서 "술동이와 도마 사이에서 벗어나지도 않고 천리 밖에 있는 적을 꺾어버렸으니, 안자를 이르는 말이다""라고 했다. 한유의 「남해묘비」에서 "어찌 그 일을 골고루 넓혀서 재상이 되지 않게 하겠는가"라고 했다. ○ 범 문정공은 대단히 충실하고 신실하여 비록 공명을 좋아하긴 하였지만 붕당을 짓지는 않았다. 젊은 시절 신국공 여이간呂夷簡을

배척하고 훌륭한 일을 이루는 데 용감하였다. 그 무리가 그로 인하여 지나치게 엄하고 지나치게 꼿꼿한 것을 공은 좋아하지 않았다. 그가 목주에서 조정으로 돌아왔다가 서쪽 변방을 다스리러 나가게 되었는 데, 여 신공이 도와주지 않으면 공을 이룰 수 없는 것을 염려하여 자신을 탓하는 글을 써서 원한을 풀고 떠났다. 그 후에 참지정사로 섬서를 안무하게 되었는데, 이때 이미 늙어 정주에 살고 있던 신공을 길에서 만났다. 범 문정공은 자신이 중서성에 있어 봐서 일이 어렵다는 것을 알았으므로 다만 잘못을 뉘우치는 말만 하였다. 이에 신공이 날이 저물도록 혼연히 함께 이야기를 나누었다. 신공이 묻기를 "어찌하여 급히 조정을 떠났습니까"라 하자, 문정공이 "서쪽 변방을 다스리기 위해서입니다"라고 답했다. 신공이 "서쪽 변방을 다스리는 것은 조정에 있으면서 다스리는 편리함만 못합니다"라고 하였다. 문정이 그 말을 듣고 몹시 놀랐다. 이 일은 소철의 『용천지』에 보인다. 이것을 안다면 산곡의 시가 더욱 맛이 있을 것이다.

折衝見上注. 退之南海廟碑詩曰, 胡不均弘, 俾執事樞. ○ 范文正公篤於忠亮, 雖喜功名, 而不爲朋黨. 早歲排呂申公, 勇於立事, 其徒因之, 矯厲過直, 公不喜也. 自睦州還朝, 出領西事, 恐申公不爲之地, 無以成功, 乃爲書自咎, 解仇而去. 其後以參知政事安撫陝西, 申公旣老居鄭, 相遇於塗. 文正身歷中書, 知事之難, 有悔過之語. 於是申公欣然相與語終日. 申公問曰, 何爲亟去朝廷, 文正言, 欲經略西事耳. 申公曰, 經制西事, 莫如在朝廷之便. 文正爲之愕然. 事見蘇黃門龍川志. 知此, 然後知山谷之詩有味也.[44]

일곱 번째 수其七

謝公蘊風流	사공은 풍류가 온축되어
詩作鮑照語	시는 포조의 문사를 구사하네.
絲蟲縈草紙	거미줄이 초고를 얽어맸어도
筆力挾風雨	필력은 비바람을 담고 있네.
萬里投諫書	머나먼 만 리에서 올려진 상소에
石交化豺虎	돌 같던 교유가 원수처럼 되었네.
世方用賢髦	세상이 바야흐로 현인을 기용하는데
先成泉下土	먼저 황천의 흙이 되었구나.

【주석】

謝公蘊風流 詩作鮑照語 : 사공은 아마도 사후일 것이다. 사후의 이름은 경초로 남양 사람이다. 『남사』에서 "포조의 자는 명원으로 문사가 넉넉하고 빼어났다. 일찍이 『고악부』를 지었는데, 문장이 매우 굳세고 아름다웠다"라고 했다.

謝公當是師厚. 師厚名景初, 南陽人. 南史, 鮑照字明遠, 文辭贍逸, 嘗爲古樂府, 文甚遒麗.

---

44 [교감기] '범문정공(范文正公)'부터 '유미야(有味也)'는 원본과 부교본에 이 조목의 주석이 없다. 또한 통행본 『용천별지』 권상에 '여신공(呂申公)'은 '여허공(呂許公)'으로 되어 있으니 즉 여이간이다. 『황정견시집』에 주를 단 임연(任淵) 당시에 다른 본이 있었으니, 그렇다면 여신공은 즉 여공저(呂公著)로 여이간의 아들이며 범중엄과 아무런 상관이 없다.

絲蟲縈草紙 筆力挾風雨 : 유고에 비록 거미줄이 얽혔지만 붓과 먹으로 그려낸 빼어나고 우뚝한 기상은 끝내 가릴 수 없음을 말한다.『서경잡기』에서 "회남왕이『홍렬』을 짓고 스스로 말하기를 "글자 사이에 바람과 서리가 담겨 있다""라고 했다. 두보의 「기이백寄李白」에서 "붓을 들면 비바람에 놀라고"라고 했다.

言遺藁雖爲蛛絲所縈, 而翰墨英特之氣, 終不可掩. 西京雜記, 淮南王著鴻烈, 自云, 字中皆挾風霜. 老杜詩, 筆落驚風雨.

萬里投諫書 石交化豹虎 世方用賢髦 先成泉下土 : 사후는 성도로제형이 되었다가 잔치하고 술 마신 일에 연좌되어 언간의 공격을 받아 희녕 5년에 마침내 죄를 받고 파직되었다. 이 시에 구사된 말을 보면 그렇게 된 원인이 있었던 것 같다. 「소진전」에서 "이것이 이른바 원수 관계를 청산하고 돌처럼 단단한 벗이 된다는 것이다"라고 했다. 반고의『한서』에서 장이와 진여에 대해 서술하기를 "장이와 진여의 교유는 부자와 같았는데, 나라를 두고 권력을 다투면서 도리어 승냥이와 호랑이같이 되었다"라고 했다.『문선』에 실린 장맹양의 「칠애」에서 "옛날엔 만승의 임금이었는데, 지금은 산의 흙이 되었네"라고 했다.

師厚爲成都路提刑, 坐燕飲事, 爲言者所攻, 熙寧五年遂以罪廢. 觀此詩語, 似有所因. 蘇秦傳曰, 此所謂棄仇讐而得石交者也. 班固漢書, 張耳陳餘述曰, 張陳之交游如父子, 據國爭權, 還如豹虎. 文選張孟陽七哀詩曰, 昔爲萬乘君, 今爲丘山土.

여덟 번째 수其八

今日呂虢州	오늘의 여 곽주는
堂堂古遺直	당당하여 옛날 강직한 유풍을 지녔네.
許國輸九死	나라에 아홉 번 죽을 각오를 바치니
補天鍊五色	하늘을 깁기 위해 오색 돌을 제련했네.
頗修諫員缺	결원된 간원의 임무 자못 수행했는데
人壽無金石[45]	사람은 쇠나 돌처럼 장수할 수 없네.
西風壯夫淚[46]	서풍에 장부는 눈물 흘리는데
多爲程顥滴	대부분 정호 때문에 우는 것이라네.

【주석】

今日呂虢州 堂堂古遺直 : 곽주는 무엇을 말하는지 알 수 없다. 『좌전』에서 "공자가 "숙향은 옛날의 강직한 풍도를 이은 사람이다""라고 했다.

虢州未詳. 左傳, 孔子曰, 叔向, 古之遺直也.

許國輸九死 補天鍊五色 : 『진서・주찰전』에서 "왕도가 주찰과 신하들에 대해 의논하며 문득 나라를 위해 몸을 바쳐 죽은 뒤에 그만둘 사람이라고 하였다"라고 했다. 『문선』에 실린 조식의 「구자시表求自試表」에

45　[교감기] '무(無)'는 원본과 장지본에는 '비(非)'로 되어 있다. 시의 의미를 살펴보건대, '비(非)'라 지은 것은 옳은 것 같다.
46　[교감기] '부(夫)'는 문집과 고본에는 '사(士)'로 되어 있다. 원래 교정에는 "달리 '부(夫)'로 되어 있는 본도 있다"라고 했다.

서 "명군에게 재능을 다 바친다"라고 했다. 『초사』에서 "비록 아홉 번 죽더라도 후회하지 않겠다"라고 했다. 『열자』에서 "천지도 또한 사물이다. 사물에 부족한 바가 있기에 옛날에 여와가 오색의 돌을 제련하여 그 구멍 난 곳을 메웠다"라고 했다.

晉書周札傳, 王導議札與臣等, 便以身許國, 死而後已. 文選曹子建表曰, 輸能於明君. 楚辭曰, 雖九死其猶未悔. 列子曰, 天地亦物也, 物有不足, 故昔者女媧鍊五色石以補其闕.

頗修諫員缺 人壽無金石 : 『문선·고시』에서 "인생은 쇠와 돌이 아니니, 어찌 오래 장수할 수 있으랴"라고 했다.

文還古詩曰, 人生非金石. 豈能長壽考.

西風壯夫淚 多爲程顥滴 : 한강이 지은 「명도정선생묘지」에서 "백순의 휘는 호로 원풍 8년 6월에 타계하였다. 어진 사대부 가운데 마땅히 천자의 좌우에 있어야 할 자를 꼽으면 선생이 반드시 들어간다"라고 했다. 『실록』에서 "어사중승 여공저가 정호를 추천하여 태자중윤에 임명되었으며 감찰어사이행을 맡았다. 후에 감여주주세관으로 좌천되었다. 철종이 즉위하자 그를 불러 종정승을 삼았는데, 임무를 맡기도 전에 병으로 죽었다. 정호는 세상을 경영할 뜻이 많았는데 불행하게도 일찍 세상을 떴다. 그를 알던 모르던 사대부라면 모두 슬퍼하였다"라고 했다. 『실록』을 살펴보니 정호와 이상, 손각 등은 희녕 연간에 청묘

법이 불편하다고 아뢰었다가 모두 외지로 쫓겨났다고 하였다.

韓絳作明道程先生墓誌曰, 伯淳諱顥, 元豐八年六月卒. 自元豐以來, 論賢士大夫, 宜在天子左右者, 君必豫焉. 實錄曰, 御史中丞呂公著, 薦顥授太子中允, 權監察御史裏行, 後謫監汝州酒稅. 哲宗卽位, 召爲宗正丞. 未行, 以疾卒. 顥深有經濟之意, 不幸早死. 士大夫識與不識, 莫不哀傷. 按實錄, 顥與李常孫覺, 熙寧中嘗言靑苗不便, 皆外任云.

아홉 번째 수其九

吾友陳師道	나의 벗인 진사도
抱瑟不吹竽	비파를 안고 피리를 불지 않네.
文章似揚馬	문장은 양웅, 사마상여와 비슷하니
欬唾落明珠	뱉은 침도 맑은 구슬로 떨어진다네.
固窮有膽氣	참으로 곤궁해도 담대한 기상 있으니
風壑嘯於菟	바람 이는 골짝에 호랑이 울어대네.
秋來入詩律	가을 오니 시를 짓는데
陶謝不枝梧	도연명, 사령운도 대적할 수 없네.

【주석】

吾友陳師道 抱瑟不吹竽 : 『문선』에 실린 한유의 「증별원십팔贈別元十八」에서 "우리 벗 유자후, 그 사람 재주 있고 어질지"라고 했다. 또한 「답

진상서」에서 "제왕이 피리를 좋아하였다. 제나라에 벼슬을 구하려는 자가 있었는데, 비파를 안고 가서 왕의 문에 서 있었으나 3년이 지나도 들어가지 못하였다. 객이 꾸짖기를 "왕은 피리를 좋아하는데, 그대는 비파를 연주하니, 비파 연주를 비록 잘하지만 왕이 좋아하지 않으니 어쩌란 말인가""라고 했다.

選之詩曰, 吾友柳子厚, 其人藝且賢. 又答陳商書曰, 齊王好竽. 有求仕於齊者, 據瑟而往, 立王之門, 三年不得入. 客罵之曰, 王好竽, 而子鼓瑟. 瑟雖工, 如王不好何.

文章似揚馬 欬唾落明珠 : 양웅과 사마상여를 가리킨다. 『후한서』에서 "조일이 노래하기를 "세도가가 그를 좋아해, 내뱉은 침도 절로 구슬이 되네""라고 했다.

謂揚雄司馬相如. 後漢, 趙壹歌曰, 勢家多所宜, 欬唾自成珠.

固窮有膽氣 風壑嘯於菟 : '고궁固窮'는 『논어』에 보이는 바 곤궁하여도 도를 지킨다는 말이다. 한유의 「송장도사送張道士」에서 "신에게도 담과 기백이 있으니, 차마 초가집에서 죽을 수는 없네"라고 했다. 두보의 「기증왕십장군승준寄贈王十將軍承俊」에서 "장군은 담대한 기상이 굳세어"라고 했다. 구양수의 「병서부」에서 "그늘진 골짜기 으스스하여 슬픈 바람이 거세네"라고 했다.

固窮見上注. 退之送張道士詩曰, 臣有膽與氣, 不忍死茅茨. 老杜詩, 將軍膽氣雄. 歐陽公病署賦云, 陰堅慘慘多悲風.

秋來入詩律 陶謝不枝梧 : 두보의 「승침팔장동미제선부원외랑承沈八丈東
美除膳部員外郎」에서 "뭇 공들이 시를 물어보며, 유문으로 역사에 정통했
네"라고 했다. 또한 「야청허십일송시夜聽許十一誦詩」에서 "도연명, 사령
운도 맞설 수 없고, 『시경』과 『이소』처럼 추앙 받네"라고 했다. 도는
연명을 이르고 사는 령운을 이른다.

老杜詩曰, 詩律羣公問, 儒門舊長史. 又曰, 陶謝不枝梧, 風騷共推激. 陶謂
淵明, 謝謂靈運.

열 번째 수其十

邢子臥北窗	형자는 북창에 누워
吟秋意少悰	가을을 읊으니 조금은 즐거우리.
讀書用意苦	독서는 고심하면서 뜻을 찾는데
嘔血驚乃翁	피를 토하니 너의 부친이 놀라네.
安得和扁輩	어찌하면 의화나 편작 같은 의원 찾아
爲浣學古胷	옛 것 배우는 가슴을 씻어 볼까나.
肺熱今好否	폐의 열기는 지금 좋아졌는지
微涼生井桐⁴⁷	약간의 시원함은 오동나무 우물에서 생기네.

---

47 [교감기] '생정동(生井桐)'은 장지본에는 '정생동(井生桐)'으로 되어 있다.

【주석】

邢子臥北窗 吟秋意少悰 : 도잠의 「여자소」에서 "일찍이 말하노니 5~6월에 북창 아래 누워 잠시 불어오는 서늘한 바람을 맞으면 희황 시대의 백성인가 생각이 든다. 생각이 좁고 지식은 적지만 뱉은 말을 지키려고 했다. 세월은 흘러가는데 기교는 적으니 먼 옛날을 찾으려 해도 아득하니 어찌할까"라고 했다. 『한서·광릉여왕서전』에서 "출입 하는데 기꺼이 즐기는 것이 없네"라고 했는데, 주에서 "종悰은 또한 즐 겁다는 의미이다"라고 했다.

臥北窗見上注. 漢書廣陵厲王胥傳, 歌曰, 出入無悰爲樂亟. 注云, 悰, 亦樂也.

讀書用意苦 嘔血驚乃翁 : 두보의 「해민解悶」에서 "음갱과 하손의 고민 했던 심사를 다시 깨닫네"라고 했다. 『좌전』에서 "활집에 엎드려 피를 토했다"라고 했다. 『한서·항우전』에서 "고조가 "반드시 네 아버지를 삶고자 한다면 나에게도 한 그릇 나눠주길 바란다""라고 했다.

老杜詩, 更覺陰何苦用心. 左傳曰, 伏弢嘔血. 漢書項籍傳, 高祖曰, 必欲烹 乃翁, 幸分我一杯羹.

安得和扁輩 爲浣學古肓 : 의화는 『좌전』에 보인다. 편작은 『사기·편 작전』에 보이는데 "상고에 유부라는 의원이 있었는데, 장과 위를 씻어 내고 오장도 세척하였다"라고 했다. 『서경』에서 "옛 것을 배우고 관원 에 들어간다"라고 했다.

醫和見左傳. 扁鵲見史記扁鵲傳曰, 上古俞跗, 湔浣腸胃, 滌洗五藏. 書曰, 學古入官.

肺熱今好否 微涼生井桐: 포조의 시에서 "때가 위태로워 각자 명령에 달려가는데, 끝내 폐와 간이 타들어가네"라고 했다. 두보의 「추정秋情」에서 "하늘 높은 가을에 폐의 기운이 소생하리"라고 했다. 위 명제의 「맹호행猛虎行」에서 "두 오동이 빈 샘에서 자라네"라고 했다.

鮑照詩, 時危各奔命, 終然肺肝熱. 老杜詩, 高秋蘇肺氣. 魏明帝詩, 雙桐生空井.

4. 사공정이 이범의 「추회오수」에 화답하면서 나를 불러 함께 지었다[48]

謝公定和二范秋懷五首邀予同作[49]

첫 번째 수其一

西風一葉脫[50]	서풍에 나뭇잎 하나 떨어지기 시작하면
迹已不可掃[51]	그 자취를 다 쓸어낼 수 없다네.
巷有白馬生	마을에 백마 탄 서생이 있으니
朝回焚諫草	조회에서 돌아와 간하던 초고를 태우네.
誰云事君難	누가 임금 섬기기 어렵다고 말하는가
是亦父子間	이 또한 부자간과 같네.
所要功補袞	중요한 것은 임금을 허물을 보충함이니
不言能犯顏	마주하여 잘못을 지적한다고 말하지 말게.

---

48 시에서 말한 '황령(黃令)'은 황기복(黃幾復)을 이른다. 기복은 정묘년에 바야흐로 이부로 와서 임무를 바꿔 맡았으니, 2년에 지은 시에 보인다. 이 시는 아마도 원년에 지은 것이 분명하다. 또한 진사도를 읊은 작품이 있으니 앞의 내용과 같다.

49 [교감기] 문집과 고본에서는 시의 제목 아래의 주에 "사공정의 이름은 종(悰)이다"라고 했다.

50 [교감기] '일엽(一葉)'은 장지본에는 '목엽(木葉)'으로 되어 있다.

51 [교감기] 전본과 건륭본에는 '적이(迹已)'의 '이(已)'가 '역(亦)'으로 되어 있다. 건륭본의 이 구의 아래의 주에서 "내가(옹방강)이 살펴보건대, '역(亦)'자는 『정화록』에는 '이(已)'로 되어 있다"라고 했는데, 지금 문집과 원본, 장지본에는 모두 '이(已)'로 되어 있다.

【주석】

西風一葉脫 迹已不可掃 : 『회남자』에서 "떨어지는 잎 하나를 보고 한 해가 장차 저물 것을 안다"라고 했다. 사장의 「월부」에서 "동정호가 비로소 물결치면 나뭇잎이 조금씩 떨어진다"라고 했다. 『문선·북산이문』에서 "간혹 나뭇가지를 날려 바퀴를 부러뜨리거나, 가지를 눕혀 혼적을 쓸어버려라"라고 했는데, 이것을 인용하여 가을 잎이 시들기 시작하여 잎이 지면 다시 자취를 쓸 수 없음을 말하고 있다.

淮南子曰, 見一葉落, 而知歲之將暮. 謝莊月賦曰, 洞庭始波, 木葉微脫. 文選北山移文曰, 或飛柯以折輪, 乍低枝而掃迹. 此引用, 言秋葉之變衰, 不復可掃迹也.

巷有白馬生 朝回焚諫草 : 『후한서·장담전』에서 "장담은 백마를 탔는데, 광무제가 매번 장담을 보면 문득 "백마생이 또 간하러 온다""라고 했다. 두보의 「곡강曲江」에서 "조정에서 돌아오면 날마다 봄옷 저당 잡혀"라고 했으며, 또한 「만출좌액晚出左掖」에서 "사람 피하여 간언한 글 태우며, 말에 오르니 닭이 횟대에 오르네"라고 했다. 『당서』에서 "마주가 소장을 태우면서 "관중와 안영은 임금의 허물을 드러내어 죽은 뒤에도 명성을 얻었는데, 나는 그렇게 하지 않겠다""라고 했다. 『위지·진군전』의 주에서 "앞뒤로 잘잘못을 자세히 진술하였으니 매번 봉사를 올릴 때 그 초고를 없애버렸다"라고 했다. 『원자』에서 "어진 이는 사람을 사랑하니 그것을 임금에게 베푼 것을 충이라 이르고 어버이에

게 베푼 것을 효라 이르니 그 근본은 하나이다. 그러므로 임금과 어버이가 허물이 있으면 간하는데, 받아들이지 않으면 반복해서 멈추지 않고 말해야 하며, 차마 널리 허물을 알려서는 안 된다"라고 했다. 군자들이 진군을 이에 덕이 있는 장자라고 부른 것이다.

後漢書張湛傳, 湛常乘白馬, 光武每見湛, 輒言白馬生且復諫矣. 老杜詩, 朝回日日典春衣. 又詩, 避人焚諫草, 騎馬欲雞栖. 唐書馬周焚章表曰, 管晏暴君之過, 取身後名, 吾不爲也. 魏志陳羣傳注曰, 前後密陳得失, 每上封事, 輒削其草. 袁子曰, 夫仁者愛人, 施於君謂之忠, 施於親謂之孝, 其本一也. 故君親有過, 諫而不入, 求之反覆, 不得已而言, 不忍宣也. 君子謂陳羣於是乎長者矣.

誰云事君難 是亦父子間 所要功補袞 不言能犯顏 : 의미는 이미 앞의 주에 보인다. 『예기·단궁』에서 "어버이를 섬길 때 허물은 감추고 잘못을 직간하지 않으며, 임금을 섬길 때는 잘못을 직간하며 허물을 감추지 않는다"라고 했는데, 주에서 "은隱은 그 허물을 드날리지 않는다는 말이며, 무범無犯은 얼굴을 마주하고 간하지 않는다는 말이다"라고 했다. ○『논어』에서 "임금 노릇하기는 어렵고, 신하 노릇하기는 쉽지 않다"라고 했다. 또한 "임금을 섬길 때 나아가기는 어렵게 하고 물러가기는 쉽게 한다"라고 했다. 『시경』에서 "임금의 직무에 허점이 있자, 다만 중산보가 도왔다"라고 했다.

意已見上注. 禮記檀弓曰, 事親有隱而無犯, 事君有犯而無隱. 注云 隱謂不稱揚其過失, 無犯謂不犯顏而諫. ○ 語曰, 爲君難, 爲臣不易.[52] 又曰,[53] 事君

難進而易退. 詩, 袞職有闕, 惟仲山甫補之.[54]

두 번째 수其二

四會有黃令	사회현의 황개 수령은
學古著勳多	옛 도를 배워 드러난 업적이 많네.
白頭對紅葉	흰머리로 붉은 잎을 대하니
奈此搖落何	이 늙어감을 어찌할까.
雖懷斲鼻巧	비록 콧날의 백토를 깎는 재주를 지녔지만
有斧且無柯	도끼날만 있고 자루가 없구나.
安得五十絃	어찌하면 오십 줄 거문고 얻어
奏此寒士歌	이 가난한 선비의 노래를 연주해 볼까.

【주석】

四會有黃令 學古著勳多 : 이 도에 공훈이 있음을 이른다. 사회현은 단주에 속한다. 황령의 이름은 개이며 자는 기복으로 산곡이 그의 묘지명을 지었다. 『서경·열명』에서 "옛 가르침을 배워야 얻음이 있을 것

---

52 [교감기] '어왈(語曰)' 이하는 원본에 이 조목의 주가 없다. 살펴보건대 이 부분의 주는 『논어』 「자로」에서 나왔다.

53 [교감기] '우왈(又曰)'은 전본에는 '예기유행왈(禮記儒行曰)'로 되어 있다. 살펴보건대 이 부분의 주는 『예기』 「표기」에서 나왔다.

54 [교감기] '시왈(詩曰)' 이하 세 구는 전본에 이 조목의 주가 없고, 달리 '보곤견전주(補袞見前注)'로 되어 있다.

입니다"라고 했다. 조식의 「여양덕조서與楊德祖書」에서 "어찌 다만 붓과 먹으로 공훈을 세우랴"라고 했는데, 이 의미를 반대로 사용하였다. 『풍속통』에서 "대개 엄양운의 공적이 왕실에 드러났다"라고 했다.

謂有功於此道也. 四會縣隸端州. 黃令名介, 字幾復, 山谷爲作墓誌銘. 書說命曰, 學于古訓, 乃有獲. 曹子建書曰, 豈徒以翰墨爲勳績. 此反其意而用之. 風俗通曰, 蓋嚴楊惲勳著王室.

白頭對紅葉 奈此搖落何 : 송옥의 「구변」에서 "슬프다! 가을 기운이여. 쓸쓸하게 초목은 바람에 흔들려 땅에 지고 쇠한 모습으로 바뀌었도다"라고 했다. 선종 때 궁녀가 지은 고시에서 "물은 어찌하여 이리도 급히 흐르는가, 깊은 궁궐은 한가롭기만 하네. 은근한 마음 단풍잎에 실어 보내니, 인간 세상으로 잘 흘러가거라"라고 했다.

宋玉九辯曰, 悲哉秋之爲氣也, 蕭索兮草木搖落而變衰. 古詩, 水流何太急, 深宮盡日閑. 殷勤謝紅葉, 好去到人間.

雖懷斲鼻巧 有斧且無柯 :『장자』에서 "장자가 장례식에 참석하려고 혜자의 묘 앞을 지나가다가 따르는 제자를 돌아보고 말했다. "영 땅 사람 중에 자기 코끝에다 백토를 파리 날개만큼 얇게 바르고 장석匠石에게 그것을 깎아 내게 하자 장석이 도끼를 바람 소리가 날 정도로 휘둘러 백토를 깎았는데 백토는 다 깎여졌지만 코는 다치지 않았고 영 땅 사람도 똑바로 서서 모습을 잃어버리지 않았다. 송나라 원군이 그 이

야기를 듣고 장석을 불러 "어디 시험 삼아 내게도 해 보여 주게" 하니까 장석은 "제가 이전에는 그렇게 할 수 있었지만 지금은 그 기술의 근원이 되는 상대가 죽은 지 오래되었습니다" 하더니만 지금 나도 혜시가 죽은 뒤로 장석처럼 상대가 없어져서 더불어 이야기할 사람이 없어졌다'"라고 했다. 『시경·벌가』의 주에서 "가柯는 도끼자루이다"라고 했다.

斲鼻見上注. 伐柯詩注曰, 柯, 斧柄也.

安得五十絃 奏此寒士歌 : 그 소리가 슬프다는 것을 말한다. 『한서·교사지』에서 "황제가 소녀에게 명하여 거문고를 타라고 하였는데 황제의 슬픔이 그치지 않자, 이에 오십 줄의 깨뜨려서 스물다섯 줄의 거문고를 만들었다"라고 했다. 『장자』에서 "증자가 위나라에 거할 때, 옷깃을 여미려 하면 팔꿈치가 나오고, 짚신을 신으면 발뒤꿈치가 터졌다. 신발을 끌면서 상송을 부르면, 그 소리가 천지에 가득 차 마치 금석에서 나오는 것 같았다"라고 했다. 『남사·유상전』에서 "저언이 돌아와 말하기를 "가난한 선비는 공손하지 않다""라고 했다.

言其聲之悲也. 漢書郊祀志曰, 黃帝命素女鼓瑟, 帝悲不止, 故破五十絃爲二十五絃. 莊子曰, 曾子居衛. 捉衿而肘見, 納屨而踵決, 曳履而歌商頌, 聲滿天地, 若出金石. 南史劉祥傳, 褚彦回曰, 寒士不遜.

세 번째 수其三

采蓮涉江湖	연을 따러 강호를 건너고
采菊度林藪	국화 따러 숲으로 들어가네.
插鬢不成妍	머리에 꽃을 꽂아도 예쁘지 않으니
誰憐飛蓬首	누가 쑥대처럼 날리는 머리칼을 가련타할까.
平生耦耕地	평생 나란히 밭 갈았는데
風雨深稂莠	비바람에 잡초가 무성하구나.
謝公遂如此	사공이 드디어 이처럼 되었으니
永袖絶絃手	소매에 손을 넣고 영원히 연주하지 않으리.

【주석】

采蓮涉江湖 采菊度林藪 : 마음 씀이 고달픔을 말한다. 『고악부』의 「강남江南」에서 "강남에서 연꽃을 따려니"라고 했다. 『문선·고시』에서 "강을 건너 부용을 따네"라고 했다. 도잠의 「음주飮酒」에서 "동쪽 울타리에서 국화를 따며"라고 했다. 반고의 『전인』에서 "도덕의 샘을 따르고 인의의 숲에서 안주를 따네"라고 했다.

言用心之苦也. 古樂府詩曰, 江南可采蓮. 選詩曰, 涉江采芙蓉. 淵明詩曰, 采菊東籬下. 班固典引曰, 餚核仁義之林藪.

插鬢不成妍 誰憐飛蓬首 : 지기가 없음을 말한다. 두보의 「가인」에서 "꽃을 꺾어 머리에 꽂지도 않으며, 따낸 잣이 금세 한 움큼이네"라고

했다. 『문선』에 실린 포조의 「학유공간체學劉公簡體」에서 "희고 깨끗해
도 어여쁘지는 않아"라고 했다. 『시경·위풍·백혜』에서 "그대가 동으
로 간 뒤, 머리칼은 쑥대처럼 날리네. 어찌 목욕하고 기름을 바르지 않
을까마는, 누굴 위해서 단장하랴"라고 했다. 산곡은 사사후에게 지우
를 받아 그에게 시를 배웠다. 이 시를 지을 때 사후는 이미 타계하였다.

言無知己也. 老杜佳人詩曰, 摘花不挿髻, 采柏動盈掬. 選詩曰, 皎潔不成
姸. 詩衛風伯兮曰, 自伯之束, 首如飛蓬. 豈無膏沐, 誰適爲容. 山谷受知於謝
師厚, 從之學詩. 作此詩時, 師厚已死.

平生耦耕地 風雨深稂莠 : '우경耦耕'은 장저와 걸닉이 은거하여 나란히
밭 갈았다는 내용으로 『논어』에 보인다. 『남사·도연명전』에서 "남편
은 앞에서 밭 갈고 아내는 뒤에서 호미질한다"라고 했다. 산곡의 전부
인은 사후의 딸로 먼저 죽었다. 『시경』에서 "강아지풀도 없었고 가라
지도 없었거든"이라고 했다. ○ 유향의 봉사에서 "강아지풀과 가라지
가 쑥대와 함께 자란다"라고 했다.

耦耕字見魯論. 南史陶淵明傳, 夫耕於前, 妻鋤於後. 山谷前娶師厚之女先
死矣. 詩云, 不稂不莠. ○ 劉向封事, 稂莠與蓬蒿並興.

謝公遂如此 永袖絶絃手 : 왕희지의 「환공당양첩桓公當陽帖」에서 "채공
이 마침내 위독하게 되었다"라고 했다. 『진서』에서 "왕이의 자는 세장
으로, 세장이 타계하였다. 이에 명제가 "세장이 다시 이에 이르렀구

나'"라고 했다. 한유의 「제자후문」에서 "대장은 옆에서 팔짱을 낀 채 보고만 있다"라고 했다. 『여씨춘추』에서 "종자기가 죽자 백아는 거문고 줄을 끊어 버렸으니, 세상에 자신의 음을 알아주는 이가 없기 때문이다"라고 했다.

王羲之帖云, 蔡公逡委篤. 晉書, 王廙字世將, 廙卒, 明帝曰, 世將復至於此. 退之祭子厚文曰, 大匠旁觀, 縮手袖間. 呂氏春秋曰, 鍾期死, 伯牙逡絶絃, 以世無知音.

네 번째 수其四

往日孫陽翟	지난날 양적 현령 손분은
才可任遺補	재주가 보궐, 습유를 맡길만했지.
擊強如摧枯	썩은 나무 꺾듯 강한 토호 무너뜨리고
食蘗不知苦	소태를 먹어도 쓴 줄을 몰랐네.
屬者缺諫垣	근래 간원에 결원이 생겼는데
時論或未許	시론은 간혹 허락하지 않을 듯.
儻可假一邦	만약 한 나라를 빌릴 수 있다면
使民作鄒魯	추와 노[55]의 백성으로 만들 수 있으리.

---

55 추와 노: 추는 맹자, 노는 공자가 살던 나라로, 공자와 맹자의 가르침대로 이루어진 국가의 백성이 되게 한다는 말이다.

【주석】

往日孫陽翟 才可任遺補 : 장방회 가본에 산곡 자신이 낸 주가 있는데, "손분의 자는 공소이다"라고 했다. ○ 양적현은 허주에 속한다. 『당서·백관지』에서 "무후가 좌우의 보궐과 습유를 두어 풍간을 받들어 올리는 일을 맡게 하였다"라고 했다. 「온조전」에서 "서원포가 '습유와 보궐은 비록 직급은 낮지만 임금을 곁에서 모시는 신하이다'"라고 했다.

張方回家本, 有山谷自注云, 孫賁字公素. ○ 陽翟縣屬許州. 唐書百官志, 武后置左右補闕拾遺, 掌供奉諷諫. 溫造傳, 舒元褒曰, 遺補雖卑, 侍臣也.

擊強如摧枯 食蘗不知苦 : 『후한서·방참전』에서 "부추를 뽑은 것은 내가 강한 족속을 치기를 바라는 것이다"라고 했다. 『한서·이성후왕표』에서 "썩은 것을 꺾는 것은 쉽게 힘쓸 수 있다"라고 했다. 백거이의 「삼년위자사」에서 "3년 동안 자사로 있으면서, 맑은 얼음물을 마시고 쓰디쓴 소태를 씹었노라"라고 했다.

後漢龐參傳曰, 拔薤欲吾擊强宗. 漢書異姓侯王表曰, 摧枯朽者易爲力. 樂天詩, 三年爲刺史, 飮冰復食蘗.

屬者缺諫垣 時論或未許 : 『한서·이심전』에서 "근래 자못 변개한 것이 있다"라고 했는데, 주에서 "'속자屬者'는 근래를 이른다"라고 했으니, 음은 '之'와 '欲'의 반절법이다. 『구당서·원진전』에서 "이미 간원에 거처하니 타협하고 복종하여 스스로 의견을 막지 않겠다"라고 했다.

한유의 「회합연구」에서 "그대의 재주는 참으로 훌륭하니, 지금 의견은 바야흐로 물 끓는 듯하네"라고 했다.

漢書李尋傳曰, 屬者頗有變改. 注云, 屬者, 謂近時也. 音之欲反. 舊唐書元稹傳, 既居諫垣, 不欲碌碌自滯. 退之會合聯句曰, 君才誠倜儻, 時論方洶溶.

儻可假一邦 使民作鄒魯 : '일방一邦'은 『논어』에 보인다. 비각법첩에 이사의 전서가 있으니 "부자로 하여금 맹자의 추나 공자의 노나라 백성이 되게 한다"라고 했다. 살펴보건대, 『수수집』에 산곡의 「발손양적공소십수」가 실려 있는데, "세상 사람들은 내가 시로 공소를 논한 것이 실상과 맞지 않는다고 비웃으면서 "공소가 강한 호족을 무너뜨린 것은 말씀하신 바와 같습니다만 백성들을 추와 노의 백성으로 만들었다는 것은 사실과 다른 것 같습니다"라고 하니. 내가 "공소가 강한 호족을 무너뜨린 것은 또한 그들이 선량한 백성을 해롭게 하고 어진 아전을 부리는 실권을 빼앗았기 때문이다. 장차 옳고 그름을 따져 묻지 않고 다만 강하다고 죄가 없는 이들도 함께 공격하였겠는가. 또한 죄가 있는 자들을 공격하였을 뿐이다.[56] 그렇다면 모든 일을 대충 넘겨 법으로 따져 큰 죄를 저지르지 않고서 모든 일을 늙은 아전의 입에서 결정되게 한다면 백성들을 추와 노의 백성으로 만들 수 있겠는가"'라 하였다.

一邦見魯論. 秘閣法帖有李斯篆曰, 使父子爲鄒魯. 按脩水集有山谷跋孫陽

---

56   원문을 보충하여 번역하였다.

翟公素十詩云, 世笑予詩論公素不實, 曰公素能擊強, 則請聞命, 至於使民作鄒魯, 則不知也. 予告之曰, 公素之擊強, 亦以其害善良, 奪長吏之柄耶. 將不及問皁白, 并擊無罪爾. 然則以今之偷一切以規自免, 萬事決於老吏之口者, 爲能使斯民作鄒魯耶.

다섯 번째 수 其五

用智常恨耄	지혜를 씀은 항상 노인이 없어 한스럽고
用決常恨早	결단을 씀은 항상 젊은이가 없어 한스럽네.
推轂天下士	천하의 선비를 추천할 때
誠心要傾倒	온 마음을 기울여 정성을 다하였네.
海宇日淸明	사해가 매일 맑고 밝으며
廟堂勤麗掃	묘당을 부지런히 물 뿌리고 쓰네.
何爲陳師道	어찌하면 진사도를 위해
白髮三徑草	풀 우거진 세 길을 내서 만년을 지내게 할까.

【주석】

用智常恨耄 用決常恨早 : 인재를 쓸 때 모름지기 젊었을 때 써야 함을 말한다. 원우 연간에는 많은 노신을 기용하였고 희녕 연간에는 신진을 기용하였으니, 모두 여한을 남김을 면치 못하였다. 『십이국사』에서 "제나라 자기는 나이가 18살인데 제나라 임금이 동아 지역을 맡겼다.

이윽고 길을 떠나자 임금이 후회하여 사람을 시켜 뒤쫓게 하니, 사자가 뒤쫓다가 돌아와서 "신이 자기와 함께 수레를 탄 자를 보니 머리가 흰 노인이었습니다. 노인의 지혜와 젊은이의 결단이 있으니 반드시 동아 지역을 잘 다스릴 것입니다'"라고 했다. 『좌전』에서 "유자가 "세속 말에 예순이 장차 다가오고 일흔에 닥칠 것이라고 한 것은 조맹을 이르는 말입니다'"라고 했다.

用人要當及其壯時. 元祐之用諸老, 熙寧之用新進, 皆不免有遺恨也. 十二國史曰, 齊子奇年十八, 齊君任爲東阿, 旣行矣, 而君悔焉, 使人追之. 使者不追, 還曰, 臣見子奇所與同載者, 白首矣. 夫老者之智, 少者之決, 此必能理東阿. 左傳, 劉子曰, 諺所謂老將至而耄及之者, 其趙孟之謂乎.

推轂天下士 誠心要傾倒:『한서 · 정당시전』에서 "정당시가 선비와 및 승과 사등의 부하 관리들을 천거할 때면 참으로 흥미진진하게 말하였다"라고 했다. 『세설신어』에서 "유공유량이 손흥공손작에게 "위영의 풍운은 비록 그대 등 여러 사람에게는 미치지 못하지만 그가 어떤 일에 몰두하면 오히려 그를 따를 수 없다'"라고 했다.

漢書鄭當時傳曰, 其推轂士及官屬丞史, 誠有味其言也. 世說, 庾公謂孫興公曰, 衛永風韻, 雖不及卿諸人, 傾倒處亦不近.

海宇日淸明 廟堂勤麗掃:『서경』에서 "길이 사해를 잘 살게 한다"라고 했다. 『시경』에서 "상나라를 물리치니 그날 아침은 맑고 밝았다"라고

했다. 또한 "그대에게 안마당이 있어도 물 뿌리지 않고 쓸지도 않아"라고 했는데, 이것을 차용하였다. 『논어』에서 "자하의 제자들은 물 뿌리고 쓸며 손님을 응대하여 나아가고 물러가는 것을 배우지만, 이것은 지엽적인 것이다"라고 했다.

書曰, 永濟四海. 詩曰會朝淸明. 又曰, 子有廷內, 弗灑弗埽. 此借用. 語曰, 洒掃進退, 抑末也.

何爲陳師道 白髮三徑草: 진사도의 자는 리상이며 다른 자는 무기이다. 서주 사람으로 문장과 행실이 매우 높다. 도성에 오니 추밀원 장돈이 그를 한 번 보고자 하였으나 거절하였다. 혜강의 『고사전』에서 "장원경이 두릉으로 돌아와 가시나무로 문을 막고 집안에 세 길을 두어 나가지 않았다"라고 했다. 살펴보건대 『삼보결록』에서 "장후의 자는 원경이다"라고 했다.

陳師道已見上注. 稽康高士傳曰, 蔣元卿還杜陵, 荆棘塞門, 舍中有三徑不出. 按三輔決録, 蔣詡字元卿.

5. 경릉의 주부가 된 사공정을 전송하다[57]

送謝公定作竟陵主簿

경릉현은 복주에 속한다.

竟陵縣隷復州

謝公文章如虎豹	사공은 문장이 호랑이, 표범과 같은데
至今斑斑在兒孫	지금 자손들에게 화려함 전하네.
竟陵主簿極多聞	경릉 주부는 대단히 들은 것이 많아
萬事不理專討論	많은 일이 불리하면 그와 토론하네.
澗松無心古鬖鬖	무심한 시냇가 소나무는 잎이 오래되었고
天球不琢中粹溫	천구[58]는 다듬지 않아도 안이 순수하고 따뜻하네.
落筆塵沙百馬奔	글을 쓰면 백 마리 말이 달려 먼지가 일어난 듯
劇談風霆九河翻	유창한 말솜씨는 구하에 바람과 번개가 쳐 뒤집히는 듯.
胷中恢疎無怨恩	흉금이 넓고 넓어 은원을 두지 않고
當官持廉且不煩[59]	벼슬에 임하여 청렴하고 또한 번거롭지 않네.

57　앞의 작품에 첨부되어 있다.
58　천구 : 옹주(雍州)에서 바치던 하늘빛 색깔의 구슬을 가리킨다.
59　[교감기] '차(且)'는 전본과 건륭본에 '정(庭)'으로 되어 있다. 건륭본의 이 구의
　　아래에 있는 주에서 "옹방강이 살펴보건대 '정(庭)'자는 『정화록』에 '차(且)'로

吏民欺公亦可忍	아전과 백성이 차마 공을 속일 수 있으랴
愼勿驚魚使水渾	삼가 물고기 놀래켜 물을 흐리게 하지 마라.
漢濱耆舊今誰存	한수가의 『기구전』은 지금 누구에게 있는가
駟馬高蓋徒紛紛	사마의 높은 수레 부질없이 어지럽네.
安知四海習鑿齒	어찌 아니라고 하겠는가, 사해를 진동시킨 습착치가
扻笏看度南山雲	수판을 잡고 남산에 뜬구름을 바라볼지.

【주석】

謝公文章如虎豹 至今斑斑在兒孫 : 사공은 사사후를 가리키니, 공정은 그의 아들이다. 소식이 지은 「왕대년애사」에서 "기린은 태어나자마자 달리고 호랑이는 태어나면서 무늬가 있다. 이 두 부자를 보면 나의 말이 맞은 걸 알 수 있다"라고 했다. 『문선』에 실린 조식의 「칠계」에서 "호랑이를 쳐서 무늬를 누른다"라고 했는데, 이선의 주에서 "반斑은 호랑이 무늬이다"라고 했다. 사마상여의 「상림부」에서 "거죽은 호랑이 무늬요"라고 했다. 두보의 「후출새後出塞」에서 "끝내 자손 없이 늙어가겠지"라고 했다. ○『논어』에서 "극자성이 "군자는 바탕을 힘쓸 따름이다. 어찌 꾸미는 것을 하리오"라 하자, 자공이 "호랑이와 표범의 가죽이 개와 양의 가죽과 같은가""라고 했다. 『진서』에서 "이 낭관은 대

되어 있다"라고 했다. 살펴보건대 문집과 고본, 장지본과 명대전본에는 또한 '차(且)'로 되어 있다.

롱으로 표범을 엿보아 가끔 한 무늬만 보았다"라고 했다. 구양수의
『귀전록』에서 "당시 그를 문중의 호랑이라고 불렀다"라고 했다.

謝公謂師厚, 公定蓋其子也. 東坡作王大年哀詞曰, 驥墮地走, 虎生而斑.
視其父子, 以考我言. 文選七啓曰,[60] 拉虎摧斑. 李善注云, 斑, 虎文也. 上林
賦曰, 被斑文. 老杜詩, 終老無兒孫. ○ 論語, 棘子成曰, 君子質而已矣, 奚以
文爲. 子貢曰, 虎豹之鞹, 猶犬羊之鞹. 晉書, 此郞管中窺豹, 時見一斑. 歐公
歸田錄云, 時號文中虎.

竟陵主簿極多聞 萬事不理專討論 :『논어』에서 "많이 듣고 의심나는 것
은 제쳐두고 그 나머지를 조심하여 말하면 허물이 적다"라고 했다.
『후한서·호광전』에서 "만사가 잘 풀리지 않거든 호광에게 물어보라"
라 했다.『논어』에서 "세숙은 토론을 잘하였다"라고 했는데, 이것을 차
용하여 오로지 학문에 뜻을 둔 것을 말하였다.

多聞見魯論. 後漢書胡廣傳, 萬事不理問伯始. 魯論曰, 世叔討論之. 此借
用, 以言專意學問.

澗松無心古鬟鬟 天球不琢中粹溫 :『문선』에 실린 좌사의 「영사」에서
"울창한 시냇가의 소나무"라고 했다.『유양잡조』에서 "소나무 종류로
한 촉에 다섯 잎[粒]이 나오는 것을 말할 때 '입粒'은 마땅히 갈기처럼

---

60 [교감기] '칠계(七啓)'는 원래 '칠명(七命)'으로 되어 있는데, 각각의 본이 모두
    잘못되었다. 지금『문선』권34에 의거하여 교정하여 고친다.

뾰족한 잎을 말한다. '렵鬣'이라고 불리는 한 종류는 줄기에 껍질이 없고 열매가 많이 달린다"라고 했다. 『서경』에서 "천구와 하도가 동서에 있다"라고 했다. 『예기』에서 "대규는 깎지 않는다"라고 했는데, '琢'의 음은 '篆'으로 깎는다는 의미이다. 『문선』에 실린 안연년의 「도징사뢰」에서 "바르고 공평하고 순수하고 따뜻하다"라고 했다.

文選左思詠史詩, 鬱鬱澗底松.[61] 酉陽雜俎曰, 松言五粒者, 粒當言鬣. 自有一種名鬣, 皮無鱗甲, 而結實多. 書曰, 天球河圖, 在東序. 禮記曰, 大圭不琢. 琢音篆, 刻也. 文選顔延年陶微士誄曰, 貞夷粹溫.

落筆塵沙百馬奔 劇談風霆九河翻 : 두보의 「막상의行莫相疑行」에서 "중서당에서 글을 짓는 나를 바라보았었지"라고 했다. 또한 「행차소릉行次昭陵」에서 "먼지는 어둠 내린 길에 뿌옇네"라고 했다. 또한 「병귤病橘」에서 "말을 내달려 여지를 바쳤는데, 백 마리 말이 산골짜기에서 죽어"라고 했다. 『문선』에 실린 매승枚乘의 「칠발」에서 "혼돈의 상황에서 말이 내달리는 모습 같다"라고 했다. 『한서·양웅전』에서 "말더듬이어서 말을 잘하지 못하였다"라고 했다. 『진서·곽상전』에서 "왕상이 매번 이르기를 "곽상의 말을 들으면 마치 은하수에서 물이 쏟아지는 것 같아 끝없이 퍼붓지만 멈추지 않는다""라고 했다. 한유의 「잡시」에서 "눈물로 구하가 범람하네"라고 했다.

---

61 [교감기] '조사영사시(左思詠史詩)'는 원래 '장경양시(張景陽詩)'로 되어 있는데, 각각의 본이 모두 잘못되었다. 지금 『문선』에 의거하여 고친다.

老杜詩, 觀我落筆中書堂. 又詩, 塵沙立暝途. 又詩, 奔騰獻荔支, 百馬死山谷. 文選七發曰, 沌沌渾渾, 狀如奔馬. 漢書揚雄傳曰, 口吃不能劇談. 晉書郭象傳, 王衍每云, 聽象語, 如懸河瀉水, 注而不竭. 退之詩, 淚如九河翻.

胷中恢疎無怨恩 當官持廉且不煩 : 『노자』에서 "하늘의 법망은 넓고 넓어 성기지만 놓치지 않는다"라고 했다. 『사기·범수전』에서 "밥 한 그릇의 은혜라도 반드시 갚고, 흘겨보는 원망도 반드시 보복하였다"라고 했다. 한유의 「청금」에서 "친밀하기가 아녀자의 말소리 같아, 서로 너니 나니 하며 은혜와 원망을 토로하는 듯하네"라고 했다. 『좌전』에서 "직분을 행하는데 어찌 신분의 고하를 따질까"라고 했다. 한유의 「노승지명」에서 "염결한 명성을 지녔다"라고 했다. 『한서·적방진전』에서 "관직에 있으면서 번거롭거나 까다롭게 굴지 않았다"라고 했다.

老子曰, 天網恢恢, 疎而不失. 此摘其字用之. 史記范雎傳, 一飯之德必償, 睚眦之怨必報. 退之聽琴詩, 昵昵兒女語, 恩怨相爾汝. 左傳曰, 當官而行, 何強之有. 退之盧丞誌銘曰, 能持廉名. 漢書翟方進傳, 居官不煩苛.

吏民欺公亦可忍 愼勿驚魚使水渾 : 『한서·조참전』에서 "다음 재상에게 부탁하기를 "옥사와 시장을 고르게 하기를 부탁하니, 삼가 흔들지 마시라""라고 했다. 『회남자』에서 "잎으로 하여금 떨어지게 한 것은 바람이 흔들어서이고, 물로 하여금 탁하게 한 것은 물고기가 어지럽혀서이다"라고 했다. 두보의 「시종손제示從孫濟」에서 "많이 길으면 우물물

이 흐려진다네"라고 했다.

漢書曹參傳, 屬其後相曰, 以齊獄市爲寄, 愼勿擾也. 淮南子曰, 使葉落者
風搖之, 使水濁者魚撓之. 老杜詩, 汲多井水渾.

漢濱耆舊今誰存 駟馬高蓋徒紛紛 安知四海習鑿齒 拄笏看度南山雲 : 양양
은 한수가에 있다. 습착치가 지은 『양양기구전』에서 "한나라 말기에
네 명의 군수, 일곱 명의 도위, 두 명의 경, 두 명의 시중을 두어 높다
란 일산을 갖춘 붉은 수레들이 산 아래 모였으니, 인하여 관개라고 이
름하고 산 마을을 관개리라고 하였다"라고 했다. 살펴보건대 『진서』에
서 "습착치는 양양 사람으로 환온의 주부가 되었다. 환온이 "한갓 30
년을 책을 읽는 것은 한 번 주부를 익히는 것만 못하다"라고 하였다.
상문의 승려 도안이 습착치와 처음 만났을 때 도안이 "천하에 내 이름
을 모르는 이가 없는 승려 도안이오"라 하자, "사해를 진동시킨 습착치
올시다"라고 했다. 사람들이 이들의 대화를 절묘한 대구라고 하였다"
라고 했다. 「왕휘지전」에서 "수판으로 턱을 괴고는 엉뚱하게 "서산의
이른 아침에 상쾌한 기운을 불러옵니다""라고 했는데, 이것을 차용하
였다. ○『한서』에서 "우공이 "문려를 조금 높고 크게 만들어 네 말이
말이 끄는 높은 일산 수레가 드나들게 하였다""라고 했다. 두보의 「취
가행醉歌行」에서 "세상 젊은이들 부러움에 웅성대기만"이라고 했다.

襄陽在漢上. 習鑿齒作襄陽耆舊傳云, 漢末嘗有四郡守七都尉二卿兩侍中,
朱軒高蓋會山下, 因名冠蓋, 山里曰冠蓋里. 按晉書, 習鑿齒, 襄陽人, 爲恒溫

主簿. 溫曰, 徒三十年讀書, 不如一詣習主簿. 桑門釋道安, 與鑿齒初相見, 道
安曰, 彌天釋道安. 鑿齒曰, 四海習鑿齒. 人謂佳對. 又王徽之傳, 以手板拄頰
云, 西山朝來, 致有爽氣. 此借用. ○ 漢書, 于公曰, 少高大門閭, 令容四馬高
蓋車. 老杜詩, 世上兒子徒紛紛.

6. 사공정과 영자옹이 적원규와 손소술의 시에 대하여 논한 장운에 받들어 화답하다[62]

奉答謝公定與榮子邕論狄元規孫少述詩長韻[63]

謝公邈如此	사공이 마침내 이렇게 되어
宰木已三霜	무덤의 나무가 이미 세 번 서리 맞았네.
無人知句法	구법을 아는 사람이 없는데
秋月自澄江	가을 달은 맑은 강을 비추네.
二子學邁俗	두 사람의 학문은 유속을 뛰어넘어
窺杜見牖窻	두보의 창을 넘겨다보네.
試斲郢人鼻	영 땅 사람 코의 백토를 깎는다면
未免傷手創	손에 상처가 남을 면치 못하네.
蟹胥與竹萌	게장과 죽순은
乃不美羊腔	양의 창자보다는 맛나지 않네.
自往見謝公	지난날 사공을 뵌 이후로
論詩得濠梁[64]	시를 구상할 때 깨달은 바가 있네.
世方尊兩耳	세상이 바야흐로 두 귀만 높으니

---

62 공정의 이름은 음(愔)이고 공정의 이름은 종(悰)으로 모두 사후의 아들이다. 앞 작품에 첨부되어 있다.

63 [교감기] '공정(公定)'은 문집과 장지본에서 '공정(公靜)'으로 되어 있다. 문집의 시의 제목 아래의 주에서 "적원규와 손소술의 이름은 '음(愔)'과 '집(輯)'이다"라고 했다.

64 [교감기] '득(得)'은 명대전본에 '작(作)'으로 되어 있다.

未敢築受降	감히 수항성을 쌓지 못하네.
丹穴鳳凰羽	단혈산에 봉황의 오색 깃털
風林虎豹章	바람 이는 숲의 호랑이 얼룩무늬.
小謝有家法	젊은 사공정은 가법을 배웠으니
聞此不聽冰[65]	이를 듣고 의심하지 마시라.
相思北風惡	그리워해도 북풍이 사나우니
歸鴈落斜行	돌아가는 기러기 나는 줄에서 떨어졌네.

【주석】

謝公遂如此 宰木已三霜 : 사공은 사사후를 가리킨다. 사후의 이름은 경초로 남양 사람이다. 공정은 그의 아들이다. 『공양전』에서 "진백秦伯이 정나라를 습격하려 하자, 백리자와 건숙자가 간諫했다. 진백이 노하여 "그대들과 나이가 같은 자들은 모두 죽어 묘 위의 나무가 이미 한 아름이나 되었다""라고 했는데, 주에서 "재宰는 무덤이다"라고 했다. 두보의 「풍질주중風疾舟中」에서 "촉의 민산에서 십 년 갈옷으로 더위 보내고, 초에서 가을 다듬이로 삼년을 보냈네"라고 했다.

謝公謂謝師厚, 已見上注. 公羊傳曰, 若爾之年者, 宰上之木拱矣. 注云, 宰,

---

65 [교감기] 장지본에는 '소사(小謝)' 이하 두 구가 없다. 옹동화가 비점을 치면서 말하기를 "'장(章)' 자의 아래에 임연본에는 "小謝有家法 聞此不聽冰"라는 두 구가 있다. '빙(氷)'과 '행(行)'의 운자를 자세히 살펴보면 이 본에서 삭제한 것은 대단히 옳다"라고 했다. 또한 고본에 '빙(冰)'을 '장(將)'이라 하였는데, 아마도 잘못된 것 같다.

冢也. 老杜詩, 十暑岷山葛, 三霜楚戶砧.

無人知句法 秋月自澄江 : 두보의 「기고삼십오서기寄高三十五書記」에서 "좋
은 시구 짓는 법은 무엇인가요"라고 했다. 산곡이 지은 「황씨이실묘지」
에서 "정견의 시는 끝내 사공을 따라 구법을 배운 것이다"라고 했다. 살
펴보건대 사조의 「만등삼산晚登三山」에서 "맑은 강물은 명주처럼 깨끗
하네"라고 했는데, 이 시어를 사후를 형용하는 말로 썼다. 노동의 「송
위지우送尉遲羽」에서 "사조의 맑은 강에 오늘 밤 달이 떴으니, 응당 이
산의 사내가 생각나네"라고 했다.

老杜詩, 佳句法如何. 山谷作黃氏二室墓誌云, 庭堅之詩, 卒從謝公得句法.
按謝脁詩云, 澄江靜如練. 故用以屬師厚. 盧仝詩曰, 謝脁澄江今夜月, 也應憶
着此山夫.

二子學邁俗 窺杜見牖窻 : 이자二子는 적원유와 손소술을 이른다. 『문
선』에 실린 계륜 석숭石崇의 「사귀인서」에서 "내가 젊어서 큰 뜻을 지
녀 유속을 뛰어넘었다"라고 했다. 원진이 지은 「두자미묘지명」에서
"이백은 아직도 그의 울타리를 지나가지 못하였는데, 더구나 당과 아
랫목이랴"라고 했다. 『논어』에서 "집안의 좋은 것을 넘겨 볼 수 있다"
라고 했다. 서원여의 『비섬등문』에서 "지금 구주九州의 선비들이 "능히
문장의 문과 창을 볼 수 있다"고 말하는데, 그 숫자는 삼이나 대와 서
로 많음을 다툰다"라고 했다.

二子謂狄孫. 文選石季倫思歸引序曰, 余少有大志, 夸邁流俗. 元稹作杜子美墓銘曰, 李白尚不能歷其藩翰, 況堂奧乎. 魯論曰, 窺見室家之好. 舒元輿悲剡藤文曰, 今九牧士人, 自言能見文章戶牖者, 其數與麻竹相多.

試斲郢人鼻 未免傷手創 : 두 사람도 아직 뛰어난 경지에는 오르지 못한 것을 말한다. 『장자』에서 "장자가 장례식에 참석하려고 혜자의 묘 앞을 지나가다가 따르는 제자를 돌아보고 말했다. "영 땅 사람 중에 자기 코끝에다 백토를 파리 날개만큼 얇게 바르고 장석匠石에게 그것을 깎아 내게 하자 장석이 도끼를 바람 소리가 날 정도로 휘둘러 백토를 깎았는데 백토는 다 깎여졌지만 코는 다치지 않았고 영 땅 사람도 똑바로 서서 모습을 잃어버리지 않았다. 송나라 원군이 그 이야기를 듣고 장석을 불러 "어디 시험 삼아 내게도 해 보여 주게" 하니까 장석은 "제가 이전에는 그렇게 할 수 있었지만 지금은 그 기술의 근원이 되는 상대가 죽은 지 오래되었습니다" 하더니만 지금 나도 혜시가 죽은 뒤로 장석처럼 상대가 없어져서 더불어 이야기할 사람이 없어졌다""라고 했다. 『논어』에서 "가난하여 팔베개하고 누워도 즐거움은 그 가운데 있다"라고 했다. 한유의 「제자후문」에서 "잘 다듬지 못하면 손에서 흘린 피가 얼굴을 적신다"라고 했다. 『노자』에서 "대장을 대신하여 다듬는 자는 그 손을 다치지 않는 경우가 드물다"라고 했다.

言二子猶未及其妙手也. 斲鼻見上注. 退之祭子厚文曰, 不善爲斲, 血指汗顔. 老子曰, 代大匠斲者, 希不傷其手矣.

蟹胥與竹萌 乃不美羊腔 : 두 사람은 아직도 기이함을 좋아하는 병이 있으니, 마치 특이한 음식을 즐기다가 평소 먹던 맛있는 음식을 버리는 것과 같음을 말한다. 『주례』에서 "요리사가 제사의 좋은 음식을 바친다"라고 했는데, 주에서 "형주의 절인 생선과 청주의 게장 등이다"라고 했다. 살펴보건대 『설문해자』에서 "서胥는 게젓이다"라고 했다. 『이아』에서 "순筍은 대나무 싹이다"라고 했다. 한유의 「병중증장病中贈張」에서 "술병에 양의 창자를 내오네"라고 했다.

言二子尙有好奇之病, 如嗜異饌而棄常珍也. 周禮, 庖人共祭祀之好羞. 注曰, 謂若荊州之鮏魚, 靑州之蟹胥. 按說文曰, 胥, 蟹醢也. 爾雅曰, 筍, 竹萌. 退之詩, 酒壺綴羊腔.

自往見謝公 論詩得濠梁 : '왕往'은 지난날을 의미한다. '득호량得濠梁'은 깨달은 바가 있음을 말한다. 『진서 · 왕탄지전』에서 "사안이 "일찍이 그대가 조금은 나의 뜻을 안다고 생각하였는데, 오히려 호상의 일을 깨우치지 못하였구나""라고 했다. 살펴보건대 장자가 혜자와 함께 호수의 징검돌 근처에서 노닐고 있었다. 장자가 "피라미가 한가롭게 헤엄치고 있소. 이게 바로 물고기의 즐거움이란 거요"라고 하자, 혜자가 "당신은 물고기가 아니오. 어찌 물고기의 즐거움을 안단 말이오"라 하였다. 장자가 다시 "당신은 내가 아니오. 어찌 물고기의 즐거움을 알지 못한다는 걸 안단 말이오"라 하자, 혜자가 "나는 당신이 아니니까 물론 당신을 알지 못하오. 당신은 물론 물고기가 아니니까 당신이 물고기의

즐거움을 알지 못한다는 게 확실하단 말이오"라 했다. 장자가 "이제 처음 질문으로 돌아가 말해 봅시다. 그대가 "어찌 당신이 물고기의 즐거움을 안단 말이오"라고 했지만, 이미 그것은 내가 안다는 것을 알고서 내게 물은 것이오. 나는 호수가에서 물고기의 즐거움을 알고 있소이다"라고 했다. ○ 두보의 「배정광문유하장군산림陪鄭廣文游何將軍山林」에서 "곡구와는 예전부터 친해, 호의 둑방에 같이 초대되었네"라고 했다.

往謂往日. 得濠梁, 言有所悟入也. 晉書王坦之傳, 謝安曰, 常謂君粗得鄙趣者, 猶未悟之濠上耶. 按莊子與惠子遊於濠梁之上. 莊子曰, 儵魚出遊從容, 是魚樂也. 惠子曰, 子非魚, 安知魚之樂. 莊子曰, 子非我, 安知我不知魚之樂. 惠子曰, 我非子, 固不知子矣. 子固非魚也, 子之不知魚之樂, 全矣. 莊子曰, 請循其本. 子曰汝安知魚樂云者. 旣已知吾知之, 而問我. 我知之濠上也. ○ 杜詩, 谷口舊相得, 濠梁同見招.

世方尊兩耳 未敢築受降 : 장형의 「동경부」에서 "그대가 말한 마음에서 깨우치지 않고 피부로만 느끼는 근본이 없는 학문은 귀로 들은 것은 귀하게 여기고 눈으로 본 것은 천하게 여긴다"라고 했는데, 이선의 주에서 인용한 『환자신론』에서 "세상이 모두 옛 것을 높이고 지금 것을 천하게 여겨 들은 것을 귀하게 여기고 본 것은 천하게 여긴다"라고 했다. 『한서』에서 "무제가 공손오를 보내 변방 너머에 수항성을 쌓게 하였다"라고 했다. 또 살펴보건대 『당서』에서 "장인원이 세 개의 수항성을 쌓았다"라고 했다.

張平子東京賦曰, 客所謂末學膚受, 貴耳而賤目者也. 李善注引桓子新論曰, 世咸尊古卑今, 貴所聞, 賤所見. 漢書曰, 武帝遣公孫放築塞外受降城. 又按唐書, 張仁愿築三受降城.

丹穴鳳凰羽 風林虎豹章 : 문장은 각자의 특징이 있음을 말한다. 『촉지』에서 "진복이 "호랑이는 나면서 무늬가 화려하고 봉황은 나면서 오색을 갖췄으니, 어찌 오채로 스스로 꾸미려고 하는가""라고 했다. 『산해경』에서 "단혈산에 새가 있으니 이름이 봉황이다"라고 했다. 두보의 「야연좌씨장夜宴左氏莊」에서 "바람 이는 숲에 고운 달 지고"라고 했다. 『주역』에서 "구름은 용을 따르고, 바람은 호랑이를 따른다"라고 했다.

言文章有種性也. 蜀志, 秦宓曰, 虎生而文炳, 鳳生而五色, 豈以五采自飾畫哉. 山海經曰, 丹穴之山, 有鳥名鳳凰. 老杜詩, 風林纖月落. 易曰, 雲從龍, 風從虎.

小謝有家法 聞此不聽冰 : 『후한서 · 유림전서』에서 "각각 가법으로 가르쳐 전수하였다"라고 했다. '불청빙不聽冰'은 의심하지 않는다는 말이다. 『술정기』에서 "물과 얼음이 합쳐지니 모름지기 여우처럼 듣고 가야 한다"라고 했다. 『한서 · 문제기』주에서 "여우란 짐승은 그 본성이 의심이 많아 매번 빙하를 건널 때 잠시 듣다가 건넌다. 그러므로 의심이 많은 사람을 여우처럼 의심한다고 칭한다"라고 했다. '빙氷'자 운은 '장章'자 운과 협운이 되지 않는다. 대개 시인들이 타운을 방운으로 사

용하는 경우가 있으니 한유의 「차일족가석」이란 시에서 이런 경우를 볼 수 있다. 또 살펴보건대 『옥대신영』에 실린 서한의 「잡시」에서 "짙은 구름이 근심을 일으키니, 근심은 누구 때문에 일어나는가. 그대와 이별하여 각각 하늘 끝에 있을 거라 근심이 이네. 좋은 만남을 기약하기 어려우니, 가슴이 먹먹하게 아프네. 애오라지 근심에 식사도 못하니, 허기져 항상 굶주려 있네. 단정이 앉아 아무것도 하지 않는데, 그대 빛나는 모습 눈에 선하네"라고 했는데, 이 시의 '흥興'과 '방方', '공空'은 모두 운이 같지 않다. 대개 고시에서는 이와 같은 경우가 많다.

後漢書儒林傳序曰, 各以家法敎授. 不聽冰, 言其不疑也. 述征記曰, 河冰合, 須狐聽而行. 漢書文帝紀注曰, 狐之爲獸, 其性多疑, 每渡冰河, 且聽且渡. 故言疑者稱狐疑. 冰字韻與章字韻不協. 蓋詩人旁用他韻, 如退之此日足可惜詩, 是也. 又按玉臺新詠徐翰雜詩曰, 沈陰結愁憂, 愁憂爲誰興. 念興君生別, 各在天一方. 良會未有期, 中心摧且傷. 不聊憂餐食, 慊慊常飢空. 端坐而無爲, 髣髴君容光. 此詩興與方空, 皆不同韻, 蓋古詩多如此.

相思北風惡 歸鴈落斜行 : 편지를 보낼 인편이 없다는 말이다. 『문선·고시』에서 "손이 멀리서 와서 나에게 편지 한 통을 주네. 먼저 오랫동안 그리웠다고 말하고, 다음으로 오래 이별하였다고 말하네"라고 했다. 당나라 왕건의 「춘거곡春去曲」에서 "그 중 어느 밤에 동풍이 거세었네"라고 했다. 두보의 「만행구호晚行口號」에서 "외기러기 차가운 강물에 떠 있고"라고 했다. ○ 장호의 「관서주렵觀徐州獵」에서 "모든 사람 일제히

가리키던 곳에, 기러기 한 마리 차가운 공중에서 떨어지네"라고 했다.

言無因寄書也. 文選古詩, 客從遠方來, 遺我一書札. 上言長相思, 下言久

離別. 唐人王建詩, 就中一夜東風惡. 老杜詩, 落鴈浮寒水. ○ 張祜詩, 萬人

齊指處, 一鴈落寒空.[66]

---

66 [교감기] '장호시(張祜詩)' 이하는 건륭본에는 이 조목의 주가 없다.

7. 장숙화를 보내며 주다[67]

贈送張叔和

훈의 자는 숙화로 낙중 사람이다. 용도 장도의 후손으로 산곡의 막내 여동생에게 장가들었다.

塤字叔和, 洛中人, 張燾龍圖之後, 娶山谷季妹.

張侯溫如鄒子律	장후의 온화함은 추연의 피리와 같아
能令陰谷黍生春	그늘 골짜기를 기장 자라는 봄날처럼 만드네.
有齊先君之季女	몸가짐 조심스런 선군의 막내딸이
十年擇對無可人	십 년 동안 배우자로 쓸 만한 사람이 없었네.
箕帚掃公堂上塵	아내 되어 공의 당상의 먼지를 쓰니
家風孝友故相親	가풍은 효성과 우애라 고로 서로 친하네.
廟中時薦南澗蘋	사당에 때로 남쪽 시내의 마름을 올리고
兒女衣裤得補紉	아녀자의 옷은 바느질로 깁네.
兩家俱爲白頭計	두 집안이 모두 길이 변하지 않으리니
察公與人意甚眞	공이 사람 상대함을 보면 마음이 매우 진솔되네.
吏能束縛老姦手	아전은 노련한 간인의 손을 묶을 수 있으니
要使鰥寡無謷呻	모름지기 홀아비, 과부가 근심이 없게 해야 하네.
但回此光還照己[68]	다만 이 빛을 돌이켜 자신을 비추면

67 　원래는 「송사공정시(送謝公定詩)」의 뒤에 있었다.

平生倦學皆日新	평소 게을렀던 학문이 모두 날로 새로워지리.
我提養生之四印	내가 양생의 네 가지 요점을 제시하리니
君家所有更贈君	원래 그대 집안에 있던 것을 다시 그대에게 주노라.
百戰百勝不如一忍	백 번 싸워 백 번 이기는 게 한 번 참음만 못하고
萬言萬當不如一默	만 번 말하여 만 번 옳아도 한 번 침묵함만 못하네.
無可簡擇眼界平	차별을 두지 말아야 눈앞이 공평하나니
不藏秋毫心地直	추호도 감추지 않으면 심지는 곧아지네.
我肱三折得此醫	내가 팔을 세 번 부러뜨린 뒤에야 의술을 깨쳤나니
自覺兩踵生光輝	두 발뒤꿈치에서 빛이 남을 스스로 알게 되었네.
團蒲日靜鳥吟時[69]	새가 지저귀는 고요한 날에 부들방석에 앉아
爐薰一炷試觀之	화로에 향 한 대 사르며 시험 삼아 마음을 살펴보네.

【주석】

張侯溫如鄒子律 能令陰谷黍生春 : 유향의 『별록』에서 "연나라에 골짜기가 있는데 지역이 시야가 좋으나 추워서 오곡이 나지 않았다. 그런데 추연이 피리를 불자 따뜻한 바람이 불어와 기장이 나게 되었다. 지금은 서곡이라 부른다"라고 했다.

劉向別錄曰, 燕有谷, 地爽而寒, 不生五穀. 鄒衍吹律而溫, 至黍生, 今名黍谷.

68　[교감기] '회(回)'는 고본에는 '송(送)'으로 되어 있으며, 전본에는 '회(廻)'로 되어 있다.
69　[교감기] '일정(日靜)'은 고본의 원래 교정에는 "달리 '풍정(風靜)'으로 된 본도 있다"라고 했다.

有齊先君之季女 十年擇對無可人 : 산곡의 부친 이름은 서이며 자는 아부로 대리시증의 관직에 있다가 타계하였다. 네 딸을 두었는데, 숙화에게 시집간 이는 막내딸이다. 『시경・채빈』에서 "공경스런 막내딸이 있네"라고 했는데, 주에서 "제齊는 공경함이다"라고 했다. 『좌전』에서 "아직도 선군의 적실 소생과 약간의 사람들이 있습니다"라고 했다. 『후한서・양홍전』에서 "맹광은 배우자를 골라주어도 시집가지 않았다"라고 했다. 『예기』에서 "공자가 "관중이 도적 떼를 만났는데 그중에서 두 사람을 선발, 천거하여 환공의 신하가 되게 하면서 "그들이 함께 지낸 자들이 못된 자들이어서 도적질을 하게 된 것이지, 쓸 만한 사람들입니다"라 아뢰었다""라고 했다. 또한 『촉지・비위전』과 『진서・환온전』에 보인다.

山谷父名庶, 字亞夫, 終於大理寺丞. 有四女, 嫁叔和者, 其季也. 采蘋詩, 有齊季女. 注云, 齊, 敬也. 左傳曰, 則猶有先君之適, 若而人. 後漢書梁鴻傳, 孟光擇對不嫁. 禮記, 孔子曰, 管仲遇盜, 取二人焉, 上以爲公臣, 曰其所與遊避也, 可人也. 又見蜀費禕, 晉桓溫傳.

箕帚掃公堂上塵 家風孝友故相親 : 『한서・고제기』에서 "여공이 "신에게 여식이 있으니, 원컨대 키와 비를 잡는 부인으로 삼아 주십시오""라고 했다. 『후한서・조세숙처전』에서 "명령을 내려 "조 씨에게 키와 비를 잡는 아내로 보내라""라고 했는데, 주에서 "천한 일을 주로하고 시부모를 섬기는 것을 이른다"라고 했다. 『시경』에서 "효도하고 우애하

는 장중이로다"라고 했다.

漢高帝紀, 呂公曰, 臣有息女, 願爲箕帚妾. 後漢曹世叔妻傳, 遺令曰, 執箕帚於曹氏. 注云, 言主賤役, 事舅姑. 詩曰, 張仲孝友.

廟中時薦南澗蘋 兒女衣袴得補紉 : 「소남·채빈」의 소서에서 "대부의 아내가 능히 법도를 따른다"라고 했다. 그 시에서 "개구리밥 뜯으러 남쪽 시냇가로 가세"라고 했다. 또한 "이에 제사 올리기를 종실의 창문 아래에서 하네"라고 했는데, 주에서 "종실은 대종의 사당이다"라고 했다. 『좌전』에서 "빈번과 온조 같은 변변치 못한 야채와 나물이라도 귀신에게 음식으로 올릴 수가 있다"라고 했다. 『예기·내측』에서 "옷이 찢어지거든 바늘에 꿰어 깁기를 청한다"라고 했다.

召南采蘋序曰, 大夫妻能循法度也. 其詩曰, 于以采蘋, 南澗之濱. 又曰, 于以奠之, 宗室牖下. 注云, 宗室, 大宗之廟也. 左傳曰, 蘋蘩薀藻之菜, 可薦於鬼神. 禮記內則曰, 衣裳綻裂, 紉箴請補綴.

兩家俱爲白頭計 察公與人意甚眞 : 세상이 힘들어도 서로 변하지 말자고 기약함을 말한다. 『한서·추양전』에서 "머리가 희도록 나이를 먹었어도 새로 만난 사이 같이 어색하고 우연히 잠시 알게 되었어도 오래된 친구 같다"라고 했다. 두보의 「봉증위좌승장奉贈韋左丞丈」에서 "어른의 진심에 매우 감사합니다"라고 했다. 한유의 시에서 "사람과 상대할 때 항상 뻣뻣하였네"[70]라고 했다.

言以歲寒相期. 漢書鄒陽傳曰, 有白頭如新, 傾蓋如故. 老杜詩, 甚知丈人眞. 退之詩, 與人常不款.

吏能束縛老姦手 要使鰥寡無顰呻 : 한유의 「상이실서」에서 "노숙한 간인과 노련한 장리贓吏들이 기세가 꺾이다"라고 했다. '빈신顰呻'은 얼굴을 찡그리며 근심에 젖어 탄식함을 이른다. ○ 한유의 「한홍비」에서 "그들의 찡그리고 신음함을 살펴"라고 했다.

退之上李實書曰, 老姦宿贓, 消縮摧沮. 顰呻謂蹙頞愁嘆. ○ 退之韓弘碑曰, 察其嚬呻.

但回此光還照己 平生倦學皆日新 : 세상 밖으로 출가하거나 세상 안에 살거나 본래 이치가 다르지 않으니, 능히 노련한 간인을 묶을 자는 누구인가. 『전등록』에서 "운거산의 의능이 "빛을 돌이켜 거꾸로 비춰 신심이 무엇인가 보아라""라고 했다. 『서경』에서 "덕이 날로 새로워진다"라고 했다.

世出世間, 本無二致, 能束縛老姦者, 竟是誰耶. 傳燈録, 雲居義能曰, 回光返照, 看身心是何物. 書曰, 德日新.

我提養生之四印 君家所有更贈君 : 종문에 삼인이 있으니 인공, 인수,

---

70 사람과 (…중략…) 뻣뻣하였네 : 이 시는 한유가 아니라 황정견의 「병인십사수효위소주(丙寅十四首效韋蘇州)」이다.

인니이다. 산곡이 지은 「운봉열선사어록서」에서 "연등불의 수기授記를 받지 않았으나 따로 스스로 삼인정종을 지녔다"라고 했다. 여기서 사인四印이라 한 것도 또한 이 의미와 같으니 즉 인내하고 침묵하며 공평하고 바른 것을 이른다. 『황정경』에서 "그대가 하나를 지키면 모든 일은 쉽게 처리할 수 있으니, 그대는 그것을 지녀 잃지 말아야 한다"라고 했다. 여기서 "그대 집에 가지고 있는 것"이라 한 것도 또한 이 의미와 같다. '선덕先德'은 대개 "이는 그대 집안 일이다"라고 말한 의미와 같다.

宗門有三印, 謂印空印水印泥. 山谷作雲峯悅禪師語録序云, 不受然燈記, 別自提三印正宗. 今曰四印, 亦猶此意, 謂忍黙平直也. 黃庭經曰, 子能守一, 萬事畢, 子自有之持勿失. 此云君家所有, 亦此意也. 先德, 蓋云是汝屋裏事.

百戰百勝不如一忍 : 『손자』에서 "백 번 싸워서 백 번 이기는 것이 좋은 일은 아니다"라고 했다. 『진서·주사전』에서 "두 적이 서로 마주하여 싸울 때 다만 마땅히 참아야 한다. 저쪽이 참지 못하는데 내가 참으면 이로 인해 승리하게 된다"라고 했다. 소순蘇洵의 『권서』에서 "한 번 참으면 백의 용기를 견지할 수 있다"라고 했다. ○『서경』에서 "반드시 참을 줄 알아야 일을 성공한다"라고 했다.

孫子曰, 百戰百勝, 非事之善者也. 晉書朱伺傳曰, 兩敵共對, 惟當忍之. 彼不能忍, 我能忍, 是以勝耳. 老蘇先生權書曰, 一忍可以支百勇. ○ 書曰, 必有忍, 其乃有濟.

萬言萬當不如一黙 : 『사기·구책전』에서 "열 번 말하면 열 번 다 맞고, 열 번 싸우면 열 번 다 이긴다"라고 했다. 전하는 말에 "열 번 말하여 아홉 번 맞더라도 한 번 침묵하는 것만 못하다"[71]라고 했다.

史記龜策傳云, 十言十當, 十戰十勝. 傳曰, 十語九中, 不如一黙.

無可簡擇眼界平 : 『삼조신심명』에서 "지극한 도는 어려운 게 아니고, 오로지 분별심을 떠나는 것뿐. 다만 좋아하고 싫어하는 것만 없으면, 모든 게 툭 트여 명백히 드러나리"라고 했다. 『반야심경』에서 "안계도 없고 의식계도 없으며"라고 했다. 『원각경』에서 "비유하자면 눈빛이 앞의 경치를 명확히 알고 그 빛이 두루 가득해서 증오와 사랑이 없게 되는 것이다"라고 했다.

三祖信心銘曰, 至道無難, 惟嫌簡擇, 但莫憎愛, 洞然明白. 心經曰, 無眼界, 乃至無意識界. 圓覺經云, 譬如眼光, 照了前境, 其光圓滿, 得無憎愛.

不藏秋毫心地直 : 『능엄경』에서 "시방十方의 여래께서 동일한 도로 말미암아 생사를 벗어났으니, 모두 이 직심이기 때문이다. 마음과 말이 다 정직하기에 처음부터 끝까지 그 중간에 굽은 부정직한 모습이 전혀 없다"라고 했다. 『전등록』의 17조 게송에서 "심지에서 본래 낳는 것이 없으니"라고 했다. '추호秋毫'는 『맹자』에 보이는 바, 즉 "지금 은혜가 짐승에게는 미치나 백성들에게 미치지 않는 것은 무엇 때문일까요?

---

71 열 (…중략…) 못하다 : 북송 시기 경현(經玄) 선사가 한 말이다.

새털을 들지 못하는 것은 들지 않았기 때문이며, 수레에 실린 땔나무를 보지 못하는 것은 보지 않았기 때문입니다. 마찬가지로 백성들이 보호를 받지 못하는 것은 은혜를 베풀지 않았기 때문이며 왕께서 왕 노릇이 안 되는 것은 하지 않아서이지 못해서가 아닙니다"라고 했다.

楞嚴經曰, 十方如來同一道, 故出離生死, 皆以直心, 心言直, 故如是, 乃至終始地位中間永無委曲諸相. 傳燈錄十七祖偈曰, 心地本無生. 秋毫見孟子.

我肱三折得此醫 自覺兩踵生光輝 : 세상을 살아간 지가 오래이니 비로소 이 이치를 믿어서 도에 차츰 들어간 것을 스스로 깨닫게 됨을 말한다. 『좌전』에서 "제나라 고강이 "팔이 세 번 부러지면 좋은 의사가 된다""라고 했다. 『화엄경』에서 "「야마천궁게찬품」에서 "그 때 세존께서 두 발등으로 백천억 묘한 빛 광명을 놓아 모든 세계를 비추었다"라고 했는데, 이장자가 논하기를 "십신을 이루는 것은 발아래 발금 사이에 빛을 내는 것이오. 십주위十住位를 이르는 것은 발가락 끝에서 빛을 내는 것이다. 이것은 십행 가운데 발등에서 빛을 내는 단계의 위로 자리에 따라 올라간다""라고 했다. 어떤 본에는 '종腫'이 '종種'으로 되어 있다. 이에 어떤 이가 주석을 내면서 『건봉시중』 인용하였으니, "법신에 3종의 병과 2종의 광이 있다. 모름지기 3병과 2광을 분명하게 알아야 비로소 안온하게 앉아 있을 수 있다"라고 했다. 그러나 이것은 시의 본래 의미와 매우 어긋난다. 『문선』 언룡 범운范雲의 「증장서주贈張徐州」에서 "부신에서는 빛이 나네"라고 했다. 『장자』에서 "진인은 발뒤꿈치로

숨을 쉰다"라고 했다. 소식의 「유정거사游淨居寺」에서 "팔부는 빛나는 광채와 같네"라고 했다.

言涉世旣久, 始信此理, 自覺入道有漸也. 左傳曰, 三折肱, 爲良醫. 華嚴經, 夜摩天宮偈賛品曰, 爾時世尊, 從兩足跌上, 放百千億光明. 李長者論曰, 十信足下輪中放光, 十住足指端放光, 此十行之中, 足跌上明次第, 隨位昇進. 一本跌作種. 或引乾峯示衆云, 法身有三種病, 二種光, 須是一一透得, 始觧穩坐. 殊失此詩本意. 文選范彦龍詩, 傳瑞生光輝. 莊子, 眞人之息以踵. 東坡詩, 八部猶光輝.

團蒲日靜鳥吟時 爐薫一炷試觀之 : 마음을 맑게 하여 이 사인의 묘한 쓰임을 보고 싶다는 말이다. 왕안석의 「요행聊行」에서 "부들방석에 홀로 앉아 숨어 있네"라고 했다. 『전등록』에서 "종영선사게송에서 "남대에 고요히 앉아 화로에 향 피우니, 매일 생각 어려 만 가지 생각 멈췄네""라고 했다. 구양수의 「답추밀答樞密」에서 "말 잊은 채 향 태우며 참선했네"라고 했다.

欲其淸心, 以觀此四印之妙用. 團蒲見上注. 傳燈録, 宗永禪師頌曰, 南臺靜坐一爐香, 亘日凝然萬慮忘. 歐公詩, 宴坐忘言一炷香.

8. 하동으로 부임하는 고자돈을 전송하다. 3수[72]

送顧子敦赴河東. 三首[73]

첫 번째 수其一

頭白書林二十年	이십 년 서림에서 보낸 노인
印章令領晉山川	인장 받고 진의 산천 거느리게 되었네.
紫參可掘宜包貢	자삼은 캐서 공물로 바치기에 좋고
靑鐵無多莫鑄錢	청철은 많지 않으니 동전으로 주조하지 마시라.
勸課農桑誠有道	농잠을 장려함에 참으로 방도가 있으며
折衝樽俎不臨邊	술자리에서 적의 예봉 꺾으니 변방으로 가야 하나.
要知使者功多少	수령의 공이 많고 적음을 알려고 한다면
看取春郊處處田	봄날 들판 곳곳의 밭을 살펴보라.

【주석】

頭白書林二十年 印章令領晉山川 : 『한서·유림전서』에서 "효화 황제 또한 자주 동관에 가서 많은 장서들을 열람하였다"라고 했다. 하동은

---

72 자돈의 이름은 임(臨)이다. 살펴보건대 『실록』에서 "원우 원년 7월에 비서소감 고임이 하동전운사가 되었다"라 하였다. 이 시에서 "도성에서 고삐 쥐니 바람과 이슬의 가을이라, 청사에 가도 옷을 내줄 시비(侍婢)가 없네[攬轡都城風露秋 行臺無妾護衣篝]"라 하였으니, 대개 늦가을에 지은 것 같다.

73 [교감기] '하동(河東)'은 고본에 '하남(河南)'으로 되어 있다.

옛날 진 지역이다.

後漢儒林傳序曰, 孝和亦數幸東觀, 覽閱書林. 河東, 古晉地也.

紫參可掘宜包貢 靑鐵無多莫鑄錢 :『본초강목』에서 "인삼은 주로 오장을 보호하고 정신을 편안하게 하며 혼백을 진정시키는데, 상당의 산곡에서 생산된다"라고 했는데, 주에서 "노주의 태항산에서 생산되는 것은 자단삼이라 한다"라고 했다. 살펴보건대 노주는 즉 상당으로 하동에 속한다. 또한 살펴보건대 하동의 대통은 서야를 감독하는데, 한 해에 십여 만의 청철을 제련한다. 이 일은 『한위공가전』에 보인다. '자삼紫蔘'에 대해 살펴보면 『본초강목』에서 별도로 한 조목을 실어서 "효과가 대단히 작다"라고 했다. 앞에서 인삼에 대해 말하므로 노주에서 생산된다고 적시하여 말하였다. 자단삼을 모몽의 다른 이름이다.

本草云, 人參主補五藏, 安精神, 定魂魄, 生上黨山谷. 注云, 潞州太行山所出, 謂之紫團參. 按潞州卽上黨, 屬河東. 又按河東大通監西冶, 歲鍊靑鐵十餘萬,[74] 事見韓魏公家傳. 紫參, 按本草別載一條, 功用極少. 上注乃言人參, 故指爲潞州所産. 又紫團參, 乃牡蒙之一名也.[75]

勸課農桑誠有道 折衝樽俎不臨邊 :『후한서』에서 "장감이 어양 태수가

---

74 [교감기] '청철(靑鐵)'은 원본과 부교본에는 '청전(靑錢)'으로 되어 있다.
75 [교감기] '자삼(紫蔘)'부터 '명야(名也)'까지 원본과 부교본에는 이 조목의 주가 없다.

되어 농잠을 장려하였다"라고 했다. 『안자춘추』에서 "범소가 진평왕에게 이르기를 "제나라는 병합할 수가 없습니다. 제가 그 임금을 시험하려고 하니 안자가 알았고, 제가 그 음악을 범하고자 하니 태사가 알았습니다"라고 하니, 이에 제나라를 정벌하려는 계책을 그만두었다. 공자가 이를 듣고서 "술동이와 도마 사이에서 벗어나지도 않고 천리 밖에 있는 적을 꺾어버렸으니, 안자를 이르는 말이다""라고 했다. 『문중자』에서 "술동이와 도마 사이에서 적의 예봉을 꺾는 것은 가하지만, 하필 변방을 맡기는가"라고 했다.

後漢, 張堪爲漁陽守, 勸農桑. 折衝樽俎見晏子春秋, 具上注. 文仲子曰, 折衝樽俎可也, 不必臨邊也.

要知使者功多少 看取春郊處處田 : 본업에 힘쓰게 하여 백성들을 풍족하게 하고 싶음을 말한다.

欲其務本業以厚民.

두 번째 수 其二

| 家在江東不繫懷[76] | 강동에 있는 집은 염려하지 않으며 |
| 愛民憂國有從來 | 백성 사랑하고 나라 걱정은 그 유래가 있네. |

---

76 [교감기] '강동(江東)'은 건륭본에는 "방강이 살펴보건대 『정화록(精華錄)』에는 '강동(江東)'은 '강남(江南)'으로 되어 있다"라고 했다.

月斜汾沁催驛馬[77]　　　달은 분수, 반수에 빗기는데 역마를 재촉하고

雪暗岢嵐傳酒杯　　　　눈은 가람에 쌓이는데 술잔을 돌리네.

塞上金湯唯粟粒　　　　변방의 금성탕지에 군량 같으며

胷中水鏡是人材　　　　흉중은 수경 같은 인재라네.

遙知便解靑牛句　　　　멀리서도 알겠네, 푸른 말을 탔다는

　　　　　　　　　　　구절을 알아

一寸功名心已灰　　　　조그만 공명에 마음은 이미 떠났다는 걸.

【주석】

家在江東不繫懷 愛民憂國有從來 月斜汾沁催驛馬 雪暗岢嵐傳酒杯：『좌전』에서 "그러한 유래가 있다"라고 했다. 『수경주』에서 "분수는 태원 분양현 북쪽의 관잠산에서 기원한다"라고 했다. 또한 "심수는 상당 원현의 갈려산에서 기원한다"라고 했다. 살펴보건대 『여지광기』에서 "관잠산은 지금의 헌주에 있고, 심수현은 지금의 택주에 있다"라고 했다. 『한서·문제기』에서 "조서를 내려 "태복은 소유하고 있는 말 중에서 사용할 말만 남기고 나머지는 모두 역참으로 보내라""라고 했다. 그 주에서 "전치傳置는 역말이다"라고 했다. 한유의 「봉사상산奉使商山」에서 "역말의 말을 바꿔 타고 내달려"라고 했다. 『여지광기』에서 "하동

에 가람군이 있는데, 대개 가람의 산수로 인해 이름 지어졌다"라고 했다. 두보의「구일九日」에서 "예전 중앙일에는, 잔을 돌려 손에서 잔 놓지 않았는데"라고 했다.

左傳曰, 有自來矣. 水經曰, 汾水出太原汾陽縣北管涔山. 又曰, 沁水出上黨沮縣竭戾山. 按輿地廣記, 管涔山在今憲州, 沁水縣在今澤州. 漢書文帝紀, 詔太僕見馬遺財足, 餘皆給傳置. 注云, 傳置, 驛也. 退之詩, 翻翻走驛馬. 輿地廣記, 河東有岢嵐軍, 蓋因岢嵐山水爲名. 老杜詩, 舊日重陽日, 傳杯不放杯.

塞上金湯唯粟粒 胷中水鏡是人材 : 『한서·식화지』에서 "조조가 신농씨의 가르침에 대해 말하기를 "열 길의 석성이 있고 백 보의 뜨거운 못이 있으며 백만의 병사를 지닌들 식량이 없으면 지킬 수가 없다""라고 했다. 『후한서·광무찬』에서 "쇠처럼 단단한 성과 뜨거운 물이 솟는 해자가 험함을 잃었다"라고 했다. 두목의「아방궁부」에서 "기둥의 촘촘한 못은 곳간의 낟알보다 많다"라고 했다. 『전국책』에서 "소진이 초나라에 온 지 3일이 되어 왕을 만날 수 있었다. "초나라의 음식은 옥보다 귀하고 땔나무는 계수나무보다 귀한데, 지금 신은 옥을 먹고 계수나무를 때고 있습니다""라고 했다. 『진서·악광전樂廣傳』에서 "위관衛瓘이 악광을 보고 "이 사람은 수경水鏡과 같아서 구름과 안개를 헤치고 하늘을 보는 것 같다""라고 했다.

漢書食貨志, 晁錯言神農之敎曰, 有石城十仞, 湯池百步, 帶甲百萬, 而亡粟, 弗能守也. 後漢書光武贊曰, 金湯失險. 杜牧之阿房宮賦曰, 釘頭磷磷, 多於在庾之粟. 粒水鏡見上注.

遙知便解靑牛句 一寸功名心已灰 : 도를 배워 깨우친 것이 있으며 공명에는 생각을 두지 않음을 말한다. 『노자』에서 "공을 이루고 명성을 이루고 물러나는 것은 하늘의 도이다"라고 했다. 살펴보건대 『관령내전』에서 "윤희가 일찍이 누대에 올라 동쪽 끝에 붉은 기운이 서려 있는 것을 보고서 "응당 성인이 도성을 지나가야 하는데"라 했다. 과연 노인이 푸른 소가 모는 수레를 타고 지나가는 것을 보았다"라고 했다. 문잠 장뢰張耒의 「감우시」에서 "나는 푸른 소[78]의 책을 스승으로 삼아, 다투지 않고 앞에 선 것을 꺼려하네"라고 했다. 『장자』에서 "형체는 진실로 마른 나무와 같이 할 수 있고, 마음은 진실로 식은 재와 같이 할 수 있는 것인가"라고 했다. 두보의 「정부마지대鄭駙馬池臺」에서 "단심은 조금도 식지 않았네"라고 했다.

言學道有得, 忘懷於功名也. 老子曰, 功成, 名遂, 身退, 天之道. 按關令內傳曰, 尹喜嘗登樓, 望東極有紫氣, 曰應有聖人過京邑. 果見老君乘靑牛車來過. 張文潛感遇詩亦曰, 我師靑牛書, 不爭忌處先. 灰心見莊子. 老杜詩, 丹心一寸灰.

---

78 푸른 소: 함곡관을 나갈 때 푸른 소를 탄 노자를 가리킨다.

세 번째 수其三

攬轡都城風露秋	도성에서 고삐 쥐니 바람과 이슬의 가을이라
行臺無妾護衣篝	청사에 가도 옷을 내줄 시비侍婢가 없네.
虎頭妙墨能頻寄[79]	호두의 오묘한 붓으로 자주 그려 보내주니
馬乳蒲萄不待求	말 젖 같은 포도를 그려 달라 요구하지 않네.
上黨地寒應強飮	상당 지역은 추우니 응당 잘 드시고
兩河民病要分憂	양하의 백성은 고달프니 모름지기
	근심을 덜어주길.
猶聞昔在軍興日	듣기로는 옛날 군대를 일으킬 때
一馬人間費十牛	한 마리 말이 세상에서 소 열 마리 비용에
	해당한다고.

【주석】

攬轡都城風露秋 行臺無妾護衣篝 : 『후한서·범방전』에서 "범방이 청
조사가 되어 수레를 타 고삐를 잡고서 감개에 젖어 천하를 맑히려는
뜻을 두었다"라고 했다. 응소의 『한관의』에서 "상서랑이 상서대에 입
직하면 여자 시사 두 사람이 향을 피운 향로를 잡고 뒤따른다. 상서대
에 들어가면 보호할 의복을 내어준다"라고 했다. 『설문해자』에서 "구篝
는 대그릇이니, 옷에 향내를 입힐 수 있다"라고 했다. 북위에 죽대상서
가 있었는데, 외지에 있었으며 조정에 있지 않았다.

79　[교감기] 장지본과 전본, 건륭본에는 '흑묘(墨妙)'가 '묘묵(妙墨)'으로 되어 있다.

後漢范滂傳, 滂爲淸詔使, 登車攬轡, 慨然有澄淸天下之志. 應劭漢官儀曰, 尙書郎入直臺中, 女侍史二人, 執香爐燒薰以從. 入臺中給使護衣服. 說文曰, 籌, 笒也. 可薰衣. 北魏有竹臺尙書, 謂在外不在朝廷也.[80]

虎頭妙墨能頻寄　馬乳蒲萄不待求 : 두보의 「제현무선사옥벽題玄武禪師屋壁」에서 "언제였던가 고개지가, 벽에 가득 아름다운 경치 그렸던 것이"라고 했다. 살펴보건대 구양순의 『예문유취』에서 『세설신어』를 인용하면서 "고개지는 호두 장군이 되었다"라고 했는데, 지금의 『세설신어』에는 그 내용이 실려 있지 않다. 그러나 『역대명화』에서 "개지의 젊었을 때 자는 호두이다"라고 했는데, 어느 것이 옳은지 알 수 없다. 『진서·고개지전』에서 "더욱 그림을 잘 그렸다"라고 했다. 문통 강엄의 「별부」에서 "자연子淵과 자운子雲[81]의 오묘한 글과 엄안嚴安, 서락徐樂의 정묘한 붓으로"라고 했다. 한유의 「포도」에서 "쟁반 가득 마유를 쌓고 싶다면, 용수가 뻗어가게 대를 보태 이어야지"라고 했다. 살펴보건대 『본초강목·포도조』에서 "씨가 말의 젖같이 생긴 것이 있다"라고 했다. ○ 백거이의 「기헌북도유수寄獻北都留守」에서 "연나라 여인이 포도주를 따르네"라고 했다. 태원에서 포도주가 생산되는 것을 말한다.

老杜詩, 何年顧虎頭, 滿壁畫滄洲. 按歐陽詢藝文類聚引世說, 顧愷之爲虎

80　[교감기] '북위(北魏)'부터 '조정야(朝廷也)'까지 원본과 부교본에 이 조목의 주가 없다.
81　자연과 자운 : 자연은 왕포(王褒)의 자이고, 자운은 양웅(揚雄)의 자이다.

頭將軍. 然今世說不載, 而歷代名畵說云, 愷之小字虎頭. 未知孰是. 晉書愷之傳云, 尤善丹靑. 江文通別賦云, 淵雲之墨妙, 嚴樂之筆精. 退之蒲萄詩, 若欲蒲盤堆馬乳, 莫辭添竹引龍鬚. 按本草蒲萄注, 蜀本圖經云, 子有似馬乳者. ○ 白樂天云, 燕姬酌蒲萄. 謂太原出蒲萄酒也.

上黨地寒應强飮 兩河民病要分憂 : 상당은 지금의 노주이다. 『주례 · 고공기』에서 "편안한 제후는 잘 마시고 잘 먹는다"라고 했다. '양하兩河'는 하동과 하북을 이른다.

上黨, 今潞州. 周禮考工記曰, 强飮强食. 兩河, 謂河東河北.

猶聞昔在軍興日 一馬人間費十牛 : 원풍 4년 섬서에서 전투가 벌어져 하동은 조세를 바치느라 곤란을 당하였는데, 밭을 가는 소 열 마리의 비용이 겨우 전투마 한 마리에 충당할 정도였다. 『회남자』에서 "피로한 소를 죽여서 좋은 말의 죽음을 보상할 수 있다고 하는데, 그렇게 하면 안 된다. 소를 죽이면 반드시 망하는 운수를 당한다"라고 했다. 산곡은 대략 이런 의미를 취하였는데, 또한 자돈이 백성의 힘을 아꼈으면 하는 바람이다.

元豐四年, 陝西用兵, 河東困於征調. 故十耕牛之費, 僅給一戰馬. 淮南子曰, 殺罷牛可以贖良馬之死, 莫之爲也. 殺牛必亡之數. 山谷畧采此意, 亦欲子敦愛惜民力.

1. 사마문정공만사. 4수[1]

司馬文正公挽詞 四首

첫 번째 수其一

元祐開皇極	원우에 황제가 등극하니
功歸用老成	그 공은 노성인을 씀에 있네.
惟深萬物表	만물 너머까지 깊이 깨우치니
不令四時行	명령하지 않아도 사시처럼 행하였네.
日者傾三接	지난날 관심 기울여 세 번 불렀는데
天乎奠兩楹	하늘이여! 갑자기 죽게 되었구나.
堂堂寧復有	당당하던 모습 어찌 다시 보랴
埋玉慟佳城	옥을 묻으니 가성에서 통곡하네.

【주석】

元祐開皇極 功歸用老成 : 『시경』에서 "비록 노련한 사람은 가고 없지만 여전히 전형은 있네"라고 했다.

---

1 이해 구월 병진일에 온공이 타계하였으며, 그다음 해 2월에 장사지냈다. 『난성집』에도 또한 이 시가 실려 있으니 아마도 그해 겨울에 지은 것 같다.

詩曰, 雖無老成人, 尙有典刑.

惟深萬物表 不令四時行 : 『위지·조상전』의 주에서 인용한 『위씨춘추』에서 "하안이 일찍이 "다만 심오하기 때문에 천하의 이치에 통할 수 있다. 태초 하후현夏侯玄이 그런 사람이다""라고 했다. 살펴보건대 이 말은 본래 『주역』에서 나왔다. 맹교의 「송소련送蕭煉」에서 "만물 너머로 우뚝 솟아서"라고 했다. 『문선』에 실린 공치규의 「북산이문」에서 "은자란 만물 너머에 우뚝 솟아 있고"라고 했다. 『논어』에서 "자신의 몸이 바르면 명령을 내리지 않아도 시행된다"라고 했다. 또한 "하늘이 어찌 말하리오. 사시가 행할 뿐이다"라고 했다. 『진서·저부전』에서 "사안이 "부는 비록 말하지 않아도 사시의 기운을 갖추고 있다""라고 했다.

魏志曹爽傳注引魏氏春秋, 何晏嘗曰, 惟深也, 故能通天下之志. 夏侯太初有焉. 按此語本出易繫辭. 孟郊詩, 迥出萬物表. 文選北山移文曰, 亭亭物表. 魯論曰, 其身正, 不令而行. 又曰, 天何言哉, 四時行焉. 晉書褚裒傳, 謝安曰, 裒雖不言, 而四時之氣亦備.

日者傾三接 天乎奠兩楹 : 조정에 들어가 임금을 입대한 지 얼마 되지 않아 갑자기 죽게 되니 슬프다는 것을 말한다. 『좌전』에서 "지난날 위나라와 우리가 화목하지 않았다"라고 했는데, 주에서 "일日은 지난날을 말한다"라고 했다. 『한서·고제기』에서 "오왕을 세우는 조서를 내

려 "지난날 형왕은 겸하여 그 땅을 소유하였다"'라고 했다. 『주역·진괘』에서 "진괘는 강후에게 말을 많이 하사하고 낮에 세 번씩 접견하는 상이다'라고 했다. 『좌전』에서 "강씨가 곡을 하며 저자를 지나면서 "하늘이여! 양중襄仲이 도리를 어겼다"'라고 했다. 『예기·단궁』에서 "자하가 "하늘이여 나는 죄가 없습니다"'라고 했다. 「단궁」에서 또한 공자의 말을 실으면서 "내가 꿈에서 두 기둥 사이의 술동이에 앉아 있었다. 나는 장차 죽을 것이다'라고 했다.

言入對未久, 遽爾薨謝爲可哀也. 左傳曰, 日衛不睦. 注云, 往日也. 漢書高帝紀, 立吳王詔曰, 日者荊王, 兼有其地. 易晉卦曰, 晉晝日三接. 左傳, 姜氏哭而過市曰, 天乎, 仲爲不道. 禮記檀弓, 子夏曰, 天乎, 予之無罪也. 檀弓又載孔子曰, 予夢坐奠兩楹之間, 予殆將死也.

堂堂寧復有 埋玉慟佳城 : 소식의 「제한위공문」에서 "위풍당당한 모습 어찌 다시 있으랴"라고 했다. 『진서·유량전』에서 "장차 장사지내려고 하는데 하충이 탄식하면서 "흙 속에 옥수를 묻으니 사람의 슬픈 마음이 어찌 그치리오"'라고 했다. 『서경잡기』에서 "등공의 수레가 동도의 문에 이르자 말이 앞으로 나아가지 않고 발로 땅을 찼다. 등공이 그곳을 파게 하니 석곽이 나왔다. 그곳에 글자가 적혀 있었으니 "답답한 가성에서 삼천 년 만에 해를 보니, 슬프게도 등공이 이 속에 묻히리라"'라고 했다.

東坡祭韓魏公文曰, 巍巍堂堂, 寧復有之. 晉書庾亮傳, 將葬, 何充歎曰, 埋玉樹於土中, 使人情何能已. 西京雜記, 滕公駕至東都門, 馬不能前, 以足跑地. 滕公使掘地, 得石椁, 有銘曰佳城鬱鬱, 三千年見白日, 吁嗟滕公居此室.

두 번째 수 其二

國在多艱日[2]	나라에 어려운 날이 많은데
人如大雅詩	인물은 「대아」의 시처럼 우아하네.
忠淸俱沒世	충성과 맑음은 죽을 때까지 변하지 않고
孝友是生知	효성과 우애는 태어나면서 알고 있네.
加璧延諸老	옥을 더하여 여러 노유를 맞이하고
囊弓撫四夷	활을 멈추고 사이를 진무하였네.
公身與宗社	공은 종사와 함께
同作太平基	태평의 기반이 되었네.

【주석】

國在多艱日 人如大雅詩 : 『시경・방락』에서 "집안의 많은 어려움 감당하지 못해"라고 했다. 『한서・하간헌왕찬』에서 "대저 「대아」는 우뚝하여 무리와 다르다고 한 말에 하간헌왕이 가깝다"라고 했다. 그 주에서 "밝고 현명하게 처신하여 몸을 보전하였다"라고 했는데, 이것을 인용하였다. 대개 중산보로 공을 비견하였으니 다만 명철보신의 의미만 취

---

2   [교감기] '다간(多艱)'은 장지본에는 '다난(多難)'으로 되어 있다.

한 것이 아니다.[3] ○ 『모시』에서 "나라의 명운이 어려움이 많다"라고
했다.

訪落詩曰, 未堪家多難. 漢書河間獻王贊曰, 夫惟大雅, 卓爾不羣. 河間獻
王近之矣. 注謂明哲保身. 此引用, 蓋以仲山甫比公, 非特取明哲保身而已.
○ 毛詩, 國步多艱.[4]

忠淸俱沒世 孝友是生知: '몰세沒世'는 죽을 때까지 변하지 않는다는
말이다. ○ 철종이 온공 사마광의 묘수에 쓰기를 "맑고 충성스럽고 순
수하고 덕 있는 이의 비"라고 했다.

沒世言至死不改. ○ 哲廟題溫公碑首曰, 淸忠粹德之碑.

加璧延諸老 櫜弓撫四夷: 공이 재상이 되어 많은 선비들을 초빙하였
으니 정이 같은 이는 포의로 경연에서 강연하였다. 또한 서쪽 변방을
경계하여 전쟁이 발생하지 않게 하였다. 『한서·신공전』에서 "임금이
사신을 시켜 비단에 옥을 더하여 신공을 맞이하게 하였다"라고 했다.
『시경』에서 "이에 활과 살을 활집에 넣어 보관하였네"라고 했다. 『한
서·진평전』에서 "재상이 밖으로 사이를 진무하고 안으로 백성들이 친
하게 대하여 가까이 다가오게 만들었다"라고 했다.

---

3   중산보로 (…중략…) 아니다: 『시경·대아·증민(蒸民)』에 명철보신이란 말로
    중산보의 덕을 찬양하는 내용이 나온다.
4   [교감기] 전본에는 '毛詩國步多艱'이란 주석이 없다.

公爲宰相, 招聘諸儒, 如程頤等, 自布衣爲講讀, 又戒敕西鄙不生邊事. 漢書申公傳, 上使使束帛加璧迎申公. 詩曰, 載櫜弓矢. 漢書陳平傳曰, 宰相外鎭撫四夷, 內親附百姓.

公身與宗社 同作太平基 : 종묘사직의 영령이 지하에서 돕고 공이 이 세상에서 도울 것이라는 말이다. 『시경·남산유대』의 소서에서 "어진 이를 얻으면 나라를 다스리고 태평을 세우는 기반이 된다"라고 했다.

謂宗廟社稷之靈, 相之於幽, 而公助之於明也. 南山有臺詩序曰, 得賢, 則能爲邦家, 立太平之基.

세 번째 수其三

獻納無虛日	하루도 빠지지 않고 충언 바쳤는데
居然迹已陳	어느새 과거의 일이 되어 버렸네.
淸班區玉石	맑은 반열은 옥석을 구별하고
寶曆順星辰	보력[5]은 달의 운행을 따랐네.
更化思鳴鵙	경화[6]는 농잠을 기초로 하고
遺書似獲麟	남긴 책은 『춘추』와 비슷하네.
易名無異論	시호는 다른 의견이 없으니

---

5   보력 : 천자의 지위 또는 천자가 반포한 책력이다.
6   경화 : 정치를 개혁하여 교화를 다시 시작한다는 의미이다.

今代兩三人　　　　　지금 시대에 두세 사람뿐이로다.

【주석】

獻納無虛日 居然迹已陳 : 반고의 「양도부서」에서 "날과 달로 충언을 바친다"라고 했다. 『좌전』에서 "우리 진나라 창고에 노나라 물건이 들어오지 않은 때가 없습니다"라고 했다. 「삼도부」에서 "분명하게 팔방을 구변하네"라고 했다. 살펴보건대 『문자』에서 "형체와 이름은 분명하게 구별된다"라고 했다. 왕희지의 「난정서」에서 "고개를 숙이고 드는 짧은 순간에 이미 옛날이 된다"라고 했다.

班固兩都賦序曰, 日月獻納. 左傳曰, 府無虛月. 三都賦曰, 居然而辨八方. 按文子曰, 形之與名, 居然別矣. 王羲之蘭亭序曰, 俯仰之間, 已爲陳迹.

淸班區玉石 寶曆順星辰 : 위구는 품계는 뒤죽박죽 섞이지 않음을 말하고 아래구는 섭리는 정해진 법칙이 있음을 말한다. 『서경』에서 "곤산에 화재가 나면 옥과 돌이 다 타버린다"라고 했다. 『논어』에서 "초목에 비유하면 구역으로 구별되는 것과 같다"라고 했다. 「요전」에서 "해와 달과 별의 운행을 책력으로 기록하고 관찰하였다"라고 했다.

上言流品不雜, 下言燮理有方. 書胤征曰, 玉石俱焚. 魯論曰, 區以別矣. 堯典曰, 曆象日月星辰.

更化思鳴鵙 遺書似獲麟 : 『한서·동중서전』에서 "경화를 하면 잘 다스

릴 수 있다"라고 했다. 『시경·빈풍』에서 "칠월엔 때까치가 운다"[7]라고
했는데, 이것을 인용하여 농잠으로 왕업의 근본을 삼을 것을 말하였
다. '유서遺書'는 『자치통감』을 이르니 즉 『춘추』에 짝할 수 있다는 의
미이다. 두예의 『춘추좌씨전서』에서 "그러므로 나는 공자가 기린이 잡
힌 것에 느낌이 있어서 지었다고 여긴다. 『춘추』 저작을 기린이 잡힌
것에서 시작하였다면 그 경문도 시작한 시점에서 그치는 것이 진실에
부합한다"라고 했다.

漢書, 董仲舒曰, 更化則可善治. 豳詩曰, 七月鳴鵙. 此引用, 言以農桑爲王
業根本. 遺書謂資治通鑑, 言可配春秋也. 杜預春秋左傳序曰, 余以爲感麟而
作, 作起獲麟, 則文止於所起.

易名無異論今代兩三人 : '역명易名'은 시호 짓는 것을 말한다. 「단궁」
에서 "그 이름을 바꿀 것을 요청합니다"라고 했다. 본조의 시호에 문정
은 오직 왕증, 범중엄과 공 뿐이다. 온공이 일찍이 하송의 시에 대해
논박하기를 "문정은 시호 가운데 더할 나위 없이 지극히 아름다운 것
이다. 비록 주공의 재주로도 감히 겸하여 취하지 못하였는데, 더구나
하송 같은 자가 어찌 마땅하겠는가"라고 했다.

易名謂作諡. 檀弓曰, 請所以易其名者. 本朝諡文正, 惟王曾范仲淹及公爾.

---

7   칠월엔 때까치가 운다 : 「칠월」의 셋째 수에서 "누에 치는 달 뽕나무 가지를 칠
     땐, 저 도끼를 가져다가, 멀리 뻗은 가지를 치고, 여린 가지는 잎만 따느니라. 칠
     월에 때까치가 울거든, 팔월에는 길쌈을 하나니, 검은 물감 노랑 물감 곱게 들여
     서, 가장 고운 붉은 베를 골라서, 공자의 옷을 만드나니라"라고 했다.

溫公嘗駁夏竦諡云, 文正, 諡之至美, 無以復加. 雖以周公之才, 不敢兼取, 況
如竦者, 豈易克當.

네 번째 수其四

毀譽蓋棺了	비난과 칭송은 관을 덮으면 멈추지만
於今名實尊	지금 명실이 높아졌네.
哀榮有王命	슬픔과 영화에 모두 왕명이 있었으니
終始酌民言[8]	처음부터 끝까지 백성의 말을 따랐네.
蟬冕三公府	삼공부에서 선면을 쓰고
深衣獨樂園	독락원에서 심의를 입었네.
公心兩無累[9]	공은 영달에 마음 두지 않았으니
憂國愛元元	나라 걱정과 백성 사랑이었네.

【주석】

毀譽蓋棺了 於今名實尊 : 사람이 죽으면 비난과 칭송도 따라서 없어지
는데 오직 공은 죽은 뒤에 그 명성이 더욱 높아졌다는 말이다. 두보의
「군부견간소혜君不見簡蘇傒」에서 "장부의 일은 관 두껑 덮어야 결정되는

---

8 [교감기] '작(酌)'은 문집에는 '저(著)'로 되어 있다.
9 [교감기] '공심(公心)'은 문집과 고본, 장지본과 건륭본에는 '평생(平生)'으로 되
어 있다.

데”라고 했다. 『맹자』에서 "명실을 앞세우는 백성을 위한다"라고 했다.

言人死則毀譽亦隨而泯, 獨公死後, 其名尤重. 老杜詩, 文夫蓋棺事始定. 孟子曰, 先名實者, 爲人也.

哀榮有王命 終始酌民言 : 조정에서 오랫동안 외지에 공을 기용했고 이미 죽은 뒤에 공에 대해 대우한 것은 모두 천하의 공론에 따른 것이다. 『논어』에서 "살아 있을 때 모두 영광으로 여기고 돌아가시면 슬퍼한다"라고 했다. 『예기』에서 "임금이 백성의 말을 헤아렸다"라고 했다.

朝廷用公於久外, 恤公於旣歿, 皆取天下之公論也. 魯論曰, 其生也榮, 其死也哀. 禮記曰, 上酌民言.

蟬冕三公府 深衣獨樂園 公心兩無累 憂國愛元元 : 공은 곤궁과 영달로 그 마음을 바꾸지 않고 오직 나라 걱정과 백성을 사랑할 뿐이었음을 말한다. 『문선』에 실린 장경양의 「영사詠史」에서 "아아! 이 선면을 쓴 나그네"라고 했다. 살펴보건대 『한관의』에서 "시중은 혜문관을 쓰는데, 금초를 달고 매미 날개를 붙여 무늬를 만들고 초미로 장식하여 초선관이라 불렀다"라고 했다. 공은 『예기』에 의거하여 심의를 만들고는 매번 외출할 때 조복에 말을 타고 가죽 상자에 심의를 담아 자신의 뒤를 따르게 하였다. 독락원에 들어가면 심의를 입었다. 이 일은 『소씨문견록』에 기록되어 있다. 공은 「독락원기」를 지었으니 "희녕 4년에 우활한 노인인 나는 비로소 낙양에 집을 얻었다. 6년에 존현방에 20무의

밭을 사서, 북벽으로 울타리를 삼고 독락원이라 명하였다"라고 했다. 『전국책』에서 "소진이 "해내를 제압하여 백성들을 자식으로 여겼다""라고 했다.

言公無窮達之異其心, 一於憂國愛民而已. 選詩曰, 咄此蟬冕客. 按漢官儀云,[10] 侍中冠惠文冠, 加金貂, 附蟬爲文, 貂尾爲飾, 謂之貂蟬. 公依禮記作深衣, 每出, 朝服乘馬, 用皮篋貯深衣隨其後, 入獨樂園則衣之. 事具邵氏聞見錄. 公有獨樂園記曰, 熙寧四年, 迂叟始家洛. 六年, 買田二十畝於尊賢坊, 北關以爲圃, 命之曰獨樂. 戰國策, 蘇秦曰, 制海內, 子元元.

---

10 [교감기] '한관의(漢官儀)'는 원래 '한관(漢官)'으로 되어 있으며, 건륭본에는 '한서(漢書)'로 되어 있었는데, 지금 전본을 따라 고친다.

2. 자첨의 「무창서산」에 차운하다[11]

次韻子瞻武昌西山[12]

『동파집』의 이 시의 서문에서 "원우 원년 11월 29일에 한림승지 등성구와 옥당에서 만나 잠을 자면서 옛날 일을 이야기하였다. 성구는 일찍이 「원차산와준명」을 지어 암석에다 새겼다. 인하여 이 시를 지으면서 성구에게 함께 짓자고 요청하였다"라고 했다.

東坡集此詩序云, 元祐元年十一月二十九日, 與翰林承旨鄒聖求會宿玉堂, 偶話舊事. 聖求嘗作元次山窪樽銘, 刻之巖石. 因爲此詩, 請聖求同賦.

漫郞江南酒隱處	만랑이 강남에서 술에 숨은 곳으로
古木參天應手栽	손수 심은 고목이 하늘까지 솟았네.
石坳爲尊酌花鳥	움푹한 바위를 술동이 삼아 화조 보며 술 따르니
自許作鼎調鹽梅	나라 다스릴 만한 재상이 되리라 자부했네.
平生四海蘇太史	평소 사해를 진동한 소 태사지만
酒澆不下胸崔嵬	가슴에 뭉쳐진 응어리는 술로 내려가지 않네.
黃州副使坐閑散	황주 부사는 한가로운 자리라
諫疏無路通銀臺	은대를 통하여 소장을 올릴 방법이 없네.

---

11 『동파집』에 있는 이 시의 서문에서 "원우 원년 11월 29일에 지었다"라 하였다.
12 [교감기] 문집에서는 제목의 '산(山)'자 아래에 '시(詩)'가 있는데, 그것이 옳다.

鸚鵡洲前弄明月	앵무주 앞에서 밝은 달 희롱하는데
江妃起舞襪生埃	강비가 일어나 춤추니 버선에
	먼지가 피어오르네.
次山醉魂招髣髴	차산의 살아 있는 듯한 취한 혼을 부르니
步入寒溪金碧堆	한계의 금벽퇴로 걸어 들어오네.
洗湔塵痕飮嘉客	먼지를 깨끗이 씻어 훌륭한 손에게 술 따르니
笑倚武昌江作罍	무창의 강에서 만든 술잔에 웃으며 기대네.
誰知文章照今古	누가 알았으리, 문장이 고금을 비출 지
野老爭席漁爭隈	들판 노인은 자리를 앞다투고 어부도
	물굽이 다투네.
鄧公勒銘留刻畫	등공이 명을 새긴 곳에 획이 남아 있는데
刓剔銀鈎洗綠苔	푸른 이끼 씻어내어 자획을 더듬어 보네.
琢磨十年煙雨晦	새긴 지 십 년이라 이내와 비에 흐릿한데
摸索一讀心眼開	더듬어 한 번 읽으매 심안이 열렸네.
謫去長沙憂服入[13]	장사에 귀양 와 복조 날아들어 걱정하더니
歸來杞國痛天摧	기나라로 돌아오매 하늘이 무너져 애통하구나.
玉堂卻對鄧公直	옥당에서 문득 등공 마주하며 숙직하는데
北門喚仗聽風雷	북문에서 의장병 부르는 호령을 듣네.
山川悠遠莫浪許	산천이 아득히 머니 함부로 허락하지 마시라

---

13 [교감기] '복(服)'은 문집에서는 '복(鵩)'으로 되어 있다. 살펴보건대 두 글자는
통용하니, 이후로 다시 나오면 교정을 달지 않는다.

富貴峥嵘今鼎來	우뚝한 부귀가 지금 바야흐로 오리니.
萬壑松聲如在耳	많은 골짝의 소나무 소리가 귀에 울리는 듯한데
意不及此文生哀	이 시를 통해 슬픔이 생길 줄은 생각도 못하였네.

【주석】

漫郎江南酒隱處 古木參天應手栽 : 차산 원결의 「자석」에서 "처음에 자칭 의우자라고 하였다. 이윽고 낭수가에 집을 얻게 되자 자칭 낭사라고 하였다. 관원이 되었을 때 사람들이 "낭자浪者는 또한 하릴없이 벼슬하는가"라 하였다. 이에 만랑이라 불리게 되었다. 번수가에 집을 얻게 되자 하릴없다는 말은 드디어 현실이 되었다"라고 했다. 또한 자주에서 "낭관은 상서랑이 된 것을 말한다"라고 했다. 번수는 무창현 서쪽 오리에 있다. 살펴보건대 『환우기』에서 "무창은 지금의 악주에 속한다"라고 했다. 맹교의 「엄하남嚴河南」에서 "은사는 대부분 술에 숨는데, 이 말은 참으로 없애기 어렵네"라고 했다. 『문선』에 실린 조식의 「송응씨送應氏」에서 "가시나무가 하늘까지 닿았다"라고 했다.

元次山自釋曰, 始自稱猗玗子, 將家漢濱, 乃自稱浪士. 及有官時, 人以爲浪者亦漫爲官乎. 蒙呼爲漫郎. 及家樊上, 漫遂顯焉. 又自注曰, 言郎者爲作尚書郎. 樊在武昌縣西五里. 按寰宇記, 武昌今屬鄂州. 孟郊詩, 隱士多隱酒, 此言信難刊. 文選曹子建詩, 荊棘上參天.

石坳爲尊酌花鳥, 自許作鼎調鹽梅 : 원결의 「배준명」에서 "낭정의 서쪽 가장자리에 바위가 모여 있는데, 바위는 번수를 마주하고 있다. 만수가 바위 꼭대기에 집을 얽어 정자를 만들었다. 바위 가운데 꼭대기가 움푹 패인 것이 있었는데 그것을 다듬어 술을 보관하게 하고 배준이라 명하였다. 이에 명을 다음처럼 짓는다"라고 했다. 두보의 「강상치수ㄱ上値水」에서 "봄이 와도 꽃과 새에 깊은 근심 없어라"라고 했다. 『서경』에서 "내가 만일 국을 조리하려 하거든 그대가 소금과 매실이 되어 달라"라고 했다.

元次山杯樽銘曰, 郞亭西郭有聚石, 石臨樊水, 漫叟構石顚以爲亭. 石有窊顚者, 因修之, 以藏酒, 命爲杯樽, 作銘云云. 老杜詩, 春來花鳥莫深愁. 書曰, 若作和羹, 爾惟鹽梅.

平生四海蘇太史, 酒澆不下胸崔嵬 : 동파가 일찍이 직사관을 역임하였다. 그러므로 태사라고 이른 것이다. 『진서』에서 "습착치는 양양 사람으로 환온의 주부가 되었다. 환온이 "한갓 30년을 책을 읽는 것은 한번 주부를 익히는 것만 못하다"라고 하였다. 상문의 승려 도안이 습착치와 처음 만났을 때 도안이 "천하에 내 이름을 모르는 이가 없는 승려 도안이오"라 하자, "사해를 진동시킨 습착치올시다"'라고 했다. 『세설신어』에서 "왕손이 왕침에게 묻기를 "완적의 주량은 사마상여와 비교하여 어떤가"라 묻자 왕침이 "완적의 가슴에는 커다란 돌무더기가 있기 때문에 모름지기 술로 씻어내야 한다"'라고 했다.

東坡嘗爲直史館, 故云太史. 晉書習鑿齒傳曰, 四海習鑿齒. 酒澆見上注.

黃州副使坐閑散 諫疏無路通銀臺 : 동파는 일찍이 신당으로 배척되어 황주 단련부사團練副使가 되었다. 한유의 「진학해」에서 "한산한 자리에 있는 게 분수의 마땅함이라"라고 했다. ○ 『국조회요』에서 "은대는 천하의 소장을 받는 일을 담당한다"라고 했다. 『동경잡기』에서 "순화 4년 8월에 지은대통진사를 두었다"라고 했다.

東坡嘗責受黃州副團. 退之進學解曰, 投閑置散, 乃分之宜. ○ 國朝會要云, 銀臺司掌受天下奏狀. 東京記云, 淳化四年八月, 置知銀臺通進司.

鸚鵡洲前弄明月 江妃起舞襪生埃 : 『환우기』에서 "앵무주는 악주 강하현 태강의 동쪽에 있다"라고 했다. 살펴보건대 황주와 악주는 서로 마주하고 있다. 소설에 귀신의 시를 싣고 있으니 "도시는 너무나도 시끄러우니, 산에 돌아가 밝은 달이나 희롱하려네"라고 했다. 『문선 · 촉도부』에서 "강비에게 장가들어 신령과 함께 노니네"라고 했다. 조식의 「낙신부」에서 "파도를 타고 가볍게 걷는데, 비단 버선에 먼지가 이네"라고 했다. 『사기 · 항우전』에서 "항장이 칼을 뽑아 들고 일어나 춤을 추기 시작했다"라고 했다.

寰宇記, 鸚鵡洲在鄂州江夏縣大江之東. 按黃州與鄂州相望. 小說載鬼詩曰, 城市多囂塵, 還山弄明月. 文選蜀都賦曰, 娉江妃與神遊. 曹植洛神賦曰, 凌波微步, 羅襪生塵. 史記項傳, 項莊拔劍起舞.

次山醉魂招髣髴 步入寒溪金碧堆 : 한유의 「답장철答張徹」에서 "괴이한
꽃은 꿈에 취해 향기롭네"라고 했다. 『초사』에 송옥의 「초혼」이 있다.
『환우기』에서 "번산은 악주의 서쪽에 있다. 산의 동쪽 10보쯤에 등성
이가 있고 등성이 아래에 한계가 있다"라고 했다. 『문선』에 실린 육기
의 「연주」에서 "금벽의 바위에서 반드시 봉황처럼 오는 사신을 욕보이
네"라고 했다. 노동의 「억심산인憶沈山人」에서 "푸른 창공에 황금 언덕
이 솟아 있네"라고 했다.

退之詩, 怪花醉魂馨. 楚辭有宋玉招魂. 寰宇記云, 樊山在鄂州西, 山東十
步有岡, 岡下有寒溪. 文選陸機連珠曰, 金碧之巖, 必辱鳳擧之使. 盧仝詩, 靑
空鑿出黃金堆.

洗湔塵痕飮嘉客 笑倚武昌江作壘 誰知文章照今古 野老爭席漁爭隈 :『장
자』에서 "여관에 묵는 사람들이 그와 자리를 다투면서 어울리게 되었
다"라고 했다. 『이아』에서 "오隩는 물굽이이다"라고 했는데, 곽박의 주
에서 "지금 강동에서는 포浦라고 부른다"라고 했다. 『회남자』에서 "어
부들은 강의 물굽이를 다투지 않는다"라고 했다.

莊子曰, 舍者與之爭席. 爾雅, 隩, 隈. 郭璞注云, 今江東呼爲浦. 淮南子曰,
漁者不爭隈.

鄧公勒銘留刻畫 刓剔銀鈎洗綠苔 : 등윤보의 자는 성구로 뒤에 이름을
백온으로 바꿨다. 가우 연간에 무창령이 되었다. 백거이의 「유석문간遊

石門澗」에서 "이 암벽에 시를 적어두었다고 하는데, 구름이 덮고 이끼가
가리어"라고 했다. 한유의 「석고가」에서 "이끼를 깎아내고 도려내어
마디와 모서리 드러내고"라고 했다.

鄧潤甫字聖求, 後更名溫伯, 嘉祐中爲武昌令. 樂天詩, 題詩此巖壁, 雲覆
苺苔封. 退之石鼓歌, 剜苔剔蘚露節角.

琢磨十年煙雨晦 摸索一讀心眼開 : '탁마琢磨'는 성구가 새긴 명을 이른
다. 진현의 「서조아비후」에서 "한나라 의랑 채옹이 듣고 와서 보는데,
밤이라 어두워 손으로 그 글을 더듬으며 읽었다"라고 했다. 『국사찬
이』에서 "허경종이 "만약 조식, 유정, 심약, 사조 등의 글을 만나면 어
둠속에서 손을 더듬어도 알 수 있다"'라고 했다. 『후한서·왕상전』에
서 "듣건대 폐하께서 하북에서 즉위하셨다니, 마음이 밝아지고 눈이
뜨입니다"라고 했다. 구양수의 「석전」에서 "보고 나서 즉시 심안이 열
리는 것을 깨달았네"라고 했다.

琢磨謂聖求所刻銘. 晉賢書曹娥碑後云, 漢議郎蔡邕聞之來觀, 夜闇, 手摸
其文而讀之. 國史纂異, 許敬宗曰, 若遇曹劉沈謝, 暗中摸索, 亦可識. 後漢書
王常傳曰, 聞陛下卽位河北, 心開目明. 歐陽公石篆詩曰, 見之但覺心眼開.

謫去長沙憂服入 歸來杞國痛天摧 : 동파가 황주로 귀양간 것은 모두 7
년이며, 원풍 8년에 불려 돌아왔다. 당시에 유릉[14]은 이미 완성되었다.

---

14 유릉 : 송 신종의 능호이다.

『한서』에서 "가의가 장사 태부가 된 지 3년이 되어 복조가 가의의 숙소에 들어왔으니 상서롭지 못한 새이다. 가의가 이미 귀양 온 것에 상심하였는데, 이에 부를 지어 자신을 위로하였다"라고 했다. 『열자』에서 "기나라에 천지가 무너져 내릴까 걱정하는 사람이 있었다.

東坡謫黃州凡七年, 元豐八年召還, 時裕陵已成. 漢書, 賈誼爲長沙傅, 三年, 有鵩飛入誼舍, 不祥鳥也. 誼既已謫居, 自傷悼, 乃爲賦以自廣. 列子曰, 杞國有人憂天地崩墜.

玉堂卻對鄧公直 北門喚仗聽風雷 : 『한림지』에서 "무릇 당직하는 법을 조례로 기술하여 북청의 서문에 내걸었다"라고 했다. 『당서·백관지』에서 "건봉 이후로 비로소 북문학사라고 불렀다"라고 했다. 『오대사·이기전』에서 "당나라 고사에 자신전에 임금이 납시면 정아[15]부터 의장병을 불러 합문을 통해 들어가면 백관이 뒤를 따라 들어가 임금을 뵈니, 그것을 입각이라 부른다"라고 했다. 풍뢰風雷는 호령을 말하는데, 『주역·익괘』에 보인다.

翰林志, 凡當直之法, 著爲條例, 題于北廳之西門. 唐書百官志曰, 乾封以後, 始號北門學士. 五代史李琪傳曰, 唐故事, 御紫宸殿, 乃自正衙喚仗, 由閤門而入. 百官隨以入見, 謂之入閤. 風雷以言號令, 見周易.

山川悠遠莫浪許 富貴崢嶸今鼎來 : 『목천자전』에서 "서왕모가 목천자

---

15   정아 : 임금이 조회를 하며 정사를 처리하는 장소이다.

를 위하여 노래를 부르니 "흰 구름 하늘에 있다가 산릉에 절로 나오네. 길 아득히 먼데 산과 강이 가로막네. 장차 그대 죽지 않고 만약 다시 돌아올 수 있으리"라 하자, 천자가 답하기를 "내가 동쪽 땅으로 돌아가 중국을 조화롭게 다스려 만백성이 고르게 잘살게 되면 내 그대를 보기 원하여 삼년 안에 장차 다시 들로 나서리라"'라고 했다. 이 구는 자못 이 내용을 채택하였다. 『조야첨재』에서 "당 고종 함형 연간의 민간 노래에 "함부로 말하지 말라 노파[16]가 성을 내니"'라고 했다. 두보의 「범주송위십팔泛舟送魏十八」에서 "시를 함부로 퍼트리지 마시라"라고 했다. 『한서·광형전』에서 "시에 대해 말하지 마라, 광형이 바로 온다"라고 했는데, 주에서 "정鼎은 바야흐로라는 의미이다"라고 했다. 또한 「가연지전」에서 "석현이 바야흐로 귀하게 되었다"라고 했다.

穆天子傳, 西王母爲天子謠曰, 白雲在天, 山陵自出, 道里悠遠, 山川間之, 將子無死, 尙能復來. 天子答之曰, 予歸東土, 和理諸夏, 萬民平均, 吾願見汝, 比及三年, 將復而野. 此句頗采其意. 朝野僉載, 唐咸亨中謠曰, 莫浪語, 阿婆瞋. 老杜亦云, 將詩莫浪傳. 漢書匡衡傳曰, 無說詩, 匡鼎來. 注云, 鼎, 方也. 又賈捐之傳曰, 石顯鼎貴.

萬壑松聲如在耳 意不及此文生哀 : "많은 골짜기 소나무 소리"에서 어찌 부귀한 자의 일에 관여하겠는가. 정은 문장으로 인해 생겨나니 자연히 감개에 젖게 된다. 이 구는 동파 시어의 오묘함은 이처럼 사람의

감정을 일렁이게 만든다는 것을 말하고 있다. 대개 동파의 작품 첫머리에서 "청컨대 공은 시를 지어 부노에게 보내시게, 가서 많은 골짝의 소나무 슬픈 소리에 화답하리라"라고 했다. 『좌전』에서 "말이 아직도 귀에 쟁쟁하다"라고 했으며, 또한 "나는 원래 이렇게까지 되기는 바라지 않았다"라고 했다. 『세설신어』에서 "손초가 부인의 상복을 벗으면서 시를 지어 왕무자에게 보여주었더니, 왕무자가 "시가 정에서 생겨나는지 정이 시에서 생겨나는지 잘 모르겠지만, 이것을 읽으니 서글퍼지면서 부부의 정이 더욱 깊음을 느끼오""라고 했다. 여기서는 이 의미를 사용하여 정이 글에서 생겨남을 말하였다.

萬壑松聲何豫富貴者事, 情因文生, 自爾感慨. 言東坡詩語之妙, 足以動盪如此也. 蓋東坡首章曰, 請公作詩寄父老, 往和萬壑松聲哀. 左傳曰, 言猶在耳. 又曰, 孤始願不及此. 世說, 孫楚除服, 作詩示王武子, 王曰, 未知文於情生, 情於文生, 覽之悽然, 增伉儷之重. 此用其意, 謂情於文生也.

3. 자첨의 시구가 한 시대에 으뜸인데 이에 '정견의 시체를 모방한다'고 하였는데, 대개 한퇴지가 맹교와 번종사의 시체를 장난삼아 본받은 것과 비슷하니 글로 웃겨보려는 것이다. 그러나 후생이 제대로 알지 못할까봐 차운하여 실상을 말한다.[17](자첨이 양맹용을 전송하는 시에서 "우리 집은 아미산 북쪽으로 그대와 같은 고을이네"라 한 작품이 바로 이 시의 운자이다)

子瞻詩句妙一世, 乃云效庭堅體. 蓋退之戲效孟郊樊宗師之比, 以文滑稽耳. 恐後生不解, 故次韻道之(子瞻送楊孟容詩云, 我家峨眉陰與子同一邦, 卽此韻)[18]

我詩如曹鄶	나의 시는 「조풍」 「회풍」 같아서
淺陋不成邦	비천하여 나라의 노래는 되지 못하네.
公如大國楚	공은 큰 나라 초와 같아서
呑五湖三江	오호와 삼강을 삼켰네.
赤壁風月笛	적벽에서 피리로 풍월을 노래하고
玉堂雲霧窓	옥당의 창은 운무로 덮였네.
句法提一律	구법은 일정한 운율을 유지하니
堅城受我降	굳건한 성은 나의 항복을 받았네.

---

17 동파의 「송양맹용시(送楊孟容)」는 이 운을 사용하였으니, 「무창서산(武昌西山)」의 뒤에 편차하였다.

18 [교감기] 괄호안의 '자첨(子瞻)'부터 '차운(此韻)'까지 21글자는 문집에는 없으며, 전본에는 두 줄의 소주(小注)로 처리하였다. 또한 원본과 부교본에는 '我家峨眉陰與子同一邦' 아래에 '相望六十里 共飲玻瓈江'이란 열 글자가 있다.

枯松倒澗壑	고송은 골짜기에 거꾸로 매달렸는데
波濤所舂撞	파도는 하늘을 짓찧는구나.
萬牛挽不前	만 마리 소가 끌어도 나아가지 않는데
公乃獨力扛	공은 이에 혼자 힘으로 당겼네.
諸人方嗤點	많은 사람들이 바야흐로 비웃는데
渠非晁張雙	그들은 조무구, 장문잠과 비교도 되지 않네.
袒懷相識察¹⁹	다만 나를 알아주던 것 회상하노니
牀下拜老龐	상 아래에서 방덕공에게 절을 올리네.
小兒未可知	작은 아들은 잘 알지는 못하지만
客或許敦厖	손님들은 간혹 골기가 두텁고 크다고 하네.
誠堪壻阿巽	참으로 아손의 사위가 될 만하니
買紅纏酒缸	붉은 비단 사서 술병을 묶으면 어떠하리.

【주석】

我詩如曹鄶 淺陋不成邦 : 정현의 『시보』에서 "주 무왕이 아우인 진탁을 조나라에 봉하였다. 지금 제음의 정도가 바로 그곳이다. 회국은 진수와 유수 사이에 있는데, 축융씨가 려라고 명명하였다. 그 후에 여덟 성 가운데 오직 운성인 회란 자가 그 지역에 거처하였다"라고 했다. 『좌전』에서 "계자가 음악을 듣다가 회풍 이후로는 더이상 비평하지 않

---

19 [교감기] '단(袒)'은 문집과 원본, 장지본과 명대전본, 전본과 건륭본에 모두 '단(但)'으로 되어 있다.

왔다"라고 했는데, 주에서 "계자가 회와 조 두 나라의 노래를 듣다가 다시 비평하지 않았으니, 나라가 작기 때문이다"라고 했다. 『주례 · 대종백』의 주에서 "자작과 남작 중에 홀을 잡지 않으면 나라를 이룰 수가 없다"라고 했다. 『시경 · 형문』의 주에서 "천박하고 비루함을 말한다"라고 했다.

鄭氏詩譜云, 周武王封叔振鐸於曹, 今濟陰定陶是也. 檜國居溱洧之間, 祝融氏名黎, 其後八姓, 惟妘姓檜者, 處其地焉. 左傳, 季子觀樂, 自鄶以下無譏焉. 注曰, 季子聞鄶曹二國歌, 不復譏之, 以其微也. 周禮大宗伯注云, 子男不執圭者, 未成國. 衡門詩注曰, 言淺陋也.

公如大國楚 呑五湖三江 : 『주례 · 직방씨』에서 "양주의 내는 삼강이고 큰 못은 오호이다"라고 했다. 태충 좌사의 「오도부」에서 "간혹 강을 삼켜서 한수로 들여보낸다"라고 했다. 『가람기』에서 "왕숙이 "양은 제와 노처럼 큰 나라를 비유하고 물고기는 주와 거처럼 작은 나라를 비유한다""라고 했는데, 이 시에서 그 의미를 대략 취하였다.

周禮職方氏, 揚州, 其川三江, 其浸五湖. 左太沖吳都賦曰, 或呑江而納漢. 伽藍記, 王肅曰, 羊比齊魯大邦, 魚比邾莒小國. 此詩畧用其意.

赤壁風月笛 玉堂雲霧窓 : 동파는 곤궁과 영달에 따라 마음을 달리하지 않는다는 말이다. 동파가 황주로 귀양 간 것은 모두 5년으로 일찍이 적벽에서 노닐어 전후 「적벽부」를 지었다. 살펴보건대 악주 포기현

에 적벽산이 있으며, 황주에도 적벽산이 있다. 두목의 「제고정題高亭」에서 "누가 나에게 긴 피리 부는 것을 가르쳐 주려나, 봄바람에 흥을 기대 밝은 달을 희롱하려네"라고 했다. 원우 원년에 동파는 중서사인에서 한림학사로 옮겼다. 옥당에 대한 내용은 바로 앞의 시에 보인다. 이백의 「안륙백조산도화암安陸白兆山桃花巖」에서 "다시 도화암에 돌아와 흰구름 창가에서 쉬며 조네"라고 했다. 한유의 「화산녀華山女」에서 "구름 창 안개 합문의 일이 어릿하네"라고 했다. ○ 산곡의 「제동파찬」에서 "동파의 술과 동파의 피리"라고 했다. 또한 동파의 「적벽부」에서 "퉁소를 부는 객이 있었다"라고 했다. 적벽의 피리는 아마도 이 의미를 취했을 것이다.

謂東坡無窮達之異. 東坡謫黃州凡五年, 嘗游赤壁, 有前後賦. 按鄂州蒲圻縣有赤壁山, 黃州亦有之. 杜牧之詩, 何人教我吹長笛, 興倚春風弄月明. 元祐元年, 東坡自中書舍人遷翰林學士. 玉堂見上注. 太白詩, 歸來桃花巖, 得憩雲窗眼. 退之詩, 雲窗霧閣事恍惚. ○ 山谷題東坡贊曰, 東坡之酒, 赤壁之笛. 又東坡赤壁賦曰, 客有吹洞簫者. 赤壁之笛, 意取此乎.[20]

句法提一律 堅城受我降 : 두보의 「우시종무又示宗武」에서 "시구 찾으려 새로 운율을 알고"라고 했다. 한유의 「번종사명」에서 "한나라부터 지금까지 한 운율만 썼다"라고 했는데, 그 글자를 차용하여 일가의 엄격

---

20 [교감기] '산곡(山谷)'부터 '취차호(取此乎)'는 원본과 부교본에는 이 조목의 주가 없다.

한 운율로 삼았음을 말한다. 『한서』에서 "무제가 공손오를 보내 변방 너머에 수항성을 쌓게 하였다"라고 했다. 또 살펴보건대 『당서』에서 "장인원이 세 개의 수항성을 쌓았다"라고 했다.

　老杜詩, 覓句新知律. 退之樊宗師銘曰, 由漢迄今用一律. 此借用其字, 言自提一家之軍律也. 受降城, 見上注.

　枯松倒澗壑 波濤所舂撞 萬牛挽不前 公乃獨力扛 : 고송으로 자신을 비유하였다. 이백의 「촉도난」에서 "마른 소나무가 거꾸로 매달려 절벽에 기대 있네"라고 했다. 한유의 「유생劉生」에서 "거대한 파도는 하늘을 짓찧는데 우혈[21]은 마냥 고요하기만"이라고 했다. 살펴보건대 『예기·학기』의 주에서 "용용舂容은 종을 쳐서 소리가 사그라질 때쯤 다시 치는 것을 이른다"라고 했다. 두보의 「고백행」에서 "큰 집 기울어 들보와 용마루 필요하여도, 만 마리 소가 산처럼 무거워 고개 돌리리라"라고 했다. 『한서·추양전』에서 "만일 오나라와 함께 하지 않은 것을 후회하고 앞으로 나아가 한나라에 귀순하지 않는 마음을 지니더라도"라고 했다. 한유의 「증장십팔贈張十八」에서 "일백 곡들이 용무늬 세 발 솥을, 필력으로 불끈 들어 올릴 듯하구려"라고 했다.

　枯松以自況. 太白蜀道難曰, 枯松倒掛倚絶壁. 退之詩, 洪濤舂天禹穴幽.

21　우혈 : 우(禹) 임금이 순수(巡狩)하다가 승하하여 묻힌 곳으로 지금의 회계산(會稽山)에 있다고도 하고, 우 임금이 황제(黃帝)가 남긴 책을 얻어 보관해 둔 곳이라고도 하고, 우 임금이 한수(漢水)를 틔울 때 거처하던 곳이라고도 한다.

按禮記學記注曰, 春容謂重撞擊也. 老杜古柏行曰, 大廈如傾要梁棟, 萬牛回首丘山重. 漢書鄒陽傳曰, 使有自悔不前之心. 退之詩, 龍文百斛鼎, 筆力可獨扛.

諸人方嗤點 渠非晁張雙 : 두보의 「희위절구」에서 "지금 사람은 전해지는 작품을 비웃지만, 유신이 후생을 두려워나 하겠는가"라고 했다. 살펴보건대 간보의 『진기총론』에서 "대개 함께 비웃으며 쓸모없는 것으로 여기고 그것을 꾸짖었다"라고 했다. 조무구와 장문잠은 모두 소공 문하의 선비이다.

老杜戲爲絶句曰, 今人嗤點流傳賦, 不覺前賢畏後生. 按干寶晉紀總論曰, 蓋共嗤點以爲灰塵, 則可以而相訕病矣. 晁無咎張文潛, 皆蘇公門下士.

祖懷相識察 牀下拜老龐 : 『문선·고시』에서 "내 한 마음 구구절절한 것을, 당신이 알지 못할까 두렵네"라고 했다. 『촉지·방통전』의 주에서 인용한 『양양기』에서 "제갈공명은 와룡이 되고 방사원은 봉추가 되고 사마덕조는 수경이 된다. 이는 대개 방덕공이 품평한 말이다"라고 했다. 덕공은 양양 사람으로 공명이 매번 그의 집에 이르면 책상 아래에서 홀로 절을 하였다.

選詩, 一心抱區區, 懼君不識察. 蜀志龐統傳注引襄陽記曰, 諸葛孔明爲臥龍, 龐士元爲鳳鄒, 司馬德操爲水鏡. 蓋皆龐德公題品之語也. 德公, 襄陽人, 孔明每至其家, 獨拜於牀下.

小兒未可知 客或許敦厖 誠堪壻阿巽 買紅纏酒缸 : 위구의 나를 알아준다는 내용을 끝맺고 또한 아들을 위하여 소 씨에게 구혼하려는 것이다. 아니면 동파가 일찍이 혼인을 허락하였던 것일 수도 있다. 산곡이 검중에 있을 때 「여왕로주첩」에서 "작은 아들 상이 지금 나이가 열넷인데 골격과 기상이 약간 크고 두텁습니다"라고 했으니, 이 첩으로 보건대 도성에 있을 때는 3~4살이었을 것이다. 아손阿巽은 백달 소매의 딸로 동파의 손녀이다. 산곡이 비록 이런 말을 하였으나 그 후에 서로 멀리 떨어져 끝내 혼인을 이루지는 못하였다. 범 씨의 아들 공의 손자인 익에게 장가를 들었는데 익의 자는 기수이다. 부문학사 중호 소부는 백달의 아들이니 말을 그렇게 한 것이다. 『좌전·성공 16년』 전에서 "백성의 삶은 두텁고 풍부하다"라고 했다. 『한서·흉노전』에서 "한 나라의 사위가 되어 화친하기를 바랍니다"라고 했다. 『설문해자』에서 "항缸은 병이다"라고 했다. 두보의 「진정進艇」에서 "차와 단물을 되는대로 가져오니, 오지그릇이 옥항아리에 뒤지지 않네"라고 했다. 지금 사람들은 정혼을 하면 대부분 붉은 비단으로 술병을 묶는다.

終上句相知之意, 且欲爲其子求婚於蘇氏. 抑東坡或嘗以此許之也. 山谷在黔中與王瀘州帖云, 小子相今年十四, 骨氣差厖厚. 以此帖觀之, 在京師時, 三四歲矣. 阿巽, 蓋蘇邁伯達之女, 東坡之孫. 山谷雖有此言, 其後契闊, 竟不成婚. 嫁范子功之孫漢, 漢字箕叟. 敷文學士蘇符仲虎, 伯達之子也. 其言云爾. 左氏成十六年傳曰, 民生敦厖. 漢書匈奴傳曰, 願壻漢氏以自親. 說文曰, 缸, 瓶也. 老杜詩, 茗飮蔗漿攜所有, 瓷罌無謝玉爲缸. 今人定婚者, 多以紅綵纏酒壺云.

4. 전여 유굉은 자첨의 사위이다. 그 재덕이 매우 아름다워
  학문에 뜻을 두었다. 그러므로 '도리불언하자성혜'
  여덟 글자로 시를 지어 주었다[22]

柳閎展如子瞻甥也. 其才德甚美, 有意於學, 故以桃李不言下自成蹊八字,

作詩贈之

첫 번째 수其一

柳君文武甚[23]	유군은 문무가 대단히 뛰어나
睨視萬人豪[24]	수많은 호걸을 내려 깔아본다네.
老氣鼓不作	노련한 기개는 북을 울려도 차분하고
卷旗解弓刀	깃발은 말고 활과 칼은 풀어 논다네.
上爲朝陽桐	위로는 조양의 오동이 되고
下爲澗溪毛	아래로는 시내의 풀이 되네.
囊中有美實	주머니에 맛있는 열매가 있으니
期子種蟠桃	그대 심어 반도로 키우길 바라노라.

---

22 앞의 작품에 첨부되어 있다.
23 [교감기] '심무(甚武)'는 고본의 원교에는 "달리 '무심(武甚)'으로 된 본도 있다"
    라고 했다. 전체적으로 이 부분의 [교감기] 자체에 문제가 있는 것으로 보인다.
24 [교감기] '예시(睨視)'는 문집에는 '비예(睥睨)'로 되어 있으며, 고본에는 '비시
    (睥視)'로 되어 있다. 고본의 원교에는 "달리 '예시(睨視)'로 된 본도 있다"라고
    했다.

【주석】

柳君文武甚 睨視萬人豪：『공양전』에서 "오자서의 부친이 초에서 죽임을 당하자 오자서는 활을 끼고 초를 떠나 합려를 찾아가 만났다. 합려가 "뛰어난 선비이며 뛰어난 무관이다""라고 했다. 『좌전』에서 "초의 오자서가 "오나라 광은 또한 대단히 지식이 많습니다""라고 했다.

公羊傳, 伍子胥父誅乎楚, 挾弓而去楚, 以干闔廬.[25] 闔廬曰, 士之甚, 武之甚. 左傳, 楚子西曰, 光又甚文.

老氣鼓不作 卷旗解弓刀：두보의 「송위십륙送韋十六」에서 "노성한 기개는 중국을 감싸네"라고 했다. 『좌전』에서 "한 번 북을 울려 사기를 불러 일으키다"라고 했다. 한유의 「송정상서서」에서 "부수는 반드시 왼손에 칼을 쥐고 오른손에 활과 화살을 잡을 것이다"라고 했다.

老杜詩, 老氣橫九州. 左傳曰, 一鼓作氣. 退之送鄭尙書序曰, 府帥必左握刀, 右屬弓矢.

上爲朝陽桐 下爲澗溪毛：반드시 세상에 쓰임이 되는데, 처지가 어떤가에 달렸다는 말이다. '조양동朝陽桐'은 거문고로 만들어져 청묘에서

---

25 [교감기] '공양전(公羊傳)'부터 '이간합려(以干闔廬)'까지 부분에서 '부주호초(父誅乎楚)' 네 글자가 원래 빠져 있었다. 『공양전』정공 4년의 원문에 의거하여 보충하였다. 전본의 장주(將注)의 문장에서는 穀梁傳子胥挾弓扶矢干闔廬'로 고쳐져 있는데, 『곡량전』정공 4년의 원문에 의거하여 '자서(子胥)' 아래에 마땅히 '父誅于楚也' 다섯 글자가 있어야 한다. '부(扶)'는 마땅히 '지(持)'가 되어야 하며, 아래 문장의 '사(士)'는 '대(大)'로 되어 있다.

연주할 수 있다는 말이다. 『시경·권아』에서 "오동나무가 자라니, 저 아침 해가 뜨는 동산이로다"라고 했는데, 주에서 "오동은 산등성이에서 자라지 않는데 태평한 뒤에는 산의 동쪽에서 자란다"라고 했다. 『좌전』에서 "참으로 신의만 있다면 산골 물이나 못가에 난 물풀이라 할지라도 귀신에게 음식으로 올릴 수가 있고 왕공에게 반찬으로 올릴 수 있다"라고 했다.

言必爲世用, 隨所遇何如耳. 朝陽桐, 謂可作琴瑟, 以薦淸廟. 卷阿詩曰, 梧桐生矣, 于彼朝陽. 注曰, 梧桐不生山岡, 太平而後生朝陽. 左傳曰, 澗溪沼沚之毛, 可薦于鬼神, 可羞于王公.

囊中有美實 期子種蟠桃 : 원대함으로 기대하니 사람들이 알아주는 것에 급급하지 않았으면 함을 이른다. 소식의 「화산곡시」에서 "바라건대 그대는 선경의 복숭아로, 천년에 한 번 맛보여 주기를"이라고 했다. 『산해경』에서 "동해에 도색산이 있다. 꼭대기에 커다란 복숭아나무가 삼천리에 걸쳐 굽고 서려 있으니, 반도라고 부른다"라고 했다. 『한무제고사』에서 "서왕모가 복숭아 일곱 개를 황제에게 주자 황제는 씨를 보관했다가 심으려고 했다. 왕모가 웃으면서 "이 복숭아는 삼천 년에 꽃이 피고 삼천 년에 열매를 맺습니다""라고 했다.

期之以遠大, 不欲其汲汲於人知也. 東坡和山谷詩蓋云, 期君蟠桃枝, 千歲終一嘗. 山海經曰, 東海有度索山, 上有大桃樹, 屈蟠三千里, 曰蟠桃. 漢武帝故事, 西王母以桃七枚獻帝, 帝欲留核種之. 王母笑曰, 此桃三千年生華, 三千年結實.

두 번째 수其二

浮陽愧嘉魚	햇빛 향해 뛰어오르는 맛난 물고기가 부끄럽고
道傍多苦李	길가의 많은 오얏은 쓰디쓰다네.
古來賢達人	옛날부터 어질고 통달한 이는
不爭咸陽市	자신을 자랑하려 다투지 않았네.
吾子富春秋	우리 그대는 살 날이 많지만
日月東趨水	세월은 동쪽으로 달리는 물과 같으니.
潛聖有玉音	공자가 옥음을 남겼으니
聞道而已矣	도를 찾아서 들을 따름이로다.

【주석】

浮陽愧嘉魚 : 『순자』에서 "피라미와 방어는 햇빛이 밝은 쪽으로 떠오르는 물고기인데, 그것이 지나쳐 모래 위까지 올라와 잡힌 뒤에야 다시 물을 찾아본들 이미 늦은 일이다"라고 했다. 이 주에서 "이 물고기들은 물 위로 떠오르는 것을 좋아하여 햇빛 쪽으로 나아간다"라고 했다. 『설원』에서 "복자천이 선보의 읍재가 되었는데, 양주가 "낚싯바늘에 미끼를 꿰어 낚싯줄을 내려뜨리면 얼른 맞아 덥석 무는 놈은 양교라는 물고기인데 몸이 얇고 맛도 없습니다. 또 있는 듯 없는 듯 미끼를 물 듯 말 듯 요량할 수 없는 놈이 방어인데, 살지고 맛도 훌륭합니다. 그대가 잘 알기를 바랍니다"라고 하자, 이에 자천이 "좋은 말이오"라 하였다. 이 때에 선보까지 아직 갈 길이 남았는데 일산을 바치고 영접

나온 수레가 길가에 늘어서 있는 모양을 보고서, 자천이 말하기를 "수레를 빨리 몰아라, 수레를 빨리 몰아라. 양주가 말했던 양교라는 물고기가 왔구나"'라고 했다. 『시경』에서 "남녘 강물에 가어가 있으니, 수많은 통발로 잡아내도다"라고 했다.

荀子曰, 鯈鮱者, 浮陽之魚也. 胠於沙而思水, 則無逮矣. 注云, 謂此魚好浮於水上, 就陽也. 說苑, 宓子賤爲單父宰, 陽晝謂曰, 夫扱綸錯餌, 迎而吸之者, 陽橋也. 其爲魚也, 薄而不美, 若存若亡, 若食若不食者, 魴也. 其爲魚也, 厚味, 希子識之. 宓子賤曰, 善. 於是未至單父, 有軒蓋迎之者,[26] 交接於道. 子賤曰, 車驅之, 車驅之. 夫陽晝之所謂陽橋者, 至矣. 詩曰, 南有嘉魚, 烝然罩罩.

道傍多苦李 : 『진서 · 왕융전』에서 "왕융이 여러 어린아이들과 길가에서 장난을 치다가 오얏나무에 열매가 많이 열린 것을 보았다. 아이들이 앞다퉈 달려가는데 왕융만 가지 않고서 "나무가 길가에 있는데 열매가 많은 걸 보니 반드시 쓴 오얏일 것이다"'라고 했다. 『세설신어』에서는 '도변道邊'이 '도방道傍'으로 되어 있다.

晉書王戎傳, 戎與羣兒戲於道側, 見李樹多實, 等輩競趨, 戎獨不往曰, 樹在道邊而多子, 必苦李也. 世說以道邊爲道傍.

古來賢達人 不爭咸陽市 : 두보의 「기제강외초당寄題江外草堂」에서 "옛부터 어질고 통달한 선비가, 어찌 외물에게 구속을 당하랴"라고 했다.

---

26 [교감기] '유헌(有軒)'은 전본에는 '관(冠)'으로 되어 있다.

'함양시咸陽市'는 여불위의 고사를 인용하였다. 즉『사기·여불위전』에서 "『여씨춘추』를 지어 함양의 저잣거리에 펼쳐놓고 그 위에 천금을 매달았다. 그리고 한 글자라도 더하거나 뺄 수 있는 자가 있으면 천금을 주겠다고 하였다"라고 했다.

老杜詩, 古來賢達士, 寧受外物牽. 咸陽市用秦呂不韋著呂氏春秋事, 見上注.

吾子富春秋 : 『의례관례』에서 "원컨대 우리 그대가 가르쳐주십시오"라고 했는데, 주에서 "오자吾子는 친하게 여겨서 하는 말이다"라고 했다. '자子'는 남자의 미칭이다. 『한서·제양왕전』에서 "황제는 앞으로 살날이 많습니다"라고 했는데, 주에서 "재물에 비유하여 바야흐로 다하지 않는다는 말이다"라고 했다.

儀禮冠禮曰, 願吾子之教之也. 注云, 吾子, 相親之辭. 子, 男子之美稱. 漢書齊襄王傳曰, 皇帝春秋富. 注云, 比之於財, 方未匱竭.

日月東趨水 : 젊은이라도 마땅히 시간을 아껴야 함을 말한다. 공문거의 「논성효장서」에서 "세월은 멈추지 않으며 시절은 물처럼 흘러간다"라고 했다. 『상서대전』에서 "많은 시내가 동해로 달려간다"라고 했다. '동추수東趨水'는 '동서수東逝水'로 된 본도 있다. 살펴보건대 두보의 「소년행少年行」에서 "보지 못하였나, 당 앞의 동으로 흘러가는 물결을"이라고 했다. 대개『논어·자한子罕』에서 "공자가 시냇가에 계시면서 말하기를 "가는 것이 이 물과 같구나. 밤낮을 쉬지 않고 흐르누나.[子在川上曰

逝者如斯夫 不舍晝夜]”라고 한 말을 인용하였다.

言年少當惜日也. 孔文擧論盛孝章書曰, 歲月不居, 時節如流. 尙書大傳曰, 百川趨於東海. 一本作東逝水. 接老杜詩, 不見堂前東逝波. 蓋用魯論逝川意.

潛聖有玉音 聞道而已矣 : '잠성潛聖'은 공자를 가리킨다. 『주역』에서 “잠긴 용은 쓰지 말라, 양이 아래에 있기 때문이다”라고 했는데, 왕필의 주에서 “용이 잠겨 있으면 쓰지 말아야 하니, 반드시 아래에 곤궁하게 처해 있기 때문이다. 문왕이 군주가 어둡다는 「명이」괘를 당하였으니 그 군주를 뻔히 알 수 있으며 중니가 나그네가 되어 떠도는 「여괘」를 만났으니 그 나라를 뻔히 알 수 있다”라고 했다. 『주역정의』에서도 “성인이 잠긴 용과 같은 때에는 비천하게 아래에 있다”라고 했다. 『맹자』에서 “공자를 집대성하였다고 이르니 종鍾과 같은 금의 소리가 먼저 퍼지게 하고 나서 맨 마지막에 경쇠와 같은 옥의 소리로 거둬들이는 것과 같다”라고 했다. 사마상여의 「장문부」에서 “임금의 옥음을 자랑하네”라고 했다. 『논어』에서 “아침에 도를 들으면 저녁에 죽어도 괜찮다”라고 했다. 『시경』에서 “그대 음성 금옥처럼 아끼지 말아, 날 멀리하는 마음 품지 마소서”라고 했다.

潛聖謂孔子. 易曰, 潛龍勿用, 下也. 王弼注云, 龍潛而勿用, 必窮處於下也. 文王明夷, 則主可知矣. 仲尼旅人, 則國可知矣. 正義亦曰, 言聖人於此潛龍之時, 在卑下也. 孟子曰, 孔子之謂集大成, 金聲而玉振之. 司馬相如長門賦曰, 得尙君之玉音. 魯論曰, 朝聞道, 夕死可矣. 詩曰, 無金玉爾音, 而有遐心.[27]

세 번째 수其三

霜威能折綿[28]	서리의 위엄은 솜도 부러뜨리고
風力欲冰酒	바람의 위력은 술도 얼리네.
勤子來訪道[29]	수고스럽게도 그대가 와서 방문했지만
枵然我何有	장점이 나에게 어찌 있으리오.
寢興與時俱	자나 깨나 함께 지내니
由我屈伸肘	도란 자신에게 말미암는 것이라네.
飯羹自知味	밥과 국은 스스로 맛을 아니
如此是道不	이와 같은 게 바로 도가 아닌가.

【주석】

霜威能折緜 風力欲冰酒 : 이백의 「고풍古風」에서 "하늘의 서리는 무섭게 내렸도다"라고 했다. 의서에서 매우 추울 때도 술은 얼지 않는다고 했다. 『서경잡기』에서 "한의 천자는 술로 글씨를 쓰니 얼지 않는 성질을 취하였다"라고 했다. 이 시에서 솜이 부러지고 술이 언다고 하였으니 참혹한 바람서리를 알 수 있다.

太白詩, 天霜下嚴威. 醫書謂大寒惟酒不冰. 西京雜記曰, 漢天子以酒爲書滴, 取其不冰. 此詩謂綿可折而酒可冰, 霜風之慘可知也.

27　[교감기] '시왈(詩曰)'부터 '하심(遐心)'은 원본과 부교본에 이 조목의 주가 없다.
28　[교감기] '면(綿)'은 장지본에는 '선(線)'으로 되어 있다.
29　[교감기] '근자래(勤子來)'의 '자(子)'는 문집에는 '군(君)'으로 되어 있으며, '래(來)'는 건륭본에 '능(能)'으로 되어 있다.

勤子來訪道 枵然我何有 : '근勤'은 수고스럽다는 의미이다. 『좌전』에서 "그대는 수고롭게 이러지 일단 돌아가 있으라"라고 했다. 혜자가 장자에게 "쪼개어 바가지를 만들었지만, 바가지가 크고 넓어서 쓸모가 없었다. 속이 텅 비어 크기는 했지만, 나는 쓸모가 없어서 부셔버렸다"라고 했다.

勤謂勞煩. 左傳曰, 子毋勤, 姑歸. 惠子謂莊子曰, 剖之以爲瓢, 則瓠落無所容, 非不呺然大也, 吾爲其無用而剖之.

寢興與時俱 由我屈伸肘 : 『전등록』에서 "대적선사가 "지금 이렇게 걷다가는 곧 멈추기도 하고, 다시 앉아 있다가는 곧 편안하게 눕기도 하는, 형편을 따라 움직이는 이 모두가 바로 도道인 것이다""라고 했으며, 또한 "법안선사가 "출가한 사람은 다만 그저 시절을 따를 뿐이니 추우면 추워하고 더우면 더워할 뿐이다. 불성의 이치를 알고자 한다면 마땅히 시절의 인연을 관찰하라""라고 했다. ○ 또한 "어떤 승려가 조산에게 "청컨대 대사께서는 곧바로 가르쳐 주십시오"라 하자, 대사가 곧 발을 뻗으면서 "펴건 오그리건 노승에게 달렸다""라고 했다. 이 시는 이러한 의미를 채택하였다. 『시경』에서 "자나 깨나"라고 했다.

傳燈錄, 大寂禪師曰, 只如今行住坐臥, 應機椄物, 盡是道. 又法眼禪師曰, 出家人但隨時及節, 便得寒卽寒, 熱卽熱. 欲知佛性義, 當觀時節因緣. ○ 又, 僧問棗山, 請師直指. 師乃垂足曰, 舒縮一任老僧. 此詩皆采其意. 詩曰, 載寢載興.

飯羹自知味 如此是道不 :『중용』에서 "사람들이 다들 마시고 먹지만 그 맛을 아는 이가 드물다"라고 했다.『전등록』에서 "도명선사가 "만일 사람이 물을 마신다면 차고 따뜻함을 스스로 알 것이다""라고 했다.

中庸曰, 人莫不飮食也, 鮮能知味也. 傳燈錄, 道明禪師曰, 如人飮水, 冷暖自知.

네 번째 수其四

任世萬鈞重	만균의 무거운 세도를 맡아
載言以爲軒	수레 타고 다니며 유세하였네.
空文誤來世	공허한 문장은 후세를 오도誤導하니
聖達欲無言	성인은 깨달아 말을 않고자 하였네.
咸池浴日月	함지에서 해와 달이 목욕하니
深宅養靈根	심택에서 영근을 함양하였네.
胸中浩然氣	흉중의 호연한 기상은
一家同化元	조화의 근원과 같았다네.

【주석】

任世萬鈞重 載言以爲軒 :『논어』에서 "선비는 그릇이 큼직하고 뜻이 굳세지 않으면 안 되나니, 책임이 무겁고 갈 길이 멀기 때문이다"라고 했다.『한서 · 사마천전』에서 "공자는 "나는 포폄하는 말을 하지만 관

리들이 행한 일을 들어서 그 시비를 분명하게 보는 것만 못하다"라고
했다. 『양자』에서 "하늘의 도가 중니에게 있지 않은가. 중니는 수레를
타고 다니며 유세하는 사람이다"라고 했다. 『좌전』의 주에서 "헌軒은
대부의 수레이다"라고 했다.

魯論曰, 士不可以不弘毅, 任重而道遠. 漢書司馬遷傳, 子曰, 吾欲載之空
言, 不如見之行事之深切著明也. 揚子曰, 天之道不在仲尼乎, 仲尼駕說者也.
左傳注曰, 軒, 大夫車.

空文誤來世 聖達欲無言 : 『논어』에서 "공자가 "나는 말을 하지 않고자
하노라""라고 했다. 『좌전』에서 "성인은 천명天命에 따라 행동할 뿐 분
수에 구애받지 않는다"라고 했다.

魯論, 子曰予欲無言. 左傳, 聖達節.[30]

咸池浴日月 深宅養靈根 : 『회남자』에서 "해는 양곡에서 나와 함지로
들어간다"라고 했다. 『황정경』에서 "뒤쪽에는 두 개의 구멍인 밀호가
있고 앞쪽에는 하늘과 소통하는 일곱 문이 있다. 양에서 나와 음으로
들어가는 호흡이 존재한다. 오장에 호흡으로 원기가 들어와 영화로워
지면 물기이 흐르는 길을 만들고 신령스러운 뿌리를 내린다. 일곱 구멍
의 위로 흘러 양미간으로 달린다."라고 하였다. ○『당사』에서 "해를

---

30 [교감기] '左傳聖達節'은 원본과 부교본에는 이 조목의 주가 없다. 또 살펴보건대
주에서 인용한 문장은 『좌전·성공 15년』에 보인다.

우연에서 취하고 함지에서 빛을 씻는다"라고 했다.

淮南子曰, 日出於暘谷, 浴於咸池. 黄庭曰, 後有密戶前生門, 出日入月呼吸存. 濯漑五華植靈根, 七液洞流衝廬間. ○ 唐史, 取日虞淵, 洗光咸池.[31]

胸中浩然氣 一家同化元 : 호연지기는『맹자』에 보인다. 장졸이 석상화상의 눈에서 뿜는 광명을 보고 도를 깨우쳐 게송을 지으면서 "그 빛줄기가 항하사 세계를 두루 비추니, 범부와 성인이 모두 나와 한 가족이네"라고 했다.『장자』에서 "대도에 동화되는 것을 좌망이라 이른다"라고 했는데, 주에서 "변화와 더불어 일체가 되어 통하지 않음이 없게 된다"라고 했다. 이백의「제자양벽題紫陽壁」에서 "마음은 태초의 원기를 아우르네"라고 했다. 노동의「증심사贈沈師」에서 "아득한 조화의 원기를 온갖 사물에서 찾네"라고 했다. 살펴보건대『능엄경』에서 "조화의 근원을 탐구하다"라고 했다.

浩然氣見孟子. 張拙悟道於石霜, 作頌曰, 光明寂照遍河沙, 凡聖含靈共我家. 莊子曰, 同於大通, 此謂坐忘. 注云, 與變化爲體, 而無不通也. 太白詩, 心將元化并. 盧仝詩, 盤礡化元搜萬類. 按楞嚴經曰, 研究化元.

다섯 번째 수其五

陸沈百世師   뭍에서 숨어 지낸 백 대의 스승

31　[교감기] '당사(唐史)' 이하는 전본에 이 조목의 주가 없다.

寄食魯柳下	노의 유하를 식읍으로 삼았네.
我今見諸孫	내가 지금 그의 후손을 보니
風味窺大雅	풍모는 「대아」와 비슷하네.
大雅久不作	「대아」가 오랫동안 지어지지 않으니
圖王忽成霸[32]	왕도를 도모하면 문득 패도라도 이루네.
偉哉居移氣	위대하도다! 거처는 기운을 바꾸나니
蘭鮑在所化	난초나 젓갈에 따라 동화되는구나.

【주석】

陸沈百世師 寄食魯柳下 : 『장자』에서 "바야흐로 세상과 멀리 떨어진 채 사는데 마음 또한 세속과 함께 사는 것을 달갑게 여기지 않으니, 이는 땅속에 잠기어 있듯이 숨어 지내는 사람이다"라고 했는데, 주에서 "사람 가운데 숨어 지내니 이는 물이 없어도 잠겨 있는 자이다"라고 했다. 『맹자』에서 "성인은 백 대의 스승이니, 백이와 유하혜가 이런 사람이다"라고 했다. 『당서·재상세계표』에서 "유씨는 희성에서 나왔으니, 노 효공의 아들이 전展이고, 전의 아들이 이백이며 전의 손자가 무해이며 무해가 금[33]을 낳았다. 금의 자는 계로 노의 사사를 지냈으며 시호는 혜이다. 유하를 채읍으로 삼았는데, 마침내 성이 유씨가 되었다"라고 했다.

---

32 [교감기] '홀(忽)'은 문집과 고본, 그리고 건륭본에는 '물(勿)'로 되어 있다.
33 금 : 금이 바로 유하혜이다.

莊子曰, 方且與世違, 而心不屑與之俱, 是陸沈者也. 注云, 人中隱者, 是無水而沈也. 孟子曰, 聖人, 百世之師也. 伯夷柳下惠, 是也. 唐書宰相世系表曰, 柳氏出自姬姓, 魯孝公子夷伯展孫無駭生禽,[34] 字季, 爲魯士師, 諡曰惠. 食采於柳下, 遂姓柳氏.

我今見諸孫 風味窺大雅: 두보의 「시종손제示從孫濟」에서 "다시 종손에게 가야겠구나"라고 했다. 『곡량전·희원년전』의 주에서 강희가 "사람의 취향은 옛날이나 지금이나 같다"라고 했다. 또한 『세설신어』에서 "『고일사문전』에서 "지둔이 회계에 머무르고 있을 때 진 애제가 그의 풍모를 흠모하였다'"라고 했다. 『한서』의 「하간헌왕찬」에서 "대저 「대아」는 우뚝하여 무리와 다르다고 한 말에 하간헌왕이 가깝다"라고 했다.

老杜詩, 且復尋諸孫. 穀梁僖元年傳注江熙曰, 風味之所期, 古猶今也. 又世說注, 高逸沙門傳曰, 支遁居會稽, 晉哀帝欽其風味. ○ 漢書贊曰, 夫惟大雅, 卓爾不群.[35]

大雅久不作 圖王忽成霸: 이백의 「고풍」에서 "「대아」의 시가 오래토록 지어지지 않았는데, 내가 노쇠하였으니 끝내 누가 읊으리오. 「왕

---

34 [교감기] '夷伯展孫無駭'에서 모든 본에 '손(孫)'자가 탈락되었는데 『신당서』「재상세계삼상(宰相世系三上)」에 의거하여 보충하였다. 이 부분의 원문의 세계가 잘못되었다. 즉 효공의 아들은 전이고 전의 아들이 이백이며 전의 손자가 무해이다. 이에 바로잡아 번역하였다.

35 [교감기] 원본과 부교본에 '漢書贊曰夫惟大雅卓爾不群'의 주석이 없다. 또 살펴보건대 찬어(贊語)는 『한서』「하간헌왕전」에 보인다.

풍」의 시가 덩굴 풀에 버려진 뒤, 전국시대엔 가시덤불 많았네"라고
했다. 환담의『신론』에서 "왕도를 도모하다가 이루지 못하더라도 또한
패도는 이룰 수 있다"라고 했다.

太白詩, 大雅久不作, 吾衰竟誰陳. 王風委蔓草, 戰國多荊榛. 桓譚新論曰,
圖王不成, 亦可以霸.

偉哉居移氣 蘭鮑在所化 :『장자』에서 "위대하구나, 저 조물주는 장차
나를 꼽추로 만들려 하는구나"라고 했다.『맹자』에서 "거처가 기질을
바꾸고 봉양이 체질을 바꾼다"라고 했다.『공자가어』에서 "공자가 "선
한 사람과 함께 있으면 마치 지초와 난초가 있는 방에 들어간 것 같아
서 오래되면 그 향기는 맡지 못하더라도 곧 그와 동화된다. 불선한 사
람과 함께 있으면 마치 절인 생선을 파는 가게에 들어간 것 같아서 오
래되면 그 냄새는 맡지 못하더라도 또한 그와 동화된다""라고 했다.

莊子曰, 偉哉, 夫造物者, 將以予爲此拘拘也. 居移氣見孟子. 家語, 子曰,
與善人居, 如入芝蘭之室, 久而不聞其香, 卽與之化矣. 與不善人居, 如入鮑魚
之肆, 久而不聞其臭, 亦與之化矣.

여섯 번째 수其六

| 聖學魯東家 | 노나라 동쪽 집은 성인의 학문인데 |
| 恭惟同出自 | 삼가 생각건대 같은 학문에서 나왔네. |

乘流去本遠	물살을 타서 근본에서 멀리 떠나가니
遂有作書肆	마침내 단지 책방이 되었네.
日中駕肩來	낮에 어깨를 부딪치며 왔는데
薄晩常掉臂	저녁엔 노상 팔을 늘어뜨리네.
徒囂終無贏	한갓 떠들어도 끝내 남는 게 없으니
歸矣求己事	돌아가서 자신의 일을 구하시라.

【주석】

聖學魯東家 恭惟同出自 : 「병원별전」에서 "병원이 손숭을 찾아갔다. 손숭이 "그대가 정군을 버렸으니 이른바 정군을 동쪽 집의 공구쯤으로 여기는 것인가"[36]라 하자, 병원이 "선생은 제가 정현을 동쪽 집의 구로 여겼다고 말하는데, 선생께서는 저를 서쪽 집의 어리석은 사람쯤으로 여기는 것인가요""라고 했다. 『좌전』에서 "진나라는 즉 우리 주나라에서 나왔습니다"라고 했다. 두보의 「증노오장」에서 "삼가 생각건대 같은 조상에서 나왔는데, 높고 뛰어나 제대로 선발되었네"라고 했는데, 이것을 차용하였다.

邴原別傳曰, 原遊學, 詣孫崧. 崧曰, 君捨鄭君, 所謂以鄭爲東家丘也. 原曰, 君謂僕以鄭爲東家丘, 必以爲西家愚夫耶. 左傳曰, 則我周之自出. 老杜贈盧

---

36 그대가 (…중략…) 것인가 : 정군은 정현이다. 동쪽 집의 공구라는 말은 『공자가어』에 보이는 말로, 공자의 서쪽 이웃 사람도 공자가 어떤 인물인지 잘 모르고 그저 동쪽 집의 공구라고 불렀다는 고사이다.

五丈詩, 恭惟同自出, 妙選異高標. 此借用.

乘流去本遠 遂有作書肆 : 가의의 「복조부」에서 "물살을 만나면 흘러
가고"라고 했다. 『장자』에서 "슬프구나, 제자백가는 앞으로 나아갈 뿐
근본으로 돌아오지 않으니, 반드시 도와 합치할 수 없다"라고 했다.
『양자』에서 "책을 좋아하되 중니의 사상을 찾지 않으면 책방에 불과하
다"라고 했다.

賈誼鵬鳥賦曰, 乘流則逝. 莊子曰, 悲夫, 百家往而不反. 必不合矣. 揚子曰,
好書而不要諸仲尼, 書肆也.

日中駕肩來 薄晚常掉臂 : 『사기·맹상군전』에서 "풍환이 "주군께서는
아침에 시장으로 달려가는 자를 보지 않으셨습니까. 날이 밝으면 어깨
를 부딪치며 다투어 문으로 들어가지만 날이 저문 뒤에는 팔을 늘어뜨
린 채 돌아보지 않습니다. 그것은 바라는 물건이 그 안에 없기 때문입
니다"'라고 했다. 『문선』에 실린 포조의 「무성부」에서 "지나가는 수레
는 바퀴가 서로 걸리고 사람은 어깨가 부딪쳤다"라고 했다.

史記孟嘗君傳, 馮灌曰, 朝趨市者, 平旦側肩爭門而入, 日暮之後, 掉臂而
不顧, 所期物忘其中. 文選鮑照蕪城賦曰, 車掛轊, 人駕肩.

徒囂終無贏 歸矣求已事 : 뒷구는 세력과 이익을 다투는 길에서 분주
하지만 끝내 얻는 것이 없으니 위기의 학문을 강구하는 것만 못하다는

것을 말한다. 『좌전』에서 "상인이 이익을 남기고자 하면서 시장의 시끄러운 소리를 싫어하리까"라고 했다. 『맹자』에서 "그대는 돌아가 찾으면 스승은 많을 것이다"라고 했다. 부대사의 「십권송」에서 "생사는 자신의 일이니 모름지기 급급해야 한다"[37]라고 했다. 『전등록』에서 "어떤 승려가 도에 대해 묻기를 "나의 일이 분명하지 않으니 바라건대 화상께서는 가르쳐 주십시오"라 하자, 유엄선사惟儼禪師가 "각자 입을 닫고 상대에게 허물을 미치는 않는 것만 못한다""라고 했다.

後句言奔走勢利之途,[38] 終無所得, 不如講求爲己之學也. 左傳曰, 賈而欲贏, 而惡嚚乎. 孟子曰, 子歸而求之, 有餘師. 傳大士十勸曰, 生死己事須汲汲. 傳燈錄, 僧問道, 吾己事未明, 乞和尙指示. 師良久曰, 不如且各合口, 免相累及.

일곱 번째 수其七

清潤玉泉冰	맑고 윤택함은 옥천의 얼음이요
高明秋景晴	높고 밝음은 가을의 맑은 날이네.
妙年勤翰墨	젊은 나이에 서예에 전념하여
銀鉤爛縱横	은갈고리가 종횡으로 현란하네.
藍田生美璞	남전에서 아름다운 옥이 나오니

---

37 생사는 (…중략…) 한다 : 부대사의 「십권송」에 이와 비슷한 내용조차도 보이지 않는다.

38 [교감기] 원본과 부교본에 '勢利之途'의 '도(途)'는 '도(徒)'로 되어 있다.

未琢價連城　　　다듬지 않아도 연성벽만큼 비싸네.
思爲萬乘器　　　천자의 보좌가 되리라 생각되는데
柱下貴晩成　　　주하사는 대기만성이 귀하다고 했네.

【주석】

淸潤玉泉冰 : 『문선』에 실린 포조의 「대백두음代白頭吟」에서 "맑기는 옥항아리 얼음 같네"라고 했다. 『진서·위개전』에서 "장인은 얼음처럼 맑고 사위는 옥같이 윤택하다"라고 했다. 『십주기』에서 "영주에 옥고산이 있는데, 여기서 나오는 계곡물은 술맛이 난다"라고 했다.

選詩, 淸如玉壺冰. 晉書衛玠傳曰, 婦翁冰淸, 女婿玉潤. 十洲記, 瀛洲有玉膏山, 出泉如酒味.

高明秋景晴 : 송옥의 「구변」에서 "공허하도다! 하늘은 높고 날씨는 맑네"라고 했는데, 이선의 주에서 "가을 하늘은 날씨가 맑으니 본체가 청명하다"라고 했다.

宋玉九辯曰, 沈寥兮天高而氣淸, 李善注云, 秋天氣朗, 體淸明也.

妙年勤翰墨 銀鉤爛縱橫 : 『진서』에서 "삭정의 「초서장」에서 "초서의 형상은 굽은 것이 은갈고리 같고 표일함이 놀란 난새와 같다""라고 했다.

晉書索靖草書狀曰, 草書之爲狀也, 婉若銀鉤, 漂若驚鸞.

藍田生美璞 未琢價連城 思爲萬乘器 柱下貴晚成: 『경조기』에서 "남전에서 쪽 같이 아름다운 옥이 생산된다. 그러므로 남전이라 부른다"라고 했다. 「강표전」에서 "손권이 제갈각을 보고 기특하게 여겼다. 그의 부친인 제갈근에게 "남전에서 옥이 나온다고 하더니 참으로 헛말이 아니로다""라고 했다. 『한서·추양전』에서 "뿌리와 가지가 구불구불 휘어진 나무도 만승 천자의 그릇이 될 수 있는데, 그 이유는 좌우에서 모시는 신하가 먼저 그 나무를 아름답게 꾸며 주기 때문이다"라고 했다. 『노자』에서 "큰 그릇은 늦게 만들어진다"라고 했다. 살펴보건대 『신선전』에서 "노자는 주 무왕 때 주하사를 지냈다"라고 했다. 『문선』에 실린 위문제의 「여종대리송옥결서」에서 "값은 만금을 넘고 귀함은 연성의 화씨벽보다 무겁다"라고 했다.

京兆記曰, 藍田出美玉如藍, 故曰藍田. 江表傳, 孫權見諸葛恪, 奇之, 謂其父瑾曰, 藍田生玉, 眞不虛也. 漢書鄒陽傳曰, 蟠木根柢, 輪囷離奇, 而爲萬乘器者, 以左右先爲之容也. 老子曰, 大器晚成. 按神仙傳, 老子, 周武王時爲柱下史. 連城見上注.[39]

여덟 번째 수 其八

| 八方去求道 | 팔방으로 도를 구하러 떠나는데 |
| 渺渺困多蹊 | 아득하여 갈래 길이 많아 곤란하구나. |

歸來坐虛室	돌아가서 빈 방에 앉아 있으면
夕陽在吾西	석양이 그대의 서쪽에 있으리.
君今秣高馬	그대는 지금 높은 말에 꼴을 먹이고
夙駕先鳴雞	닭이 울기 전에 일찍 수레를 몰게나.
愼勿取我語	삼가 나의 말을 취하지 마시고
親行乃不迷	몸소 행하면 이에 헤매지 않을 것이네.

【주석】

八方去求道 渺渺困多蹊 : 『회남자』에서 "천지의 사이에는 구주와 팔방의 끝이 있다"라고 했는데, 주에서 "팔방의 끝이다"라고 했다. 『열자』에서 "대도는 갈래 길이 많은 곳에서 양을 잃어버린 것과 같으니 학자는 방법이 많기 때문에 본성을 잃어버린다"라고 했다.

淮南子曰, 天地之間, 九州八極. 注云, 八方之極也. 列子曰, 大道以多歧亡羊, 學者以多方喪生.

歸來坐虛室 夕陽在吾西 : 『맹자』에서 "그대는 돌아가 찾으면 스승은 많을 것이다"라고 했다. 『장자』에서 "방을 비우면 빛이 그 틈새로 들어와 환해진다"라고 했는데, 그 글자를 차용했다. 법안선사의 『금강경·사시반야송』에서 "지극한 이치는 말과 생각을 잊었으니, 어찌 비유로 똑같이 설명할 수 있으랴. 서리 내린 밤 달은 내려와, 무심히 앞 시내에 떨어지네. 과일 익으니 원숭이 덩달아 살찌고, 첩첩 산중에 길을 잃

은 듯하구려. 석양빛 보려고 머리를 드니, 원래부터 서쪽에 있었다네"
라고 했다. 그 의미를 사용하여 도는 가까이 있는데 멀리서 구함을 말
하였다.

孟子曰, 子歸而求之, 有餘師.[40] 莊子曰, 虛室生白. 此借用其字. 法眼禪師
金剛經四時般若頌曰, 理極忘情謂, 如何有喻齊. 到頭霜夜月, 任運落前溪. 果
熟兼猿重, 山長似路迷. 擧頭殘照在, 原是住居西. 此用其意, 謂道在邇而求之
遠也.

君今秣高馬 夙駕先鳴雞 : 『시경·한광』에서 "그 말에 꼴을 먹이고"라
고 했다. 두보의 「삼운삼편三韻三篇」에서 "고상한 말은 얼굴을 때리지
말며"라고 했다. 『시경·정지방중』에서 "날이 개어 별이 보이면 일찍
수레 타고"라고 했는데, 전에서 "숙夙은 일찍이다"라고 했다. ○ 한유
의 「송이원귀반곡서」에서 "나의 수레에 기름 치고 나의 말에 꼴을 먹
여"라고 했다.

漢廣詩, 言秣其馬. 老杜詩, 高馬勿捶面. 定之方中詩, 星言夙駕. 箋云, 夙,
早也. ○ 退之盤谷序曰, 膏吾車兮秣吾馬.[41]

愼勿取我語 親行乃不迷 : 조주선사가 말하기를 "스스로 살 방법을 찾

---

40 [교감기] '孟子曰子歸而求之有餘師'는 전본에 이 조목의 주가 삭제되었다.
41 [교감기] '퇴지(退之)'부터 '오마(吾馬)'까지 원본, 부교본, 전본에 모두 이 조목
    의 주가 없다.

으려거든 나의 말을 취하지 말라"라고 했다. 도잠의 「형영신形影神」에서 "원컨대 그대는 나의 말을 취하시오"라고 했는데, 이것을 반대로 말하여 그가 몸소 행하여 참으로 실천하기를 바라고 있다. 한유의 「제전횡문」에서 "만일 내가 가는 길이 정확하다면"이라고 했다.

趙州語曰, 自作活計, 莫取我語. 陶淵明詩曰, 願君取我言. 此反而言之, 欲其躬行而允蹈也. 退之祭田橫文曰, 苟余行之不迷.

5. 장난삼아 납매를 읊다. 2수[42]

戱詠蠟梅. 二首

산곡이 이 시의 뒤에 쓰기를 "서울과 낙양 사이에 한 종류의 꽃이 있는데 향기가 매화와 비슷하다. 꽃잎은 다섯 개인데 생기가 없으니 여자가 수공으로 밀랍을 꼬아서 만든 것 같기에 서울과 낙양 사람들이 납매라고 불렀다. 줄기와 잎은 딱총나무와 비슷하다. 고주 태수 두 씨의 집에 관목이 떨기를 이루는데 정원 가득히 향기가 넘친다"라고 하였다. 『왕립지시화』에서 "납매를 산곡이 처음으로 보고 장난삼아 절구 두 수를 지었는데, 이로 인해 서울에 이 꽃이 널리 퍼졌다"라고 했다.

山谷書此詩後云, 京洛間有一種花, 香氣似梅花, 五出而不能晶明, 類女功撚蠟所成. 京洛人因謂蠟梅. 木身與葉, 乃類荊蒺. 竇高州家有灌叢, 能杏一園也. 王立之詩話云, 蠟梅, 山谷初見之, 戱作二絶, 緣此盛於京師.

첫 번째 수 其一

金蓓鎖春寒	금 꽃술이 봄추위에 닫혀 있으니
惱人香未展	사람 뒤숭숭하게 만드는 향기 퍼지지 않네.
雖無桃李顔[43]	비록 복사, 오얏처럼 곱지 않지만

---

42 경사에서는 애초에 납매를 귀하게 여기지 않았다. 명성을 얻게 된 것은 바로 산곡에서 시작되었다. 지금 이 작품을 원년 겨울에 편차한다.

| 風味極不淺　　　　　　풍미는 전혀 옅지 않네.

【주석】

金蓓鎖春寒 惱人香未展 雖無桃李顔 風味極不淺 : 『집운』에서 "배뢰蓓蕾
는 꽃이 막 핀 것이다. '蓓'의 음은 '倍'이고 '蕾'의 음은 '磊'이다"라고
했다. 백거이의 「취별정수재醉別程秀才」에서 "고향 생각에 잠긴 근심은
그만두려 해도 멈추지 않네"라고 했다. 두보의 「봉배증부마위곡奉陪贈附
馬韋曲」에서 "위곡의 꽃은 너무도 지마음대로여서, 집집마다 번뇌로 죽
을 지경이네"라고 했다. '도리안桃李顔'은 본래 '도행홍桃杏紅'이었는데
뒤에 고쳤다. 이백의 「고풍」에서 "송백은 원래 외롭고 꿋꿋한 것, 복숭
아 오얏처럼 남에게 좋게 보이긴 힘들다네"라고 했다. 『세설신어』에서
"『고일사문전』에서 "지둔이 회계에 머무르고 있을 때 진 애제가 그의
풍모를 흠모하였다""라고 했다. 『진서』에서 "유량이 "이 늙은이도 여
기에 대한 흥이 얕지 않네"라고 했다.

集韻曰, 蓓蕾, 始華也. 蓓音倍, 蕾音磊. 樂天詩, 愁鎖鄕心掣不開. 老杜詩,
韋曲華無賴, 家家惱殺人. 桃李顔, 本作桃杏紅, 後改之. 太白詩, 松柏本孤直,
難爲桃李顔. 風味見上注. 晉書庾亮曰, 老夫於此處, 興復不淺.

43　[교감기] '수(雖)'는 장지본에는 '수(須)'로 되어 있다.

두 번째 수 其二

體薰山麝臍	나무의 향기는 산의 사향과 같고
色染薔薇露	색은 장미와 이슬로 물들인 듯.
披拂不滿襟	부채질해도 소매에 차지 않지만
時有暗香度	때로 은은한 향기 흘러나오네.

【주석】

體薰山麝臍 色染薔薇露 披拂不滿襟 時有暗香度 : 임포의 「매」에서 "동산에 연무가 자욱하게 깔려 있고, 사향인 듯 매화 향기 풍겨오네"라고 했다. 도은거가 『본초강목』에 주를 내면서 "사향노루는 노루와 비슷하게 생겼는데 잣나무 잎을 먹는다. 간혹 여름에 뱀과 곤충을 많이 먹으며 날이 추워지면 향기가 가득해진다. 봄이 되면 갑자기 통증이 시작되는데, 스스로 발로 사향을 차서 떼어낸다. 그것을 얻는 사람이 있는데, 그 향기가 대단히 훌륭하다"라고 했다. 뇌공이 말하기를 "발끝을 이용하여 배꼽을 차면 사향이 떨어지는데, 이 향은 값이 명주와 같다"라고 했다. 양억楊億의 『양문공담원』에서 "금릉 궁궐의 궁녀가 장미를 주물러 그 물로 생백을 물들였는데, 어느 날 저녁에 깜박 잊고 거두지 않았다. 이에 짙은 이슬에 흠뻑 젖었는데 그 색이 더욱 선명하게 푸르게 되었다"라고 했다. 살펴보건대 지금 영남에서 장미와 이슬로 옷을 물들이는데 곧바로 노랗게 된다. 『장자』에서 "바람이 북방에서 일어나 어떤 때는 서쪽으로 불고 어떤 때는 동쪽으로 분다. 누가 무위에 거하

여 이를 부채질하는가"라고 했다. 『문선』에 실린 사형 육기의 「의행행중행행擬行行重行行」에서 "몸의 둘레에 치마가 헐렁하네"라고 했다. 임포의 「매」에서 "황혼녘 달빛 속에 은은한 향기 떠도네"라고 했다. '披拂不滿襟'은 다른 본에는 '不盈懷'라고 되어 있다. 살펴보건대 『문선·고시』에서 "향기는 소매에 가득한데, 길이 머니 이를 수 없구나"라고 했다.

林逋梅詩, 小園煙景正淒迷, 陣陣寒香壓麝臍. 陶隱居注本草云, 麝形似麞, 食柏葉. 或有夏食蛇蟲多, 至寒香滿, 入春患急痛, 自以脚剔出. 人有得之者, 此香絶勝. 雷公云, 用蹄尖彈臍, 此香價與明珠同. 楊文公談苑云, 金陵宮中人, 挼薔薇水染生帛, 一夕忘收, 爲濃露所漬, 色倍鮮翠. 按今嶺南薔薇露染衣輒黃. 莊子曰, 風起北方, 一西一東, 孰居無事, 而披拂是. 文選陸士衡詩, 循形不盈衿. 林逋梅花詩, 暗香浮動月黃昏. 披拂不滿襟, 一本作不盈懷. 按文選古詩云, 馨香盈懷袖, 路遠莫致之.

6. 납매[44]

蠟梅

天公戲剪百花房	조물주가 장난스레 온갖 꽃송이 만드는데
奪盡人工更有香	사람의 공력을 다 빼앗은 데다가 향기도 있네.
埋玉地中成故物	옥을 땅에 묻어 고인이 되었는데
折枝鏡裏憶新粧	가지 꺾어 단장하며 거울 보던 일 기억하시는가.

【주석】

天公戲剪百花房　奪盡人工更有香　埋玉地中成故物　折枝鏡裏憶新粧 : '전화방剪花房'은 밀랍으로 만든 것처럼 보인다는 말이다. 백거이의 「춘생春生」에서 "작은 나무꼭대기에 꽃송이 가득하네"라고 했다. 마지막 구는 납매를 왕선에게 준 바 있다는 말이다. 부마도위 진경 왕선이 촉국 공주에게 장가를 들었는데, 공주가 타계하고 말았기에 '옥을 묻는다'는 말을 하였다. '신장新粧'은 수양 공주가 매화로 단장했던 의미를 사용하였다. 『풍속통』에서 "장백해와 중해는 형제로 모습이 서로 비슷하였다. 중해의 아내가 단장을 하였는데, 거울 너머로 문득 백해가 보이기에 중해인줄 착각하고 묻기를 "오늘 화장이 잘 되었소?""라고 했다.

44　앞의 작품에 첨부되어 있다. 촉의 구본 제목 아래의 주에서 "왕 도위의 작품에 화답하였다"라 하였으니, 응당 이 말이 옳을 것이다. 시에 '옥을 묻는다'는 구절이 있으니, 왕선 진경이 촉국 공주에 장가들었는데, 당시 공주가 이미 하세하였다.

이 구는 대략 그 의미를 취하였다.

剪花房, 謂其作蠟. 樂天詩, 點綴花房小樹頭. 末句蓋有所寄. 駙馬都尉王
詵晉卿, 尙蜀國公主, 公主下世, 故有埋玉之句. 新粧, 用壽陽公主梅花粧之
意. 風俗通云, 張伯偕仲偕兄弟, 形貌相類, 仲偕妻新粧, 鏡中忽見伯偕, 問曰,
今日粧飾好否. 此略采其意.

7. 장중모에게 납매를 달라고 요청하다[45]

従張仲謀乞蠟梅

聞君寺後野梅發	들으니, 그대 관청 뒤에 들매화가 피어서
香蜜染成宮樣黃	달콤한 향기로 궁중을 노랗게 물들였다 하네.
不擬折來遮老眼	노인 눈 앞 가리게 꺾어 보내는 건
	바라지 않는데
欲知春色到池塘	봄 경치가 연못가에도 왔는지 알고 싶네.

【주석】

聞君寺後野梅發 香蜜染成宮樣黃 不擬折來遮老眼 欲知春色到池塘 : '시
寺'는 관청 중의 시를 말한다. 두보의 「서교西郊」에서 "강가 길에 들매
화가 향기롭네"라고 했다. 『전등록』에서 "어떤 승려가 약산대사에게
묻기를 "평소 남들에게 경을 보지 말라고 하시더니 어찌하여 경을 보
십니까"라 하니, 대사가 "나는 그저 눈을 가리려는 것이다""라고 했다.
두보의 「송혜이귀고거送惠二歸故居」에서 "하늘 아래 노련한 안목이 없으
니"라고 했다. 사령운의 「등지상루登池上樓」에서 "연못가에 봄풀이 돋
네"라고 했는데, 이것을 인용하여 중모도 응당 시흥을 있어야 함을 말
하였다.

寺, 謂官寺. 老杜詩, 江路野梅香. 傳燈錄, 僧問藥山, 爲什麼看經. 師曰,

我只圖遮眼. 老杜詩, 皇天無老眼. 謝靈運詩, 池塘生春草. 此引用, 言仲謀當

有詩興.

8. 가천석이 보배로운 향기를 보내주면서 시를 지어달라고 하기에 내가 '화려한 창 든 병사들의 호위 삼엄한데, 연회 열린 방에 맑은 향이 어렸네[兵衛森畫戟燕寢凝淸香]' 열 글자로 시를 지어 보답하였다[46]

賈天錫惠寶薰乞詩, 予以兵衛森畫戟燕寢凝淸香十字, 作詩報之[47]

열 글자는 대개 위응물의 시구이다. 산곡이 "가천석이 만든 의화향은 자연히 부귀한 기상이 있는데, 다른 여러 집에서 만든 백화향은 자못 빈한한 기운이 있다"라고 했다.

十字蓋韋應物詩. 山谷云, 天錫作意和香, 自然有富貴氣, 覺諸人家香, 殊寒乞也.

첫 번째 수其一

險心游萬仞	험한 마음으로 만 길 하늘에 노닐고
躁欲生五兵	조급한 욕심에 다섯 병기가 나오네.
隱几香一炷	안석에 기대어 향을 사르니

---

46 앞의 작품에 첨부되어 있다. 산곡은 이 시의 발문에서 "내가 이 향기를 매우 귀하게 여겨 남에게 주지 않았다. 성서(城西)의 장중모가 나를 위해 추위를 따뜻하게 보낼 것을 꾀하여 기린원의 말똥 땔감 이백 개를 보내주었다. 이에 매화 향기나는 떡 20개로 보답하였다.
47 [교감기] 문집과 고본, 그리고 장지본에는 '작시보지(作詩報之)'의 '지(之)'자 아래에 '久佚此稿遇於門下後省故紙中得之'란 열다섯 글자가 있다.

靈臺湛空明　　　　　영대는 담담하여 밝게 비었어라.

【주석】

險心游萬仞 躁欲生五兵 隱几香一炷 靈臺湛空明 : 『장자』에서 "인심은 산천보다 험하다"라고 했다. 육기의 「문부」에서 "정신은 팔방으로 내달리고 마음은 만 길 하늘에서 노니네"라고 했다. 시의 의미는 조급하게 욕심을 내는 해로움은 올바른 본성을 해친다. 그러므로 "오병을 낸다"고 하였다. 『주례・하관・사병』에서 "사병司兵은 오병과 오순을 맡는다"라고 했는데, 주에서 "오병은 과戈, 수殳, 극戟, 추모酋矛, 이모夷矛 등이다"라고 했다. 『장자』에서 "남곽자기가 안석에 기대어 앉아 있었다"라고 했다. 또한 "영대에 들어갈 수 없다"라고 했는데, 주에서 "영대는 마음이다"라고 했다. 도잠의 「칠월야행七月夜行」에서 "밤경치 조용하고 밝아라"라고 했다. 한유의 「제유주이사군祭柳州李使君」에서 "달빛 비추는 고요한 북호로 항해하네"라고 했다.

莊子曰, 人心險於山川. 陸士衡文賦曰, 精騖八極, 心游萬仞. 詩意謂躁欲之害, 攻伐正性, 故曰生五兵. 周禮夏官司兵, 掌五兵五盾. 注謂戈殳戟酋矛夷矛.[48] 莊子曰, 南郭子綦隱几而坐. 又曰, 不可內於靈臺. 注云, 心也. 陶淵明詩云, 夜景湛虛明. 退之祭文云, 航北湖之空明.

48　[교감기] '수(殳)'는 원래 '盾'으로 되어 있었고 '酋'는 원래 '목(眚)'으로 되어 있었는데, 지금 전본과 정사농원주(鄭司農原注)에 의거하여 바로잡는다.

두 번째 수其二

晝食鳥窺臺	생대에 뿌려 논 점심을 새가 넘겨보는데
晏坐日過砌	해가 섬돌을 지나 늦도록 앉아 있네.
俗氛無因來	세속의 더러움은 들어올 수가 없으니
煙霏作輿衛	연기는 피어올라 많은 호위병 같네.

【주석】

晝食鳥窺臺 晏坐日過砌 俗氛無因來 煙霏作輿衛 : '조규대鳥窺臺'는 생대49를 만들어 먹을 것을 늘어놓는 것을 말한다. '일과체日過砌'는 승법에 때가 지나면 식사를 하지 않음을 이른다. 『문선』에 실린 사령운의 「술조덕시述祖德詩」에서 "겸하여 만물을 구제하려는 본성을 지니고 세속의 더러운 기운에 때 묻지 않는다"라고 했는데, 이선의 주에서 "세상의 악한 일에 얽매이지 않으며 더러운 안개에 뒤섞이지 않는다"라고 했다. 유효표의 「광절교론」에서 "이내가 피어오르고 비가 흩뿌린다"라고 했는데, 주에서 육기의 「열선부列仙賦」를 인용하여 "이내와 안개가 하늘거리며 올라간다"라고 했다. 『주역 · 대축』 구삼에서 "날마다 수레 타는 것과 호위하는 것을 익히면 갈 곳이 있어야 이롭다"라고 했다. 산곡의 생각은 즉 향기로운 연기가 세속의 더러움을 멀리하니 병장기로 지키는 것에 해당할 만하다는 것이다. '여輿'는 '많은 사람'이란 의미로, 오래된 『주역』의 설명을 사용하지 않았다.

---

49 생대 : 스님들이 생반을 모아 새나 짐승에게 주기 위해 마련한 대이다.

鳥窺臺, 謂作生臺以施食. 日過砌, 謂僧律過中卽不食也. 文選謝靈運詩,

兼抱濟物性, 而不纓垢氛. 李善注謂, 世事吿惡, 不相纓繞, 不雜塵霧. 劉孝標

廣絶交論曰, 煙霏雨散, 注引陸機賦, 騰煙霧之霏霏. 易大畜之九三曰, 閑輿

衛, 利有攸往. 山谷意謂香煙隔去俗氛, 便足以當兵衛耳. 輿, 猶衆也, 不用古

易師說.

세 번째 수其三

石蜜化螺甲	소라 껍데기로 다듬어 석밀로 적시며
榠樝煮水沈	모과즙으로 끓여 물에 담구네.
博山孤煙起	박산향로에 외론 연기 피어오르는데
對此作森森	이 향기 마주하면 정신이 또렷해지네.

【주석】

石蜜化螺甲 榠樝煮水沈 博山孤煙起 對此作森森 : 산곡은 이 열 수의 시
에 대하여 발문을 남겼으니, "가천석이 의화향을 만드는 법을 살펴보
면, 작은 넓이로 잘라 물에 담근 뒤 모과 액을 집어넣어 3일 정도 젖어
들게 한다. 이에 불을 때서 그 액을 제거하고 따뜻한 물로 씻어내어 소
라 껍대기로 갈아서 삐쭉삐쭉한 것을 없앤 다음 호마의 기름으로 삶는
다. 그러면 색이 노랗게 되는데 밀탕으로 촉촉하게 씻어낸다. 또다시
자단과 청목향을 가루 내어 파율고와 사향을 집어넣고 대추의 살로 버

무려 용연향의 모향처럼 만든다"라고 했다. 살펴보건대『본초강목·석밀조』의 도은거의 주에서 "석밀은 즉 벼랑에 달린 꿀이다"라고 했다. 『당본초』에서 "운남에서 자라는 좀은 크기가 손바닥만 하고 청황색을 띤다. 사마귀를 잡아 함께 태워 재로 만들어 사용한다. 지금은 향과 섞어서 많이 사용하는데 그것을 능발향이라 부른다. 다시 향연을 모아 술과 꿀로 적신 다음에 사용할 수 있다"라고 했다. 『본초·모과조』의 도은거의 주에서 "모과는 열매가 크며 노란데 술로 담글 수 있다"라고 했다. 『본초도경』에서 "도가에서 모과를 짜서 즙을 내어 감송에 섞어 습향을 만든다"라고 했다. 『당본초』의 주에서 "침수향은 천축과 선우 두 나라에서 생산된다. 청계향, 계골향, 전향 등과 모두 같은 나무에서 나는데, 잎은 귤과 같으며 서리를 맞아도 시들지 않는다. 나무는 버드나무와 비슷한데 열매는 무겁고 검은색으로 물에 담그면 가라앉는다"라고 했다. 『한고사』에서 "제왕이 합문을 나서면 박산향로를 주어 들고 따라가게 한다"라고 했다. 여대림의『고고도』에서 "화로에 바다속의 박산을 그렸으며 아래 받침대에 뜨거운 물을 담아 수증기가 향을 훈증시키는데, 바다의 사방 환경을 형상하였다"라고 했다. 오균吳均의 「행로난」에 "박산향로 안의 백화향, 울금소와 도량향"이라고 했다. '대차작삼삼對此作森森'은 박산향로의 백화향이 이 보배로운 향과 함께 타오르니, 엄숙하게 경외하는 마음이 든다는 말이다. 구양수의 시에서 "외로운 연기가 맑은 날 산에서 피어오르네"[50]라고 했다. 『문선·회구

---

50   이러한 시는 보이지 않는다.

부』에서 "잣나무 또렷하게 곧게 서 있네"라고 했다.

　山谷有此十詩跋云, 賈天錫意和香, 其法, 斫沈水, 如小博, 投以榠樝液, 漬之三日, 乃煮去其液, 溫水沐之, 螺甲磨去齟齬, 以胡麻膏熬之, 色正黃, 則以蜜湯劇洗, 又屑紫檀靑木香, 稍入婆律膏及麝, 以棗肉合之, 作摹如龍涎香狀. 按本草, 石蜜條, 陶隱居注云, 卽崖蜜也. 唐本草云, 螽類生雲南者, 大如掌, 靑黃色, 取臛燒灰用之. 今合香多用, 謂能發香, 復聚香煙, 須酒蜜漬方可用. 本草木瓜條, 陶隱居注曰, 榠樝大而黃, 可進酒. 圖經云, 道家生壓汁, 和甘松等作濕香. 唐本草注曰, 沈水香出天竺單于二國. 與靑桂雞骨棧香, 同是一樹, 葉似橘, 經霜不凋, 木似櫸柳, 重實黑色, 沈水者是. 漢故事曰, 諸王出閤, 則賜博山香爐. 呂大臨考古圖云, 爐象海中博山, 下盤貯湯, 使潤氣蒸香, 以象海之四環. 古詩云, 博山爐中百和香, 鬱金蘇合與都梁. 對此作森森, 謂博山百和之香, 與此寶薰對燒, 有森然畏敬之意. 歐陽公詩, 孤煙起晴嵐. 文選懷舊賦, 柏森森以攢植.

네 번째 수其四

輪囷香事已	구불구불 피어오르는 향인데
郁郁著書畫	책과 그림에 짙게 뭉쳐 있네.
誰能入吾室	누가 능히 나의 방에 들어오리
脫汝世俗械	그를 세속의 질곡에서 벗어나게 할 텐데.

【주석】

輪囷香事已 郁郁著書畵 誰能入吾室 脫汝世俗械 : 『한서·천문지』에서 "연기 같으나 연기는 아니고 구름 같으나 구름은 아니니, 무성하고 어지러워 성글게 흩어지고 서리어 모인 것을 경운이라 한다"라고 했는데, 이것을 차용하여 향의 연기를 말하였다. 『장자·대종사편』에서 "자상호가 죽었다. 공자가 "그는 무위의 경지에서 소요하는 자들인데, 또한 어찌 번거롭게 세속의 예절에 구애되어 여러 사람의 이목을 가릴 것인가"라 하였다. 이에 자공이 "그렇다면 선생님께서는 어디에 의지하십니까?"하니, 공자가 말하기를, "나는 하늘의 벌 받은 사람이다"라고 했다"라고 했다. 주에서 "세상에 사는 것을 질곡으로 삼았다"라고 했다. 운서에서 "계械는 차꼬와 수갑이다"라고 했다.

漢書天文志曰, 若煙非煙, 若雲非雲, 郁郁芬芬, 蕭索輪囷, 是謂慶雲. 此借用, 以言香之煙. 莊子大宗師篇, 子桑戶死. 孔子曰, 彼又烏能憒憒然爲世俗之禮, 以觀衆人之耳目哉. 子貢曰, 然則夫子何方之依. 孔子曰, 丘, 天之戮民也. 注云, 以方內爲桎梏. 韻書云, 械, 桎梏也.

다섯 번째 수其五

賈侯懷六韜	가후는 육도를 지녔으니
家有十二戟	집안에 열둘의 창이 줄지어 있네.
天資喜文事	자질은 학문을 좋아하는데

| 如我有香癖 | 나처럼 향에 벽이 있도다. |

【주석】

賈侯懷六韜 家有十二戟 天資喜文事 如我有香癖 : '가후賈侯'는 아마도 장수 집안의 아들로 보인다. 살펴보건대 『태공병법』에 육도가 있다. 무릇 창은 천자는 24개로 의장하며 제후는 12개로 의장한다. 당나라 제도에 3품 이상은 문에 창을 줄지어 세워 놓는다. 『사기·상군전 찬』에서 "자질이 각박한 사람이다"라고 했다. 『곡량전』에서 "글을 아는 학자라면 반드시 무예를 갖추고 있다"라고 했다. 진의 두예는 좌전에 벽이 있었다.

賈侯, 當是將家子. 按太公兵法有六韜. 凡戟, 天子二十四, 諸侯十二. 唐制, 三品已上, 門列㭊戟. 史記商君傳贊曰, 天資刻薄人也. 穀梁曰, 有文事者, 必有武備. 晉杜預有左傳癖.

여섯 번째 수其六

林花飛片片	숲의 꽃이 점점이 날리는데
香歸銜泥燕	향은 진흙 문 제비를 좇아가네.
閉閤和春風	문을 닫으니 봄바람과 섞이는데
還尋蔚宗傳	돌아가 울종의 『향전』을 찾아봐야지.

【주석】

林花飛片片 香歸銜泥燕 閉閤和春風 還尋蔚宗傳 : 두보의 「곡강대우曲江對雨」에서 "숲 속 꽃들은 비 맞아 연지처럼 선명하고"라고 했다. 또한 「성상城上」에서 "바람 불어 꽃은 조각조각 흩어지고"라고 했다. 정곡의 「연」에서 "한가로운 물가의 돌 위에서 옅은 물을 넘겨다보고, 지는 꽃 날아가니 진흙이 향기롭네"라고 했다. 『문선·고시』에서 "쌍쌍이 나는 제비가 되어, 진흙 물고 그대 집에 둥지 틀려네"라고 했다. 산곡의 「서소종향」에서 "남양의 소종小宗 무심은, 문을 닫아걸고 향을 사르니 짙게 피어오르네"라고 했다. '울종전蔚宗傳'에 대해 살펴보면, 『남사』에서 "범엽의 자는 울종으로 『화향방』을 지었다"라고 했다.

老杜詩, 林花著雨燕支落. 又詩, 風吹花片片. 鄭谷燕詩, 閑幾硯中窺水淺, 落花徑裏得泥香. 選詩曰, 思爲雙飛燕, 銜泥巢君室. 山谷書小宗香云, 南陽宗茂深, 閉閤焚香蔚. 蔚宗傳見上注.

일곱 번째 수其七

公虛采蘋宮	공은 마름 따는 부인이 없는데
行樂在小寢	행락은 소침에 있다네.
香光當發聞[51]	빛나는 향기는 마땅히 냄새가 나나니
色敗不可稔	색이 변하면 익을 수 없느니.

51 [교감기] '당(當)'은 고본에는 '부(富)'로 되어 있다.

【주석】

公虛采蘋宮 行樂在小寢 香光當發聞 色敗不可稔 : 위구는 죽은 부인에 대해 말하였다. 『시경·채빈』의 소서에서 "대부의 처가 능히 법도를 따른 것이다"라고 했다. 『예기·옥조』에서 "대부들이 물러간 뒤에야 소침으로 가서 조복을 벗는다"라고 했는데, 주에서 "소침은 연침[52]이다"라고 했다. 『공양전』의 주에서도 "제후는 삼침이 있으니, 첫 번째는 고침이요, 두 번째는 로침이요, 세 번째는 소침이다"라고 했다. 『한서·양운전』에서 "인생은 무상하므로 그저 즐겁게 살아야 한다"라고 했다. 『능엄경』에서 "대세지 법왕자가 "저절로 마음이 열리는 것이 마치 향기를 물들이는 사람이 몸에 향기가 베는 것과 같다. 이것을 향광장엄이라 이름합니다. 나는 본래의 인지에서""라고 했다. 『서경·여형』에서 "향기로운 덕이 없고 형벌의 냄새[發聞]가 비릿할 뿐이다"라고 했다. 『좌전』에서 "주나라 모득이 대부를 죽이고 그를 대신하자, 장홍이 "모득은 반드시 멸망할 것이다. 이날은 곤오가 악이 극에 달해 망한 날이다""라고 했는데, 주에서 "임稔은 무르익은 것이다. 악이 쌓여 걸과 함께 죽임을 당하였다"라고 했다. 이것을 차용하여 성색의 재앙을 말하였다.

上句言其悼亡. 采蘋詩序曰, 大夫妻能循法度也. 禮記玉藻曰, 大夫退, 然後適小寢釋服. 注云, 小寢, 燕寢也. 公羊注亦云, 諸侯皆有三寢, 一曰高寢, 二曰路寢, 三曰小寢. 漢書楊惲傳曰, 人生行樂耳. 楞嚴經, 大勢至法王子云,

如染香人身有香氣, 此則名曰香光莊嚴, 我本因地. 發聞字, 見書呂刑. 左傳,

萇弘曰, 毛得必亡, 是昆吾稔之日也. 注云, 稔, 熟也. 惡積與桀同誅. 此借用,

以言聲色之禍.

여덟 번째 수其八

牀帷夜氣馥	침대 휘장은 잠잘 때 향기롭고
衣桁晚煙凝	옷 장대에 저물녘 연기 어리네.
瓦溝鳴急雪	기왓골에 갑자기 눈이 쌓이면
睡鴨照華燈	조는 기러기 화로에 꽃등불이 비추네.

【주석】

牀帷夜氣馥 衣桁晚煙凝 瓦溝鳴急雪 睡鴨照華燈 : 『손자』에서 "병사는 밤에는 집에 가고 싶어 한다"라고 했는데, 이것을 차용하였다. 두보의 「중유하씨重游何氏」에서 "물총새는 옷 말리는 장대에서 울고"라고 했다. 백거이의 「우의寓意」에서 "갑자기 기왓골에 서리가 내리고"라고 했다. 이상은의 「촉루促漏」에서 "조는 기러기 모양 향로에 저녁 향을 바꾸네"라고 했다. 『초사』에서 "꽃 등불이 어른거리네"라고 했다.

孫子曰, 夜氣歸. 此借用. 老杜詩, 翡翠鳴衣桁. 樂天詩, 倏如瓦溝霜. 李商隱詩, 睡鴨香爐換夕薰. 楚辭, 華燈錯些.

아홉 번째 수其九

雉尾暎鞭聲	치미선이 길 비끼라는 소리에 비추고
金爐拂太淸	금향로의 연기 태청에 오르네.
班近聞香早	반열에서 아침에 향을 가까이 맡고
歸來學得成	돌아와 향이 어떤지 살펴보네.

【주석】

雉尾暎鞭聲 金爐拂太淸 班近聞香早 歸來學得成 : 한유의 「원일회조시」에서 "금로의 향이 피어오르니 용의 머리가 어두워지고, 옥패 소리가 다가오니 치미선은 높아지네"라고 했다. 『고금주』에서 "은 고종은 꿩이 우는 일[53]로 인해 중흥하였으므로 복식에 꿩을 많이 사용하였기에 치미선이 있게 되었다"라고 했다. '편성鞭聲'은 길을 비끼라고 외치는 소리이다. 도가에 삼청이 있으니 태청은 그중 하나이다. 두보의 「봉화가지사인조조대명궁奉和賈至舍人早朝大明宮」에서 "조회 마치고 향연을 소매 가득"이라고 했다. 백거이의 「비파행琵琶行」에서 "열세 살에 비파를 배워 터득하고"라고 했다.

退之元日朝回詩曰, 金爐香動螭頭暗, 玉珮聲來雉尾高. 古今注曰, 殷高宗有雉雊之徵, 服飾多用翟尾, 故有雉尾扇. 鞭聲, 謂警蹕. 道家有三淸, 太淸其

53　은 (…중략…) 일 : 고종 때 융제(肜祭)하는 날에 정이(鼎耳)에 올라앉아 우는 꿩이 있으므로 어진 신하 조기(祖己)가 하늘의 꾸중이라 생각하여 고종에게 간하여 고종이 덕을 닦으니, 은나라가 이 때문에 중흥하였다.

一也. 老杜詩, 朝罷香煙攜滿袖. 樂天詩, 十三學得琵琶成.

열 번째 수其十

衣篝麗紈綺	비단옷을 대그릇에서 훈증하여
有待乃芬芳	향기 배기를 기다리네.
當念眞富貴	마땅히 참 부귀를 생각해야 하니
自薰知見香	해탈의 향이 몸에 배어야 하네.

【주석】

衣篝麗紈綺 有待乃芬芳 當念眞富貴 自薰知見香 :『설문해자』에서 "구篝는 대그릇이니, 옷에 향내를 입힐 수 있다"라고 했다.『악부』에 실린 양왕 균의「행로난」에서 "이미 고치를 켜서 옷실을 만들고, 다시 백화향 짓찧어 옷에 향기 입히네"라고 했다.『한서・반고자서』에서 "반고는 비단옷을 입는 귀족들 사이에 있었다"라고 했다. '려麗'는 향기가 밴 것을 이른다.『장자』에서 "열자가 바람을 타니 이것은 비록 걷는 것을 면했지만 여전히 의지한 것이 있다"라고 했다.『문선』에 실린 완적의「영회詠懷」에서 "웃고 즐기면서 이야기하며 꽃다운 향기 뿜어내네"라고 했다. 백거이의「군중즉사郡中卽事」에서 "귀인 되어 높은 수레 으스대는 건, 아마도 진짜 부귀는 아닌 듯하네"라고 했다.『원각경』에서 "널리 대원을 발하면 스스로 훈습하여 종을 이룬다"라고 했다. 불가의

책에 '해탈지견향'[54]이란 말이 있다.

說文曰, 篝, 笭也. 可薰衣. 樂府梁王筠行路難曰, 已繰一繭催夜縷, 復擣百和薰衣香. 漢書班固自叙曰, 在於綺襦紈袴之間. 麗, 謂香氣附著之. 莊子曰, 列子御風, 此雖免乎行, 猶有所待者也. 選詩云, 言笑吐芬芳. 樂天詩, 爲報高蓋車, 恐非眞富貴. 圓覺經曰, 自薰成種. 佛書有解脫知見香.

---

54 해탈지견향 : 5분법신을 향에 비유하여 계향(戒香)·정향(定香)·혜향(慧香)·
  해탈향(解脫香)·해탈지견향(解脫知見香)이라 하는데, 이를 5분향(五分香)이라
  한다.

9. 장중모의 「과포지사재」에 차운하다[55]

次韻張仲謀過酺池寺齋

이름은 순이다.

詢

十年醉錦幄	십 년을 비단 휘장에 취하는데
酴醿照金沙	찔레꽃이 금잔디에 비추네.
欹眠春風底	봄바람 잔잔할 때 낮잠 자며
不去留君家	떠나지 않고 그대 집에 머무네.
是時應門兒	이 때 문에서 심부름하는 아이는
紫蘭苗其芽	붉은 난초의 싹이 솟아난 것 같네.
只今將弟妹	지금 아우, 여동생들과
嬉戲索羊車[56]	양 수레 끌면서 노는구나.
忽書滿窗紙	갑자기 창에 가득한 종이에 쓰는데
整整復斜斜	반듯하거나 맵시 있게 기울었네.
平生悲歡事	평생의 슬프고 즐거운 일에

---

55 앞의 작품에 첨부되어 있다. 시에서 "주렴 차가운 밤에 이야기 나누니[夜談簾幕冷]"라는 구절이 있다.

56 [교감기] 문집과 고본에서 '삭양거(索羊車)'의 '삭(索)'은 '만(挽)'으로 되어 있다. 전본에 '삭(索)'은 '견(牽)'으로 되어 있다. 명대전본에 '양(羊)'은 '우(牛)'로 되어 있다.

頭緒亂如麻[57]	어지러운 삼처럼 마음 분란하네.
苟祿無補報	구차하게 녹을 먹으며 보탬이 없으니
幾成來食嗟	거의 빌어먹는 것에 가깝네.
喜君崇名節	그대가 명예와 절조를 높이니 기쁜데
靑雲似有涯[58]	청운은 끝이 보이는구나.
我夢江湖去	나는 꿈에서 강호로 떠나가
釣魚刺蘆花	갈대밭에서 노 저으며 물고기 낚았네.
江濱開園宅	강가에 채마밭과 집을 만들어
畦蔗蒔棃楂	수수와 산배를 두둑에 심었네.
夢驚如昨日	꿈에서 깨니 어제처럼 선연한데
炊玉困京華	도성은 물가가 비싸 힘들구나.
公來或藜羹	공은 찾아와 간혹 명아주국만 먹으면서도
愛我不疵瑕	나를 사랑하여 허물하지 않았네.
深念煩隣里[59]	이웃에게 폐를 끼치지 않으려고
忍窮禁貸賒	곤궁함 참으며 돈을 빌리지 않았네.
夜談簾幕冷	주렴 차가운 밤에 이야기 나누니
霜月動金蛇	서리 달빛은 금 뱀처럼 스며들었지.
卽是桃李月	그 때는 복사, 오얏 피는 시기로

---

57 [교감기] 문집과 고본, 장지본과 건륭본에는 '난여마(亂如麻)'는 '여난마(如亂麻)'로 되어 있다.
58 [교감기] 문집에 '사유애(似有涯)'의 '사(似)'는 '자(自)'로 되어 있다.
59 [교감기] '인리(隣里)'는 장지본과 전본에는 '향리(鄕里)'로 되어 있다.

春蟲語交加	봄날 새 울음 더욱 높아가네.
我亦無酒飲	나는 마실 술도 없고
一室可盤蝸	작은 방은 달팽이집 만하였네.
要公共文字	가공과 함께 글을 지으며
朱墨勘舛差	붉은 먹으로 잘못된 부분을 교감하였네.
非復少年舊	다시 옛날 젊은 날처럼
聲名取娿娇	명성을 드날리지 못하는구나.
諸阮有二妙	여러 자질子姪 중에 뛰어난 둘 있어
能詩定自嘉	시를 잘 지으니 참으로 훌륭하네.
何時來煮餅[60]	언제나 오면 떡을 굽고
蟹眼試官茶[61]	관의 차를 끓여 대접할까.

【주석】

十年醉錦幄 酴醾照金沙 欲眠春風底 不去留君家 : 왕안석의 「지상간금사화池上看金沙花」에서 "목책 위의 찔레꽃이 가장 먼저 피고, 물가의 금잔디가 다음으로 피네. 무성한 짙은 녹색 잔디에 구름이 마주하고 피어나고, 어지러운 붉은 찔레가 눈 속에 피었네"라고 했다.

王介甫詩云, 酴醾一架最先來, 夾水金沙次第裁. 濃綠扶疎雲對起, 酴紅撩亂雪中開.

60　[교감기] '래(來)'는 건륭본에 '능(能)'으로 되어 있다.
61　[교감기] '관다(官茶)'는 명대전본에 '춘다(春茶)'로 되어 있다.

是時應門兒 紫蘭茁其芽 只今將弟妹 嬉戲索羊車 : 진나라 이밀의 「진정표」에서 "안으로 문에서 응대할 오척 동자도 없습니다"라고 했다. 한유의 「마소감묘지명」에서 "어린 아이들은 곱고도 얌전하며 정숙하고 빼어나 좋은 옥이 아름답거나 난초의 싹이 쭉 솟아난 것 같다"라고 했다. 한유의 「부독서성남符讀書城南」에서 "조금 자라 함께 모여 놀 적엔, 떼 지어 헤엄치는 물고기와 다름없었네"라고 했다. 『진서 · 위개전』에서 "위개가 총각으로 양이 모는 수레를 타고 저자에 들어갔다"라고 했다.

應門兒見上注. 退之馬少監誌曰, 幼子娟好靜秀, 瑤環瑜珥, 蘭茁其芽. 退之詩, 少長聚嬉戲, 不殊同隊魚. 晋書衛玠傳, 總角乘羊車入市.

忽書滿窗紙 整整復斜斜 : 유우석의 「답전편答前篇」에서 "어린이들이 붓으로 장난하니 꾸짖을 수 없고, 벽과 책, 창에 낙서해도 칭찬하네"라고 했다. 노동의 「첨정」에서 "들으니 책상 위에서 먹을 갈아, 늙은 까마귀처럼 시서를 검게 칠한다지"라고 했다. 두목의 「대성곡」에서 "눈이 똑바로 내리거나 또는 휘날리며 내리는데, 깃대 따라 저물녘 백사장에 쌓이네"라고 했다.

劉禹錫詩, 小兒弄筆不能嗔, 涴壁書窗且賞勤. 盧仝添丁詩, 聞來案上翻墨汁, 塗抹詩書如老鴉. 杜牧之臺城曲云, 整整復斜斜, 隨旗簇晚沙.

平生悲歡事 頭緒亂如麻 : 이백의 「잡곡가사雜曲歌辭」에서 "낭군 그리는 마음 실을 켜는 것처럼 어지럽네"라고 했다. 『한서 · 천문지』에서 "죽

은 사람이 어지러운 삼처럼 늘어져 있다"라고 했다.

太白詩, 纚絲憶君頭緒多. 漢書天文志, 死人如亂麻.

苟祿無補報 幾成來食嗟 : 『순자』에서 "구차하게 아부하여 비위를 맞춰 봉록을 지키며 교유를 유지한다"라고 했다. 『한서·공우전』에서 "나라에 보탬이나 이로움이 되지 못하면 이른바 하는 일 없이 자리를 지키며 녹봉을 먹는 신하라고 한다"라고 했다. 『예기·단궁』에서 "제나라에 큰 흉년이 들었는데, 검오가 길에서 음식을 만들어 굶주린 사람을 기다렸다가 먹였다. 어떤 굶주린 사람이 소매로 얼굴을 가리고 신발을 모으고 넋이 나간 듯 오고 있었다. 검오가 왼손으로 음식을 들고 오른손으로 마실 것을 들고서 "가엽구나! 이리 와서 먹어라"라고 하자, 그가 눈을 치켜뜨고 바라보면서 "나는 "가엽다 와서 먹어라"라는 음식은 먹지 않아서 이 지경에 이르렀다"고 하였다. 이에 좇아가 사과하였으나 끝내 먹지 않고 죽었다"라고 했다.

苟子曰, 偸合苟容, 以持祿養交. 漢書貢禹傳曰, 非復能有補益, 所謂素餐尸祿之臣也. 禮記檀弓曰, 齊大飢, 黔敖爲食於路, 以待餓者而食之. 有餓者蒙袂輯屨, 貿貿然來. 黔敖左奉食, 右執飮曰, 嗟來食. 揚其目而視之曰, 予惟不食嗟來之食, 以至於斯也. 從而謝焉, 終不食而死.

喜君崇名節 靑雲似有涯 : 『한서·루호전』에서 "논의는 항상 명분과 절조에 의거하였다"라고 했다. 또한 『후한서·허소전』에서 "젊어서 명성

과 절조를 높였다"라고 했다. 『문선』에 실린 이릉의 「여소무與蘇武」에서 "밝은 덕을 힘써 높이시게"라고 했다. 『사기·범수전』에서 "수가가 "나는 그대가 청운의 위로 스스로 오를 줄은 생각지도 못했습니다""라고 했다. 『장자』에서 "나의 삶은 끝이 있지만"이라고 했다.

漢書樓護傳, 議議常依名節. 又後漢書許劭傳, 少峻名節. 選詩, 努力崇明德. 史記范雎傳, 須賈曰, 賈不意君能自致於靑雲之上. 莊子曰, 吾生也有涯.

我夢江湖去 釣魚刺蘆花 : 『장자』에서 "어부가 낚싯배를 띄어서 푸른 갈대 사이로 떠나갔다.

莊子曰, 漁父刺釣船而去, 延綠葦間.

江濱開園宅 畦蔗蒔黎柤 : 『주례·재사』에서 "채마밭으로 정원을 삼고 택전으로 근교의 밭으로 삼는다"라고 했다. 장형의 「남도부」에서 "그 채마밭에 사탕수수, 생강, 달래 등이 있다"라고 했다. 『장자』에서 "산배와 귤이 모두 입에 맞는다"라고 했다.

周禮載師曰, 以場圃任園地, 以宅田任近郊之地. 張平子南都賦曰, 其園圃, 則有諸蔗薑蟠. 莊子曰, 柤黎橘柚, 皆可於口.

夢驚如昨日 炊玉困京華 : 『문선』에 실린 반악의 「도망悼亡」에서 "이를 생각하니 어제와 같은데"라고 했다. 곽박의 「유선시游仙詩」에서 "도성은 유협의 소굴이다"라고 했다. 『전국책』에서 "소진이 초나라에 온 지

3일이 되어 왕을 만날 수 있었다. "초나라의 음식은 옥보다 귀하고 땔나무는 계수나무보다 귀한데, 지금 신은 옥을 먹고 계수나무를 때고 있습니다'"라고 했다.

文選潘安仁詩, 念此如昨日. 郭璞詩, 京華游俠窟. 炊玉見上注.

公來或藜羹 愛我不疵瑕 : 『장자』에서 "공자가 진과 채 사이에서 곤궁을 당하여 쌀 한 톨 없는 명아주국을 먹었다"라고 했다. 『좌전』에서 "너는 이익만 추구하여 나에게서 취해 가고 나에게 요구하였으나 나는 너를 허물하지 않는다"라고 했다.

莊子曰, 孔子窮於陳蔡之間, 藜羹不糝. 左傳曰, 予取予求, 不汝疵瑕.

深念煩隣里 忍窮禁貸賖 : 돈을 빌려서 집안을 꾸려가고 싶지 않다는 말이다. 한유의 「증최립지贈崔立之」에서 "곤궁하면서도 참는 매고를 곧바로 불러"라고 했다. 『주례·천부』에서 "돈을 빌리는 자는 제사는 열흘을 넘겨서는 안 되며, 상례에는 석 달을 넘겨서는 안 된다. 돈을 빌려주는 사람은 나라에 일정 분을 바쳐야 한다"라고 했다.

言不欲稱貸以治具. 退之詩, 枚皋卽召窮且忍. 周禮泉府曰, 凡賖者, 祭祀無過旬日, 喪紀無過三月, 凡民之貸者, 以國服爲之息.

夜談簾幕冷 霜月動金蛇 : 장번의 『한기』에서 "영창 태수인 유군세劉君世가 황금으로 길한 조짐인 뱀 문양을 주조하여 대장군 양기에게 바쳤

다"라고 했는데, 이것을 차용하여 주렴에 달빛이 비쳐드는 것을 형용하였다. ○ 소식의 「송가안국送家安國」에서 "밤에 부질없이 검에 대해 말하였네"라고 했다.

張璠漢紀曰, 永昌太守鑄黃金爲蛇, 獻梁冀. 此借用, 以形容簾之篩月也. ○ 東坡詩, 夜談空說劍.

卽是桃李月 春蟲語交加: 담소하는 즐거움이 따뜻한 봄날 같다는 말이다. 『문선』에 실린 포조의 「학유공간체學劉公幹體」에서 "날씨 따뜻한 도리의 계절"이라고 했다. 한유의 「송정교리」에서 "새는 지저귀는 소리 높아가고, 버들 꽃은 함께 어지러이 떠다니네"라고 했다.

言談笑之歡, 溫然似春. 選詩, 艶陽桃李節. 退之送鄭校理詩曰, 鳥嘖正交加, 楊花共紛泊.

我亦無酒飮 一室可盤蝸: 『위지·병원전』의 주에서 "초선이 스스로 달팽이집 같은 작은 오두막을 짓고 그 안을 깨끗이 청소하였다. 나무로 침상을 만들고 그 위에 풀을 깔아 요를 삼았다"라고 했는데, 배송지가 "과爪는 마땅히 와蝸로 지어야 한다. 와우는 뿔이 있는 달팽이이다. 세속에서는 황독이라 부른다.

魏志邴原傳注, 魏略曰, 焦先自作一爪牛廬, 淨掃其中, 營木爲牀, 布草蓐其上. 裴松之云, 爪當作蝸. 蝸牛, 螺蟲之有角者也. 俗或呼爲黃犢.

要公共文字 朱墨勘舛差 : 한유의 「추회秋懷」에서 "글을 보는 것보다 나은 것이 없어, 붉은 연필로 일일이 교정해보네"라고 했다. 『북사』를 살펴보건대 소작이 문서의 정식과 지출은 붉은색으로 수입은 검은색으로 쓰는 법을 제정하였는데, 이것을 차용하였다. 『문선·촉도부』에서 "가로세로로 들쭉날쭉하며"라고 했다.

退之詩, 不如覰文字, 丹鉛事點勘. 按北史, 蘇綽制文案程式, 朱出墨入之法. 此借用. 文選蜀都賦曰, 舛錯縱橫.

非復少年舊 聲名取嫣姹 : 『한서·한안국전』에서 "아름다운 변방의 작은 현입니다"라고 했는데, 주에서 "호嫣는 아름답다는 의미이다"라고 했다.

漢書韓安國傳, 嫣鄙小縣. 注曰, 嫣, 姹姹也.

諸阮有二妙 能詩定自嘉 何時來煮餠 蟹眼試官茶 : 『진서·완함전』에서 "완함과 완적은 길 남쪽에 살고, 그 밖의 여러 완씨들은 길 북쪽에 살았다"라고 했는데, 그 글자를 차용하였다. '이묘二妙'는 완혼과 완함을 가리키는 바 중모의 아들과 조카들을 비유하였다. 살펴보건대 완적의 아들 완혼은 젊어서 출세하기를 원하였다. 완적이 "중용은 이미 이런 부류에 들었으니 너는 그렇게 되지 못할 것이다"라고 했다. 완함의 자는 중용으로 완적 형의 아들이다. 또한 「위관전」에서 "삭청과 함께 초서를 잘 써서, 당시에 상서대의 두 뛰어난 사람이라고 불렀다"라고 했

는데, 이것을 차용하였다. 『세설신어』에서 "왕함이 여강군의 태수가 되었는데 탐욕스러웠다. 아우인 왕돈이 형을 옹호하려고 일부러 "우리 형님은 고을에서 잘하고 계신 모양이오""라고 했다. 또한 "사태부가 술잔을 들고 사경중에게 권하면서 "그래서 훌륭하군, 그래서 훌륭해""라고 했다. ○ 동파의 「전다」에서 "작은 거품 지나가고 큰 거품이 나오네"라고 했다.

晉書阮咸傳曰, 諸阮居道北. 此詩用其字. 二妙, 謂阮渾阮咸, 以比仲謀子姪也. 按阮籍之子渾, 少慕通達, 籍曰, 仲容已豫此流, 汝不得復爾. 咸字仲容, 籍之兄子也. 又衛瓘傳云, 與索靖俱善草書, 時號一臺二妙. 此借用. 世說, 王含作廬江郡, 王敦曰, 家兄在郡定嘉.[62] 又謝太傅舉酒勸謝景重曰, 故自佳, 故自佳. ○ 東坡煎茶詩, 蟹眼已過魚眼生.

62　[교감기] '세설(世說)'부터 '정가(定嘉)'는 『세설신어』 「방정(方正)」에서 인용하였다. '군(郡)'자는 원래 빠졌고 '돈(敦)'자는 원래 '교(敎)'로 되어 있었는데 『세설신어』에 의거하여 바로잡았다.

1. 상보가 14운의 「정묘설」을 보여주기에 삼가 같은 운을 써서 지었다[1]

常父惠示丁卯雪十四韻謹同韻賦之[2]

春皇賦上瑞	춘황에 최고의 상서로움을 내리니
來寧黃屋憂	천자의 근심을 편안하게 하였네.
下令走百神	명령을 내려 온갖 신령 내달리니
大雲庇九丘	큰 구름이 높은 언덕에 덮여 있네.
風聲將仁氣	바람 소리 인仁한 기운 거느리며
艶艶生瓦溝[3]	기왓골에서 부드럽게 들리네.
寒花舞零亂	차가운 눈꽃이 어지럽게 춤추며
表裏照皇州	황성 안팎으로 비추네.
千門委圭璧	수많은 집에서 규벽이 되는데
曉日不肯收	밝은 해에 거둘 수 없네.

---

1 원우 2년 정묘년에 산곡은 사국(史局)에 있었다. 살펴보건대 『실록』에서 정월 신미일에 산곡은 저작좌랑이 되었다고 하였다. 시에서 "춘황에 최고의 상서로움을 내리니[春皇賦上瑞]"라 하였으니, 이해 봄에 지은 작품이다.
2 [교감기] '十四韻'은 장지본에는 '二十韻'으로 되어 있다. 살펴보건대 산곡의 이 시는 모두 이십운이다.
3 [교감기] '艶'은 건륭본의 원교에서 "『정화록』에는 '豔'으로 되어 있다"라고 했다.

元年冬無澤	원년 겨울에 은택이 없었으니
穴處長螟蟊	굴에 거처하는 해충들이 자랐네.
兩宮初旰食	두 궁에서 비로소 늦게 식사하며
補袞獻良籌	임금을 도와 좋은 계책을 올리네.
有道四夷守	왕도 정치로 오랑캐를 막아
無征萬邦休	정벌 없이 만방이 편안했네.
耆年秉國論	노성한 신하가 국정을 잡으니
涇渭極分流	경수와 위수의 흐름이 매우 분명하네.
輟耒入班品	쟁기질 멈추고 벼슬에 들어오니
逸民盡歸周	숨은 백성들이 모두 주로 귀의하였네.
股肱共一體	넓적다리와 팔뚝은 모두 한 몸이 되어
間不容戈矛	그 틈으로 참소의 창이 용납되지 않네.
人材如金玉	인재는 금, 옥 같으니
同美異剛柔	모두 아름답지만 강함과 부드러움은 다르네.
政須衆賢和	모름지기 뭇 어진 이들이 화합하여야
乃可疏共吺	이에 공공, 환두를 물리칠 수 있네.
改絃張敝法⁴	줄을 바꿔 해진 법을 고치니
病十九已瘳	병든 이 열에 아홉은 이미 나았네.
王指要不匿	왕의 뜻은 모름지기 숨기지 않으니
蝕非日月羞	그른 정사의 일월식은 해와 달도

4 　[교감기] '敝'는 건륭본의 원교에서 "『정화록』에는 '弊'로 되어 있다"라고 했다.

	부끄러워하네.
桑林請六事	상림에서 여섯 가지로 반성하고
河水問九疇⁵	황하에서 홍범구주를 물었네.
天意果然得	하늘 뜻을 과연 얻었다면
玄功與吾謀	눈의 공이 나와 도모하네.
此物有嘉德	이 사물은 아름다운 덕이 있으니
占年在麥秋	보리농사 풍년을 점칠 수 있네.
近臣知天喜	근신이 천자의 기쁨을 아니
玉色動冕旒	옥빛 안색이 면류관에서 웃네.
儒館無他事	유관에 다른 일이 없으니
作詩配崇丘	지은 시가 「숭구」와 짝하네.

【주석】

春皇賦上瑞 來寧黃屋憂 : 『왕자년습유기』에서 "복희는 목덕으로 왕이 되었다. 그러므로 '춘황'이라 부르니, 이가 바로 태호이다"라고 했다. 『문선』에 실린 사혜련의 「설부」에서 "눈이 한 자가 쌓이면 풍년이 들 상서로운 징조라네"라고 했다. 『한서·고제기』에서 "기신이 왕의 수레를 탔는데, 노란 비단 덮개와 수레 왼편에 깃발을 세웠다"라고 했는데, 주에서 "천자의 수레는 노란 비단으로 수레 내부를 덮는다"라고 했다. ○『문선』에 실려 있는 범엽의 「낙유응조樂遊應詔」에서 "황옥은 요임금

---

5   [교감기] '河'는 건륭본에는 '洪'으로 되어 있다.

의 마음이 아니다"라고 하였다. 또한 『한서』에서 "요임금은 천하로써 걱정하였다"라고 했다.

王子年拾遺記曰,[6] 伏羲以木德稱王, 故曰春皇, 是謂太昊. 文選謝惠連雪賦曰, 盈尺則呈瑞於豊年. 漢書高帝紀曰, 紀信乘王車, 黃屋左纛. 注, 謂天子車, 以黃繒爲蓋裏. ○ 文選范蔚宗詩, 黃屋非堯心. 又漢書, 堯以天下爲憂.

下令走百神 大雲庇九丘 : 『사기·관중전』에서 "위에서 내린 명령은 마치 물이 근원지에서 흐르듯이 해야 한다"라고 했다. 『시경·주송』에서 "온갖 신령을 회유하여"라고 했다. 『불경』에서 "자비로운 손길은 구름과 같아"라고 했다. 또한 경방의 『역비후』에서 "서방을 보니 오색의 큰 구름이 있는데, 그 아래 현인이 숨어 지낼 것이다"라고 했다. 『서경』의 서문에서 "구주의 기록을 구구라고 하는데, 구는 모으는 것이다"라고 했다.

史記管仲傳曰, 下令如流水之原. 周頌曰, 懷柔百神. 佛經曰, 慈意妙大雲. 又京房易飛侯曰, 視西方, 有大雲五色, 其下賢人隱也. 書序曰, 九州之志, 謂之九丘. 丘, 聚也.

風聲將仁氣 艶艶生瓦溝 : "천지의 온후溫厚한 기운이 동북쪽에서 시작하여 동남쪽에서 성해지니 이는 천지의 융성한 덕德의 기운이며 이는 천지의 인仁한 기운이다"는 말은 『예기』에 보인다. 한유의 「정번수답鄭

---

6   [교감기] '王子年拾遺記'는 원래 '記'자가 빠졌는데, 전본에 의거하여 보충하였다.

樊酬答」에서 "거센 바람이 온화한 기운을 띠고"라고 했다. 또한 「희후희
지喜侯喜至」에서 "지붕에 뜬 달이 곱기도 고운데"라고 했다. 백거이의
「우의寓意」에서 "부귀는 와서 오래 있지 않으니, 기왓골에 서리가 내린
것처럼 빠르네"라고 했다.

仁氣, 見禮記. 退之詩, 威風挾惠氣. 又詩, 屋角月艶艶. 樂天詩, 富貴來不
久, 倏如瓦溝霜.

寒花舞零亂 表裏照皇州 : 『한시외전』에서 "무릇 초목의 꽃은 대부분
다섯 줄로 갈라져 나오지만 설화는 유독 여섯 줄기로 나온다"라고 했
다. 『송서』에서 "큰 보름달이 뜨는 백중에 설화가 대전 뜰에 내리니,
천자가 상서로운 조짐이라고 하였다"라고 했다. 이백의 「월하독작月下
獨酌」에서 "내가 춤추면 그림자가 어지러이 움직이네"라고 했다. 『문
선』에 실린 사조의 「화서도조和徐都曹」에서 "봄빛이 황성에 가득하네"
라고 했다.

韓詩外傳曰, 凡草木花多五出, 雪花獨六出. 宋書曰, 大明中元日, 雪花降
殿庭, 上以爲嘉瑞. 太白詩, 我舞影凌亂. 選詩曰, 春色滿皇州.

千門委圭璧 曉日不肯收 : 『문선』에 실린 사혜련의 「설부」에서 "이미
모난 곳에 내리면 홀처럼 되고, 또한 둥그런 곳에 내리면 옥처럼 되네"
라고 했다.

文選謝惠連雪賦曰, 旣因方而爲圭, 亦遇圓而成璧.

元年冬無澤 穴處長螟蟊: 『후한서』에서 "명제가 조서를 내려 "겨울에 녹다 남은 눈이 없으니 봄에 따뜻한 은택이 없다""라고 했으며, 또한 "환제가 조서를 내려 "지난번 두 연못이 내린 눈에 젖지도 않았다""라고 했다. 『한서·오행지』에서 "내가 백성들을 잘 인도하여 이롭게 하지 못하였으니, 이에 은택이 없다고 해도 될 것이다"라고 했는데, 여기서 그 글자를 차용하였다. 「익봉전」에서 "둥지에 살면 바람을 알고 굴에 살면 비를 안다"라고 했다. ○『이아·석충』에서 "싹의 속을 먹는 것을 명螟이라 하고, 뿌리를 먹는 것을 려蟊라고 하며, 잎을 먹는 것을 특蟘이라고 하며 마디를 먹는 것을 적賊이라고 한다"라고 했다.

後漢, 明帝詔曰, 冬無宿雪, 春不燠沐. 桓帝詔曰, 頃兩澤不沾. 漢書五行志曰, 辟不思導利, 茲謂無澤. 此借用其字. 翼奉傳曰, 巢居知風, 穴處知雨. ○爾雅釋蟲曰, 食苗心曰螟, 食根曰蟊, 食葉曰蟘, 食節曰賊.

兩宮初旰食 補袞獻良籌: 양궁兩宮은 선인태후와 철종을 이른다. 『한서·관부전』에서 "두 궁 사이를 엿보며 천하의 변고를 다행으로 여긴다"라고 했다. 『좌전』에서 "오사伍奢가 "초楚나라 임금이나 대부가 아마 걱정스러움에 밥도 늦게야 먹게 될 것이다"라 했다"라고 했다. 『시경』에서 "임금의 직무에 허점이 있자, 다만 중산보가 도왔다"라고 했다.

兩宮, 謂宣仁太后及哲廟. 漢書灌夫傳曰, 辟睨兩宮間. 左傳, 伍員曰, 楚君大夫, 其旰食乎. 詩曰, 袞職有闕, 維仲山甫補之.[7]

---

7   [교감기] '維仲山甫補之'는 원래 '維'자가 **빠졌는데** 전본에 의거하고 아울러 『시

有道四夷守 無征萬邦休 : 『좌전』에서 "옛날 천자는 왕도정치를 펴서 오랑캐를 막았습니다"라고 했다. 『서경』에서 "모든 나라들이 다 잘 다스려졌다"라고 했다.

左傳曰, 天子有道, 守在四夷. 書曰, 萬邦咸休.

耆年秉國論 涇渭極分流 : 『서경·문후지명』에서 "오랑캐가 침범해서 우리나라에 해를 끼침이 심대하거늘, 내 일을 다스리는 신하들은 노성하고 뛰어난 이가 신하의 자리에 있는 사람이 없었으며, 나도 능하지 못하였다"라고 했다. 『문선』에 실린 왕융王融의 「곡수서」에서 "만년에는 시정에서 노닐지 않았으며"라고 했는데, 이 글자를 차용하였다. 『한서·설선전』에서 "왕사王事를 꾀하고, 국론을 결단하다"라고 했다. 원우 초기에 재상에 노성한 이들이 많기 때문에 이렇게 말한 것이다. '경위분류涇渭分流'는 관리의 품계가 뒤섞이지 않음을 말한다. 『시경·곡풍』의 주에서 "경수와 위수가 서로 합쳐져도 맑은 물과 흐린 물은 섞이지 않는다"라고 했다. 두보의 「추우탄秋雨歎」에서 "탁한 경수 맑은 위수 어떻게 구별할까"라고 했다.

書文侯之命曰, 罔或耆壽, 俊在厥服, 予則罔克. 文選王元長曲水序曰, 耆年闕市井之遊. 此借用. 漢書薛宣傳曰, 謀王體, 斷國論. 元祐初, 宰輔多老成, 故云爾. 涇渭分流, 言流品不雜也, 己見上注. 老杜詩, 濁涇淸渭何當分.

경·대아·증민』에 의거하여 보충하였다.

輟耒入班品 逸民盡歸周 : ‘철뢰輟耒’는 시골에서 나와 벼슬하는 것을 이른 것이니, 이윤이 신야에서 농사짓다가 벼슬한 것과 같다. 『초사·구변』에서 "농부는 밭갈이를 그만두고 느긋해 하니"라고 했다. 황보식의 「제유자후문」에서 "빠르게 반열의 품계를 지나"라고 했다. 살펴보건대 『통전』에서 "위나라 이후로 관직에 9품이 있었는데, 양이 또 바꿔서 18품으로 정하였다"라고 했다. ‘귀주歸周’는 백이와 태공의 고사를 사용하였다. 『맹자』에서 "백이가 주왕紂王을 피해 북해의 바닷가에 살다가, 문왕이 일어났다는 말을 듣고 흥기興起하여 말하기를 "내 어찌 그에게 돌아가지 않겠는가. 내 들으니, 서백은 늙은이를 잘 봉양한다"라고 하였으며, 태공이 주왕을 피하여 동해의 바닷가에 살다가, 문왕이 일어났다는 말을 듣고 흥기하여 말하기를 "내 어찌 그에게 돌아가지 않겠는가. 내 들으니, 서백은 늙은이를 잘 봉양한다"라고 하였다. 천하에 노인을 잘 봉양하는 사람이 있으면 인인仁人이 그를 귀의처로 삼는다"라고 했다.

輟耒, 謂起自田里, 如莘野之事. 楚辭九辯曰, 農夫輟耕而容與. 皇甫湜祭柳子厚文云, 驟閱班品. 按通典, 自魏以下, 官有九品, 而梁又更定十八班. 歸周, 用伯夷太公事, 見孟子.

股肱共一體 間不容戈矛 : 『문선』에 실린 왕포의 「사자강덕론」에서 "임금은 머리이고 신하는 팔다리이니 그 한 몸이 서로 갖춰져야 완성됨을 밝힌 것이다"라고 했다. 『한서』에서 "매승의 「상서간오왕上書諫吳

王」에서 "사이에 머리카락 들어오는 틈도 용납하지 않습니다"'라고 했다. 『진서·염찬전』에서 "하루라도 조회하지 않으면 군주 옆의 소인이 죽이라고 참소한다"라고 했다. 『서경·비서』에서 "그대들의 창을 벼리며"라고 했다.

文選王褒四子講德論曰, 君爲元首, 臣爲股肱. 明其一體, 相須而成. 漢枚乘書曰, 間不容髮. 晉書閻纘傳曰, 一日不朝, 其間容刀. 書費誓曰, 鍛乃戈矛.

人材如金玉 同美異剛柔 : 금은 부드럽고 옥은 강하니 요컨대 모두 아름다운 보물이니, 마땅히 다 거둬들여 사용해야 한다.

金柔玉剛, 要皆美材, 當兼收而並用也.

政須衆賢和 乃可疏共呪 : 『한서』에서 "유향이 "뭇 어진 이들이 조정에서 화합하면 만물이 들에서 조화롭다"'라고 했다. 共은 공공을 이르고, 呪는 환두를 이른다. 고문에서 驩은 鵬으로 쓰였고 兜는 呪로 쓰여졌다. 『서경·요전』에서 "공공을 유주로 귀양 보내고 환두를 숭산으로 쫓아냈다"라고 했다.

漢書, 劉向曰, 衆賢和於朝, 則萬物和於野. 共, 謂共工. 呪, 謂驩兜. 古文驩作鵬, 兜作呪. 書舜典曰, 流共工于幽州, 放驩兜于崇山.

改絃張敝法 病十九已瘳 : 『한서·동중서전』에서 "거문고의 소리가 뒤틀린 정도가 심한 경우에 반드시 줄을 풀어서 새롭게 매어야 만 연주

가 가능합니다. 이와 마찬가지로 정치를 행할 때 제대로 시행되지 않아 그 정도가 심한 경우에는 반드시 법을 바꾸어 개혁함으로써 교화를 베풀어야 만 통치가 가능합니다"라고 했다. 한유의 「부강릉도중赴江陵途中」에서 "역병이 갑자기 널리 퍼져, 열 집에 한 사람도 낫지 않네"라고 했다.

漢書, 董仲舒曰, 琴瑟不調甚者, 必解而更張之, 乃可鼓也. 爲政而不行甚者, 必變而更化之, 乃可理也. 退之詩, 癘疫忽潛邁, 十家無一瘳.

王指要不匿 蝕非日月羞 : 『서경 · 반경』에서 "왕이 수치할 정사를 사람들에게 널리 고하여 그 뜻을 숨기지 않는다"라고 했다. 『맹자』에서 "옛날 군자는 그 과실이 일식日蝕이나 월식月蝕과 같아서 사람들이 모두 보았으며, 과실을 고치면 모두 그것을 우러러보았다"라고 했다.

盤庚曰, 王播告之修, 不匿厥指. 孟子曰, 古之君子, 其過也如日月之食, 民皆見之. 及其更也, 民皆仰之.

桑林請六事 河水問九疇 : 『여씨춘추』에서 "옛날 은나라의 탕이 하나라를 이겼는데 큰 가뭄이 들었다. 이에 탕이 상림에서 몸도 기도하여 자신의 머리를 자르고 손을 찔러 스스로 희생이 되어 상제에게 복을 구하였다"라고 했다. 『회남자』의 주에서 "상산의 숲은 능히 구름을 일으키고 비를 오게 한다. 그러므로 여기에서 기도하였다"라고 했다. 『후한서 · 주거전』에서 "성탕이 재앙을 만나 여섯 가지로서 자신을 살

폈다"라고 했는데, 주에서 「무왕기」를 인용하여 "탕이 걸을 정벌한 뒤에 7년 동안 큰 가뭄이 들었다. 이에 사람으로 하여금 세 발의 솥을 가지고서 산천에 기도를 하게 하였으니 "정사가 절도가 없는가, 백성들을 쉬지 않고 부려서인가, 뇌물이 행해서인가, 참소하는 사람이 흥성한 것인가, 궁실이 화려해서인가, 후궁의 천단擅斷이 행해져서인가, 어째서 이처럼 극심하게 비가 오지 않는단 말인가""라고 했다.『서경·홍범』에서 "왕이 기자를 방문하니, 기자가 말하기를 "제가 들으니, 옛적에 곤이 홍수를 막아 오행을 어지럽게 늘어놓게 되어 결국 곤은 귀양가서 죽게 되었습니다. 우가 뒤이어 일어나자 하늘이 우에게 홍범구주를 내려 주었습니다""라고 했다.

呂氏春秋曰, 昔殷湯尅夏而大旱, 湯乃身禱於桑林, 剪其髮, 酈其手, 自以爲犧, 用求福於上帝. 淮南子注曰, 桑山之林, 能興雲致雨, 故禱之. 後漢書周擧傳曰, 成湯遭災, 以六事尅己. 注引帝王紀曰, 湯伐桀後, 大旱七年, 使人持三足鼎, 祝於山川曰, 政不節耶, 使人疾耶, 苞苴行耶, 讒夫昌耶, 官室營耶, 女謁行耶, 何不雨之極也. 書洪範, 王訪于箕子, 箕子乃言曰, 我聞在昔, 鯀陻洪水, 汩陳其五行, 鯀則殛死. 禹乃嗣興, 天乃錫禹洪範九疇.

天意果然得 玄功與吾謀 : 『한서·식부궁전』에서 "민심이 기뻐하여 하늘의 뜻을 얻었습니다"라고 했다. 오융의 「설시」에서 "일찍이 오지 못한 것을 스스로 가엾게 여기니, 에오라지 다시 눈을 노래하네"라고 했다.

漢書息夫躬傳曰, 民心悅而天意得矣. 吳融雪詩曰, 自憐曾末至, 聊復賦玄功.

此物有嘉德 占年在麥秋 : 『좌전』에서 "이는 상하가 모두 아름다운 덕을 지녀 어기는 마음이 없음을 뜻하는 것입니다"라고 했다. 『시경·무양』에서 "태인이 이것을 점쳐 보니, 사람들이 물고기로 보인 것은 올해 풍년이 들 조짐이요"라고 했다. 『예기·월령月令』에서 "초여름이면 보리는 가을 된 듯 무르익는다"라고 했다.

左傳曰, 謂其上下皆有嘉德. 無羊詩曰, 大人占之, 衆維魚矣, 實維豊年. 禮記月今, 孟夏麥秋至.

近臣知天喜 玉色動冕旒 儒館無他事 作詩配崇丘 : 두보의 「자신전퇴조紫宸殿退朝」에서 "임금의 기쁜 얼굴을 근신이 아네"라고 했다. 『예기·옥조玉藻』에서 "머리와 목은 반드시 곧게 하여 산처럼 요동하지 않도록 세우고, 때에 맞게 다니되 활기에 찬 기운이 마치 양기가 만물에 발양하듯 몸에 가득하게 하며, 안색은 옥빛과 같이 한다"라고 했다. 『시경·소아』의 모서에서 "「숭구」는 만물이 지극히 높고 크게 된 것을 이른다. 시의 의미는 남아 있지만 그 시어는 남지 않았다"라고 했다. 『문선』에 속석이 지은 「보망·숭구」가 실려 있다.

老杜詩, 天顔有喜近臣知. 玉色, 見禮記玉藻. 詩小雅曰, 崇丘, 萬物得極其高大也, 有其義而亡其辭. 文選束皙有補亡崇丘詩.

2. 눈을 읊어서 광평공에게 바치다[8]【송영조이다】

詠雪奉呈廣平公【宋盈祖】

連空春雪明如洗	하늘 가득 봄날 눈이 날려 씻은 듯이 밝으니
忽憶江淸水見沙	문득 맑은 강물에 모래밭을 본 것 기억나네.
夜聽疎疎還密密	밤에 듣건대 휙휙 날리더니 다시 소복하게 쌓이고
曉看整整復斜斜	새벽에 보니 바르게 또는 비스듬히 휘날리네.
風回共作婆娑舞	회오리바람에 한들한들 춤을 추더니
天巧能開頃刻花	하늘이 교묘하게 짧은 시간 꽃을 피웠네.
政使盡情寒至骨	참으로 한기가 맹위 떨쳐 뼈에 스며들어도
不妨姚李用年華	도리가 해마다 꽃을 피우는데 방해되지 않네.

【주석】

連空春雪明如洗 忽憶江淸水見沙 : 위구는 이전에 "봄날 하늘은 맑아 푸른데 눈은 날리네"라고 되어 있었다. '사沙'는 눈을 비유한 것이다. 유우석의 「낭도사」의 가사에 "눈 무더기 말아 올리듯 모래 무더기 말아 올리네"라고 했다. 한유의 「답장공조答張工曹」에서 "산은 깨끗하고 강물은 비어 물속 모래가 보이는데"라고 했다.

8　앞의 작품에 첨부되어 있다. 시에 "하늘 가득 봄날 눈이 날려[連空春雪]"라는 시어가 있다.

上句, 舊作春空晴碧來飛雪.[9] 沙以喩雪. 劉禹錫浪淘沙詞曰, 卷起沙堆似雪堆. 退之詩, 山淨江空水見沙.

夜聽疎疎還密密 曉看整整復斜斜 : 도연명의 「의고擬古」에서 "당 앞엔 버들이 **빽빽**하게 늘어섰네"라고 했다. 두목의 「재죽」에서 "뚜렷한 우림랑의 그림자여, 성근 이내 사이로 모습 드러내네"라고 했다. 또한 「대성곡」에서 "눈이 똑바로 내리거나 또는 휘날리며 내리는데, 깃대 따라 저물녘 백사장에 쌓이네"라고 했다.

　淵明詩, 密密堂前柳. 杜牧之栽竹詩, 歷歷羽林影, 疎疎煙露姿. 又臺城曲云, 整整復斜斜, 隨旗簇晚沙.

風回共作婆娑舞 天巧能開頃刻花 : '공共'자는 이전에 '해解'로 지어졌거나 또는 '사乍'로 지어졌다. 조식의 「낙신부」에서 "흐르는 바람에 눈이 날리듯 가벼우니"라고 했다. 두보의 「대설對雪」에서 "휘날리는 백설은 회오리바람에 춤을 추네"라고 했다. 『시경·동문지분』의 주에서 "파사婆娑는 춤추는 모양이다"라고 했다. 『본사시』에서 "육창의 「설시」에서 "신선은 어찌 저리도 공교로운가, 물을 잘라서 날리는 꽃을 만드네"" 라고 했다. 심분의 『속선전』에서 "은칠칠의 시에서 "곧바로 준순주逡巡酒[10]를 만들고, 순식간에 꽃을 피울 수도 있네""[11]라고 했다.

9　[교감기] '春空'은 건륭본의 원교에서 "방강(方綱)이 살펴보건대 '『정화록』에는 '春空'이 '春寒'으로 되어 있다"라고 했다.

共字, 舊作解, 又作乍. 曹子建洛神賦曰, 飄飄兮若流風之回雪. 老杜詩, 急雪舞回風. 詩東門之枌, 注云, 婆娑, 舞也. 本事詩, 陸暢雪詩曰, 天人寧底巧, 剪水作飛花. 沈玢續仙傳, 殷七七詩云, 解醞逡巡酒, 能開頃刻花.[12]

政使盡情寒至骨 不妨姚李用年華 : 한유의 「유성남游城南」에서 "무심한 꽃 속의 새들, 다시금 정을 다해 우짖는구나"라고 했다. 또한 「증별원협률贈別元協律」에서 "감사한 마음 뼈에 사무치네"라고 했다. 구양수의 「안태위서원하설가晏太尉西園賀雪歌」에서 "가련타! 철갑 둘러도 냉기가 뼈에 사무치니, 저 사십만 둔전의 병사여"라고 했다.

退之詩, 無心花裏鳥, 更與盡情啼. 又詩, 感謝情至骨. 歐陽公雪詩, 應憐鐵甲冷徹骨, 四十餘萬屯邊兵.

---

10 준순주(逡巡酒) : 신선이 잠깐 사이에 빚는다는 술이다.
11 곧바로 (…중략…) 있네 : 한유(韓愈)의 질손(姪孫)에 상(湘)이란 이가 있었는데, 한유가 일찍이 그에게 학문을 힘쓰라고 하자, 상이 웃으면서, "준순주를 만들 줄도 알거니와, 경각화도 피울 수가 있답니다[解造逡巡酒, 能開頃刻花]"라는 시구를 지어서 보여주었다. 한유가 이르기를 "네가 어떻게 조화(造化)를 빼앗아서 꽃을 피울 수 있단 말이냐"라고 하자, 상이 이에 흙을 긁어모은 다음 동이로 그 흙을 덮어 놓았다가 한참 뒤에 동이를 들어내니, 거기에 과연 벽모란(碧牧丹) 두 송이가 피어 있었다고 한다.
12 [교감기] 은칠칠 이하는 『태평광기』 52권에서 『속신전』에 실린 은천상(殷天祥)의 「취가(醉歌)」를 인용하였으니, 즉 "능히 경각의 술을 빚을 수 있고, 때가 아닌 꽃을 피울 수 있네[解醞頃刻酒 能開非時花]"라고 했다.

3. 송무종이 감천방에 세 살면서 눈 내린 뒤에 감회를 읊은 시에 차운하다[13]

次韻宋懋宗僦居甘泉坊雪後書懷

漢家太史宋公孫	한나라 태사는 송공의 후손으로
漫逐班行謁帝閽	부질없이 반열 따라서 황제를 배알하네.
燕頷封侯空有相	제비 턱에 제후 봉해진 관상 헛되었지만
蛾眉傾國自難昏[14]	나라 흔들 미인도 혼란하게 만들지 못하네.
家徒四壁書侵坐[15]	집에는 네 벽만 서 있고 책은 자리까지 차지하며
馬聳三山葉擁門[16]	말은 삼산처럼 높은데 낙엽은 문을 덮었네.
安得風帆隨雪水	어찌하면 돛배 띄워 눈 내리는 강물 따라
江南石上對窪尊	강남 바위 위의 와준을 대할까.

【주석】

漢家太史宋公孫 漫逐班行謁帝閽 : 양웅의 「감천부」에서 "무당을 골라
서 하늘에 울부짖네"라고 했다.

揚雄甘泉賦曰, 選巫咸兮叫帝閽.

---

13 앞의 작품에 첨부되어 있다.
14 [교감기] '昏'은 장지본에는 '婚'으로 되어 있다.
15 [교감기] '徒'는 문집과 건륭본에는 '移'로 되어 있다.
16 [교감기] '聳'은 문집과 고본, 그리고 건륭본에는 '瘦'로 되어 있다. 고본의 원교에
    서 "달리 '馬聳'으로 된 본도 있다"라고 했다.

燕頷封侯空有相 蛾眉傾國自難昏：『후한서·반초전』에서 "관상쟁이가 "제비의 턱에 호랑이 머리니 날아다니며 고기를 먹을 것이니 만리후가 될 상이다""라고 했다. 『이소』에서 "뭇 여인들은 내 아름다움 질투하여, 나를 음란한 짓 잘한다고 헐뜯네"라고 했다. 『한서·이부인전』에서 "이연년이 노래를 부르기를 "북방에 미녀가 있는데, 절세가인으로 둘도 없네. 한 번 웃으면 온 성이 기울고, 두 번 웃으면 온 나라가 기울어지네"라고 했다.

後漢班超傳, 相者曰, 生燕頷虎頸, 飛而食肉, 萬里侯相也. 離騷曰, 衆女嫉余之蛾眉兮, 謠諑謂余以善淫. 漢書, 李延年歌曰, 北方有佳人, 絶世而獨立. 一顧傾人城, 再顧傾人國.

家徒四壁書侵坐 馬聳三山葉擁門：『한서·사마상여전』에서 "집에는 다만 네 벽만 서 있다"라고 했다. 원진의 「망운추가」에서 "넓적다리는 삼산처럼 높고 꼬리는 나무처럼 곧네"라고 했다. 산곡의 이 구는 작자 미상의 "관청은 맑아 말의 골격 드높다"라는 시의 의미를 활용하였다. 승려 무가의 「추야숙서림秋夜宿西林」에서 "물을 열자 낙엽이 수북이 쌓였네"라고 했다. 유우석의 「화낙천和樂天」에서 "바람이 낙엽을 몰아와 계단을 덮었네"라고 했다.

漢書司馬相如傳曰, 家徒四壁立. 元稹望雲騅歌曰, 胯聳三山尾株直. 山谷此句用官淸馬骨高之意. 僧無可詩, 開門落葉深. 劉禹錫詩, 風驅葉擁塔.

安得風帆隨雪水 江南石上對窪尊 : 두보의 「위장군가魏將軍歌」에서 "하루 만에 청해 지나와 돛을 거두었네"라고 했다. '설랑雪浪'은 「설수」의 주에 보인다. 원결은 「와준명」을 지었다. 와준은 지금 무창에 있는데, 자세한 내용은 권5 「차운자첨무창서산次韻子瞻武昌西山」주에 보인다.

老杜詩, 一日過海收風帆. 雲浪, 見上雪水注. 元結有窪尊銘, 今在武昌, 其詳具上注.

4. 자첨이 자유와 상보의 「억관중고사」에 화운한 시에 화답하다[17]

和答子瞻和子由常父憶館中故事[18]

    동파 시의 서문에서 한 말은 대체적으로 "근래 관사 안에서 동료들과 다시 술을 마시고 시를 짓는 즐거움이 없다"라고 의미이다. 시는 '병屛'자 운을 사용하였다.

    東坡詩序, 大抵謂近歲館中, 同舍不復飲酒賦詩之樂. 詩用屛字韻.[19]

二蘇上連璧	두 소씨는 최상의 나란한 구슬이요
三孔立分鼎	세 공씨는 솥발을 세운 듯하네.
少小看飛騰	젊을 때는 빨리 출세하더니
中年嗟遠屛	중년에 안타깝게도 멀리 쫓겨났네.
風撼鶺鴒枝	바람은 할미새 깃든 가지 흔들고
波寒鴻鴈影	파도는 기러기 그림자 춥게 하네.
天不椓斯文	하늘이 사문을 깨트리지 않아서

---

17 『동파집』과 『난성집』을 살펴 편차하였다. 또한 이 시에서 "복사, 오얏에 봄날은 기네[桃李春晝永]"라 하였다.

18 [교감기] 문집과 장지본에는 제목 아래에 '詩'자가 있다. 살펴보건대 『소식시집』 28권의 원시의 제목은 「見子由與孔常父唱和詩, 輒次其韻. 余昔在館中, 同舍出入輒相聚飲酒賦詩. 近歲不復講, 故終篇及之, 庶幾諸公稍復其舊, 亦太平成事也」로 되어 있다.

19 [교감기] '屛'은 전본에는 '古'로 되어 있다. 살펴보건대 동파의 원래 시는 '古'자 운이다.

俱來集臺省	모두 대성에 와서 모였네.
日月黃道明	해와 달로 황도는 밝고
桃李春晝永[20]	복사, 오앗에 봄날은 기네.
時平少犴獄	태평성대라 감옥은 비고
地禁絶鼃黽	비밀스러운 곳이라 시끄러운 개구리도 없네.
頗懷修故事	자못 고사를 정리할 마음 지니며
文會陳果茗	글로 모여 과일과 차를 내오네.
當時羣玉府	지금 군옥산의 서고엔
人物殊秀整	인물이 매우 빼어나고 단정하네.
下直馬闐闐	숙직에서 나오면 말을 내달리니
杯盤具俄頃	술과 안주 바로 준비되네.
共醉凌波襪	함께 취하여 파도 타듯 걷는데
誰窺投轄井	누가 우물에 굴대 던지는 것 보는가.
天網極恢疎	하늘의 그물은 대단히 성근데
道山非簿領	봉래도산은 장부 쌓은 곳이 아니네.
何曾歸閉門	어찌 일찍이 돌아가 문을 닫아걸며
燈火坐寒冷[21]	등불 켜고 차가운 냉기에 앉아 있으려나.
欲觀太平象	태평의 형상을 살피고자 한다면
復古望公等	옛 도를 회복한 공들에게서 보아야지.

20　[교감기] '春'은 문집과 고본에는 '淸'으로 되어 있다.
21　[교감기] '坐'는 전본에는 '生'으로 되어 있다. '寒'은 문집에는 '閑'으로 되어 있다.

賤子託後車　　　　천한 나는 뒤 수레에 타리니

當煩煮湯餅　　　　번거롭지만 국수 좀 끓여주시오.

【주석】

二蘇上連璧 三孔立分鼎 : 두 소씨 형제는 당시에 내제인 한림학사와
외제인 중서사인을 맡았다. 『진서·하후담전』에서 "하후담이 반악과
같은 수레에서 방석에 나란히 앉으니 당시 사람들이 그들을 "이어진
구슬[連璧]"이라 불렀다"라고 했다. 삼공三孔은 문중경보, 무중상보, 평
중의보를 이른다. 원우 연간에 모두 벼슬에 나아갔다. 삼공은 신감 사
람으로 형제가 모두 당세에 명성을 떨쳤다. 『한서·괴통전』에서 "천하
를 셋으로 나눠서 세 개의 발을 지닌 솥이 선 것처럼 해야 합니다"라고
했는데, 이 말을 차용하였다. 동파의 원시는 대개 "그대의 형제가 돌아
온 뒤로 세 사람이 서로 도울 줄 안다"는 것을 읊고 있다. 유종원의 「여
양경조與楊京兆」에서 "둘째와 셋째가 솥발처럼 벌여서니 천하 사람들이
문장가라고 호칭하였다"라고 했다.

二蘇時分掌內外制. 連璧, 見上注. 三孔, 謂文仲經父武仲常父平仲毅父,
元祐間, 俱進用. 三孔, 新淦人, 兄弟皆有名當世. 漢書蒯通傳曰, 三分天下,
鼎足而立. 此借用. 東坡詩盖云, 自君兄弟還, 鼎立知有補. 柳子厚文, 叔仲鼎
列天下.

少小看飛騰 中年嗟遠屛 : 『문선』에 실린 사혜련의 「추회秋懷」에서 "어

릴 때부터 근심과 걱정에 마음 졸였네"라고 했다. 두보의 「봉기고상시
奉寄高常侍」에서 "빠른 출세는 친구를 따라 갈 수 없구나"라고 했다. 『예
기』에서 "먼 지방으로 내쫓았다"라고 했다. 구양수의 「걸파정사표乞罷
政事表」에서 "어지러운 나라의 참소로 이미 먼 지방으로 쫓겨남을 당하
였습니다"라고 했다.

　　選詩曰, 少小嬰憂患. 老杜詩, 飛騰無那故人何. 遠屏, 見上注.

　　風撼鶺鴒枝 波寒鴻鴈影 : 『시경·상체』에서 "저 할미새 들판에서 있노
니, 형제가 어려움에 급히 돕도다"라고 했다. 『예기』에서 "형제간에는
기러기처럼 줄지어 간다"라고 했다. 두보의 「사제관부남전舍弟觀赴藍田」
에서 "기러기 그림자 연이어 협 안에 이르고, 할미새 급히 날아 모래톱
에 도달하네"라고 했다.

　　常棣詩曰, 鶺鴒在原, 兄弟急難. 禮記, 兄弟之齒鴈行. 老杜詩, 鴻鴈影連來
峽內, 鶺鴒聲急到沙頭.

　　天不斁斯文 俱來集臺省 : 『논어』에서 "하늘이 사문을 사라지게 하지
않는다면"이라고 했다. 『시경·정월』에서 "지금 복이 없는 사람은 하
늘이 재앙을 내려 해치도다"라고 했는데, 주에서 "탁斁은 깨트리는 것
이다"라고 했다. 두보의 「취시가醉時歌」에서 "여러 관리 줄지어 좋은 자
리 오르는데"[22]라고 했다.

───────────────
22　좋은 자리 오르는데 : 당나라 제도에 어사대, 중서성, 상서성, 문하성 등은 모두

魯論曰, 天之未喪斯文也. 正月詩曰, 夭夭是椓. 注謂, 椓, 破之. 老杜詩, 諸公袞袞登臺省.

日月黃道明 桃李春晝永 : 『진서·천문지』에서 "황도는 해가 다니는 길이다"라고 했다. 두보의 「태세일太歲日」에서 "대궐문은 노란 길을 여니, 의관 갖추고 자신전에서 절하네"라고 했다.

晉天文志云, 黃道, 日之所行也. 老杜詩, 閶闔開黃道, 衣冠拜紫宸.

時平少犴獄 地禁絶蟇黽 : 『진서』에 실린 장재의 「각론」에서 "때가 안정되면 재주 있는 이는 숨는다"라고 했다. 『한시외전』에서 "지방의 감옥을 '안犴'이라고 하고, 조정의 감옥을 '옥獄'이라고 한다"라고 했다. 한유의 「석언」에서 "직책은 임금과 가까운 데다가 자리가 비밀스러운 임금의 일을 다룬다"라고 했다. 『국어·월어越語』에서 "범려가 왕손에게 대답하기를 "예전의 우리 선군先君은 개구리, 맹꽁이 따위와 물가에서 함께 지냈었다"라 했다"라고 했다. 『주례·괵씨』에서 "두꺼비를 잡아 없애는 일을 주관한다"라고 했다.

晉書張載権論曰, 時平則才伏. 韓詩外傳曰, 鄕亭之獄曰犴, 朝廷之獄曰獄. 退之釋言曰, 職親而地禁. 國語, 范蠡對王孫曰, 吾蟇黽之與同渚. 周禮蟈氏, 掌去蟇黽.

청요직(淸要職)에 해당한다.

頗懷修故事 文會陳果茗：『한서·위상전』에서 "재상이 되자 한나라 고사 보기를 좋아하였다"라고 했다. 『논어』에서 "글로 벗을 모은다"라고 했다. 『진서·육납전』에서 "사안이 육납의 집에 이르렀는데, 육납이 내온 것은 다만 차와 과일이었다"라고 했다.

漢書魏相傳曰, 好觀漢故事. 魯論曰, 以文會友. 晉書陸納傳, 謝安詣納, 納所設, 惟茶果而已.

當時羣玉府 人物殊秀整：『목천자전』에서 "군옥산은 선왕의 이른바 책부[23]이다"라고 했다. 『세설신어』에서 "원례 이응李膺은 풍격이 빼어나고 정제되었으며, 고고하여 스스로 풍대의 긍지가 있었다"라고 했다. 유종원의 「유종직서한문류서柳宗直西漢文類序」에서 "내용이 풍성하고 빛이 나서 마치 군옥산의 서고를 여는 듯하고"라고 했다.

穆天子傳曰, 羣玉山, 先王之所謂策府. 世說曰, 李元禮風格秀整, 高自標持. 柳子厚文, 森然炳然, 若開羣玉之府.

下直馬闐闐 杯盤具俄頃：하직下直은 숙직을 마치고 관에서 나오다는 의미이다. 앞에 직접적으로 이를 가리키는 말은 보이지 않는다. 「촉도부」에서 "거마가 천둥처럼 놀라게 하니, 덜컹덜컹 삐걱삐걱 대네"라고 했다. 두보의 「송왕평사送王評事」에서 "집이 가난하여 대접할 것 없으니, 손님 자리에는 키와 비뿐이네. 잠시 뒤에 진수성찬 나왔는데, 손님

23　책부 : 고대 제왕의 서적을 간직해 둔 곳이다.

간 뒤 집안 고요하네"라고 했다.

下直, 見上注. 蜀都賦曰, 車馬雷駭, 轟轟闐闐. 老杜送王評事詩曰, 家貧無
供給, 客位但箕帚. 俄頃羞頗珍, 寂寥人散後.

共醉凌波襪 誰窺投轄井 : 조식의 「낙신부」에서 "파도를 타고 가볍게
걷는데, 비단 버선에 먼지가 이네"라고 했다. 『한서 · 진준전』에서 "매
번 술을 많이 마실 때마다 손님들이 당에 가득하면 곧바로 문을 닫아
걸고서 손님의 수레 굴대를 우물에 던져버렸다"라고 했다.

凌波襪, 見上注. 漢書陳遵傳, 每大飮, 賓客滿堂, 輒關門, 取客轄投井中.

天網極恢疎 道山非簿領 何曾歸閉門 燈火生寒冷 :『노자』에서 "하늘의
법망은 넓고 넓어 성기지만 놓치지 않는다"라고 했다. 유정劉楨의 「잡
시雜詩」에서 "장부 속에 파묻혀 있으니, 현기증이 나서 절로 혼미해지
네"라고 했다. ○ 봉래도산은 천제의 도서를 보관한 서고이다.

老子曰, 天網恢恢, 疎而不失. 文選劉公翰詩曰, 沉迷簿領書, 回回自昏亂.
○ 蓬萊道山, 天帝圖書之府也.

欲觀太平象 復古望公等 :『당서 · 우승유전』에서 "천하가 태평할 때는
이를 지적하여 말할 만한 형상이 없습니다"라고 했다. 『시경 · 모서』에
서 "「거공」은 선왕이 옛 도를 회복함을 노래한 것이다"라고 했다. 『사
기 · 평원군전』에서 "모수가 "그대들은 보잘것없으니, 이른바 타인의

덕분으로 일을 성공한 자들이다"'라고 했다. 두보의 「모추왕배도주수찰暮秋枉裴道州手札」에서 "임금을 요순으로 만드는 일은 그대들에게 부탁하노니"라고 했다.

唐書牛僧孺傳曰, 太平無象. 詩曰, 車攻, 宣王復古也. 史記平原君傳曰, 公等錄錄. 老杜詩, 致君堯舜付公等.

賤子託後車 當煩煮湯餠 :『한서·누호전』에서 "왕읍의 부친이 누호를 섬겼는데, 손님을 초대하였다. 왕읍이 "천한 자에게 헌수한다"'라고 했다.『문선』에 실린 위문제의 「여오질서」에서 "시종들이 갈대피리 불어 길을 열고, 문학은 뒤 수레에 따르는구나"라고 했다. 두보의 「봉증위좌승奉贈韋左丞」에서 "천한 놈이 삼가 아룁니다"라고 했다.

漢書樓護傳, 王邑稱賤子上壽. 文選魏文帝與吳質書曰, 文學託乘於後車. ○ 老杜詩, 賤子請具陳.

5. 쌍정차를 자첨에게 보내다

雙井茶送子瞻

쌍정은 홍주의 분령현에 있으니, 산곡이 거주하는 곳이다.

雙井在洪州分寧縣, 山谷所居也.

人間風日不到處[24]	인간 세상의 바람과 해가 이르지 않는 곳
天上玉堂森寶書	천상의 옥당에 보서가 빽빽하네.
想見東坡舊居士	생각해보니, 그 옛날 동파거사가
揮毫百斛瀉明珠	붓을 휘둘러 백 곡의 밝은 구슬을 쏟아내겠지.
我家江南摘雲腴	우리 집 강남에서 운유[25]를 따니
落磑霏霏雪不如	잎이 펄펄 날려 눈도 이만 못하네.
爲君喚起黃州夢[26]	그대 황주의 꿈에서 불러 깨우려고
獨載扁舟向五湖	작은 배 홀로 타고 오호로 향하려네.

【주석】

人間風日不到處 天上玉堂森寶書 : 『양사공기』에서 "나자춘이 양 무제

---

24 [교감기] '風日'은 문집에는 '風月'로 되어 있다.
25 운유 : 전설상의 선약(仙藥)으로 『운급칠첨(雲笈七籤)』에 "운유의 맛은 향기롭
    고 단맛이 매우 좋아서 (…중략…) 정신을 기르고 육체를 보양하는 데 참으로 상
    품의 약이다"라고 했다. 좋은 차를 비유한다.
26 [교감기] '爲君'은 문집에는 '爲公'으로 되어 있다.

를 위하여 구슬을 구하러 용궁에 들어갔다. 식사하였는데, 마치 꽃가루나 기름진 엿 같았으며, 먹고 나니 아름다운 향기가 입에 돌았다. 음식을 가지고 수도에 도착하였는데, 인간 세상의 바람과 햇빛을 보자 곧바로 돌처럼 굳어버려 먹을 수가 없었다"라고 했다. 이 구는 전적으로 이 고사의 '인간풍일人間風日'이란 글자를 사용하였다. 용제 거사의 게송에서 "해와 달이 이르지 않는 곳이, 특별히 아름다운 건곤이로다"라고 했다. 『난파유사』에서, "순화 2년 10월, 태종이 비백체로 '옥당지서'[27]라고 써서, 학사 소이간에게 하사하였다"라고 하였다. 『한림지』에 따르면, 그 당시 한원에 거하는 것을 일컬어 능옥청·소자소라 했고, 또한 왕서·옥당에 오르다 라고 했다. 원우 원년 가을, 소식은 한림학사에 천거되었다. 『문선』에 실린 강엄의 「의휴상인시」에서 "귀중한 책도 그대를 위해 덮어두네"라고 했는데, 이선의 주에서 『도학전』을 인용하여 "하나라 우임금은 신선의 현묘한 요점을 찬하였으며 천관의 보서를 모았다"라고 했다.

　梁四公記曰, 羅子春爲梁武帝入龍洞求珠, 得食如花藥膏飴, 食之香美, 齎食至京師, 得人間風日, 乃堅如石, 不可食. 此句全用其字. 龍濟頌云, 日月不到處, 特地好乾坤. 玉堂, 見上注. 文選江淹擬休上人詩曰, 寶書爲君掩. 李善注引道學傳曰, 夏禹撰眞靈之玄要, 集天官之寶書.

27　옥당지사 : 옥당(玉堂)은 한림원의 별칭으로, 송 태종이 한림원에 친히 행차하여 '옥당지사'라 쓴 비백체의 액자를 하사하였다고 한다.

想見東坡舊居士 揮毫百斛瀉明珠 : 소동파는 원풍 2년에 황주로 귀양 가서 동파에 집을 짓고 동파거사라 자호하였다. 두보의 「팔선가」에서 "일필휘지로 종이에 쓰면 마치 구름과 이내 이는 듯"이라고 했다. 노침의 『사주기사』에서 "장방이 진 황제를 겁박하여 서쪽으로 옮기고 진주 백여 곡을 수레에 실어 옮겼다"라고 했다.

蘇公元豊二年謫黃州, 築室於東坡, 自號東坡居士. 老杜八仙歌曰, 揮毫落紙如雲煙. 盧綝四注起事曰,[28] 張方劫晉帝西遷, 輦眞珠百餘斛. 晉八王故事

我家江南摘雲腴 落磑霏霏雪不如 : 『신선전』에서 "태진부인이 이르기를 "네 번째는 주광운벽지유라고 불린다. 일곱 번째는 구전상설지단九轉霜雪之丹이라 불린다""[29]라고 했다. 『문선』에 실린 조조의 「고한행」에서 "눈발은 어찌 이다지도 휘날리는가"라고 했는데, 이선의 주에서 인용한 『시경 · 채미采薇』에서 "함박눈이 펑펑 내리네"라고 했다. 두보의 「수위소주酬韋韶州」에서 "새로운 시를 받으니 비단도 이만 못하네"라고 했다.

神仙傳, 太眞夫人曰, 九轉丹, 四名朱光雲碧之腴. 文選苦寒行, 雪落何霏霏. 李善注引詩曰, 雨雪霏霏. 老杜詩, 新詩錦不如.

爲君喚起黃州夢 獨載扁舟向五湖 : 두보의 「팽아행彭衙行」에서 "어린 자

28 [교감기] '四注起事'는 전본에는 '晉八王故事'로 되어 있다.
29 이 부분 원문에 오류가 많다. 원문을 찾아 이에 맞게 번역하였다.

식들 곤히 잠들어, 깨워 따뜻한 밥 배불리 먹이네"라고 했다. 두목의
「견회遣懷」에서 "십 년 만에 양주 환락가 꿈을 깨고 나니, 기생집의 탕
아라는 박정한 이름만 남았네"라고 했다. 『국어・월어』에서 "범려가
가벼운 배를 타고 오호로 배를 띄워 떠났다"라고 했다. 이 구에서 말한
'독재獨載'는 서시西施와 함께 가지 않았다는 말이다.

老杜詩, 衆雛爛漫睡, 喚起霑盤餐. 杜牧詩, 十年一覺楊州夢, 贏得靑樓薄
倖名. 越語曰, 范蠡乘輕舟, 以浮於五湖. 此云獨載, 言不與西子俱也.

6. 자첨에게 화운하여 답하다

和答子瞻

一月空迴長者車	한 달 전에 어른의 수레가 부질없이 돌아가니
報人問疾遣兒書	사람을 시켜 병을 여쭙고 아이 시켜 편지 보냈네.
翰林貽我東南句	한림에서 동남으로 간다는 시를 보내주니
窗間黙坐得玄珠	창가에 묵묵히 앉아 현주를 얻었네.
故園溪友膾腹腴	옛 동산의 벗이 살진 배를 회쳐 주는데
遠包春茗問何如	멀리 봄 차를 싸서 보내며 안부를 묻네.
玉堂下直長廊靜	옥당의 숙직에서 나오면 긴 회랑은 고요할 텐데
爲君滿意說江湖[30]	그대 위해 강호를 말해 줄 생각 가득하네.

【주석】

一月空迴長者車 報人問疾遣兒書 : 『문선』에 실린 도연명의 「독산해경
讀山海經」에서 "궁벽한 골목 수레 다니는 큰 길도 멀어서, 자주 벗들 수
레가 돌아갔었지"라고 했다. 안연년의 「증왕태상贈王太常」에서 "숲 마을
에 때로 늦게 문을 여니, 어른의 수레를 자주 돌렸었지"라고 했다. 살
펴보건대 『한서 · 진평전』에서 "진평은 짚자리로 문을 만들었으나, 문
밖에는 장자의 수레가 많이 찾아왔다"라고 했다. 산곡이 병으로 나오
지 않았기 때문에 그렇게 말한 것이다. 『유마경』에서 "부처님께서 문

---

30 [교감기] '爲君'은 고본에는 '爲公'으로 되어 있다.

수사리에게 이르기를 "그대가 유마힐에게 가서 병을 위문하여라'"라
고 했다. 두보의 「추청秋淸」에서 "대를 사랑하여 아이로 하여금 글 쓰게
하네"라고 했다.

文選陶淵明詩, 窮巷隔深轍, 頗迴故人車. 顔延年詩, 林閭時晏開, 亞迴長
者轍. 按漢書陳平傳曰, 門多長者車轍. 山谷以病目不出, 故云. 維摩經曰, 佛
告文殊師利, 汝行詣維摩問疾. 老杜詩, 愛竹遣兒書.

翰林貽我東南句　窗間黙坐得玄珠 : 『시경·정녀』에서 "얌전한 아가씨
예쁘기도 한데, 나에게 붉은 대통 선물해 주었네"라고 했다. 현주로 동
파의 시를 비유하였다. 동파의 「사산곡궤쌍정차」의 마지막 구에서 "내
년에 나는 동남쪽으로 떠나려 하니, 화려한 배로 언제나 태호에 머물
것인가"라고 했다. 『장자』에서 "황제가 적수 북녘을 여행하다가 돌아
오면서 현주를 잃어버렸다. 지로 하여금 찾게 했으나 얻지 못하고 눈이
밝은 이주와 말재주 좋은 끽후를 시켜 찾게 했는데 역시 얻지 못했다.
그래서 멍청한 상망을 시켰더니 상망을 그것을 찾아냈다"라고 했다.

靜女詩云, 貽我彤管. 玄珠以比東坡之詩. 東坡謝山谷餽雙井茶詩末句云,
明年我欲東南去, 畫舸何時宿太湖. 莊子曰, 黃帝遊乎赤水之北, 還歸, 遺其玄
珠. 使知索之而不得, 使離朱喫詬索之而不得也. 乃使象罔, 象罔得之.

故園溪友膾腹腴　遠包春茗問何如 : 『예기·소의』에서 "유어를 제사상
에 올릴 때는 꼬리를 앞으로 하고, 겨울에는 배를 오른편으로 향하게

한다"라고 했는데, 주에서 "유(膍)는 배 아랫니다"라고 했다. 두보의 「설회가」에서 "살진 뱃살 힘써 권하니 젊은 강후에게 부끄럽고"라고 했다.

禮記少儀曰, 羞濡魚者進尾, 冬右膍. 注曰, 膍, 腹下也. 老杜設膾歌曰, 偏勸腹膍愧年少.

玉堂下直長廊靜 爲君滿意說江湖：『한림지』에서 "매번 숙직을 마치고 문을 나오면서 서로 농담하는 것을 소삼매라고 부르며 은대를 나와 말을 타는 것을 대삼매라고 부른다"라고 했다. 「서경부」에서 "긴 회랑에 너른 처마"라고 했다. 한유의 「상정상서上鄭尙書」에서 "감히 그 번독함을 피하려고 은혜를 받은 분에게 불만스런 생각을 품겠습니까"라고 했다.

翰林志曰, 每下直, 出門相謔, 謂之小三昧. 出銀臺乘馬, 謂之大三昧. 西京賦曰, 長廊廣廡. 退之書云, 敢避其煩瀆, 懷不滿之意於受恩之地哉.

7. 자첨이 자하와 구명으로 희롱하기에 에오라지 다시 희롱으로 답하다

子瞻以子夏丘明見戱 聊復戱答

化功見彈太早計	조물주가 화살 보고 이른 계책 만들어
端爲失明能著書	분명코 시력 잃게 하여 저술하게 하였네.
邇來似天會時發	이후로 하늘이 때에 맞게 일을 일으키니
淚睫見光能隕珠[31]	눈썹에 맺힌 눈물이 빛을 보면 구슬로 떨어지네.
喜公新賜紫琳腴	공이 새로 좋은 차를 보내 주어 기쁜데
上淸虛皇對久如	상청의 허황의 물음에 오랫동안 답하는구나.
請天還我讀書眼	청컨대 하늘이여 나에게 글 읽을 눈을 돌려주시오
願載軒轅訖鼎湖	헌원의 정호까지 역사를 기록하고 싶네.

【주석】

동파의 「차운황노직적목次韻黃魯直赤目」에서 "시를 외우는 것은 자하의 학문이 아닌가, 역사를 연구하는 것은 참으로 좌구명의 책이로다. 하늘이 사람을 희롱하여 운수 기박하게 하니, 짐짓 눈을 흐리게 만들어 명주를 낳게 하였네"[32]라고 했다.

---

31 [교감기] '能'은 장지본과 명대전본, 그리고 전본에는 '猶'로 되어 있다.

子瞻詩云, 誦詩得非子夏學, 紬史正作丘明書. 天公戱人亦薄相, 故遣幻翳
生明珠.

化功見彈太早計 端爲失明能著書 :『한서』에 실린 가의賈誼의 부賦에서
"조물주는 장인이다"라고 했다.『장자』에서 "그대는 너무 서두르는 것
같다. 이는 마치 달걀을 보고 새벽닭 울음을 바라고, 화살을 보고 새를
구워 먹자고 입맛을 다시는 격이다"라고 했다.『한서』에서 "사마천의
「보임안서報任安書」에서 "좌씨가 실명한 뒤에『국어』를 저술하였다""라
고 했다.『사기』에서 "우경은 만약 고통과 시름의 나날을 보내지 않았
더라면 후세에 길이 전해질 저서33를 남기지 못했을 것이다"라고 했다.
　史記賈誼傳曰, 造化爲工. 莊子曰, 且汝亦太早計, 見卵而求時夜, 見彈而
求鴞炙. 漢書司馬遷書曰, 左氏失明, 厥有國語. 史記曰, 虞卿非窮愁, 亦不能
著書.

邇來似天會時發 淚睫見光能隕珠 : 노동의 「월식」에서 "두꺼비가 하늘
눈을 애꾸로 만들어"라고 했다. 또한 "당시 늘 별이 사라지고, 별똥별
이 퍼붓듯이 쏟아졌네. 흡사 하늘이 이 일을 알고, 이렇게 준엄하게 사
악함을 벌준 것 같았네"라고 했다.『환자신론』에서 "맹상군이 우니, 눈

32　시를 (…중략…) 하였네 : 자하는 아들을 잃은 슬픔에 시력을 잃었고 좌구명은 시
　　력을 잃은 뒤에『국어』를 저술하였다고 한다.
33　저서 : 우경은『우씨춘추(虞氏春秋)』를 저술하였다.

물이 떨어져 속눈썹에 맺혔다"라고 했다. 『박물지』에서 "인어가 울면 눈물이 구슬이 된다"라고 했다. 두보의 「용문각龍門閣」에서 "눈이 아찔하여 여러 꽃이 지는 듯"이라고 했다.

盧仝月蝕詩曰, 蝦蟆敢將天眼瞎. 又云, 當時常星沒, 星雨如迸漿. 似天會事發, 叱喝誅姦强. 桓子新論曰, 孟嘗君淚下承睫. 博物志曰, 鮫人泣而成珠. 老杜詩, 目眩隕雜花.

喜公新賜紫琳腴 上淸虛皇對久如 : 도홍경의 『진고眞誥』에 실린 시에서 "기름진 이 자경을 물에 씻어서"라고 했으며, 또한 "옥화의 살진 구슬을 먹네"라고 했다. 『황정내경경』에서 "상청 자하의 허황 앞에서 대상 대도옥신군이 가장 존귀하다"라고 했는데, 무성자의 주에서 "허황이란 자는 자청태소고허동요삼광원도군의 내호이다"라고 했다. '대구여對久如'는 오랫동안 임금의 질문에 답하였음을 이른다. 『시경·남유가어』에서 "남녘 강물에 가어가 있으니, 한참을 통발로 잡아내도다[南有嘉魚 烝然罩罩]"라고 했는데, 전에서 "증烝은 먼지가 내림이다. 진연塵然이란 말은 오래됨이라는 말과 같다"라고 했다. 『유마경』에서 "천녀가 이 방에 머무른 것이 얼마나 오래되었는가"라고 했다. 왕안석의 「독반獨飯」에서 "오랫동안 앉아서 구름을 바라보네"라고 했다.

眞誥詩曰, 漱此紫瓊腴. 又曰, 玉華餕琳腴. 黃庭內景經曰, 上淸紫霞虛皇前, 太上大道玉晨君. 務成子注云, 虛皇者, 紫淸太素高虛洞曜三光元道君內號也. 對久如, 謂奏對久之. 南有嘉魚詩箋曰,[34] 烝, 塵也. 塵然, 猶言久如也.

維摩經曰, 舍利弗言, 天止此室, 其已久如. 王介甫詩, 看雲坐久如.

請天還我讀書眼 願載軒轅訖鼎湖：『운계우의』에 실린 왕범지의 시에서 "조물주여! 나를 돌려놓으시오, 내가 태어나기 이전으로"라고 했다. 소식의 「조이대경弔李臺卿」에서 "책을 읽는 눈은 달과 같아, 조금의 틈도 비추지 않음 없었네"라고 했다. 헌원軒轅은 신종을 이른다. 당시에 산곡은 『실록』을 편수하고 있었다. 『사기·봉선서』에서 "황제가 형산에서 종을 주조하고 있었다. 종이 이윽고 완성되자, 용이 수염을 드리우고 황제를 맞이하였다. 후대에 그 곳을 정호라고 불렀다"라고 했다. 『한서』에 실린 사마천의 「답임안서答任安書」에서 "그 뒷일을 이어서 천한무제연호 연간까지 이르렀다"라고 했다. 『한서·양웅전』에서 "태사공은 육국을 기록하여 초와 한에 이른 뒤에 붓을 멈췄다"라고 했다.

雲溪友議載王梵志詩曰, 還爾天公我, 還我未生時. 東坡詩, 讀書眼如月, 罅隙靡不照. 軒轅, 謂神宗, 時山谷修實錄. 史記封禪書曰, 黃帝鑄鼎於荊山之上, 鼎旣成, 有龍垂胡髥下, 迎黃帝, 後代因名其處曰鼎湖. 漢書司馬遷傳贊曰, 接其後事, 訖于天漢. 漢揚雄傳曰, 太史公記六國, 歷楚漢訖麟止.

---

34 [교감기] '箋云' 두 글자는 원래 빠졌었는데, 지금 『모시정의』에 의거하여 보충하였다.

8. 성 안에서 차를 끓이다가 자첨이 그리워 앞의 운자를 써서 짓다[35]

省中烹茶懷子瞻用前韻

閤門井不落第二	합문의 우물은 두 번째로 떨어지지 않으니
竟陵谷簾定誤書	경릉 골짜기 폭포는 참으로 잘못 기록되었네.
思公煮茗共湯鼎	생각건대, 공은 차를 솥에서 끓일 텐데
蚯蚓竅生魚眼珠	지렁이 같은 구멍에 물고기 눈 같은 구슬이 맺히리.
置身九州之上腴	구주의 제일 기름진 땅에 처하여
爭名燄中沃焚如	화염 속에서 명성 다투기에 타는 마음 끄려하네.
但恐次山胷磊隗[36]	다만 원차산의 흉중에 맺힌 돌무더기는
終便酒舫石魚湖[37]	끝내 석어호에서 술 배를 운행해야만 한다네.

---

35 이상 네 작품은 그해 봄에 새차를 보내면서 지은 것이다. 시에 "한림에서 동남으로 간다는 시를 보내주니[翰林貽我東南句]"라 한 것은 동파 선생을 이른 것이다. 살펴보건대 『실록』에서 "원년 9월 정묘에 동파가 한림학사로 옮겼다"라 하였다. 『동파집』에 「차운황노직적목시(次韻黃魯直赤目詩)」가 있는데, 바로 이 시의 운자이다. 원년 10월에 산곡은 실록원검토관으로 옮겼다가 그해에 또다시 저작랑이 되었다. 그러므로 "헌원의 정호까지 역사를 기록하고 싶네[願載軒轅迄鼎湖]"라 하였다.

36 [교감기] '磊隗'는 고본에는 '磊塊'로 되어 있고 전본에는 '壘塊'로 되어 있다. 살펴보건대 쌍성의 첩운 글자는 서로 통용하니, 이후로 다시 나오면 다시 교정하지 않는다.

37 [교감기] '便'은 문집의 원교에서 "달리 '須'로 된 본도 있다"라고 했다. 문집과 고본의 원주에서 "평성이다"라고 했다.

【주석】

閤門井不落第二. 竟陵谷簾定誤書 : 구본에는 "합문의 우물은 경릉곡 폭포의 물과 같은데, 경릉의 책에 실리지 않아 안타깝네"라고 했다. ○ 『동경기』에서 "문덕전의 양옆 동서에 합문이 있었다. 내가 일찍이 노인에게 들으니 동쪽 합문의 동편에 우물이 있었는데, 그 물맛이 대단히 좋았다고 하였다"라고 했다. 『전등록』에서 "위산이 이르기를 "생각하고 나서 안다면 두 번째로 떨어지게 된다""라고 했다. 『당서·육우전』에서 "육우의 자는 홍점으로 복주 경릉 사람이다. 육우는 차를 즐겨 『다경』 3편을 저술하였다"라고 했다. 진순유의 『여산기』에서 "강왕곡에는 폭포가 있는데, 나는 물이 바위를 따라 떨어지는데 그 물줄기가 2~30개이다. 그 높이는 헤아릴 수가 없고 넓이도 70여 척이나 된다"라고 했다. 육유의 『다경』에서 "일찍이 그 시냇물에 차례를 매긴다면 천하에서 제일 갈 것이다"라고 했다. 살펴보건대 장우신의 『전다수기』에서 이계경이 물을 논하여 등급을 매긴 것이 20종이 있는데, 여산 강왕곡의 물이 첫 번째라는 내용을 싣고 있다. 구양수의 「대명수기」에서 "육우의 『다경』에서 논한 것과 상반되니 매우 의심스럽다"라고 했다.

舊本云, 閤門井似谷簾水, 可憐不載竟陵書. ○ 東京記曰, 文德殿兩掖有東西上閤門, 予嘗聞故老云, 東上閤門之東, 有井絶佳. 傳燈錄, 潙山曰, 思而知之, 落在第二頭. 唐書陸羽傳, 羽字鴻漸, 復州竟陵人. 羽嗜茶, 著經三篇. 陳舜俞廬山記曰, 康王谷有水簾, 飛泉被巖而下者, 二三十派, 其高不可計, 其廣七十餘尺. 陸鴻漸茶經, 嘗第其水爲天下第一. 按張又新煎茶水記載, 爲李

季卿論水次第, 有二十種, 以盧山康王谷水第一. 歐陽公作大明水記, 頗疑其
與羽經相反云.

思公煮茗共湯鼎 蚯蚓竅生魚眼珠 : 한유의 문집에 있는 「미명석정연
구」에서 "때로는 지렁이의 구멍만 한 데서 가늘게 파리 울음소리를 내
기도 하네"라고 했다. 『다경』에서 "찻물이 끓일 때 세 번 끓는 것을 살
펴보아야 하니, 물고기 눈과 같은 기포에 작은 소리가 날 때가 첫 번째
끓는 것이다"라고 했다. 『문선』에 실린 장협張協의 「잡시雜詩」에서 "벽
돌이 옥 앞에서 뿜내고, 물고기의 눈알이 진주를 비웃네"라고 했는데,
이선의 주에서 인용한 『낙서』에서 "진나라가 금경金鏡, 밝은 도의 비유을 잃
었고, 물고기 눈알이 구슬에 뒤섞였다"라고 했다.

退之集彌明石鼎聯句曰, 時於蚯蚓竅, 微作蒼蠅鳴. 茶經, 候湯有三沸, 如
魚目, 微有聲, 爲一沸. 選詩, 魚目笑明月. 李善注引雒書曰, 秦失金鏡, 魚目
入珠.

置身九州之上腴 爭名焰中沃焚如 : '상유上腴'는 수도를 이른다. 반고의
「서도부」에서 "식물이 꽃 피고 열매 맺는 것은 구주에서 제일 기름진
곳이다"라고 했다. 『법화경』에서 "감로의 법우를 적셔 주어서, 번뇌의
불꽃을 멸제하느니라"라고 했다. 대저 조정에서 명성을 다투는 선비는
속안의 간과 폐가 뜨거우니 세차게 불살라 고기를 굽는 것과 무엇이
다르겠는가. 『주역·리괘』의 구사에서 " 급하게 오는지라 기염이 불타

는 듯하니"라고 했다.

上腴, 謂京師. 班固西都賦曰, 華實之毛, 則九州之上腴. 法華經曰, 澍甘露法雨, 滅除煩惱焰. 夫朝市爭名之士, 肝肺內熱, 何異爲烈燄焚炙哉. 易離卦之九四曰, 突如其來如焚如.

但恐次山胷磊隗 終便酒舫石魚湖 : 원주에서 "원결元結의 「석어호가」에서 "석어호는, 동정호와 비슷하니, 여름 물결이 푸른 군산에 가득 밀려오네. 거센 바람이 3일 동안 큰 물결 일으켜도, 우리의 술 실어오는 배를 멈출 수 없다네""라고 했다. 시의 의미는 동파는 명성을 다투는 병이 없으므로 차를 마실 것이 아니며, 흉중의 돌무더기는 참으로 술을 마셔서 씻어내야 한다는 것이다. 『세설신어』에서 "왕손이 왕침에게 묻기를 "완적의 주량은 사마상여와 비교하여 어떤가"라 묻자 왕침이 "완적의 가슴에는 커다란 돌무더기가 있기 때문에 모름지기 술로 씻어내야 한다""라고 했다. '편便'은 편안하다는 의미의 평성으로 읽어야 한다.

元注云, 元次山石魚湖歌曰, 石魚湖, 似洞庭, 夏水欲滿君山靑. 疾風三日作大浪, 不能廢人運酒舫. 詩意謂東坡無爭名之病, 不用飮茶而胷中壘塊, 正須酒以澆之耳. 磊隗, 用阮籍事, 見上注. 便字, 作平聲讀.

9. 쌍정차를 공상보에게 보내다

以雙井茶送孔常父[38]

校經同省並同居	같은 비서성에서 경전 살피며 함께 근무하니
無日不聞公讀書	공의 글 읽는 소리 듣지 않는 날이 없네.
故持茗椀澆舌本[39]	일부러 찻사발 들고 가서 혀를 씻으며
要聽六經如貫珠	육경 읽는 소리 구슬을 꿴 듯 낭랑히 들으려 하네.
心知韻勝舌知腴	뛰어난 시는 혀가 부드럽게 돌아감을 알겠으니
何似寶雲與眞如	보운차와 맛이 어느 게 좋소이까.
湯餅作魔應午寢	국수 먹고 졸려 응당 낮잠 자고 있을 텐데
慰公渴夢吞江湖	오호를 삼키는 꿈을 못 꾸는 공을 위로하네.

【주석】

校經同省並同居 無日不聞公讀書 故持茗椀澆舌本 要聽六經如貫珠 : 살펴보건대 『실록』에서 "원우 원년 5월에 비서성 정자 공무중을 교서랑으로 삼았다"라고 했다. 『고악부·동비백로가』에서 "뉘 집 여인이 문가에서 있는가"라고 했다. 『진서·은중감전』에서 "사흘만 『도덕경』을 읽지

---

38 [교감기] '孔常父'는 문집과 고본에는 시의 제목 아래 원주에 "상보의 이름은 무중(武仲)이다"라고 했다.
39 [교감기] '持'는 장지본에는 '將'으로 되어 있다.

않아도 혀가 굳어짐을 느낀다"라고 했다. 『악기』에서 "노래가 그 계속
되면서 끊어지지 않음이 마치 옥을 꿴 것과 같다"라고 했다.

按實錄, 元祐元年五月, 以秘書省正字孔武仲爲校書郎. 古樂府東飛伯勞歌
曰, 誰家女兒對門居. 晉書殷仲堪傳曰, 三日不讀道德經, 便覺舌本間強. 樂記
曰, 歌者纍纍乎端如貫珠.

心知韻勝舌知腴 何似寶雲與眞如 : 『사기·여불위전』에서 "자초가 여
불위의 뜻을 속으로 알아챘다"라고 했다. 『문선』에 실린 왕건王巾의
『두타사비』에서 "도가 승한 글은 빈손으로 갔다가 꽉 차서 돌아온다"
라고 했다. 구양수의 「쌍정차」에서 "보운차 일주차 정성껏 만들었지
만, 새것만 찾고 옛것을 버리는 게 세상 인정이라"라고 했다. ○ 유종
원의 「송종형送從兄」에서 "흉중에 자잘한 일 벗어버리고 혀끝에 도의
맛을 느껴보시라"라고 했다.

史記呂不韋傳曰, 子楚心知所謂. 文選頭陁寺碑曰, 道勝之韻, 虛往實歸.
歐陽公雙井茶詩曰, 寶雲日注非不精, 爭新棄舊世人情. ○ 柳文, 脫細故於胷
中, 味道腴於舌端.

湯餅作魔應午寢 慰公渴夢呑江湖 : '작마作魔'는 참을 수 없는 졸음을 이
른다. 『전등록·항마장선사전』에서 "신수선사神秀禪師가 "네 이름이 항
마라고 하나, 여기는 산의 정령이나 나무의 요괴가 없으니, 네가 도리
어 마가 되겠느냐""라고 했다. 『당문수』에 하풍이 지은 「몽갈부」에서

"구강으로 달아나고 오호로 내달리네"라 하였는데, 마지막 구에서 "내 오늘 밤 꿈속에서, 예부터 부족한 자의 마음을 보네"라고 했다. 좌사의 「오도부」에서 "때론 황하 들이키며 한수까지 마셨다네"라고 했다.

作魔, 謂睡魔也. 傳燈錄降魔藏禪師傳, 秀師曰, 此無山精木怪, 汝翻作魔耶. 唐文粹, 有何諷夢渴賦曰, 奔九江, 走五湖. 末句曰, 以吾此夕之一夢, 見自古不足者之心. 左太沖吳都賦曰, 或吞江而納漢.

10. 상보의 답시에 "차 끓일 때 녹주가 번거로울 것이다煎點徑 須煩綠珠"는 구가 있는데, 다시 차운하면서 희롱하며 답하다
常父答詩有煎點徑須煩綠珠之句 復次韻戲答

小鬟雖醜巧粧梳	젊은 여종 비록 추해도 아름답게 빗질하며 단장하는데
掃地如鏡能檢書	거울처럼 깨끗이 마당을 쓸고서 책을 보네.
欲買娉婷供煮茗	아리따운 여종을 사서 차를 끓여 올리고 싶지만
我無一斛明月珠	나는 한 곡의 명월주도 없다네.
知公家亦闕掃除	공의 집에도 또한 청소할 첩이 없는데
但有文君對相如	다만 탁문군이 사마상여 대하듯이 해서 그런가.
政當爲公乞如願	참으로 마땅히 그대 위해 여원을 달라고 빌려고
作牋遠寄宮亭湖[40]	편지를 써서 멀리 궁정호에 부치네.

【주석】

小鬟雖醜巧粧梳 掃地如鏡能檢書 : 두보의 「야연좌씨장夜宴左氏莊」에서 "책 보느라 초가 짧아지고"라고 했다.

老杜詩, 檢書燒燭短.

---

40 [교감기] '牋'은 문집에는 '書'로 되어 있다. 고본의 원교에서 "달리 '書'로 된 본도 있다"라고 했다.

欲買娉婷供煮茗　我無一斛明月珠 : 두보의 「진주견칙목秦州見勅目」에서 "사람들 불러 준마를 보여주고픈 데, 시집가지 않았으니 아리따움이 안타깝구나"라고 했다. 『영표녹이』에서 "옛날 양씨에게 아름다운 딸이 있었다. 석숭이 교지채방사가 되어 진주 세 곡으로 그녀를 사서 첩으로 삼으니, 바로 녹주이다"라고 했다. 이 구에서 녹주로 답하여 희롱한 것은 용운用韻이 대단히 공교롭다.

老杜詩, 喚人看腰裏, 不嫁惜娉婷. 嶺表錄異曰, 昔梁氏女有容貌, 石季倫爲交趾採訪使, 以眞珠三斛買之, 卽綠珠也. 此句以答綠珠之戱, 用韻極工.

知公家亦闕掃除　但有文君對相如 : 소제掃除는 쓰레받기와 비를 든 첩을 이른다. 『한서』에 실린 사마천의 「보임소경서報任少卿書」에서 "청소나 하는 하인이 되어"라고 했다. 『악부해제』에서 "사마상여가 장차 무릉 사람의 딸을 맞이하여 첩으로 삼으려고 했는데, 탁문군이 「백두음」을 지어서 관계를 끊으려 하자, 상여가 그 일을 멈췄다"라고 했다.

掃除, 謂箕帚妾. 漢書司馬遷書曰, 爲掃除之隷. 樂府題解云, 司馬相如將聘茂陵人女爲妾, 文君作白頭吟以自絶, 相如乃止.

政當爲公乞如願　作牋遠寄宮亭湖 : 마땅히 신에게 구해야 한다고 희롱하여 말한 것이다. 『녹이전』에서 "여릉의 구양명은 장사치를 따라서 팽택호를 지나게 될 때 매번 배 안의 물건들을 조금 호수 안으로 기도하면서 던졌다. 후에 문득 한 사람이 와서 구양명을 맞이하면서 이르

기를 "청홍군께서 그대를 기다렸습니다"라 하자, 구양명이 매우 두려워하였다. 관리가 "두려워할 필요 없습니다. 청홍군이 선생이 앞뒤로 예물을 바친 것에 대하여 고맙게 여겨서 그대를 맞이하였으니, 반드시 귀중한 선물을 드릴 것입니다. 그대는 다른 것은 취하지 말고 오직 여원을 달라고 하십시오"라고 했다. 구양명이 이윽고 청홍군을 만나게 되지 곧바로 여원을 달라고 하니, 구양명을 따라가게 하였다. 여원은 바로 청홍군의 여종이었다. 구양명이 곧 돌아와서는 원하는 것은 곧바로 얻게 되니 수십 년 동안 큰 부자로 지냈다"라고 했다. 『형주기』에서 "궁정호는 바로 팽려택으로, 팽택호라고 이른다"라고 했다. ○ 『초학기』에서 사도원이 천공에게 편지를 보내 그 노비 고안에 대해 말한 것을 실었는데, 이를 차용하였다. 왕헌지의 「순화비각법첩淳化秘閣法帖」에서 "참으로 마땅히 일에 따라 원활하게 처리해야 한다"라고 했다.

戲謂當求之於神. 錄異傳, 廬陵歐陽明, 從賈客道經彭澤湖, 每以船中所有投湖中. 後忽見一人來候明云, 是靑洪君. 明甚怖. 吏曰, 無可怖, 靑洪君感君前後有禮, 故要君必有重遺. 君勿取, 獨求如願爾. 明旣見靑洪君, 乃求如願. 使逐明去. 如願者, 靑洪君婢也. 明將歸, 所願輒得, 數十年大富. 荆州記曰, 宮亭卽彭蠡澤也, 謂之彭澤湖. ○ 初學記載查道元與天公牋, 言其奴高安云云, 此借用. 秘閣王獻之帖云, 正當隨事豁之.

11. 장난스레 공의보에게 올리다[41]

戲呈孔毅父[42]

管城子無食肉相	관성자는 고기를 먹을 관상이 아니며
孔方兄有絶交書	공방형이 절교 편지를 보냈지.
文章功用不經世[43]	문장의 업적은 나라를 경영할 수 없으니
何異絲窠綴露珠	방의 거미줄에 구슬 같은 이슬이 매달린 것과 어찌 다르랴.
校書著作頻詔除	교서랑과 저작랑으로 자주 임명 조서를 받았는데
猶能上車問何如	수레에 오르거나 안부를 물을 지 아네.
忽憶僧牀同野飯[44]	문득 기억하건대, 절간 밥상에서 함께 들밥을 먹었는데
夢隨秋鴈到東湖	꿈에서 가을 기러기 따라 동호에 이르네.

---

41 이상 세 작품은 모두 앞 시의 운자를 사용하였다. 이 시에서 "교서랑과 저작랑으로 자주 임명 조서를 받았는데[校書著作頻詔除]"라고 하였으니, 살펴보건대 산곡은 이해 정월에 저작좌랑에 임명되었다.
42 [교감기] 문집과 고본에는 시의 제목 아래 원주에서 "공의보의 자는 평중(平仲)이다"라고 했다.
43 [교감기] '章'은 건륭본에는 '書'로 되어 있다. '經'은 문집에는 '濟'로 되어 있다.
44 [교감기] '牀'은 문집에는 '房'으로 되어 있다.

【주석】

管城子無食肉相 孔方兄有絶交書 : 한유의 「모영전」에서 "진나라 황제가 몽염으로 하여금 붓에게 탕목읍을 하사케 하고 관성에 봉해져 관성자라 불리었다"라고 했다. 『후한서·반초전』에서 "관상쟁이가 "제비의 턱에 호랑이 머리니 날아다니며 고기를 먹을 것이니 만리후가 될 상이다""라고 했다. 『진서』에서 "노포는 「전신론」에서 "사람들은 그를 친하게 여겨 공방孔方이라고 부른다""라고 했다. 『문선』에 혜강의 「여산도절교서」가 있다.

退之毛穎傳曰, 秦皇帝使蒙恬賜之湯沐, 而封諸管城, 號管城子. 後漢班超傳, 相者曰, 飛而食肉, 萬里侯相. 晉書魯褒錢神論曰, 親之如兄, 字曰孔方. 文選有嵇康與山濤絶交書.

文章功用不經世 何異絲窠綴露珠 : 『문선』에 실린 응거의 「백일시」에서 "문장은 나라를 경영하지 못하고"라고 했다. 『사기·백이전』에서 "공적이 흥한 후에 권력을 넘겼다"라고 했다. 『장자』에서 "함께 세상을 경륜하지 못할 것이 또한 분명하다"라고 했다. 한유의 「성남연구城南聯句」에서 "거미줄 걷어내도 다시 생겨나네"라고 했다. 『문선』에 실린 강엄의 「별부」에서 "가을 이슬을 구슬과 같다"라고 했다.

文選應璩百一詩曰, 文章不經國. 史記伯夷傳曰, 功用旣興, 然後授政. 莊子曰, 其不可與於經世亦遠矣. 退之聯句云, 絲窠掃還成. 文選別賦曰, 秋露如珠.

校書著作頻詔除 猶能上車問何如 忽憶僧牀同野飯 夢隨秋鴈到東湖 : 살펴
보건대 『실록』에서 산곡은 원풍 8년 4월에 교서랑이 되고 원우 2년 정
월에 저작좌랑이 되었다고 했다. 『한서·곡영전』에서 "올바르지 못한
관직에 임명하는 조서를 면하였다"라고 했다. 『통전』에서 "제나라와
양나라 말기 때부터 귀족의 자제들이 많이 비서랑이 되었는데, 재주와
내실을 갖추지 못했었다. 그래서 당시에 민간에서는 "떨어지지 않고
수레를 탈 나이만 되면 저작랑이 되고, 안부를 올릴 식견만 들면 비서
랑을 삼는다[上車不落則著作, 體中何如卽祕書]"라 했다"라고 했다. 증공曾鞏의
「서유자사당기」에서 "『예장도기』를 살펴보니 장수는 북쪽으로 남당을
지나 동쪽으로 흘러 동호가 된다"라고 했다. 예장은 산곡의 고향이다.

按實錄, 山谷元豊八年四月爲校書郞. 元祐二年正月爲著作佐郞. 漢書谷永
傳曰, 免不正之詔除. 上車何如, 見上注. 曾子固徐儒子祠堂記曰, 按豫章圖
記, 章水北歷南塘, 其東爲東湖. 豫章, 蓋山谷鄕里.

12. 사업 황종선이 혜산의 샘물을 보내준 것에 사례하다[45]

【종선의 이름은 '강降'이다. 다른 이름은 '은隱'이다】

謝黃從善司業寄惠山泉【從善名降, 一名隱】

錫谷寒泉橢石俱	석곡의 차가운 샘물에 기다란 돌들이 들어 있고
并得新詩蠆尾書	함께 받은 새 시는 전갈의 꼬리 같은 글씨로 써졌네.
急呼烹鼎供茗事	급히 불러 솥에 끓여 차를 내오라고 하니
晴江急雨看跳珠	맑은 강 소나기에 튀어 오르는 구슬을 보네.
是功與世滌羶腴	차의 공은 세상의 더러운 맛 씻어내니
令我屢空常晏如	나의 속을 자주 비워 편안하게 만드네.
安得左轓清潁尾[46]	어찌하면 맑은 영수의 수령이 되어
風爐煮餅臥西湖[47]	풍로에 국수 끓이며 서호에 누워 있을까.

【주석】

錫谷寒泉橢石俱 并得新詩蠆尾書 : 장우신의 『전다수기』에서 유백추가 차에 어울리는 물을 비교하여 모두 7등으로 구분하였는데, 무석 혜산사의 바위틈에서 나오는 물이 두 번째라고 한 내용을 싣고 있다. 『법서

---

45 또한 앞 시의 운자를 사용하였다. 산곡이 만년에 산거하였다.

46 [교감기] '潁'은 원래 '穎'으로 되어 있었는데 문집과 고본, 그리고 전본에 의거하여 고쳤다. 주(注)의 '穎'자도 또한 ''潁'으로 고쳤다.

47 [교감기] '煮餅'은 문집과 고본, 장지본과 전본에는 '煮茗'으로 되어 있다.

원』에서 "삭정의 초서는 당대 제일로, "은 갈고리 전갈 꼬리"라고 불리었다"라고 했다. '橢'의 음은 '妥'로 둥글고 긴 것을 타라고 하는데, 타석은 물을 맑게 한다. 산곡의 「종인걸양화점정수첩」에서 "우물 곁 열두어 돌을 취하여 병 안에 두고서 물이 혼탁하지 않게 하였다"라고 했다.

張又新煎茶水記載劉伯芻較水之與茶宜者, 凡七等, 以無錫惠山寺石泉爲第二. 法書苑, 索靖草書絶代, 名曰銀鉤蠆尾. 橢音妥, 圓而長曰橢. 橢石, 所以澄水也. 山谷有從人乞楊華店井水帖云, 取井傍十數石, 置瓶中, 令水不濁.

急呼烹鼎供茗事 晴江急雨看跳珠 : 『진서』에서 "공군이 "금년에는 밭에서 칠백 석의 쌀을 수확했지만, 술을 빚기에는 부족하다네""라고 했다. 여기서 말한 '명사茗事'는 또한 이를 비교한 것이다. 동파의 「망호루취서望湖樓醉書」에서 "소나기는 구슬처럼 튀어 어지럽게 배 안으로 들어오네"라고 했다.

晉書, 孔群曰, 今年田得七百石米, 不足了麴糵事. 此云茗事, 亦其比也. 東坡詩曰, 白雨跳珠亂入船.

是功與世滌羶腴 令我屢空常晏如 : 당나라 상경이 서번에 사신으로 갔다. 장막 안에서 차를 끓이면서 서번 사람들에게 "번뇌를 씻어주고 갈증을 해소 시켜주는 것은 이른바 차이다"라고 했다. "안회顔回가 도道의 경지를 즐기면서 자주 끼니를 걸렀다"는 말이 『논어』에 보인다. 『한서·양웅전』에서 "한 섬의 곡식도 저장되어 있지 않아도 편안하였다"라

고 했다.

唐常景使西蕃, 烹茶帳中, 謂蕃人曰, 滌煩療渴, 所謂茶也. 屢空, 見魯論. 漢書揚雄傳, 無儋石之儲, 晏如也.

安得左轓淸潁尾 風爐煮餠臥西湖：『한서·경제기』에서 "지방 수령으로 천 석에서 육백 석을 받는 관리는 붉은색의 장니障泥를 왼쪽에 달았다"라고 했는데, 주에서 "번轓은 수레에 달아 진흙이 튀는 것을 방지하는 것이다"라고 했다. 『한서·관부전』에서 "영수가 맑으니 관씨가 편안하다"라고 했다. 『좌전』에서 "초나라 임금이 영미에 묵었다"라고 했는데, 두예의 주에서 "영수의 끝이다"라고 했다. 살펴보건대 지금의 영주에 서호가 있다. 육우의 『다경』에서 "풍로는 구리로 주조하는데, 옛날 솥 모양으로 만든다. 모두 네 개의 구멍이 있는데, 이곳으로 바람이 통하고 재를 빼낸다"라고 했다.

漢書景帝紀, 長吏千石至六百石, 朱左轓. 注云, 轓, 車之蔽也. 漢書灌夫傳, 潁水淸, 灌氏寧. 左傳, 楚子次于潁尾. 杜預注云, 潁水之尾. 按今潁州有西湖. 陸羽茶經曰, 風爐以銅鑄之, 如古鼎形, 凡四窓, 以備通飇漏爐之所.

13. 유경문이 하상에서 보낸 시에 차운하여 화답하다[48]

次韻奉酬劉景文河上見寄

省中岑寂坐雲窗	고요한 비서성 안 구름 창가에 앉아 있노라니
忽有歸鴻拂建章	문득 돌아가는 기러기가 건장궁을 스쳐 나네.
珍重多情惟石友	진중하고 다정한 바위 같은 벗이
琢磨佳句問潛郎	아름다운 시구 다듬어 낮은 낭관에게 보냈네.
遙憐部曲風沙裏	모래바람 속의 마을을 멀리서 그리는데
不廢平生翰墨場[49]	평생 문장에서 노님을 폐하지 않네.
想見哦詩煮春茗	상상컨대, 시 읊조리면서 봄 차를 끓였을 텐데
向人懷抱絶關防[50]	그대 향한 그리움은 관방에서 끊기네.

【주석】

省中岑寂坐雲窗 忽有歸鴻拂建章 : '성중省中'은 비서성을 이른다. 한유의 「화산녀華山女」에서 "구름 창 안개 누각의 일 아득한데"라고 했다. 건장궁은 한나라 궁궐의 이름이다. 사조의 「잠사하도暫使下都」에서 "뭇 별들이 건장궁 처마로 지는데"라고 했다.

省中, 謂秘書. 退之詩, 雲窗霧閣事恍惚. 建章, 漢宮名. 選詩曰, 玉繩低建章.

48　원래 「도양(酴釀)」 앞에 있었다. 이 시에서 "봄 차를 끓였을 텐데[煮春茗]"라 하였다.

49　[교감기] '不廢'는 명대전본에는 '不負'로 되어 있다.

50　[교감기] '絶'은 문집과 고본, 그리고 장지본에는 '去'로 되어 있다.

珍重多情惟石友 琢磨佳句問潘郎 : 두보의 「태자장사인유직성욕단太子張舍人遺織成襬段」에서 "손님의 진중한 뜻을 알았으나"라고 했다. 『문선』에 실린 반악의 「금곡집작시金谷集作詩」에서 "의기투합하여 석우[51]에게 주노니"라고 했다. 『시경·기욱』의 주에서 "옥석을 갈고 닦는 것과 같다"라고 했다. 『문선』에 실린 장형의 「사현부」에서 "눈썹이 흰 도위는 낭관으로 잠겨 있다가"라고 했다.

杜詩, 領客珍重意. 文選潘岳詩, 投分寄石友. 淇澳詩注云, 如玉石之見琢磨. 張平子思玄賦曰, 尉麗眉而郎潛.

遙憐部曲風沙裏 不廢平生翰墨場 : 『한서·이광전』에서 "이광이 진군할 때 부곡이나 군진이 없었다"라고 했다. 두보의 「관조장군화마도가觀曹將軍畫馬圖歌」에서 "흰 비단 펼치니 아득하게 모래바람이네"라고 했다.

部曲, 翰墨場, 並見下注. 杜詩, 縞素漠漠開風沙.

想見哦詩煮春茗 向人懷抱絶關防 : 『진서·유담전』에서 "저부褚裒가 손작孫綽을 만나 죽은 유담에 대해 이야기를 나누자, 손작이 눈물을 흘렸다. 이에 저부가 "그대가 생전에 유담과 얼마나 친했다고 오늘 이런 얼굴로 나를 바라보는가""라고 했다. 유우석의 「봉화배령공奉和裴令公」에서 "마음 쓸쓸이는 술수를 버리고"라고 했다. 두보의 「색노자塞蘆子」에서 "연주는 진의 북쪽으로 들어가는 문, 관방을 더욱 튼튼히 지켜야 하

---

51 석우(石友) : 반악의 벗인 석숭(石崇)을 말한다.

네"라고 했다.

晉書劉惔傳曰, 今日作此面向人耶. 劉禹錫詩曰, 心術去機關. 老杜詩, 延
州秦北戶, 關防猶未已.

14. 여러 사람들이 「도미시」에 창화하는 것을 보고 나도 곧바로 차운하여 장난스레 읊었다[52]

見諸人唱和酴醾詩輒次韻戱詠

梅殘紅藥遲	매화 시들고 홍약자는 더디니
此物共春歸	봄날 도미꽃 보러 함께 간다네.
名字因壺酒	이름은 술에서 기인했는데
風流付枕幃	풍류는 꽃잎 담은 베개 자루에 부치네.
墜鈿香徑草	좁은 길 풀 위에 떨어진 비녀 향기롭고
飄雪淨垣衣	담장 이끼에 날리는 눈은 깨끗하네.
玉氣晴虹發	옥의 기운은 맑은 날 무지개가 뜨고
沉材鋸屑霏	침향 재질은 톱질할 때 가루가 날리네.
直知多不厭	다만 알겠네, 많아도 싫증나지 않으니
何忍摘令稀	어찌 차마 따서 듬성듬성 만들겠는가.
常恨金沙學	항상 한스럽기는 금사화라 여겨서
饗時正可揮	찡그릴 때 물리치려는 것이네.

---

52 『난성집』에 「차운공보중사인도양(次韻孔文仲舍人酴醾)」이 있는데, 바로 이 시의 운자이다. 이 시 뒤에 「화증자개호종(和曾子開扈從)」이 있는데, 『외집』에 보인다. 『난성집』으로 고찰해보면 4월 12일에 지었다.

【주석】

梅殘紅藥遲 此物共春歸 : 사조의 「직중서성直中書省」에서 "홍약자가 계단에서 흔들거리고"라고 했다.

謝朓詩, 紅藥當階翻.

名字因壺酒 風流付枕幃 : 『왕립지시화』에서 "도미는 본래 술 이름이다. 세상에 핀 꽃 가운데 그 빛깔이 도미의 흰 색깔과 비슷하여 그 이름을 취하였다"라고 했다. 살펴보건대 『당서·백관지』에서 "양온서에 명령하여 술을 바치게 하니 도미주와 상락주를 올렸다"라고 했다. 『운서』에서 "위幃는 주머니다. 지금 사람들이 간혹 떨어진 꽃을 취하여 자루 안에 놓고 베개로 삼는다"라고 했다.

王立之詩話云, 酴醾, 本酒名也. 世所開花, 本以其顏色似之, 故取其名. 按唐書百官志, 良醞署令進御, 則供酴醾桑落之酒. 韻書曰, 幃, 囊也. 今人或取落花, 以爲枕囊.

墜鈿香徑草 飄雪淨垣衣 : 『옥대신영』에 실린 오균의 「채련시」에서 "비단 띠에 꽃비녀를 꽂고"라고 했다. ○ 『유양잡조』에서 이끼를 구변하면서 "『박아』에서 "지붕에 있는 것을 석야라고 하고 담장에 있는 것을 원의라고 한다""라고 했다.

玉臺新詠吳均採蓮詩, 錦帶雜花鈿. ○ 酉陽雜俎辨瓦松曰, 博雅云, 在屋曰昔耶, 在垣曰垣衣.

玉氣晴虹發 沉材鋸屑霏 : 『예기』에서, "군자는 옥에 덕을 견주니, 옥의 흰 기운이 하늘의 흰 기운과 같다"라고 하였다. 『당초본』의 주에서 "침수향은 천축과 선우 두 나라에서 나오는데, 나무는 버드나무와 비슷한데 열매는 무겁고 흑색으로 물에"긴다"라고 했다. 『전등록』에서 "제22대조 마나라존자는 서인도에서 왔다. 하루는 향을 사르는데 월지씨의 국왕이 기이한 향이 벼이삭처럼 연기를 내며 올라가는 것을 보았다"라고 했다. 『진서·호모보지전』에서 "언국[53]은 아름다운 말을 토해냄이 마치 나무를 톱질하면 톱밥가루가 끊임없이 날리는 것과 같다"라고 했다.

虹氣及沈香, 皆見上注. 晉書胡母輔之傳曰, 彦國吐佳言, 如鋸木屑, 霏霏不絕.

直知多不厭 何忍摘令稀 : 두보의 「곡강曲江」에서 "몸 상할까 두려워 술을 마시지 않으리"라고 했다. 또한 「삼절구三絶句」에서 "술이 깨어 비 맞아 지는 것을 견딜 수 있으랴"라고 했다. 『당서·승천황제담전』에서 "오이를 황대 아래에 심었는데, 오이가 익어 열매가 주렁주렁 매달렸네. 한 번 따자 남은 오이 보기 좋더니, 두 번 따자 오이가 듬성듬성"이라고 했다. '적희摘稀'는 여기에서 취하였다.

老杜詩, 不厭傷多酒入唇. 又詩, 可忍醒時雨打稀. 唐書承天皇帝倓傳曰,[54]

---

53 언국 : 호모보지의 자이다.
54 [교감기] '唐書承天皇帝倓傳'은 원래 '李泌傳'으로 되어 있었는데, 지금 전본을 따

種瓜黃臺下, 瓜熟子纍纍. 一摘使瓜好, 再摘令瓜稀.[55] 摘稀字取此也.

常恨金沙學 釁時正可揮 : 금사화를 세속에서 미워하니 마치 마을 사람들이 서시의 찡그림을 본받은 것과 같음을 말한다. 왕안석의 「지상간금사화수지池上看金沙花數枝」에서 "일부러 도미의 꽃 받침대를 만들고, 금사의 퍼져나가도록 다듬었네. 꽃 모양 좋게 만들어, 눈 날리기 전에 피게 하였네"라고 했다. 『양자법언』에서 "오랑캐 사람이라면 집으로 들여 가르치겠지만, 이미 성인의 문에 가까이 있는 자라면 되지도 않는 공부를 하는 자는 내쫓아버린다"라고 했다. '휘揮'는 '휘麾'와 의미가 같다.

謂金沙俗惡, 如里人效西施之釁也. 王介甫詩, 故作酴醾架, 金沙秖漫栽. 似矜顏色好, 飛度雪前開. 揚子曰, 倚門墻則麾之. 揮與麾同.

---

15. 진구가 진무기가 머물던 서원을 지나가다가 내가 지은 시구를 보고 지은 시에 차운하다[56]

次韻秦覯過陳無己書院 觀鄙句之作[57]

陳侯大雅姿	진후는 고아한 자태 지녔지만
四壁不治第	네 벽뿐 집안 살림이 없네.
硞硞盆盎中	자잘한 동이 가운데
見此古罍洗	이렇게 오래된 그릇을 보네.
薄飯不能羹	거친 밥에 국도 없지만
牆陰老春薺	그늘진 담장에 봄 냉이는 익어가네.
惟有文字性[58]	다만 문자에 뛰어나니
萬古抱根柢	만고에 서리고 엉긴 뿌리 안고 있네.
我學少師承	나의 학문은 사승이 적어
坎井可窺底	우물 바닥을 겨우 넘겨다보네.
何因蒙賞味	무슨 까닭으로 칭송을 받아
相享當牲醴	고기나 단술을 대접받는가.
試問求志君	뜻을 구하는 그대에게 묻노니

---

56 무기가 경사에 와서 진주문(陳州門)에 우거(寓居)하였는데, 그가 지은 「추회(秋懷)」에 보인다. 서원은 이곳에 있었을 것이니, 이 시에서 "그늘진 담장에 봄 냉이는 익어 가네[牆陰老春薺]"라는 구가 있다.

57 [교감기] 문집과 고본의 제목 아래의 원주에서 "무기는 진사도이다"라고 했다.

58 [교감기] '性'은 문집에는 '工'으로 되어 있으며, 고본의 원교에서 "달리 '工'으로 된 본도 있다"라고 했다.

文章自有體	문장은 스스로 바탕이 있는가.
玄鑰鎖靈臺	도의 문이 영대에 막혔으니
渠當爲君啓[59]	마땅히 그대 위해 열어 보이려네.

【주석】

진구의 자는 소장으로, 즉 진소유의 아우이다. 무기는 후산 진사도
가 이전에 사용했던 자이다.

覯字少章, 卽少游之弟. 無己蓋陳後山舊字.

陳侯大雅姿 四壁不治第 : 『한서・사마상여전』에서 "집에는 다만 네 벽
만 서 있다"라고 했다. 「곽거병전」에서 "황제가 그를 위해 집을 지어놓
고 그로 하여금 보게 했다"라고 했다. 『한서・하간헌왕찬河間獻王贊』에
서 "대단히 고아하니 무리보다 우뚝하네"라고 했다.

漢書司馬相如傳曰, 家徒四壁立. 霍去病傳曰, 上爲治第, 令視之. 大雅, 見
上注.

碌碌盆盎中 見此古罍洗 : 『의례・사관례』의 주에서 "세洗는 손을 씻고
잔을 씻는 자가 버리는 물을 받는 그릇이다. 물그릇은 높은 자나 낮은
자나 모두 금뢰를 사용하되 크기가 다르다"라고 했다. 소식의 「문등봉
래각文登蓬萊閣」에서 "동이 사이에 놓으니"라고 했다.

---

59 [교감기] '爲君'은 문집과 고본, 그리고 장지본에는 '爲公'으로 되어 있다.

儀禮士冠禮注曰, 洗, 承盥洗者, 棄水器也. 水器尊卑皆用, 金罍及大小異. 東坡詩, 置之盆盎間.

薄飯不能美 牆陰老春薺 : 왕안석의 「송교집중送喬執中」에서 "낮에는 거친 밥에 국도 없고, 밤에는 빈 화로에 숯도 없네"라고 했다. 또한 「독반獨飯」에서 "변화하는 담장 그늘 아래에서 홀로 밥 먹으며"라고 했다. 『본초강목』에서 "냉이는 맛이 달다"라고 했는데, 도은거의 주에서 "잎으로 나물국을 해 먹으면 맛이 좋다"라고 했다. 『시경 · 곡풍谷風」에서 "누가 씀바귀가 쓰다 했는가, 그 달기가 냉이와 같도다"라고 했는데, 이를 가리킨다.

王介甫詩, 薄飯午不羹, 空爐夜無炭. 又詩, 獨飯牆陰轉. 本草, 薺味甘. 陶隱居注曰, 葉作葅羹亦佳. 詩云, 誰謂荼苦, 其甘如薺, 是也.

惟有文字性 萬古抱根柢 : 『유마경』에서 "지혜로운 사람은 문자에 집착하지 않는다"라고 했는데, 이를 차용하여 자질이 문장에 능함을 말하니 대개 전생을 가리킨다. 『한서 · 추양전』에서 "뿌리와 가지가 구불구불 휘어진 나무도 만승 천자의 그릇이 될 수 있다"라고 했다.

維摩經曰, 文字性離. 此借用, 言其天資能文, 蓋自夙世也. 漢書鄒陽傳曰, 蟠木根柢, 輪囷離奇.

我學少師承 坎井可窺底 : 『후한서 · 유림전서』에서 "스승과 제자의 흐

름을 마땅히 이름을 드러내어 증거로 삼을 수 있는 것을 이에 저술하
였다"라고 했다. 규봉선사는 『선문사자승습도』를 지었는데, 그 책에서
"만약 제종파의 사승관계를 분별하려고 한다면 모름지기 방계와 정통
을 알아야 한다"라고 했다. 『장자』에서 "그대는 우물 안의 개구리 이야
기를 들은 적이 없소?"라고 했다. 『음의』에서 "'垎'의 음은 '坎'이다"라
고 했다.

後漢書儒林傳序曰, 若師資所承, 宜標名爲證者, 乃著之云. 圭峯禪師作禪
門師資承襲圖, 亦云, 若要辨諸宗師承, 須知有傍有正. 莊子曰, 子獨不聞夫垎
井之蛙乎. 音義云, 垎音坎.

何因蒙賞味 相享當牲醴 : 진구가 그 시를 음미해 보니 마치 고기와 제
주를 먹는 것 같다는 말이다. 『남사·사람전』에서 "무제가 한참 동안
사람을 눈으로 배웅하였다. 이후로 그는 칭송을 받게 되었다"라고 했
다. 『좌전』에서 "천자가 향례享禮를 베풀 적에는 체천[60]을 한다"라고 했
으며, 또한 "진후晉侯가 왕께 조회하니 왕이 단술을 대접하였다"라고
했다.

言秦君賞味其詩, 如享之以牲醴也. 南史謝覽傳, 武帝目送良久, 自此仍被
賞味. 左傳曰, 王享有體薦. 又曰, 王享晉侯醴.

---

60 체천 : 제사나 연회 때에 희생(犧牲)의 몸통을 반으로 잘라서 대조(大俎)에 담아
    올리는 것을 체천(體薦)이라고 한다.

試問求志君　文章自有體 : 무기는　구지재를　소유하고　있었다. 『문
선』에 실린 위문제[曹丕]의 『전론』에서 "문장을 기를 위주로 하는데, 기
의 청탁은 바탕이 있어서 힘써 노력한다고 이를 수 있는 것이 아니다"
라고 했다. 『후한서·복담후패전』의 논에서 "재상은 그에 걸맞는 사람
이 있음을 참으로 알 수 있다"라고 했다.

無己有求志齊. 文選魏文帝典論曰, 文以氣爲主, 氣之淸濁有體, 不可以力
強而致. 後漢書伏湛侯霸傳論曰, 誠知宰相自有體.

玄鑰鎖靈臺　渠當爲君啓 : 『문선』에 실린 왕건王巾의 「두타사비頭陀寺碑」
에서 "현관玄關[61]이 깊숙이 잠겨 있지만 감응하며 마침내 통하게 된다"
라고 했다. "영대에 들여놓아서는 안 된다"라고 했는데, 주에서 "영대
는 마음이다"라고 했다. 『서경·금등』에서 "자물쇠를 열어 글을 보니"
라고 했다. 유우석의 「증회선사」에서 "현관이 열리는 것을 고요히 보
노라니, 마음과 합해지는 것이 기쁘네"라고 했다.

文選頭陀寺碑曰, 玄關幽鍵, 感而遂通. 莊子曰, 不可內於靈臺. 注云, 靈臺者,
心也. 書金縢曰, 啓籥見書. 劉禹錫贈會禪師詩曰, 靜見玄關啓, 欣然與心會.

61　현관(玄關) : 현묘(玄妙)한 도(道)로 들어가는 문이다.

16. 진류 저자의 은자[62]【서문을 함께 싣다】

陳留市隱【并序】

　　진류의 계공 강단례가 말하기를 "진류 저자에 이발사가 있는데 나이가 40여 살로 아내가 없었다. 자씨 성으로 다만 일곱 살 된 딸 하나가 있었다. 날마다 이발하여 얻은 돈으로 딸과 배불리 먹고 술에 취하여 꽃을 머리에 꽂고 긴 피리를 불며 딸을 어깨에 태우고 돌아갔다. 하루하루의 근심은 없고 평생의 즐거움만 있었으니, 아마도 도를 지닌 자인 듯하다. 진무기가 그를 위해 시를 지었고, 황정견도 또한 그 시를 모방하여 지었다"라고 했다.

　　陳留江端禮季共曰, 陳留市上有刀鑷工, 年四十餘, 無室家, 子姓, 惟一女, 年七歲矣. 日以刀鑷所得錢與女子醉飽醉, 則簪花吹長笛, 肩女而歸. 無一朝之憂, 而有終身之樂, 疑以爲有道者也. 陳無己爲賦詩, 庭堅亦擬作.[63]

　　市井懷珠玉[64]　　　　　저자에서 주옥을 품고 있지만

62　앞 작품에 첨부되어 있다. 진무기가 아마도 먼저 같은 제목의 시를 지었을 것이다.

63　[교감기] 문집과 고본의 서문은 이곳의 내용과 같지 않으니, 전문을 아래에 기록한다. "진류이 저자에 이발사가 있는데 작은 딸과 함께 산다. 돈을 얻으면 부녀가 저자에서 먹는데, 취하면 딸을 업고가면서 노래를 부른다. 사람들과 성명도 나누지 않는다. 강단례가 그 일을 전하면서 은자라고 하였다. 나의 벗 진무기가 그를 위해 시를 지었으며 나도 또한 그 시를 모방하여 짓는다[陳留市中有刀鑷工 與小女居 得錢 父子飮於市 醉則負其子行歌 不通名城 江端禮傳其事 以爲隱者 吾友陳無己爲賦詩 庭堅亦擬作]" 또한 명대전본에는 이 서문이 없다. 장지본의 서문에는 '年七歲'이 아래에 '矣'가 없다. 전본의 서문에는 '醉飽'가 '醉抱'로 되어 있다.

往來人未逢[65]	오고가는 사람을 만나지 않네.
乘肩嬌小女	아리따운 어린 딸을 어깨에 태우고
邂逅此生同	자신과 비슷한 사람과 상대하네.
養性霜刀在	날카로운 칼에 본성을 기르며
閱人淸鏡空	사람을 겪어도 맑은 거울처럼 텅 비었네.
時時能擧酒	때때로 술을 들면서
彈鑷送飛鴻[66]	족집게 두드리며 나는 기러기를 보내네.

【주석】

市井懷珠玉 往來人未逢 乘肩嬌小女 邂逅此生同 : 『문선』에 실린 완적의 「영회」에서 "갈옷 입고 주옥을 품으며, 안자 민자건으로 기약하네"라고 했다. 살펴보건대 『공자가어』에서 "자로가 공자에게 묻기를 "여기에 어떤 사람이 있는데 갈옷을 입었지만 옥을 품고 있는데 어떻게 하면 좋겠습니까"라 하자, 공자가 "나라에 도가 없으면 숨는 것이 좋지만, 나라에 도가 있다면 벼슬아치의 복장으로 옥을 잡아도 좋다""라고 했다. '왕래往來'는 달리 '가호賈胡'로 된 본도 있다. 살펴보건대 『후한서·마원전』에서 "복파장군 마원이 마치 서역의 호족 상인처럼 한 곳에 이르면 문득 머물렀다"라고 했다. 『설원』에서 "강남에서 땅을 파다가

---

64 [교감기] '珠玉'은 장지본에는 '珞玉'으로 되어 있다.
65 [교감기] '往來人'에서 문집과 고본에서는 '人'은 '終'으로 되어 있으며, 시의 끝 원교에서는 "'往來終'은 달리 '斯人初'로 된 본도 있다"라고 했다.
66 [교감기] '鑷'은 장지본에는 '鋏'으로 되어 있다.

글이 새겨진 바위를 얻었는데, 그 시에서 "동쪽 이웃의 아리따운 소녀, 호랑이를 타고 하수의 얼음을 건너네"'라고 했다.

懷珠玉, 見下注. 徃來, 一本作賈胡. 按後漢書馬援傳曰, 伏波類西域賈胡. 談苑曰, 江南掘得石記, 有詩云, 東鄰嬌小女, 騎虎踏河冰.

養性霜刀在 閱人淸鏡空 時時能擧酒 彈鑷送飛鴻 : 『한서·매복전』에서 "항상 책을 읽고 본성을 기르는 것을 일삼았다"라고 했다. 또한 『한서·개관요전』에서 "이곳은 전사[67]처럼 지나가는 사람이 많다"라고 했다. 육기의 「탄서부歎逝賦」에서 "세상은 온갖 사람들을 겪으면서 한 세대를 이루네"라고 했다. 또한 「연연주」에서 "거울은 그림자를 모아 두지 않으므로 형체가 닿는 대로 바로 비춰 준다"라고 했다. 『진서·악광전樂廣傳』에서 "위관衛瓘이 악광을 보고 "이 사람은 수경水鏡과 같아서 구름과 안개를 헤치고 하늘을 보는 것 같다"'라고 했다. 혜강의 「증수재입군贈秀才入軍」에서 "눈으로 돌아가는 기러기를 보내고, 손으로 오현금을 탄다"라고 했다.

漢書梅福傳, 常讀書養性爲事. 又蓋寬饒傳, 仰視屋而歎曰, 此如傳舍, 所閱多矣. 陸士衡歎逝賦曰, 世閱人而爲世. 又演連珠曰, 鏡無畜影, 故觸形則照. 淸鏡, 見上注. 稽康詩曰, 目送歸鴻, 手揮五絃.

---

67 전사 : 옛날에 행인에게 휴식과 잠자리를 제공하던 곳으로 오늘날의 여관과 같다.

17. 조보지와 장뢰가 진구의 오언에 화답하기에 나도 또한 그 시에 차운하였다[68]

晁張和答秦覯五言 予亦次韻

山林與心違	산림은 내 마음과 어긋나는데
日月使鬢換	세월은 귀밑머리 변하게 만드네.
儒衣相詬病	유자의 옷 입고 서로 비난하며
文字奉娛玩	문자는 오락거리로 삼네.
自古非一秦	예부터 진이 한 번만이 아니니
六籍蓋多難	육적은 어려움을 많이 겪었네.
詩書或發冢	시서를 이용해 도굴을 일삼는데
熟念令人愩	깊이 생각하면 사람을 슬프게 하네.
秦君銳本學	진군은 근본 학문에 날카로워
驥子已血汗	피땀을 흘리는 천리마라네.
相期騁天衢	하늘 거리에서 내달림을 기약했으니
伯樂嘗一盼	백락이 일찍이 곁눈질하였네.
士爲欲心縛	선비는 욕심에 얽매이니
寸勇輒尺懦	한 치 나갔다가 곧 한 자나 겁을 내네.
要當觀此心	마땅히 이 마음 살핀다면
日照雲霧散	해가 비추고 구름, 안개 흩어지네.

---

68 앞의 작품에 차운하였다. 진무기가 머무는 서원을 지난 후에 지었을 것이다.

扶疎萬物影 　　　수많은 만물의 그림자 속에도

宇宙同璀璨 　　　우주는 반짝반짝 빛나네.

置規豈惟君 　　　충고를 함은 어찌 다만 그대에게 뿐이랴

亦自警弛慢 　　　또한 스스로 게으름을 경계하네.

【주석】

山林與心違 日月使鬢換 : 『문선』에 실린 심약의 「직학성수외直學省愁臥」
에서 "강호에는 일이 많이 어긋나네"라고 했다. 혜강의 「유분시」에서
"일은 바람과 어긋나니, 여기에 눌러앉게 되었구나"라고 했다.

　文選沈休文詩, 江海事多違. 嵇叔夜幽憤詩, 事與願違, 遘玆淹留.

儒衣相訴病 文字奉娛玩 : 『예기·유행』에서 "노 애공이 공자에게 묻기
를 "선생의 옷은 유자의 옷입니까"라 하자, 공자가 "지금 여러 사람들
이 유자를 명명命名함은 함부로 해서 항상 유자라는 말을 가지고 서로
욕하고 폐해를 입힙니다""라고 했다. 사마천의 「보임소경서報任少卿書」
에서 "부친이 담당한 천문, 역사, 점성, 책력 같은 일은 점쟁이나 무당
에 가까우니, 원래 천자가 희롱하는 대상으로 광대로 대우 받았습니
다"라고 했다.

　禮記儒行篇, 魯哀公問孔子曰, 夫子之服, 其儒服歟, 云云. 孔子曰, 衆之命
儒也, 妄常以儒相訴病. 漢書司馬遷書曰, 文史星歷, 近乎卜祝之間, 主上所戱
弄, 俳優畜之.

自古非一秦 六籍蓋多難 : 『문선·동도부』에서 "육적도 그에 대해 다 말할 수 없다"라고 했는데, 이선이 『봉선서』를 인용하여 주를 내면서 "육경에 실려서 전해진다"라고 했다. 개보 왕안석의 「건주학기」에서 "주나라 도가 미약해지자 불행하게도 진나라가 나오게 되어 시서를 불사르고 선비를 죽였다. 그러나 이런 마음은 다만 진나라 때만 그런 것이 아니라 공자가 있었던 때에도 이미 향교를 훼철하려는 자가 있었다"라고 했다. 왕안석은 또한 「도원행」에서 "어지러운 천하에 몇 번이나 진나라 지나갔던가"라고 했다. 『한서·진승전』에서 "진나라가 아직 망하지 않았는데, 조왕과 장상의 가족들을 죽인다면 이는 또 다른 진나라를 적으로 만들어 내는 것과 같습니다"라고 했다. 『좌전』에서 "사마후가 "어려운 일이 많을수록 그 나라를 굳건하게 만들 수 있다""라고 했다.

見上六籍經幾秦注. 漢書陳勝傳曰, 秦未亡, 而誅趙王將相家屬, 此生一秦. 左傳, 司馬侯曰, 或多難以固其國.

詩書或發冢 熟念令人愐 : 『장자』에서 "유자儒者가 『시경』과 『예기』를 근거로 하여 남의 무덤을 도굴했다"라고 했다. 『진서·왕희지전』에서 "은호에게 편지를 보내 "이를 깊이 생각해야 합니다""라고 했다. 『후한서·풍연전』에서 "근심은 사람으로 하여금 살려는 마음이 없게 한다"라고 했다. 왕희지의 「도하이첩都下二帖」에서 "지금 인재가 없는데 이처럼 아프니 사람으로 하여금 기운을 떨어뜨리게 한다"라고 했다. 『한비자』에서 "조정 안팎의 원망과 슬픔이 가득하다"라고 했다. 두보의 「관

공손대랑제자무검기행觀公孫大娘弟子舞劍器行」 시에 "나와 문답을 한 사연이 이미 있는지라, 옛날 일 추억함에 슬픈 마음 더해지네"라고 했다.

莊子曰, 儒以詩禮發冢. 晉書王羲之傳, 遺殷浩書曰, 此可熟念. 後漢書馮衍傳曰, 愁令人不賴生. 王羲之帖亦云, 令人短氣. 韓非子曰, 外內悲愴. 老杜詩, 感時撫事增惋傷.

秦君銳本學 驥子已血汗 : 산곡은 「답소장첩」에서 "학문의 근본은 스스로 자신의 본성을 보는 것이 어렵다"라고 했다. 두보의 「천육표기가天育驃騎歌」에서 "뛰어난 천리마 따로 기르게 하였네"라고 했다. 또한 「취가행醉歌行」에서 "월따말 망아지 때부터 이미 피땀을 흘리고"라고 했다. 살펴보건대 안연년의 「천마상」에서 "천리마에 신령함을 내렸다"라고 했다. 또한 살펴보건대 『한서』에서 "대완국에는 좋은 한혈마가 많다"라고 했다. 이 구는 그의 선조는 천리마처럼 뛰어남을 말하고 있다.

山谷有答少章帖云, 學問之本, 以自見其性爲難. 老杜詩, 別養驥子憐神俊. 又詩, 驊騮作駒已汗血. 按顔延平天馬狀曰, 降靈冀子. 又按漢書, 大宛國多善馬汗血. 言其先天馬子也.

相期駿天衢 伯樂嘗一盼 : 『주역』에서 "저 하늘 거리이니 형통하리라"라고 했다. 『춘추후어』에서 "소대가 제왕을 보고자 하여 순우곤에게 이르기를 "어떤 사람이 준마를 가지고 있었는데 그 말을 팔려고 하였습니다. 백락을 보고서 "3일 동안 저자에 서서 말을 팔려고 하였으나

아무도 흥정하는 사람이 없었습니다. 원컨대 그대가 한 번 오셔서 눈길을 주시고 떠나면서 돌아봐 주십시오. 그러면 새로 매겨진 값만큼을 드리겠습니다"라 하였다. 백락이 그 말대로 하자 하루아침에 말 가격이 열 배가 되었습니다. 지금 신이 준마로써 임금을 뵙고자 하는데 아무도 나를 이끌어주는 사람이 없습니다. 그대는 저를 위해 백락이 되어 주시지 않겠습니까'"라고 했다.

易曰, 何天之衢亨. 春秋後語曰, 蘇代欲見齊王, 謂淳于髡曰, 人有駿馬, 欲賣之. 見伯樂曰, 比三旦立於市, 人莫與言. 願子還而視之, 去而顧之. 臣請獻一朝之價. 伯樂如其言, 一旦而馬價十倍. 今臣欲以駿馬見於王, 莫臣先後, 足下有意爲臣伯樂乎.

士爲欲心縛 寸勇輒尺懦 : 『논어』에서 "정야는 욕심이 많으니, 어찌 강하다 하겠는가"라고 했다. 『노자』에서 "감히 한 치도 나아가지 않고 한 자를 물러난다"라고 했다.

魯論曰, 棖也慾, 焉得剛. 老子曰, 不敢進寸而退尺.

要當觀此心 日照雲霧散 扶疎萬物影 宇宙同璀璨 : 『능엄경』에서 "색신의 바깥에, 산하로부터 허공대지가, 다 바로 묘하게 밝은 진심眞心 중의 만물인 것을 모르는가"라고 했으며, 『원각경』에도 육진연영[69]에 대한 논의가 있다. 「사마상여전」에서 "구름이 펼쳐지고 안개가 흩어졌다"

---

69 육진연영 : 여섯 가지 감각 기관을 통해 분별하는 마음이다.

라고 했다. 또한 "드리운 가지가 무성하다"라고 했다. 『문선』에 실린 손작孫綽의 「유천태산부遊天台山賦」에서 "기수[70]에는 반짝반짝 옥구슬이 드리웠네"라고 했다.

楞嚴經曰, 不知色身外, 洎山河虛空大地, 咸是妙明中所現物. 而圓覺經亦有六塵緣影之說. 司馬相如傳曰, 雲布霧散. 又曰, 垂條扶疎. 文選, 琦樹璀璨.

置規豈惟君 亦自警弛慢 : 『국어·초어』에서 "간하는 말까지 귀마개로 쓰려 하십니까"라고 했다. 또한 "될 수 있으면 귀에는 담아 두리라"라고 했다. 『문선』에 실린 혜강의 「여산거원절교서與山巨源絶交書」에서 "내가 스스로 완적의 어짊만은 못하지만 게으르고 나태함은 없다"라고 했다.

楚語曰, 其以規爲瑱也. 又曰, 吾懋實之於耳. 文選嵇叔夜書曰, 吾自以不如嗣宗之賢, 而有慢弛之闕.

70　기수(琦樹) : 신선 시계에 있다는 옥수(玉樹)이다.

18. 유회숙의 조하의 푸른 돌벼루를 읊다[71]

劉晦叔洮河綠石研[72]

회숙의 이름은 욱이다. 조주는 당나라 임조군으로 뒤에 토번에 함락
되었는데, 희녕 연간에 수복하였다.

晦叔名昱. 洮州, 唐臨洮郡, 後陷吐蕃, 熙寧中收復.

久聞岷石鴨頭綠	민의 돌이 기러기 머리처럼 푸르다고 오래전에 들었는데
可磨桂溪龍文刀	계계의 돌 갈아 칼날의 용무늬처럼 만들었네.
莫嫌文吏不知武	문리는 무예를 모른다고 미워하지 말라
要試飽霜秋兔毫	가을 토끼 털 붓에서 서리 실컷 먹었으니.

【주석】

久聞岷石鴨頭綠 可磨桂溪龍文刀 莫嫌文吏不知武 要試飽霜秋兔毫 : 민주
는 본래 임조현의 지역에 있다. 이백의 「양양가襄陽歌」에서 "멀리 한강
물은 청둥오리 머리의 푸른색"이라고 했다. 계계桂溪는 민월 지역에 있
다. 조비의 「위도부」에서 "검은 거북의 무늬에 용의 문양을 새겼다"라

---

71 다음 작품으로 인하여 이곳에 첨부하여 보였다.
72 [교감기] 문집에서는 제목 아래의 원주에서 "회숙의 이름은 욱(昱)이다"라고 했
다. 전본에서는 '叔' 아래에 '許'자가 있으며, '研'은 '硯'으로 되어 있다. 살펴보건
대 '研'은 '硯'과 통용한다. 이후 다시 나오면 교정하지 않는다.

고 했다. 『한서』에서 "옥사는 만민의 생명이 달려 있으니, 능히 산 자로 하여금 원망하지 않고 죽은 자로 하여금 한하지 않게 한다면, 법을 잘 지키는 관리라고 이를 수 있다"라고 했다. 두보의 「조부」에서 "천년 묵은 요망한 여우와 세 굴의 교활한 토끼는 오래 묵은 무덤의 가시나무를 믿고 무너진 성의 서리와 이슬을 배불리 먹는다"라고 했다. 『법서원』에서 "구양통은 상아와 물소 뿔로 붓 대롱을 만들고 살쾡이 털로 심을 만들며 가을 토끼 털로 심을 덮었다"라고 했다. 포조의 「비백서명」에서 "가을 털의 정밀하며 굳셈으로 흰색의 생견生絹에 어리거나 풀어서 아름답게 쓴다"라고 했다. 왕희지의 「제필진도」에서 "종이는 진이며, 붓은 칼과 창이다"라고 했다. 짐짓 이 시에서 그 내용을 암용하여 상구의 의미를 채웠다.

岷州本臨洮縣地. 太白詩, 遙看漢水鴨頭綠. 桂溪在閩越境上. 曹毗魏都賦曰, 劍則龜文龍藻. 漢書曰, 可謂文史. 老杜鵰賦曰, 至如千年孽狐, 三窟狡兔, 恃古冡之荊棘, 飽荒城之霜露. 法書苑曰, 歐陽通以象牙犀角爲筆管, 狸毫爲心, 覆以秋兎翰. 鮑照飛白書銘曰, 秋毫精勁, 霜素凝解. 法書苑, 王羲之題筆陣圖後曰, 紙者, 陣也. 筆者, 刀稍也. 故此詩暗用, 以足上句之意.

19. 단차와 조주 녹석 벼루를 무구와 문잠이 주고받다[73]

以團茶洮州綠石硯贈無咎文潛

晁子智囊可以括四海	조자는 지혜 주머니라 사해를 담을 수 있고
張子筆端可以回萬牛	장자의 붓끝은 만 마리 소를 돌릴 수 있네.
自我得二士	내가 두 선비를 얻은 이후로
意氣傾九州	의기가 구주를 덮었네.
道山廷閣委竹帛	도산의 연각에 도서를 보관하고
淸都太微望晃旒	청도의 태미성에서 황제를 바라보네.
貝宮胎寒弄明月	패궁이 추위를 잉태할 때 밝은 달 희롱했는데
天網下罩一日收	하늘의 그물로 하루아침에 거둬들였네.
此地要須無不有	관각은 모름지기 모든 것을 갖춰야 하니
紫皇訪問富春秋	황제가 찾아와 물을 날이 많네.
晁無咎贈君越侯所貢蒼玉璧	조무구가 그대에게 월후가 올린 창옥벽을 주니
可烹玉塵試春色	옥진을 끓여서 봄빛을 맛보게나.

---

73 「화답진구(和答秦觀)」에 차운하였다. 살펴보건대『실록』에서 "원우 원년 12월
에 태학에서 시험을 보아 장뢰를 뽑았으며 태학에서 시험을 보아 조보지를 장원
으로 삼아 두 사람 모두 비서성 정자로 삼았다"라 하였다. 이 시에서 "도산의 연
각[道山廷閣]"이라 하였으니, 그해에 지은 것이다.

澆君胷中過秦論	그대 가슴속의 「과진론」을
	씻어버리고
斟酌古今來活國	고금을 헤아려서 나라를 살리시오.
張文潛贈君洮州綠石含風漪	장문잠이 조주의 바람 머금은
	푸른 돌의 벼루를 주니
能淬筆鋒利如錐	붓 끝에 적셔 송곳처럼 날카롭게 만드네.
請書元祐開皇極	청컨대 원우에 황제가 등극함을 써서
第入思齊訪落詩	「사제」와 「방락」과 비슷한 시를 짓기를.

【주석】

晁子智囊可以括四海 張子筆端可以回萬牛 : 『한서』에서 "조착은 지혜 주머니라 불리었다"라고 했다. 가의의 「과진론」에서 "사해를 주머니에 넣고 묶어서"라고 했다. 『한시외전』에서 "문사의 붓끝을 피하고"라고 했다. 두보의 「고백행」에서 "만 마리 소가 산처럼 무거워 고개 돌리리라"라고 했다.

漢書, 晁錯號智囊. 賈誼過秦論曰, 囊括四海. 韓詩外傳, 避文士之筆端. 老杜古柏行曰, 萬牛回首丘山重.

自我得二士 意氣傾九州 : 충분히 사람의 의기를 강하게 만든다는 의미이다. 구양수의 「송초천지送焦千之」에서 "내가 그대 두 사람을 만난 뒤로, 환하게 빛나는 두 구슬을 얻은 듯하네"라고 했다. 『사기 · 안영

전』에서 "마부는 의기가 양양하여 매우 자신이 넘쳤다"라고 했다. 여기서는 이 말을 차용하였다.

言足以強人意. 歐陽公詩, 自吾得二生, 粲粲獲雙珙. 史記晏嬰傳曰, 意氣揚揚, 甚自得也. 此借用其字.

道山廷閣委竹帛 淸都太微望晃旂 : '도산道山'은 권1의 「평음장징거사平陰張澄居士」의 첫 번째 작품인 「인정仁亭」의 두 번째 구의 "도 지닌 이 산에 숨었구나有道藏丘山"에서 보인다. 유흠의 「칠략」에서 "무제가 책을 바칠 길을 넓히니 백년 안에 책이 산처럼 쌓였다. 그러므로 밖으로는 태상과 박사의 서고가 있고 안으로는 연각, 광내, 비서 등의 서고를 두었다"라고 했다. 『열자』에서 "목왕은 그곳을 상제의 맑고 깨끗한 자미궁이며, 천상의 음악을 연주하는 곳이며, 상제 사는 곳이라 생각했다"라고 했다. 『사기·천관서』에서 "태미원과 해와 달과 별의 궁정이며, 그 안의 다섯 별은 오제의 자리이다"라고 했다.

道山, 見上注. 劉歆七畧曰, 武帝廣獻書之路, 百年之間, 書積如丘山, 故外有太常博士之藏, 內則延閣廣內祕室之府. 列子曰, 穆王以爲淸都紫微, 鈞天廣樂, 帝王之居. 史記天官書曰, 太微三光之廷, 其內五星五帝座.

貝宮胎寒弄明月 天網下罩一日收 : 『초사·구가』에서 "붉은 조개 대궐이여 구슬 궁전이로다"라고 했다. 좌사의 「오도부」에서 "조개가 진주를 잉태하는데, 달과 함께 찼다 줄었다 한다"라고 했다. 『태평광기』에

실린 귀신의 시에서 "도시는 너무나도 시끄러우니, 산에 돌아가 밝은 달이나 희롱하려네"라고 했다. 『문선』에 실린 조식의 「여양덕조서」에서 "사람들마다 뛰어난 문장가의 작품을 얻어서 영사의 구슬을 잡았다고 말하고 집집마다 형산의 옥을 안고 있다고 말한다"라고 했다. 또한 "우리 왕이 하늘의 그물을 만들어 펼쳐서 팔방을 덮어 인재를 거둬들이며"라고 했다. 『노자』에서 "하늘의 법망은 넓고 넓어 성기지만 놓치지 않는다"라고 했다. 『시경』에서 "남녘 강물에 가어가 있으니, 수많은 통발로 잡아내도다"라고 했다.

楚辭九歌曰, 貝闕兮珠宮. 左思吳都賦曰, 蚌蛤珠胎, 與月虧全. 太平廣記鬼詩, 還山弄明月. 文選曹子建與楊德祖書曰, 人人自謂握靈蛇之珠, 家家自謂抱荊山之玉. 又曰, 吾王設天網以該之, 頓八紘以掩之. 老子曰, 天網恢恢, 疎而不失. 詩曰, 烝然罩罩.

此地要須無不有 紫皇訪問富春秋 : 차지此地는 관각을 이른다. 『진서·두예전』에서 "조야에서 칭송하여 두무고라 불렀으니, 갖추지 않은 것이 없음을 말한다"라고 했다. 자황紫皇은 철종을 이른다. 『진서·천문지』에서 "자미궁의 별자리인 구진의 입안에 한 별이 천황대제이다"라고 했다. 『한서·제양왕전』에서 "황제는 앞으로 살날이 많습니다"라고 했는데, 주에서 "재물에 비유하여 바야흐로 다하지 않는다는 말이다"라고 했다.

此地, 謂館閣. 晉書杜預傳, 朝野稱美, 號曰杜武庫. 言其無所不有也. 紫皇,謂哲廟. 晉書天文志曰, 紫微宮鈞陳口中一星, 曰天皇大帝. 漢書齊襄王傳曰, 皇帝春秋富. 注云, 比之於財, 方未匱竭.

晁無咎贈君越侯所貢蒼玉璧 可烹玉塵試春色 澆君胷中過秦論 斟酌古今來 活國 : 월후는 건주의 수령을 이른다. 건주는 즉 민월의 지역이다. 창벽은 단차를 이른다. 『주례·천관』에서 "창벽으로 하늘에 제사 지낸다"라고 했다. 백거이의 「유촉칭사游玉稱寺」에서 "새 차가 맷돌에서 옥가루처럼 떨어지네"라고 했다. 『세설신어』에서 "왕손이 왕침에게 묻기를 "완적의 주량은 사마상여와 비교하여 어떤가"라 묻자 왕침이 "완적의 가슴에는 커다란 돌무더기가 있기 때문에 모름지기 술로 씻어내야 한다""라고 했다. 「과진론」은 가의의 『신서』에 보인다. 『시경·모시서』에서 "선조의 도를 헤아려 천하를 기른다"라고 했다. 「주어」에서 "원로대신들은 훈계하는 말을 하게 한 뒤에 왕이 이를 헤아려서 참작하여 시행하면"이라고 했다. 반고의 「전인」에서 "도덕의 연원을 헤아려서"라고 했다. 『문선』에 실린 손초의 「여손호서」에서 "백성을 사랑하고 나라를 살렸다"라고 했다. 또 살펴보건대 『남사』에서 "왕광의 아들 왕진국이 남초 태수가 되었는데 고종이 칙령을 내려 "경은 백성을 사랑하고 나라를 살려 나의 뜻에 매우 부합하였다""라고 했다.

越侯, 謂建州守臣, 建州卽閩越之地. 蒼璧, 謂團茶. 周禮春官曰, 以蒼璧禮天. 樂天詩曰, 新茶碾玉塵. 澆君胷中, 見上注. 過秦論, 見賈誼新書. 詩序, 酌先祖之道, 以養天下. 周語曰, 而後王斟酌焉. 班固典引曰, 斟酌道德之淵源.

活國, 見上注.

張文潛贈君洮州綠石含風漪 能淬筆鋒利如錐 請書元祐開皇極 第入思齊訪落詩 : 한유의 「정군증점鄭群贈簟」에서 "말아 보내준 여덟 자 대자리 안에 바람까지 있을 것을"이라고 했는데, 이를 차용하여 조주 벼루의 온륜함을 말하였다. 백거이의 「자호필紫毫筆」에서 "자호필은 송곳처럼 뾰족하고 칼처럼 날카롭다"라고 했다. 『진서 · 조납전』에서 "나는 여영汝潁의 선비인지라 날카롭기가 송곳과 같다"라고 했다. 산곡이 지은 「온공만사」에서 "원우에 황제가 등극하니, 그 공은 노성인을 씀에 있네"라고 했다. 사제思齊는 선인태후를 비유한 것이며, 방락訪落은 철종을 비유한 것이다. 살펴보건대 『시경 · 사제』에서 "엄숙한 태임太任이 문왕의 어머니이시니"라고 했다. 『시경 · 방락 · 모서』에서 "대를 이은 성왕이 종묘에서 정사를 도모하는 시이다"라고 했는데, 전에서 "성왕이 비로소 정사에 나아가 종묘에서 군신들과 정사를 도모한 것이다"라고 했다. 반고의 「서도부」에서 "시종신의 아름다운 노래를 모았다"라고 했다.

退之簟詩曰, 卷送八尺含風漪. 此借用, 言洮研之溫潤. 樂天詩曰, 紫毫筆, 尖如錐兮利如刀. 晉書祖納傳曰, 汝潁之士, 利如錐. 山谷作溫公挽詞云, 元祐開皇極, 功歸用老成. 思齊, 以比宣仁太后. 訪落, 以比哲宗. 按思齊詩曰, 思齊太任, 文王之母. 訪落序曰, 嗣王謀於廟也. 箋謂成王始卽政, 故於廟中與羣臣謀政事. 班固西都賦曰, 第從臣之嘉頌.

20. 왕중지가 조주의 숫돌과 도장 재료인 황옥을 보내주어 사례하다[74]【중지의 이름은 흠신이다】

謝王仲至惠洮州礪石黃玉印材.[75]【仲至名欽臣】

洮礪發劒虹貫日	조주의 숫돌로 칼을 가니 무지개가 해를 뚫고
印章不琢色蒸栗	인장은 새기지 않아도 찐 밤색이네.
磨礱頑鈍印此心	무딘 곳 갈아 이 마음 깨닫게 하니
佳人持贈意堅密	가인이 보내준 그 성의는 두텁네.
佳人鬢彫文字工	가인의 살쩍은 시들었지만 글월은 공교로우니
藏書萬卷胷次同	만권의 책을 가슴 속에 보관하였네.
日臨天閑豢眞龍	해가 천자의 마구간에 뜨면 준마를 기르고
新詩得意挾雷風	새로운 시는 득의하여 우레와 바람이 담겼네.
我貧無句當二物	나는 가난하여 이 두 물건을 마련할 수 없는데
看公倒海取明月	공이 바다를 뒤집어 명월주 취한 것을 알겠네.

【주석】

洮礪發劒虹貫日 印章不琢色蒸栗：『장자』에서 "칼날을 새로 숫돌에서 간 것 같다"라고 했다. 『한서·추양전』에서 "추양이 옥중에서 양왕에게 올린 글에서 "옛날에 형가는 연나라 태자 단의 의리를 존모 하였는

---

74 앞의 작품으로 인하여 이곳에 첨부하여 보였다.
75 [교감기] 문집 시의 제목 아래의 원주에서 "중지의 이름은 흠신이다"라고 했다.

데, 흰 무지개가 해를 뚫자 태자는 성공하지 못할까 두려워하였습니다"라고 했다. 『예기』에서 "대규는 깎지 않는다"라고 했다. 위문제의 「여종요서」에서 "옥을 논한 책에서 아름다운 옥을 논하면서 노란 옥은 찐 밤과 같다고 하였다"라고 했다.

莊子曰, 刀刃若新發於硎. 漢書鄒陽傳曰, 荊軻慕燕丹之義, 白虹貫日. 禮記曰, 大圭不琢. 魏文帝與鍾繇書曰, 玉書稱美玉,[76] 黃侔蒸栗.

磨礱頑鈍印此心 佳人持贈意堅密: 『한서·매복전』에서 "작록은 천하의 숫돌이니, 고조가 세상의 어리석은 사람들을 가다듬는 것이다"라고 했는데, 이것을 차용하였다. 『관불삼매해경』에서 "아미타불 염불에 머물러, 심인이 무너지지 않나니"라고 했다. 『전등록』에서 "마조가 은밀히 심인을 받았다"라고 했다. ○『한서·조착전』에서 "갑옷이 견고하지 치밀하지 않으면 웃통을 벗을 것과 같다"라고 했다.

漢書梅福傳曰, 爵祿者, 天下之厎石, 高帝所以厲世磨鈍也. 此借用. 觀佛三昧海經曰, 住念佛者, 心印不壞. 傳燈錄曰, 馬祖密受心印. ○ 漢書晁錯傳曰, 甲不堅密, 與袒裼同.

佳人鬢彫文字工 藏書萬卷胷次同 日臨天閑麥眞龍 新詩得意挾雷風: 구양수의 표에서 "풍상을 맞아 귀밑머리가 세었다"라고 했다. 유우석의

76 [교감기] '美'자는 원래 빠졌었는데 전본에 의거하고 아울러 『문선』 42권에 의거하여 보충하였다.

「호주최조장湖州崔曹長」에서 "둥근 부채 위에 쓴 것 보니, 그대 문자 공교로움 알겠네"라고 했다. 『예기·교인』에서 "천자는 열두 개의 마구간에서 여섯 종류의 말이 있다"라고 했다. 『국어』에서 "사묵이 "옛날에 환룡씨가 있었다""라고 했는데, 이것을 차용하여 지방 수령들을 말하였다. 두보의 「총마행」에서 "천자 마구의 용마 버금가는구나"라고 했다. 『서경잡기』에서 "회남왕이 『홍렬전』을 짓고 스스로 말하기를 "글자 사이에 바람과 서리가 담겨 있다""라고 했다.

歐陽公表曰, 風霜所迫, 鬢髮彫殘. 劉禹錫詩, 會書團扇上, 知君文字工. 周禮校人, 天子十有二閑, 馬六種. 國語, 史墨曰, 古有豢龍氏. 此借用, 以言羣牧. 老杜驄馬行曰, 天廐眞龍此其亞. 西京雜記, 淮南王著鴻烈傳, 自云字中皆挾風霜.

我貧無句當二物　看公倒海取明月太 : 이백의 「억구유기초군원참군憶舊遊寄譙郡元參軍」에서 "산과 바다 뒤집는 것 어렵지 않네"라고 했다. 한유의 「별조자別趙子」에서 "바닷가 남쪽에서 서성이며, 명월주[달]를 굴리며 노네"라고 했다.

太白詩, 迴山倒海不作難. 退之詩, 婆娑海水南, 簸弄明月珠.

21. 문잠이 왕사인과 함께 기원淇園에서 노닐며 지은 시에 차운하다[77]【왕사인의 이름은 역이며 자는 재원이다】

次韻文潛同遊王舍人園【王舍人名棫, 字才元】

移竹淇園下	기원으로 대를 옮기고
買花洛水陽	낙양에서 꽃을 사네.
風煙二十年	자연 속에서 이십 년을 지냈으니
花竹可迷藏	꽃과 대나무에 은거할 수 있네.
九衢流車馬	드넓은 길에는 거마가 다니는데
相値各怱忙	서로 만나도 각자 바쁘네.
豈有道邊宅	어찌 도로가에 집이 있으리오
靜居如寶坊	고요히 거처함은 절간과 같네.
幅巾延客酒[78]	복건에 손님을 맞아 술 마시며
妙歌小紅裳	젊은 기생은 구성지게 노래하네.
主人有班綴	주인은 반열에 나아가니
衣拂御爐香	옷에는 어전의 향기가 배었네.
常恐鵬鳩鳴	항상 걱정인 건, 두견이 울어서
百草爲不芳	온갖 풀들이 꽃을 피우지 못할까봐.

---

77 앞 시를 차운하였다. 문잠의 시에 "짙은 녹음에 여름 장막을 펼치네[濃綠張夏帷]"라 하였다.
78 [교감기] '延客'은 장지본에는 '送客'으로 되어 있다.

故作龜曳尾	일부러 꼬리 끄는 거북이 되니
頗深漆園方	자못 칠원을 깊게 만들었네.
初開蝸牛廬	처음 작은 오두막 지어
中置師子牀	안에 사자상을 두었네.
買田宛丘間	완구 사이에 밭을 샀으니
江漢起濫觴	강한도 잔의 물에서 시작하네.
今此百畝宮	지금 이 드넓은 집은
冬溫夏淸涼	겨울에 따뜻하고 여름에 시원하네.
身閑閱世故	몸은 한가롭지만 세상일 겪었으며
宇靜發天光	마음은 고요하여 영묘한 빛이 일어나네.
安肯聲利場	어찌 명예와 이익 다투는 곳에서
牽黃臂老蒼	사냥개 끌고 늙은 매 팔에 앉히랴.
張侯筆瑞世	태평성대에 장후의 붓이요
三秀麗齋房	재방의 영지는 아름답네.
作詩盛推賞	시를 지으면 성대하게 칭송 받으니
明珠計斛量	밝은 구슬을 섬으로 헤아리는구나.
掃花坐晚吹	꽃을 쓸고 저물녘 앉아 읊조리는데
妙語益難忘	오묘한 말은 더욱 잊기 어렵네.
重游樊素病	거듭 노니니 번소가 아파서
捧心不能粧	가슴 부여잡고 화장도 하지 못하네.
來日猶可追	앞날은 오히려 서로 좇을 수 있으니

| 聽我歌楚狂 　　　　　　　나의 초나라 광인 노래를 들어보시게.

【주석】

移竹淇園下 買花洛水陽 : 『한서·구혁지』에서 "기원의 대나무를 잘라와서 둑을 만들었다"라고 했다. 살펴보건대 『시경·기욱』에서 "왕추가 우거져 있네"라고 했는데, 시를 해석하는 자가 "녹죽綠竹은 왕추로 지금의 대가 아니다"라고 했다. 소철은 『시전』을 지으면서 『한서』의 주장을 따랐다. 구양수는 『낙양풍속기』를 지었는데, 그 안에 모란에 대한 이야기가 자세히 실려 있다.

漢書溝洫志曰, 下淇園之竹以爲楗. 按淇澳詩曰, 綠竹猗猗. 說詩者以爲王芻, 非今竹. 蘇子由作詩傳, 從漢書說. 歐陽公有洛陽風俗記, 載牡丹事甚詳.

風煙二十年 花竹可迷藏 : 백거이의 「신창신거新昌新居」에서 "나무 다듬는 일 등한하니, 분수에 맞게 자연을 즐기네"라고 했다. 두보의 「유수각사遊修覺寺」에서 "사립문에 꽃과 대가 그윽하네"라고 했다. 백거이의 「간간음簡簡吟」에서 "열세 살에 대로 악기를 만들어, 늙을 때까지 손에서 놓지 않네"라고 했다. 이상은李商隱의 「유미일인부」에서 "어찌 주저하는 모습 아름답지 않으랴, 물러나 숨은 것에 한을 남길까 두렵네"라고 했다.

樂天詩, 等閒栽樹木, 隨分占風煙. 老杜詩, 山扉花竹幽. 樂天又有詩云, 十三行坐事調品, 不肯迷頭白地藏. 玉溪生有美一人賦曰, 豈不美於羞澁, 恐致恨於迷藏.

九衢流車馬 相値各怱忙 : 백거이의 「송객귀경送客歸京」에서 "배는 삼협의 비로 어지럽고, 말은 장안 대로의 먼지 속으로 들어가네"라고 했다. 『후한서·마후전』에서 "친정집에 와보니 수레는 물이 흐르듯 하였고, 말은 물속에서 노니는 것 같이 화려하였다"라고 했다. 두보의 「신혼별新婚別」에서 "너무 급한 것 아닌가요"라고 했다.

樂天詩, 舟亂三峽雨, 馬入九衢塵. 後漢馬后傳曰, 車如流水, 馬如游龍. 老杜詩, 無乃太怱忙.

豈有道邊宅 靜居如寶坊 : 『후한서·조포전』에서 "명제가 속담에 이르길 길가에 집을 지으면 삼 년가도 못 짓는다는 말이 있다"라고 했다. 『능엄경』에서 "관세음보살께서 말씀한 대로 사람들이 고요히 쉬고 있을 때 시방十方에서 한꺼번에 북을 치거든 열 곳 소리 일시에 다 듣사오니"라고 했다. 『화음합편』에서 "『대집경』은 욕계 이상과 색계 이하에서 보방寶坊, 도량을 세우고 모든 인천人天의 대중을 모으고 있다"라고 했다.

後漢曹襃傳, 明帝曰, 諺言, 作舍道邊, 三年不成. 楞嚴經曰, 譬如人靜居. 華嚴合論云, 大集經, 在於欲界上, 色界下, 安立寶坊, 集諸人天.

幅巾延客酒 妙歌小紅裳 : 『후한서·부융전』에서 "복건을 쓰고 소매를 떨치면서 말을 하는데 마치 구름이 피어오르는 것 같았다"라고 했다.

後漢符融傳, 幅巾奮襃, 談辭如雲.

主人有班綴 衣拂御爐香 : 구양수의 「석상송유도관席上送劉都官」에서 "옥
궁궐에 맑은 서리가 새벽 반열을 감싸고"라고 했다. 가지의 「조조대명
궁早朝大明宮」에서 "의관 갖춘 몸에 어전의 향로 향기 스민다"라고 했다.
　歐公詩, 玉殿霜淸綴曉班.[79] 賈至詩, 衣冠身惹御爐香.

常恐鵜鴂鳴 百草爲不芳 : 『이소』에서 "두견새가 먼저 울어서, 온갖 풀
이 꽃 피지 못하게 할까 두렵도다"라고 했다.
　離騷曰, 使鵜鴂之先鳴兮, 百草爲之不芳.

故作龜曳尾 頗深漆園方 : 『장자』에서 "장자가 복수에서 낚시를 하고
있는데, 초왕이 보낸 두 대부가 찾아와 왕의 뜻을 전달하기를 "부디 나
라 안의 정치를 맡기고 싶습니다"라 했다. 이에 장자가 "초나라에 신령
한 거북이 있다는데, 죽은 지 이미 삼천 년이나 되었다고 합니다. 왕이
수건을 싸서 함 속에 넣어 보관한다고 하는데, 이 거북은 차라리 죽어
서 뼈를 남긴 채 소중하게 받들어지기를 바랐을까요, 아니면 오히려
살아서 진흙 속을 꼬리를 끌며 다니기를 바랐을까요""라 하자, 두 대부
가 대답하기를 "그야 오히려 살아서 진흙 속에 꼬리를 끌며 다니기를

79　[교감기] 전본에는 "歐公詩 玉殿霜淸綴曉班"라는 주가 없고 "반철은 반열과 같으
　　니, 조관에 올랐음을 이른다[班綴猶班列謂升朝官也]"로 되어 있다.

바랐을 테죠"라 하였다. 그러자 장자가 "어서 돌아가시오. 나도 진흙 속에서 꼬리를 끌며 다닐 테니까"라고 했다"라고 했다. 살펴보건대 『사기·장자전』에서 "일찍이 칠원의 관리가 되었다"라고 했다. 『장자·잡편』에서 "천하에 도술을 닦은 사람은 많다"라고 했다.

莊子曰, 莊子釣於濮水, 楚王使大夫二人往先焉, 曰願以境內累子矣. 莊子曰, 楚有神龜, 死已三千歲矣. 王巾笥而藏之廟堂之上, 此龜者, 寧其死爲留骨而貴乎, 寧其生而曳尾於塗中. 二大夫曰, 寧生而曳尾塗中. 莊子曰, 往矣, 吾將曳尾於塗中. 按史記莊子傳, 嘗爲蒙漆園吏. 莊子雜篇曰, 天下之治方術者多矣.

初開蝸牛盧 中置師子牀 : 『위지·병원전邴原傳』의 주에서 "초선이 스스로 달팽이 집 같은 작은 오두막을 짓고 그 안을 깨끗이 청소하였다. 나무로 침상을 만들고 그 위에 풀을 깔아 요를 삼았다"라고 했다. 『지도론』에서 "부처를 사람 가운데 사자라고 하며, 부처가 앉는 곳은 평상이든 땅이든 모두 사자좌라고 부른다"라고 했다. 『능엄경』에서 "그때 여래께서 법회를 마치려고 하다가 사자상에서 다시 칠보로 된 의자를 잡아당겨 앉았다"라고 했다. ○ 『유마경』에서 "그 방이 아주 넓어져서 삼만 이천 개의 큰 사자좌를 그 안에 포용할 수 있게 되었다. 이렇게 작은 방에 이처럼 높고 넓은 사자좌를 수용하니"라고 했다.

蝸牛盧, 用焦先事. 智度論云, 佛爲人中師子, 凡佛所坐若牀若地, 皆名師子座. 楞嚴經曰, 卽時如來將罷法座, 於師子牀, 攬七寶几. ○ 維摩經云, 其室廣博, 悉皆包容三萬二千師子座. 舍利佛言, 如是小室, 乃容受此高廣之座.

買田宛丘間 江漢起濫觴 : 완구는 지금의 진주이다. 『공자가어』에서 "장강은 민산에서 시작하여 나오는데, 처음 나올 때 수원은 겨우 잔을 넘칠 정도이다. 그러나 강나루에 도달하면 배를 나란히 늘어놓지 않거나 바람을 피하지 않으면 건널 수 없게 된다. 이것은 아래로 흐르면서 물이 불어났기 때문이 아니겠는가"라고 했다. 즉 이곳에서부터 늙으면 은거한 곳으로 삼았다는 말이다.

宛丘, 今陳州. 濫觴, 見上注. 言爲歸老之漸也.

今此百畝宮 冬溫夏淸涼 : 『예기』에서 "선비는 가로 세로 각각 10보步 이내의 담장 안에서 거주한다. 좁은 방 안에는 사방에 벽만 서 있을 뿐이다"라고 했다. 동파의 「초연대기」에서 "여름에는 시원하고 겨울에는 따뜻하다"라고 했다.

記曰, 儒有一畝之宮. 東坡超然臺記, 夏涼而冬溫.

身閑閱世故 宇靜發天光 : 『한서 · 개관요전』에서 "개관요가 고개를 들어 집을 바라보더니 탄식하면서 "이곳은 전사[80]처럼 지나가는 사람이 많다""라고 했다. 『문선』에 실린 정숙 반니潘尼의 「영대가」에서 "세상일이 아직 다스려지지 않아"라고 했다. 『장자』에서 "마음이 태평하고

---

80   전사 : 옛날에 행인에게 휴식과 잠자리를 제공하던 곳으로 오늘날의 여관과 같다.

안정된 자는 영묘한 빛을 발휘한다"라고 했다.

漢書, 蓋寬饒仰視屋, 歎曰, 此如傳舍, 所閱多矣. 文選潘正叔迎大駕詩云, 世故尙未夷. 莊子曰, 宇泰定者, 發乎天光.

安肯聲利場 牽黃臂老蒼 : 이익을 움켜잡지 않는다는 말이다. 『문선』에 실린 포조의 「영사詠史」에서 "큰 도시 사람들은 재물 많은 것을 자랑하고, 삼천에 사는 사람들은 명리만을 쫓네"라고 했다. 『남사』에서 "장충이 바야흐로 사냥을 나갈 때 왼쪽 팔뚝에는 매가 오른쪽에는 개를 끌었다. 장서의 배가 오는 것을 보자 곧 고삐를 놓고 매를 올려놓는 토시를 벗었다"라고 했다. 동파의 악부시 「강성자江城子」에서 "내가 잠시 젊은 날의 거드름을 피우면서, 왼쪽에는 노란 개를 끌고 오른쪽에는 매를 앉혔네"라고 했다. ○『사기』에서 "이사가 아들에게 "다시 너와 누런 개를 끌고 상채의 동문으로 나가 사냥을 하려한들'"이라고 했다.

言不獵取其利也. 文選鮑明遠詩, 五都矜財雄, 三川養聲利. 南史, 張充方出獵, 左臂鷹右牽狗, 遇張緖船至, 便放紲鞲. 東坡樂府, 老夫聊發少年狂, 左牽黃, 右擎蒼. ○ 史記, 李斯謂子曰, 牽黃犬, 出上蔡東門.

張侯筆瑞世 三秀麗齋房 作詩盛推賞 明珠計斛量 掃花坐晩吹 妙語盆難忘 : 『초사·구가』에서 "산기슭에서 삼수를 캐네"라고 했는데, 주에서 "삼수는 영지이다"라고 했다. 『한서·예악지』에서 「지방가」에서 "재방[81]

에 지초가 나니, 아홉 줄기에 잎이 이어졌네""라고 했다. 『왕립지시화』에서 "장문잠이 이전에 이공택 등과 함께 우리 집에 와서 장편 시를 지었다. 며칠 뒤에 다시 동파와 왔는데, 동파가 이전 지은 시를 보더니 탄식하기를 "이 시는 음식을 익혀 먹는 사람이 한 말이 아니다"라 하였다. 그것은 그 시 안에 "물을 길어다 낮의 취함을 해소하고, 꽃을 쓸고서 저물녘 시원함에 앉아 있네. 푸른 잎들이 여름 휘장을 만들고, 붉은 꽃은 봄날 미녀를 멈추네"라는 구절이 있기 때문이다. 그러므로 산곡도 그 시에 차운하여 "꽃을 쓸고 저물녘 앉아 읊조리는데, 오묘한 말은 더욱 잊기 어렵네""라고 했다. 입지의 이름은 직방이며, 왕역의 아들이다. 『문선』에 실린 유정劉楨의 「공연公燕」에서 "편지를 보내고 길게 탄식하니, 아름다운 문장을 잊을 수가 없네"라고 했다. 『옥대신영・상봉행相逢行』에서 "좁은 길에서 만났으니, (…중략…) 쉽게 알기에 다시 잊기 어렵네"라고 했다.

楚辭九歌曰, 采三秀於山間. 注云, 芝也. 漢志芝房歌曰, 齋房産草, 九莖連葉. 王立之詩話云, 張文潛先與李公擇輩來予家, 作長句. 後數日, 再同東坡來. 東坡讀其詩, 歎息云, 此不是喫烟火食人道底言語. 蓋其間有汲井消午醉, 掃花坐晚涼. 衆綠結夏帳, 老紅駐春粧之句也. 故山谷次韻亦云, 掃花坐晚吹, 妙語益難忘. 立之名直方, 棫之子也. 文選劉公幹詩, 投翰長歎息, 綺麗不可忘. 玉臺新詠, 相逢狹路間, 易知復難忘.

重游樊素病 捧心不能粧 : 조무구의 「사왕립지송납매」에서 "꽃 필 기미는 옅고 자태는 담담한데, 소아가 마치 이 매화 같았지"라고 했는데, 자주에서 "왕립지의 집 젊은 여종이다"라고 했다.『운계우의』에서 "백거이는 기생을 두었으니 번소는 노래를 잘 불렀고 소만은 춤을 잘 추었다. 일찍이 지은 시구에 "앵두 같은 번소의 입이여, 버들 같은 소만의 허리로다""라고 했는데, 이것을 차용하여 소아를 비유하였다.『장자』에서 "사금이 "서시西施가 가슴을 앓아 마을에서 얼굴을 찡그리고 다니자 그 마을의 어떤 추녀가 그것을 보고 아름답게 여겨 자기 집에 돌아가 그 또한 가슴을 부여잡고 마을 사람들 앞에서 얼굴을 찡그렸다. 그 마을의 부자들은 그것을 보고는 문을 굳게 닫고 밖으로 나오려 하지 않았고 가난한 사람들은 그것을 보고는 처자식을 이끌고 그 마을을 떠나 버렸다""라고 했다. ○ 증단백의『시선』에 실린 내용 중에 이상노가 이르기를 "왕직방은 부호여서 성남에 별업이 있었다. 명류들을 불러서 술과 음식을 장만하고 기생을 불러서 손님들을 기쁘게 하였다. 그러므로 산곡은 시에서 "다시 와보니 번소가 아파서, 가슴을 부여잡고 화장도 하지 못했네"라고 했으며, 장문잠은 「문주한요지왕재원원음文周翰邀至王才元園飮」에서 "판을 잡고 노래 한 곡조 하니, 좌객은 잔에 술을 남기지 않더라"라고 했다. 모두 하얀 이와 누에 눈썹의 미인을 노래한 것이다"라고 했다.

晁無咎謝王立之送蠟梅詩, 芳菲意淺姿容淡, 憶得素兒如此梅. 自注, 王立之家小鬟. 雲溪友議云, 白居易有妓, 樊素善歌, 小蠻善舞. 爲詩曰, 櫻桃樊素口, 楊柳小蠻腰. 此借用, 以比素兒. 捧心, 見上注. ○ 曾端伯詩選載李商老云, 王直方高貲, 有園在城南, 事諸名流, 具杯盤, 出聲妓, 以娛客. 故山谷詩云, 重來樊素病, 捧心不能粧. 張文潛云, 執板歌一聲, 坐客無甯觴. 皆爲皓齒蛾眉設.

　來日猶可追 聽我歌楚狂：『논어』에서 "초나라 광인 접여가 노래하기를 "지나간 잘못은 탓할 수 없거니와, 앞으로의 일은 바로잡을 수 있다""라고 했는데, 이는 그 말을 차용하였다.

　楚狂接輿歌曰, 往者不可諫, 來者猶可追. 此特借用其語.

22. 도헌에 누워[82]【원주에서 "조무구를 위해서 지었다"라고 했다】

臥陶軒【元注云, 爲晁無咎作】

陶公白頭臥	도공은 백발로 누웠으니
宇宙一北窻	우주의 북창 아래로다.
但聞窻風雨	다만 창가에 비바람만 들리니
平陸漫成江	평평한 육지가 부질없이 강이 되었네.
卯金扛九鼎	묘금의 유씨가 구정을 이고 가니
把菊醉胡牀	국화꽃 따다가 호상에 취해 있네.
城南晁正字	성남의 조 정자는
國器無等雙	나라의 인재로 둘도 없다네.
日月麗宸極	해와 달은 하늘 높이 떠서
大明朝萬邦	크게 밝으니 만방이 조회하네.
假版未通班	임시 판관은 중요한 관직이 아니니
曉嚴夢逢逢	새벽 엄한 북소리 꿈속에서 듣네.
萬卷曲肱裏	팔베개 속에 만권이 들어 있고
胸中湛秋霜	흉중은 가을 서리처럼 맑네.
亦有好事人	호사가들이 있어서
叩門提酒缸	술을 가지고 와 문을 두드리네.
欲眠不遣客	졸려도 손님을 보내지 않으니

---

82 앞의 작품에 첨부되어 있다. 시에서 "성남의 조 정자는[城南晁正字]"라 하였다.

佳處更難忘[83]　　　훌륭한 부분은 더욱 잊기 어렵네.

【주석】

陶公白頭臥 宇宙一北窓 但聞窓風雨 平陸漫成江 : 도연명의 「여자엄등
소」에서 "나는 나이가 쉰을 넘었는데, 어려서 궁핍하고 고생스러웠다"
라고 했다. 또한 "오뉴월에 북창 아래에 누워 있다가 서늘한 바람이 잠
깐 불어오면 스스로 복희씨 시대의 사람이라 여겼다"라고 했다. "평평
한 육지가 강이 된다[平陸成江]"은 구릉과 골짜기가 서로 자리를 바꿀 듯
변함이 마치 진과 송의 교체기와 같음을 이른다. 도연명의 「정운」에서
"온 세상이 혼란하여, 평평한 육지가 강이 되었네"라고 했다.

淵明與子儼等疏曰, 吾年過五十, 少而窮苦. 又曰, 五六月中, 北窓下臥, 遇
涼風暫至, 自謂是羲皇上人. 平陸成江, 謂陵谷變遷, 當晉宋之際乎. 淵明停雲
詩曰, 八表同昏, 平陸成江.

卯金扛九鼎 把菊醉胡牀 : 유유가 진나라의 국권을 훔쳤다. 그러므로
구정을 들고 갔다고 했다. 『좌전』에서 "초나라 장왕이 구정의 대소와
경중을 물었다"라고 했다. 『한서』에서 "항우는 힘이 능히 솥을 들어올
릴 수 있다"라고 했다. 소명태자가 지은 「도연명전」에서 "항상 9월 9
일이 되면 집 주변 국화 떨기에 나아가 한참 동안 앉아 있으면서 손에
가득 국화꽃을 땄다. 문득 왕홍이 보낸 술이 이르면 곧바로 잔을 들고

83　[교감기] '佳處'는 문집과 고본, 장지본과 건륭본에는 '眞處'로 되어 있다.

취하도록 마신 뒤에 돌아왔다"라고 했다. 『진서·환이전』에서 "수레에
서 내려 호상에 걸터앉아 삼조三調를 지었다"라고 했다.

劉裕盜晉之神器, 故曰扛九鼎. 左傳, 楚子問鼎大小輕重. 漢書曰, 項羽力
能扛鼎. 昭明太子作淵明傳曰, 嘗九月九日出宅邊菊叢中, 坐久之, 滿手把菊.
忽値王弘送酒至, 卽便就酌而醉歸. 晉書桓伊傳, 下車踞胡牀.

城南晁正字 國器無等雙：『한서·한안국전』에서 "다만 천자만이 국정
을 감당할 국기國器로 삼을 수 있습니다"라고 했다. 사류의 『급취장』에
서 "복식에 새긴 그림은 짝할 상대가 없네"라고 했다.

漢書韓安國傳曰, 天子以爲國器. 史游急就章曰, 褑飾刻畫無等雙.

日月麗宸極 大明朝萬邦：『주역』에서 "해와 달은 하늘에 걸려 있다"라
고 했다. 『문선』에 실린 유곤劉琨의 「권진표」에서 "천자가 통치를 잃었
다"라고 했다. 『예기』에서 "큰 밝음은 동에서 나오고 달은 서에서 나온
다"라고 했다. 『서경』에서 "만방을 화목하게 했다"라고 했다.

易曰, 日月麗乎天. 文選劉越石勸進表曰, 宸極失御. 禮記曰, 大明生于東.
書曰, 協和萬邦.

假版未通班 曉嚴夢逢逢：『진서·화담전』에서 "삼가 빌려왔던 좌승상
의 군자쵀주의 판을 돌려 드립니다"라고 했다. 『문선』에 육기의 「사내
사표」가 있는데, 이선의 주에서 "대저 왕이 봉하여 임명하는 것을 판

관이라 이른다"라고 했다. 또 살펴보건대『수서·백관지』에서 "진나라에 판자의참군, 판장사 등의 관리가 있었다"라고 했다. '가판假版'은 대개 품계가 낮은 자이다.『수서·백관지』에서 "양무제가 9품 18반열을 정하였다"라고 했다. 이 시에서 말한 "중요한 관직이 아니다[未通班]"는 것은 대개 관직이 차이가 난다는 말이다. 두보의 「봉송곽중승奉送郭中丞」에서 "나는 낮은 벼슬에 이름을 올렸지만"이라고 했다. 유지기의 『사통·오시편』에서 "나는 젊은 나이에 벼슬에 나와 일찍 중요한 관직에 올랐다"라고 했다. '효엄曉嚴'은 새벽을 알려 엄하게 경계하는 북이다. 백거이의 「억구有憶舊遊」에서 "대궐 문 새벽에 엄한 깃발과 북이 나오고"라고 했다. 한유의 「병중증장십팔病中贈張十八」에서 "새벽 북 울리는 조회에 참여하지 않고, 편안히 자면서 둥둥 북소리 듣네"라고 했다.

晉書華譚傳曰, 謹奉還所假左丞相軍諮祭酒版. 文選陸機有謝內史表, 李善注云, 凡王封拜謂之板官. 又按隋百官志, 陳有板諮議參軍板長史之類. 假板, 蓋班品之卑者. 隋志又言, 梁武帝定九品十八班. 此詩言未通班, 蓋列於隔品也. 老杜詩, 通籍微班忝. 劉知幾史通忤時篇曰, 僕少小從仕, 早躡通班. 曉嚴, 謂戒曉嚴警之鼓. 樂天詩曰, 閶門曉嚴旗鼓出. 退之詩, 不踏曉鼓朝, 安眠聽逄逄.

萬卷曲肱裏 胸中湛秋霜 :『문선』에 실린 양원 원숙袁叔의 「효자건백아편效子建白馬篇」에서 "의리는 서리처럼 분명하고"라고 했는데, 이선의 주에서 인용한 중장통仲長統의『중장자창언』에서 "깨끗하기는 맑은 얼음 같고, 엄하기는 가을 서리 같다"라고 했다.

文選袁陽源詩云, 義分明於霜. 李善注引仲長子昌言曰, 潔若淸冰, 嚴若秋霜.

亦有好事人 叩門提酒缸 : 『한서·양웅전』에서 "양웅이 술을 무척 좋아
하면서도 집이 가난해 마시지를 못했는데, 호사자好事者가 술과 안주를
싸 들고 와서 종유從游하며 배웠다"라고 했다.

用揚雄事, 見上注.

欲眠不遣客 佳處更難忘 : 『남사』에서 "도연명이 "내가 취하거든 경은
가도 좋소"라고 했다. 동파가 지은 「취면정」에서 "취중에 손님이 있더
라도 조는 게 무슨 잘못인가, 모름지기 연명을 믿는다면 참으로 어질
지 못하네"라고 했다.

南史, 淵明曰, 我醉欲眠, 卿可去. 東坡作醉眠亭詩曰, 醉中有客眠何害, 須
信淵明苦未賢.

23. 조이도의 시에 차운하여 보내다[84]

【이도의 이름은 열지로 제북 사람이다】

次韻寄晁以道.[85]【以道名說之, 濟北人】

河漢牛與女	은하수의 견우와 직녀성
咫尺不得語	지척인데도 말을 나누지 못하네.
歡然共秋盤	즐겁게 가을날 밥상 함께 하였으니
以玆不忘故	이 때문에 잊지 못하네.
我友在天末	나의 벗이 하늘 끝에 있는데
問天許見否	하늘에 묻노니 보기를 허락할 것인가.
雲雨隔九關	그리운 정은 구관에 막혀 있고
日月不我與	세월은 나를 기다려주지 않네.
念公坐朧禪[86]	생각건대, 그대 좌선하느라 파리할 텐데
守心如縛虎	마음 지킴을 범을 묶듯이 하네.
頗思携法喜	자못 법희에 들어갈 것을 생각하는데
擧案饁南畝	남쪽 밭둑에서 밥상 들어 내오네.
不聞犯齋收	재금을 범하여 감옥에 갇힌 것 듣지 못하고
猶聞畫眉詡	눈썹 아름답게 그린 것을 오히려 들었네.

---

84 앞의 작품에 첨부되어 있다.
85 [교감기] 문집에서는 시의 제목 아래 원주에서 "이도의 이름은 열지(說之)이다"
    라고 했다. 명대전본에는 '寄'자가 없다.
86 [교감기] '公'은 문집과 고본에는 '君'으로 되어 있다.

良爲鼻祖來	참으로 마음을 비조로 삼고
渠伊爲伴侶[87]	그것을 짝으로 삼게나.
我有桂溪刀	나에게 계계의 칼이 있으니
聊憑東風去	에오라지 동풍이 오면 보내겠네.

【주석】

河漢牛與女 咫尺不得語 歡然共秋盤 以玆不忘故 : 『문선·고시』에서 "까마득한 저쪽의 견우성, 은하 이쪽에 밝게 빛나는 직녀성"이라고 했다. 또한 "찰랑거리는 강을 사이에 두고, 하염없이 말도 나누지 못하네"라고 했다. 『좌전』에서 "천자의 위엄이 나의 얼굴에서 지척도 떨어져 있지 않다"라고 했다. 『전한서·동중서전』에서 "즐겁고 기쁘게 서로 은혜로서 사랑하며"라고 했다. 『북사·양춘전』에서 "우리 형제는 같은 밥상에서 식사하였다"라고 했다.

文選古詩云, 迢迢牽牛星, 皎皎河漢女. 又云, 盈盈一水間, 脉脉不得語. 左傳, 天威不違顔咫尺. 前漢董仲舒傳, 驩然有恩以相愛. 北史楊椿傳曰, 吾兄弟同盤而食.

我友在天末 問天許見否 雲雨隔九關 日月不我與 : 1~8구는 이도가 외방에서 떠돌고 있으니 나와 서로 바라보는 것이 견우와 직녀성의 먼 거리보다 더하니 어찌하면 볼 수 있겠는가라는 의미이다. 『문선』에 실린

---

87 [교감기] '渠伊'는 장지본에는 '渠依'로 되어 있다.

육기의 「위고언선爲顧彦先」에서 "탄식한들 무슨 소용이냐고 묻는데, 가인은 아득한 하늘 끝에 있네"라고 했다. 『초사·초혼招魂』에서 "호랑이와 표범이 천제天帝의 궁궐 문을 지키면서 아래에서 올라오려는 사람들을 물어 해친다"라고 했다. 노동의 「다가」에서 "천상의 여러 신선들 땅 아래 맡아 다스리나, 있는 곳은 맑고 높아 비바람과 떨어져 있네"라고 했다. 『논어·양호』에서 "해와 달은 가니 세월은 나를 기다려주지 않네"라고 했는데, 주에서 "나이는 늙고 세월은 이미 지나갔다"라고 했다.

上八句, 言以道流落於外, 相望不啻牛女之遠, 安得見之也. 文選陸士衡詩曰, 借問歎何爲, 佳人眇天末. 楚辭招魂曰, 虎豹九關, 啄害下人些. 盧仝茶歌曰, 天上羣仙司下土, 地位淸高隔風雨. 魯論陽虎曰, 日月逝矣, 歲不我與. 注謂, 年老歲月已往.

念公坐臞禪 守心如縛虎 : 이 이하는 이도가 선학을 따르지만 초탈하지 못함을 말하고 있다. 『위지·여포전』에서 "호랑이를 포박하는 것은 서두르지 않으면 안 된다"라고 했다. 두보의 「야청허송시夜聽許誦詩」에서 "아직도 도를 깨우치지 못하였네"라고 했다. 『유교경遺敎經』에서 "너희들은 마땅히 마음을 잘 절제해야 한다. 마음은 사나운 짐승보다 두렵다"라고 했다.

此以下, 言以道從事禪學, 未能超脫也. 魏志呂布傳, 縛虎不得不急. 老杜詩, 身猶縛禪寂. 遺敎經, 心之可畏, 甚於惡獸.

頗思携法喜 擧案餪南畝：『유마경』에서 "보살이 유마힐에게 묻기를 "거사여! 부모와 처자, 친척과 권속은 모두 누구누구입니까"라 하자, 유마힐이 게송으로 답하기를 "지혜는 보살의 어머니요, 방편은 아버지라네. 일체 모든 부처는, 다 이로 말미암아 태어났다네. 법희선열[88]은 아내가 되고, 자비는 딸이 된다네. 선심과 성실은 아들이요, 마침내 공적함은 나의 집이네""라고 했다. 조법사가 주에서 "법희法喜는 법이 안에서 생기는 것을 보고 기뻐함을 이른다. 세상 사람들은 아내로 기쁨을 삼지만 보살은 법희로 기쁨을 삼는다"라고 했다. 『후한서·양홍전』에서 "처자가 음식을 차린 뒤에 눈을 올려 마주보지 않고 상을 눈썹까지 들어 올렸다"라고 했다. 『좌전』에서 "기결이 김을 매고 그의 처가 들밥을 내왔는데 공경하여 서로 대하기를 손님처럼 했다"라고 했다. 『시경·빈풍·칠월』에서 "우리 아내 아들과 함께 어울려, 저 남쪽 이랑으로 들밥 내오면"이라고 했다.

維摩經曰, 有菩薩問維摩詰, 言居士父母妻子, 親戚眷屬, 悉爲是誰. 維摩詰以偈答曰, 智度菩薩母, 方便以爲父. 一切衆導師, 無不由是生. 法喜以爲妻, 慈悲心爲女. 善心成實男, 畢竟空寂舍. 肇法師注云, 法喜, 謂見法生內喜也, 世人以妻色爲悅, 菩薩以法喜爲悅. 後漢梁鴻傳, 妻子爲具食, 不敢仰視, 擧案齊眉. 左傳曰, 冀缺耨, 其妻餪之, 相敬如賓. 詩曰, 同我婦子, 餪彼南畝.

88　법희선열 : 부처의 가르침을 듣고 진리를 깨달아 마음속에 일어나는 기쁨이나 환희를 말한다.

不聞犯齋收 猶聞畫眉誣：『후한서·주택전』에서 "주택의 자는 치도로, 예악과 제사를 담당하던 태상이 되었다. 일찍이 재궁에서 병들어 누워 있었는데, 그의 아내가 주택이 늙고 병든 것을 불쌍히 여겨 재궁으로 찾아가 고생하는 상황을 엿보았다. 주택이 크게 화를 내고는 아내가 재궁의 금기를 범하였다고 조옥으로 보내 죄를 받게 하였다"라고 했다. 『한서·장창전』에서 "장창이 아내를 위해 그녀의 눈썹을 그려주었는데, 장안에 장경조는 아내의 눈썹을 그려준다고 소문이 났다"라고 했다. 맹강의 주에서 "'嫵'는 음이 '誣'이다. 북방 사람들은 눈썹을 아름답게 꾸미는 것을 嫵誣라고 한다"라고 했다.

後漢, 周澤字稚都, 爲太常. 臥疾齋宮. 其妻哀澤老病, 闚問所苦. 澤大怒, 以爲于犯齋禁, 收送詔獄. 漢書張敞傳, 爲婦畫眉, 長安中傳張京兆眉嫵. 孟康注云, 嫵音誣, 北方人謂媚好爲誣.

良爲鼻祖來 渠伊爲伴侶：『한서·양웅전』에서 "「반이소」에서 "주나라의 연속됨이여, 혹 분양 모퉁이에서 시작되었네""라고 했는데, 주에서 "비鼻는 시작함이다"라고 했다. 이 구는 이를 차용하여 다음과 같음을 말하고 있다. "마음이 만법의 비조가 되는데, 이도는 법희에 애착이 깊다. 만약 마음과 함께 생겨나니 버릴 수 없다고 한다면 법에 얽매이게 됨을 모르는 것이니, 그렇다면 달리 사람이 있고 법이 있게 되어 두 견해에서 벗어나지 못하게 되어 집착하는 병을 면치 못하게 된다. 그러므로 마지막 구에서 깨트려 없애버리고 초연히 우뚝 서서 만법과 짝이

되지 말라고 하였다" 첨개의 『당송유사』에서 "장숭이 여주를 다스릴 때 인구수를 헤아려 거이전을 징수하였다"라고 했다. 『능엄경』에서 "게에서 "마음은 공교한 기예와 같고, 뜻은 기예에 화응하는 자와 같고, 오식은 반려가 되고, 망상은 기예를 보는 무리이다""라고 했다. 살펴보건대 한산자의 시에서 "나는 귀한 천연의 물건이라, 오직 하나이여서 짝이 없네. 그를 찾아도 보이지 않고, 나에게 드나들지만 문이 없다네"라고 했다. 그러므로 도를 배우는 자는 모름지기 한 법도 마음에 두지 않는 것이 옳다.

漢書揚雄傳, 反離騷曰, 有周氏之蟬嫣兮, 或鼻祖于汾隅. 注云, 鼻, 始也. 此句借用, 言心爲萬法之祖, 而以道于法喜愛著之深. 若曰與心俱生, 不可棄去, 然不知爲法所縛, 則有人有法, 二見未忘, 未免於封執之病. 故末句爲破除之, 使超然獨立, 不與萬法爲侶也. 詹玠唐宋遺史曰, 張崇帥廬州, 計口率渠伊錢. 楞嚴經, 偈曰, 心如工技兒, 意如和技者, 五識爲伴侶, 妄想觀技衆. 按寒山子詩云, 我貴天然物, 獨一無伴侶. 覓他不可見, 出入無門戶. 故學道者, 要當不存一法乃可.

我有桂溪刀 聊憑東風去 : 법에 얽매임을 끊어버려야 하니 그러므로 칼로 비유 삼았다. 『파사론』에서 "불가의 말에 "우리는 부처의 제자이니 지혜의 칼로 모든 결박을 끊을 수 있다""라고 했다. 『문선』에 실린 이릉의 「답소무서答蘇武書」에서 "때로 북풍이 불면 다시 편지를 보내주십시오"라고 했다. 백거이의 「고수」에서 "바라건대 서풍이 불면 이에

의지하여"라고 했다.

斷其法執, 故以刀爲喩. 婆沙論曰,[89] 佛言, 我聖弟子, 能以慧刀, 斷諸結縛.

文選李陵書曰, 時因北風, 復惠德音. 樂天枯樹詩, 幸有西風易憑仗.

---

89   [교감기] '沙'는 원래 '婆'로 되어 있었는데, 분명히 잘못된 것이다. 살펴보건대
     이 책은 『발도론(撥度論)』을 해석한 책인데, 통해본에는 본래 『婆沙論』으로 되
     어 있어서 바로잡는다.

24. 이도의 운자에 차운하여 자이와 자묵에게 보내다[90]

【정평, 정사이다. 두 범씨는 문정공의 후손이다】

次以道韻 寄范子夷子黙正平正思.[91] 二范, 蓋文正公諸孫】

鼓缶多秦聲	질장구 두드리며 진의 음악 연주하고
琵琶作胡語	비파 뜯으며 오랑캐 말로 노래하네.
是中非神奇	이는 적절한 것으로 신기하지 않네.
根器如此故	본성과 재주 이처럼 오래되었네.
范公秉文德	범공은 학문과 덕을 지니고
斷國極可否	나라의 가부를 헤아려 결정하였네.
至今管樞機[92]	지금은 추밀원을 맡고 있는데
大度而少與	도량은 크지만 당여는 적네.
蟬嫣世有人	대대로 계속해 인물이 나오니
風壑嘯兩虎	바람 부는 골짜기에 두 범이 포효하네.
小心學忠孝	공경하는 마음으로 충효를 배우고
鄙事能塒畝	비루한 일로 농사도 능하네.
持論不邅簶	바른 의견 견지하고 아부하지 않으며

---

90 앞의 작품에 첨부되어 있다.
91 [교감기] 문집과 건륭본에는 '正平正思' 네 글자가 시의 제목 아래 원주로 되어 있다.
92 [교감기] '管'은 문집과 장지본에는 '筦'으로 되어 있다. 살펴보건대 筦은 통용하여 管으로 쓴다. 이후로 다시 나오면 교정하지 않는다.

奉身謝誇詡	자신을 지키며 과장을 멀리하네.
頗知城南園	자못 알겠네, 성남의 정원
文會英俊侶	문장의 모임에 영준이 찾아왔음을.
何當休沐歸	어찌하면 휴가 받아 참여하서
懷茗就煎去	차를 품고 끓여 갈까.

【주석】

鼓缶多秦聲 琵琶作胡語 是中非神奇 根器如此故 : 말하자면 범군은 본성과 재주가 남들과 같지 않으니, 조상으로부터 전해 받은 것이다. 『사기·인상여전』에서 "조나라 왕께서 진나라 왕이 진나라 음악을 잘하신다고 들었습니다. 청컨대 질장구를 진왕을 위해 두드려 서로 즐겼으면 합니다"라고 했다. 『한서·양운전』에서 "집이 본래 진나라여서 진나라의 음악을 연주할 줄 아니, 하늘을 바라보고 질 장군을 두드려 오오하고 소리 내어 노래를 부릅니다"라고 했다. 유희의 『석명』에서 "비파는 본래 오랑캐들이 말 위에서 연주하던 것이다"라고 했다. 두보의 「고적」에서 "천 년 전의 비파소리 오랑캐 말로 지어졌는데, 원한이 곡조 속에 또렷하게 들리네"라고 했다. 『장자·지북유편』에서 "만물은 하나지만 아름답게 보이는 것은 신기하다고 여기고 추하게 보이는 것은 냄새나서 썩은 것이라고 한다. 그러나 냄새나서 썩은 것이 변화여 신기하게 되고 신기한 것이 다시 변하여 냄새나고 썩은 것이 된다"라고 했다. '근기根器'는 불가의 책에서 나왔으니 『수호국계주다라니경』에서

"석가여래는 저 중생들의 모든 근기를 다 안다"라고 했다.

言范君根器不同, 有所從來也. 史記藺相如傳曰, 趙王聞秦王善爲秦聲, 請奉盆缻秦王, 以相娛樂. 又漢書楊惲傳曰, 家本秦也, 能爲秦聲, 仰天拊缶而歌烏烏. 劉熙釋名曰, 琵琶本胡中馬上所鼓. 老杜古跡詩曰, 千歲琵琶作胡語, 分明怨恨曲中論. 莊子曰, 神奇化爲臭腐, 臭腐復化爲神奇. 根器字, 出釋氏書, 如守護國界主陀羅尼經云, 如來悉知彼衆生種種根器.

范公秉文德 斷國極可否 : 범공은 문정공 범중엄范仲淹이다. 『시경·주송周頌 청묘淸廟』에서 "제제한 많고 많은 선비들이, 문왕의 덕을 굳게 잡아서"라고 했다. 『한서·설선전』에서 "왕사王事를 도모하고, 국론을 결단하며 가부를 지극히 따져 행해야 할 일을 진헌進獻하고 행해서는 안되는 일을 폐지하도록 임금에게 건의하여 시비를 고려하지 않고 따르는 행위를 하지 않았다"라고 했다.

范公, 謂文正公. 詩曰, 濟濟多士, 秉文之德. 漢書薛宣傳曰, 謀王體, 斷國論, 極可否, 謂獻可替否, 不詭隨也.

至今管樞機 大度而少與 : 이 구는 마땅히 충선공 범순인范純仁을 가리킨다. 살펴보건대 『실록』에서 "원우 원년 2월에 범순인이 동지추밀원사가 되었는데, 당여黨與가 적었으니 그는 당파를 짓지 않는다고 한다"라고 했다. 『한서·개관요전』에서 "원수는 많고 친한 이는 적었다."라고 했다.

此句當屬忠宣公. 按實錄, 元祐元年二月, 范純仁同知密院, 少與言其不黨. 漢書蓋寬饒傳曰, 多仇少與.

蟬嫣世有人 風壑嘯兩虎 : 양호兩虎는 두 범군을 이른다. 『한서 · 양웅전』에서 "「반이소」에서 "주나라의 연속됨이여, 혹 분양 모퉁이에서 시작되었네""라고 했다. 응소는 "선언蟬嫣은 연속함이다"라고 했다. 『초사』에서 "호랑이가 포효하자 골짜기 바람이 분다"라고 했다. 구양수의 「피서부」에서 "그늘진 골짜기 으스스하여 슬픈 바람이 거세네"라고 했다. 『사기 · 진진전』에서 "두 호랑이가 바야흐로 소를 먹고 있을 때"라고 했다.

兩虎, 謂二范君. 蟬嫣, 見前篇注. 應劭曰, 蟬嫣, 連也. 楚辭曰, 虎嘯而谷風至. 歐陽公避暑賦, 陰壑慘慘多悲風. 史記陳軫傳, 兩虎方且食牛.

小心學忠孝 鄙事能壠畝 :『논어』에서 "나는 젊어서 천하였기 때문에 비루한 일에 매우 능숙하다"라고 했다.

魯論曰, 吾少也賤, 故多能鄙事.

持論不邅篨 奉身謝諛詡 :『한서 · 엄조전』에서 "동방삭과 매고는 의논이 올바름을 견지하지 못하니 마치 나무에 뿌리가 없는 것과 같습니다"라고 했다. 『시경 · 국풍 · 패邶』의 「신대新臺」 시의 전箋에서 "몸을 굽히지 못하는 것은 아첨하는 것이다. 항상 사람의 안색을 살펴서 그에

맞게 말을 해야 하므로 몸을 구부릴 수 없다"라고 했다. 『좌전』에서 "신하의 봉록은 임금이 실로 갖고 있다. 도의에 맞으면 나아가고, 그렇지 않으면 몸을 보전하여 물러나야 한다"라고 했다. 『한서 · 양웅전』에서 "대단히 사치함을 숭상하고 과시함을 아름답게 여겨"라고 했다.

漢書嚴助傳曰, 朔皐持論不根. 新臺詩箋云, 籧篨口柔, 常觀人顏色, 而爲之辭, 故不能俯. 左傳曰, 臣之祿, 君實有之, 義則進, 否則奉身而退. 漢書揚雄傳曰. 尙泰奢, 麗誇詡.

頗知城南園 文會英俊侶 何當休沐歸 懷茗就煎去 : 『논어』에서 "글로써 벗을 모은다"라고 했다. 『한서 · 매고전』에서 "제가 오랫동안 대국의 상빈이 되어 영준한 이들과 함께 노닐었습니다"라고 했다. 또한 「장안세전」에서 "휴가에도 밖에 나가지 않았다"라고 했다. 두보의 「회도回棹」에서 "억지로 식사하니 순채는 매끄럽게 넘어가고, 단정히 거처하며 차를 계속 끓이네"라고 했다.

魯論曰, 以文會友. 漢書枚皐傳曰, 與英俊並遊. 又張安世傳曰, 休沐未嘗出. 老杜詩, 強飯蓴添滑, 端居茗續煎.

25. 승려 경선이 방문하였기에 시를 지어 법왕항선사에게 보내다[93]

僧景宣相訪 寄法王航禪師[94]

抱牘稍退鳧鶩行	편지를 안고 조금 물러나니 오리처럼 뒤뚱거리는데
倦禪時作橐駝坐	좌선에 피곤할 때 낙타처럼 앉네.
忽憶頭陀雲外人	문득 기억하기론, 구름 너머 두타사 승려
閉門作夏與僧過	문을 닫아걸고 승려들과 하안거 보내네.
一絲不掛魚脫淵	낚싯줄에 걸리지 않는 물고기 연못에서 벗어나는데
萬古同歸蟻旋磨	만고에 사람들은 개미가 맷돌 돌 듯하네.
山中雨熟瓜芋田	산속에 내린 비로 오이, 토란 밭은 익어가니
喚取小僧休乞錢	어린 승을 불러서 돈을 얻어오라 하지 마시오.

【주석】

抱牘稍退鳧鶩行 倦禪時作橐駝坐 : 한유의 「남전현승청당벽기」에서 "문서를 발송할 때가 되면 현리가 완성한 문서를 가지고 현승에게 와서 오리처럼 뒤뚱거리며 걸어와서"라고 했다. 『동양야괴록』에서 "왕수가

93　구본의 차례를 따른다.
94　[교감기] '景宣'은 문집과 전본, 그리고 건륭본에는 '景宗'으로 되어 있다.

가의 사당에서 눈을 피하고 있었다. 한 노승이 검은 갖옷을 입었는데, 등에서부터 늑골까지 흰색 탑처럼 기운 곳이 있었다. 다음 날 아침에 보니 바로 낙타였다"라고 했다.

退之藍田丞廳壁記曰, 文書行吏抱成案, 詣丞鴈鶩行以進. 東陽夜怪錄曰, 王洙避雪佛廟, 見一老僧, 著皂裘, 背及肋有搭白補處, 明旦視之, 乃槖駝也.

忽憶頭陀雲外人 閉門作夏與僧過 : 『문선』에 왕건王巾의 「두타사비頭陀寺碑」가 있는데, 이선의 주에서 "두타는 털어낸다는 뜻이니, 즉 번뇌를 털어낸다는 말이다"라고 했다. 산곡의 「희증장숙보戱贈張叔甫」에서 "구름 너머 두타사에는 승려가 많네"라고 했다. 『원각경』에서 "만약 초여름부터 세 달 안거할 것이라면"이라고 했다.

文選王簡棲有頭陀寺碑, 李善注云, 頭陀, 斗藪也. 言斗藪煩惱也. 前人詩云, 頭陀雲外僧氣多. 圓覺經曰, 若經夏首, 三月安居.

一絲不掛魚脫淵 萬古同歸蟻旋磨 : 『전등록』에서 "남천南泉이 육긍陸亘에게 "항상[95] 어떤 생각을 하는가"라 물었다. 육긍이 "아무 생각도 하지 않습니다"[96]라고 했다. 그러자 남전이 "아직 섬돌 아래 서 있는 사

---

95 항상 : '십이시(十二時)'는 하루의 낮밤은 열두 개로 나눈 것으로, 하루 종일, 항상이라는 의미이다

96 아무 (…중략…) 않습니다. : '일사불괘(一絲不掛)'는 낚싯줄에 걸리지 않는 물고기라는 뜻으로, 진속(塵俗)에 이끌림을 당하면 안 된다는 비유로 곧잘 쓰는 선가(禪家)의 용어이다. 여기에서는 아무런 잡념이 없다는 의미이다.

람이군"'라고 했다. 『노자』에서, "물고기는 깊은 못을 떠날 수 없다"라고 했다. 이는 특별히 그 말을 차용하여 마치 물고기가 낚싯줄에서 벗어나듯 항선사가 자유롭게 유희하는 것을 말하였다. 『진서·천문지』에서 "주비가周髀家가 이르기를 "하늘이 옆으로 도는데, 마치 맷돌을 돌려서 왼쪽으로 도는 것과 같다. 그러므로 해와 달이 실제로 동쪽으로 운행할 때 하늘이 그것을 이끌어서 서쪽에서 지는 것이다. 비유하자면 개미가 맷돌 위를 다닐 때 맷돌이 왼쪽으로 돌고 있는데 개미가 오른쪽으로 가면, 맷돌은 빨리 돌고 개미는 느리기 때문에 어쩔 수 없이 맷돌을 따라 왼쪽으로 도는 것으로 보인다"'라고 했다. 산곡은 이를 차용하여 세상일에 매몰되어 사물이 이끄는 데로 따라가는 것이 마치 개미가 맷돌을 도는 것과 같다. 옛날이나 지금이나 모두 마찬가지이니 구름 너머 초탈한 사람을 보면 참으로 탄식이 인다는 의미이다.

傳燈錄, 南泉問陸亘, 十二時中作麽生. 陸云, 寸絲不掛. 師云, 猶是階下漢. 老子曰, 魚不可脫於淵. 此特借用其語, 以言航游戲自在, 如魚之脫於釣絲也. 晉書天文志, 周髀家云, 天傍轉, 如推磨而左行, 故日月實東行, 而天牽之從西沒. 譬之於蟻行磨石之上, 磨左旋而蟻右去, 磨疾而蟻遲, 故不得不隨磨以左廻焉. 山谷借用, 意謂沈迷世故, 隨物所牽, 如蟻之旋磨, 今古皆然, 視雲外超脫之人, 良可歎也.

山中雨熟爪芋田 喚取小僧休乞錢 : 장방회 가본의 산곡 자주에서 "지항도인은 숭산 법왕사에 머물면서 자주 어린 승려 경선을 도성으로 보냈

기에 경선이 돌아갈 때 이 시를 부쳤다"라고 했다. ○ 경선은 대개 화왕사의 시주승이다. 두보의 「별찬상인別贊上人」에서 "새벽에 버드나무 가지를 잡으며,[97] 봄비에 콩의 씨는 이미 싹텄네"라고 했다. 즉 찬공의 도력이 깊고 신묘하여 버들가지에 물을 뿌리면 곧바로 비가 내려 콩밭을 익게 만든다는 말이다. 산곡의 의도는 즉 법왕은 응당 이처럼 도력이 깊으니 시주승을 보낼 필요가 없다는 말이다. 「촉도부」에서 "오이밭과 토란밭"이라고 했다. 두보의 「적곡서엄인가赤谷西崦人家」에서 "좁은 길 굽어 돌면 산밭은 익어가네"라고 했다.

張方回家本山谷自注云, 智航道人住嵩山法王寺, 數遣小僧景宣到都城, 因宣還寄之. ○ 景宣蓋法王化主. 老杜詩, 楊枝晨在手, 豆子雨已熟. 言贊公道力深妙, 楊枝揮灑, 便能致雨, 以熟豆田. 山谷意謂法王亦當如是, 不必遣化也. 蜀都賦, 瓜疇芋區. 杜詩, 徑轉山田熟.

---

97 새벽에 (…중략…) 잡으며 : 『화엄경 · 정행품(淨行品)』에서, "손으로 버드나무 가지를 잡으면서 마땅히 모든 중생이 묘법을 얻어 마침내 청정(淸淨)해 지기를 바라야 한다"라 하였다. 『열반경』에서, "모든 비구니들이 새벽에 햇빛이 처음 나오면 늘상 거주하던 곳을 벗어나 버드나무 가지를 씹는다. 부처의 광명을 만나 입을 씻고 손을 닦으면 병이 낫는다"라 하였다.

26. 자첨이 하북도운 고자돈은 전송하며 지은 시에 차운하다. 2수[98]

次韻子瞻送顧子敦河北都運. 二首[99]

첫 번째 수其一

儒者給事中	급사중의 선비인
顧公甚魁偉	고공은 매우 헌걸차고 뛰어나네.
經明往行河	경전에 밝아 황하의 관리로 가는데
商畧頗應史	역사 인물에 대해 논평을 잘하네.
勞人又費之[100]	사람을 힘들게 하고 또한 재물을 소비하니
國計安能已	나라의 계책이 어찌 능하겠는가.
成功渠有命	성공은 저 명에 달렸는데
得人斯可喜	인재를 얻으니 이에 기쁠 일이네.
似聞阻飢餘	듣건대, 곤궁과 굶주린 나머지
惡少驚邑里	나쁜 젊은이들이 마을에서 행패를 부린다네.
啓鑰探珠金	열쇠 열어 구슬과 금을 훔치고
奪懷取姝美	품속의 미인을 빼앗아 간다네.

---

98 동파시를 고찰하여 편차하였다. 살펴보건대 『실록』에서 "원우 2년 4월 계사일에 급사중 고임이 하북로도전운사가 되었다"라 하였다.

99 [교감기] 문집과 고본은 시의 제목 아래의 원주에서 "자돈의 이름은 임(臨)이다"라고 했다.

100 [교감기] 문집에서는 '人'이 '民'으로 되어 있으며, 전본과 건륭본에는 '之'가 '乏'으로 되어 있다.

部中十盜發	고을에 열 도적이 일어났는데
一二書奏紙	한두 건만 글로 아뢴다네.
西連魏三河	서쪽으로 위의 삼하에 이르고
東盡齊四履	동쪽으로 제의 변방까지 미치네.
此豈小事哉	이 어찌 작은 일이겠는가
何但行治水	어찌 다만 치수만 행하랴.
使民皆農桑	백성이 모두 농사와 양잠에 힘쓰게 함이
乃是眞儒耳[101]	바로 참 선비라네.

【주석】

儒者給事中 顧公甚魁偉 : 『한서·백관표』에서 "급사중은 또한 겸직을 하니, 겸직하는 벼슬로는 대부, 박사, 의낭으로 임금의 질문에 응대하는 일을 맡는다"라고 했다. 『사기·장량세가』에서 "태사공이 "나는 그 사람의 계책이 위대하고 뛰어나다고 생각한다""라고 했다.

漢書百官表曰, 給事中亦加官, 所加或大夫博士議郎, 掌顧問應對. 史記張良世家, 太史公曰, 予以爲其人計魁梧奇偉.

經明往行河 商畧頗應史 : 『한서·평당전』에서 "『서경·우공』에 밝아 황하 지역을 사신으로 갔다"라고 했다. 또한 「설선전」에서 "양담楊湛은 장물을 모두 다 기록해야 함을 스스로 알고 있었다"라고 했다. 『세설

---

101 [교감기] '是'는 문집과 고본에서는 '見'으로 되어 있다.

신어』에서 "손작이 허순과 함께 백루정白樓亭에 앉아서 과거의 명사들을 논평했다"라고 했다.

漢書平當傳曰, 以經明禹貢, 使行河. 又薛宣傳曰, 湛自知罪臧皆應記. 世說, 孫綽許詢, 共商略先往名達.

勞人又費之 國計安能已 : 원풍 연간에 황하가 대오에서 터졌다. 신종이 옛날 물길을 회복할 수 없음을 알고 이윽고 북쪽으로 물길을 인도하니 물의 기세가 이윽고 잠잠해졌다. 원우 초기에 문로공 문언박과 여급공 여대방이 황하의 물길을 되돌리자고 주장하였는데, 백성을 힘들게 하고 재물을 소비하였으나 끝내 이익이 없었다. 이 일은 소철의 「영빈유노전」에 기술되어 있다. 『순자·부국편』에서 "군주와 백성이 모두 부유해져 서로 재물을 갈무리할 곳이 없을 정도가 될 것이니, 이에 국가 계책의 지극함을 알 수 있다"라고 했다.

元豊中, 河決大吳. 神宗知故道不可復, 因道之北流, 水性已順. 至元祐初, 文潞公呂汲公主回河之議, 勞民費財, 竟無益也. 事具蘇子由潁濱遺老傳. 荀子富國篇曰, 上下俱富, 交無所藏之, 是知國計之極也.

成功渠有命 得人斯可喜 : 『맹자』에서 "성공에 관한 것은 하늘에 달려 있다"라고 했다.

孟子曰, 若夫成功則天也.

似聞阻飢餘 惡少驚邑里 :『서경』에서 "백성들이 곤궁하고 굶주리므로"라고 했다.『한서·윤상전』에서 "장안 안의 경박한 소년과 나쁜 놈들을 모두 들어"라고 했다. 한유의「기노동寄盧仝」에서 "담 넘어 악동의 악행이 말할 수 없다네"라고 했다.『남사』에서 "진방태는 여러 나쁜 소년들과 무리를 지어 방탕하며 법도가 없었다"라고 했다.

書曰, 黎民阻飢. 漢書尹賞傳曰, 雜擧長安中輕薄少年惡子. 退之詩, 隔牆惡少惡難似. 南史, 陳方泰與諸惡少年, 羣聚游逸無度云.

啓鑰採珠金 奪懷取姝美 :『서경·금등金縢』에서 "열쇠를 얻어 열고 점친 글을 보았다"라고 했다.『장자』에서 "작은 상자를 열고 주머니를 뒤지고 궤짝을 뜯는 도둑을 염려하여 지키고 방비하기 위해서는 반드시 끈이나 줄을 당겨 단단히 묶고 빗장과 자물쇠를 튼튼히 채운다"라고 했다.『춘추곡량전』에서 ""어머니의 품 안에서 아우를 취하여 죽였다"고 말한 것과 같다"라고 했다.『시경』에서 "단아한 예쁜 아가씨가, 성모퉁이에서 나를 기다리네"라고 했는데, 주에서 "주姝는 자태가 고운 것이다"라고 했다.

啓鑰, 見上注. 莊子曰, 將爲胠篋探囊發匱之盜, 而爲守備, 則必攝緘縢固扃鐍. 穀梁傳云, 猶曰取之其母之懷中而殺之云爾. 詩曰, 靜女其姝. 注云, 姝, 美色也.

部中十盜發 一二書奏紙 :『한서·함선전』에서 "도적 때가 일어났는데,

이를 발각하여도 모조리 잡지 못하면 처형된다. 이에 아전들은 잡지 못하면 그 죄가 부에까지 연루될까 두려워하였고, 부에서도 그들로 하여금 말을 하지 못하게 하였다"라고 했다.

漢書咸宣傳曰, 盜發覺而弗捕, 吏恐不能得, 坐課累府, 府亦使不言.

西連魏三河 東盡齊四履 : 『사기·화식전』에서 "옛날 당나라는 하동에 도읍하였고 은나라는 하내에 도읍하였으며, 주나라는 하남에 도읍했었다. 무릇 삼하三河는 천하의 가운데 위치하여, 마치 솥의 세 발과 같은데 왕들이 바꿔가면서 거처하였다"라고 했다. 『문선』에 실린 임방任昉의 「선덕황후령」에서 "땅은 사방의 경계에 국한되어 좁고"라고 했는데, 이선의 주에서 인용한 『좌전』에서 "관중이 "나에게 선군의 신발을 주신다면 동으로 바다에 이르고 서로 황하에 이르며 남으로 목릉에 이르고 북으로 무체에 이를 것입니다""라고 했다.

史記貨殖傳曰, 昔唐人都河東, 殷人都河內, 周人都河南. 夫三河在天下之中, 若鼎足, 王者所更居也. 文選宣德皇后令曰, 地狹乎四履. 李善注引左傳, 管仲曰, 賜我先君履, 東至于海, 西至于河, 南至于穆陵, 北至于無棣.

此豈小事哉 何但行治水 使民皆農桑 乃是眞儒耳 : 『위지·순욱전』의 주에서 인용한 『헌제춘추』에서 "태조가 "이 어찌 작은 일이라고 여겨 내가 잊을 수 있겠는가""라고 했다. 『전한서·지리지』에서 "「빈풍시」는 농사와 양잠에 의식의 근본이 잘 갖춰진 것을 노래하였다"라고 했다.

『양자법언』에서 "참 선비를 쓰면 천하에 적이 없다"라고 했다.

魏志荀彧傳, 注引獻帝春秋, 太祖曰, 此豈小事, 而吾忘之. 前漢書地理志曰, 豳詩言農桑衣食之本甚備. 揚子曰, 用眞儒, 無敵於天下.

두 번째 수 其二

今代顧虎頭	당대의 고호두는
骨相自雄偉	골상이 절로 뛰어나네.
不令長天官	천관의 장관은 아니지만
亦合丞御史	또한 어사중승에 적합하네.
能貧安四壁	네 벽만 있어도 가난을 편안하게 여기며
無慍可三已	세 번 그만두어도 성내지 않네.
昨來立淸班	이전에 청요직에 서니
國士相顧喜	국사들이 바라보고 기뻐하네.
何因將使節	어찌하여 사신의 부절을 잡았나
風日按千里	여정에 고생하며 천리를 다스리네.
汲黯不居中	급암이 대내에 거하지 않으니
似非朝廷美	조정의 아름다운 일이 아닌 듯하네.
太任錄萬事	태임이 만사를 거느리니
御坐留諫紙	어좌엔 간하는 글이 쌓였네.
發政恐傷民	정사를 행함에 백성 피해줄까 두려우니

天步薄冰履	황제는 얇은 얼음 밟는 것처럼 조심하네.
蒼生憂其魚	창생은 물고기가 될까 두려우니
南畝多被水	남쪽 두둑은 수해를 많이 입었네.
公行圖安集	공의 행차는 백성 안정 도모함이니
信目勿信耳	직접 보고 들리는 말을 믿지 말라.

【주석】

今代顧虎頭　骨相自雄偉 : 두보의 「제현무선사옥벽題玄武禪師屋壁」에서 "언제였던가 고개지가, 벽에 가득 아름다운 경치 그렸던 것"이라고 했다. 살펴보건대 구양순의 『예문유취』에서 『세설신어』를 인용하면서 "고개지는 호두장군이 되었다"라고 했는데, 지금의 『세설신어』에는 그 내용이 실려 있지 않다. 그러나 『역대명화』에서 "개지의 젊었을 때 자는 호두이다"라고 했는데, 어느 것이 옳은지 알 수 없다. 『진서·고개지전』에서 "더욱 그림을 잘 그렸다"라고 했다. 한유의 「소주유별장단공사군韶州留別張端公使君」시에서 "골상 험한 우번을 스스로 한탄하네"[102]라고 했다.

顧虎頭, 見上注. 退之詩, 自歎虞翻骨相屯.

---

102 골상 (…중략…) 한탄하네 : "自歎虞翻骨相屯"은 삼국시대 오(吳)나라 우번(虞翻)의 고사를 말한 것이다. 『삼국지·우번전(虞翻傳)』 오번의 기도위(騎都尉)로 있으면서 손권(孫權)의 잘못을 거리낌 없이 간하다가 단양(丹陽) 경현(涇縣)으로 귀양 간 뒤에 다시 교주(交州)로 귀양 가 그곳에서 죽었는데, 그가 일찍이 말하기를 "나는 예절에 무식하고 골체(骨體)가 부드럽지 못해 윗사람을 범하다가 죄를 얻은 것이 한스러우니, 바닷가에 묻혀 세상을 떠나는 것이 마땅하다"라고 했다.

不令長天官 亦合丞御史 : 당나라 광택 원년에 이부를 천관으로 고쳤다. 『한서 · 백관표』에서 "어사는 두 승이 있는데, 녹봉은 천석이다. 그 중에 한 명이 중승이다"라고 했다.

唐光宅元年, 改吏部爲天官. 漢書百官表曰, 御史有兩丞, 秩千石, 一曰中丞.

能貧安四壁 無慍可三已 : 『좌전』에서 "난세에 살아남으려면 존귀하면서도 가난을 견딜 수 있어야 한다"라고 했다. 『논어』에서 "영윤 자문이 세 번 벼슬에 나아가 영윤이 되었지만 기뻐하는 기색이 없었으며 세 번 그만두었지만 화나는 기색이 없었다"라고 했다. ○ 사마상여의 집은 다만 네 벽만 덩그러니 서 있었다.

左傳曰, 貴而能貧. 魯論曰, 令尹子文三仕爲令尹, 無喜色, 三已之, 無慍色. ○ 司馬相如家徒四壁立.

昨來立淸班 國士相顧喜 : 한유의 「중증이대부重贈李大夫」에서 "일찍 청반을 맞이하여 옥계단에 오르네"라고 했다. 『좌전』에서 "초나라에는 걸출한 인재들이 많고 또한 군진이 탄탄하여 막아낼 수 없습니다"라고 했다.

樂之詩, 早接淸班登玉陛. 左傳曰, 國士在, 且厚不可當也.

何因將使節 風日按千里 : 『주례 · 장절』에서 "경대부가 천자국이나 제후국에 사신 갈 때 가지고 가는 부절"이라고 했다. 두보의 「미피서남

대漢陂西南臺」에서 "6월에도 바람이 서늘하게 부네"라고 했다. 『한서·위상전』에서 "군국을 다스리다"라고 했다.

周禮掌節曰, 凡邦國之使節. 老杜詩, 六月風日冷. 漢書魏相傳曰, 按治郡國.

汲黯不居中 似非朝廷美 : 『한서·급암전』에서 "자주 직간하였기에 오래 궐내에 머무를 수 없었다"라고 했다. 또한 "신이 원컨대 중랑이 되어, 대궐을 출입하면서 전하의 과오를 보충하며 빠진 것을 수습하는 일이야말로 신이 원하는 것이 옵니다"라고 했다.

漢書汲黯傳曰, 以數直諫, 不得久留內. 又曰, 臣願爲中郎, 出入禁闥, 補過拾遺, 臣之願也.

太任錄萬事 御坐留諫紙 : 『시경·사제思齊』에서 "엄숙한 태임太任이 문왕의 어머니이시니, 시모인 주강周姜을 사랑하사 주나라의 며느리가 되셨네. 며느리인 태사太姒가 그 아름다운 명성을 이으니, 아들이 백 명이나 되도다"라고 했다. 『서경·순전』에서 "순을 크게 거느리는 자리에 들였다"라고 했는데, 주에서 "녹麓은 거느림이니, 순을 들여보내서 만기의 정사를 총괄하게 하다"라고 했다. 백거이의 「초수습유初受拾遺」에서 "상자에 가득한 간서를 보니, 대하며 끝내 스스로 부끄럽구나"라고 했다.

太任, 見上注. 舜典曰, 納于大麓. 注云, 麓, 錄也. 納舜使大錄萬幾之政. 樂天詩, 諫紙忽盈箱, 對之終自愧.

發政恐傷民 天步薄冰履 : 『맹자』에서 "지금 왕이 정사를 시작하여 인
을 베풀려고 하니"라고 했다. 또한 "문왕은 백성 보기를 다친 사람 보듯
이 했다"라고 했다. '천보天步'와 '리빙履冰'은 모두 『모시』에 보인다.[103]
　孟子曰, 今王發政施仁. 又曰, 文王視民如傷. 天步履冰, 並見毛詩.

蒼生憂其魚 南畝多被水 : 『좌전』에서 "우 임금이 아니었던들 우리는
물고기가 될 뻔했도다"라고 했다. 『시경 · 빈풍 칠월』에서 "우리 아내
아들과 함께 어울려, 저 남쪽 이랑으로 들밥 내오면"이라고 했다.
　左傳曰, 微禹, 吾其魚乎. 詩曰, 饁彼南畝.

公行圖安集 信目勿信耳 : 『시경 · 홍안 · 모시서』에서 "만민이 흩어졌
을 때 선왕이 수고로운 사람은 위로해주고, 오고 싶어하는 사람은 오
게 하고, 멀리 떠난 사람은 돌아오게 하고, 떠돌아다니는 사람은 살 곳
을 정해주고, 불안에 떠는 사람은 안정시키고, 흩어져 있는 사람들은
모여서 살게 하였다"라고 했다. 『고사전』에서 "공자가 "내가 안회를
믿는 것은 다만 하루이틀이 아니다. 그런데 천장에서 떨어진 밥을 먹
었다는 소식을 듣고서 의심을 하였으니, 나의 눈을 믿었지만 이제 눈
도 믿을 것이 못 된다""라고 했다. 『한서 · 조충국전』에서 "백 번 듣는

---

103 천보와 (…중략…) 보인다 : 「소아 · 백화(白華)」에서 "시운이 어렵고 어렵거늘,
　　이분은 대책을 세우지 않네[天步艱難 之子不猶]"라고 했으며, 「소아 · 소민(小
　　旻)」에서 "전전긍긍하여 심연에 임하듯 얇은 얼음을 밟듯 한다[戰戰兢兢 如臨深
　　淵 如履薄氷]"라고 했다.

것이 한 번 보는 것만 못하다"라고 했다.

鴻鴈詩序曰, 萬民離散, 不安其居, 而能勞來還定安集之. 高士傳, 孔子曰, 吾
之信顏回, 非獨今日. 所信者目, 目猶不可信. 漢書趙充國傳曰, 百聞不如一見.

27. 자효사의 자돈을 전별하는 자리에서 공경보와 함께 짓다[104]

慈孝寺餕子敦席上奉同孔經父八韻[105]

日永知槐夏	해가 길어지니 여름 화나무 찾고
雲黃喜麥秋	구름 노라니 보리 익어 기쁘구나.
同朝國士集[106]	한 조정에 국사가 모였는데
賜沐吏功休	뛰어난 공으로 휴가를 받았네.
祇園冠蓋地	사원에 수레를 타고 오니
淸與耳目謀	맑은 경치 눈과 귀로 누리네.
晴雲浮茗椀	맑은 날 구름은 찻잔에 떠 있고
飛雹落文楸	날리는 우박이 추목의 문양에 떨어지네.
一客衆主人	한 객에 주인은 여럿
醉此顧虎頭	이 고호두를 취하게 만드네.
虎頭持龍節[107]	호두는 용의 부절을 쥐고
排河使東流	황하를 따라 동쪽으로 가네.
厥田惟上上	그 밭은 대단히 좋아
桑麻十數州	열두어 고을에 뽕과 마가 나네.

---

104 앞의 시에 차운하였다.
105 [교감기] 문집과 고본의 시의 제목에는 '慈孝寺' 세 글자가 없으며, 제목 아래의
　　 원주에서 "공경보는 문중(文仲)이다"라고 했다.
106 [교감기] 장지본과 명대전본에는 '士'가 '事'로 되어 있다.
107 [교감기] '龍'은 고본의 원교에서 "달리 '漢'으로 된 본도 있다"라고 했다.

計功不汗馬　　　　전쟁에서 세운 공은 아니지만

可封萬戶侯[108]　　　만호후에 봉해질 만하네.

【주석】

日永知槐夏 雲黃喜麥秋 : 구양수의 『육일시화六一詩話』에 실린 조사민의 시에서 "보리는 새벽 기운에 익어가고, 홰나무는 여름 낮에 그늘이 시원하네"라고 했다. 왕안석의 「목말木末」에서 "비단실을 짰던 뽕나무는 다시 푸르고, 누런 보리 다 자르니 벼는 참으로 푸르네"라고 했다. 『예기·월령月令』에서 "초여름이면 보리는 가을 된 듯 무르익는다"라고 했다.

歐陽公詩話載趙師民詩云, 麥天晨氣潤, 槐夏午陰淸. 王介甫詩, 繰成白雪桑重綠, 割盡黃雲稻正靑. 禮記月令, 麥秋至.

同朝國士集 賜沐吏功休 : 『맹자』에서 "같은 조정에 모시게 되니 매우 기뻤습니다"라고 했다. 『한서·설선전』에서 "동지와 하지에 아전에게 휴가를 내렸다"라고 했다.

孟子曰, 得侍同朝甚喜. 漢書薛宣傳曰, 日至, 吏以令休.

祇園冠蓋地 淸與耳目謀 : 범어의 기원祇園은 승씨기타태자의 정원을 말한다. 범어의 승가람마는 여러 승려가 모인 절을 이른다. 기타태자의

---

108 [교감기] '封'은 문집과 전본, 그리고 건륭본에는 '致'로 되어 있다.

정원에 불정사를 조성하였기에 인하여 이름을 지은 것이다. 유종원의 「소구기」에서 "맑은 형상은 눈으로 누리고 졸졸 물소리는 귀로 누린 다"라고 했다.

梵云祇園, 此言勝氏. 梵云僧伽藍摩, 此云衆園, 由祇陁太子園, 造佛精舍, 因以爲名. 柳子厚小丘記曰, 淸泠之狀, 與目謀, 瀯瀯之聲, 與耳謀.

晴雲浮茗椀 飛雹落文楸 : 육우의 『다경』에서 "거품은 탕의 정화[거품의 미화] 다. 맑게 갠 하늘에 비늘구름이 떠 있는 것 같다"라고 했다. 한유 와 맹교의 절구에서 "찻사발을 섬섬옥수로 받드네"라고 했다. 비박飛雹 은 바둑 두는 소리를 이르며, 문추文楸는 바둑판을 이른다. 『북몽쇄 언』에서 "일본국의 왕자가 공물을 바치러 들어와서 본국의 추목의 색 같은 옥바둑판을 꺼냈는데, 바둑돌을 차갑게도 따뜻하게도 만든다"라 고 했다. 대개 옥이 푸른 것은 마치 추목의 색과 같다.

陸羽茶經曰, 沫餑者, 湯之華也. 如晴天爽朗, 有浮雲鱗鱗然. 茗椀, 見上注. 飛雹, 謂棊聲. 文楸, 謂棊局. 北夢瑣言, 日本國王子入貢, 出本國如楸玉局, 冷暖棊子, 蓋玉之蒼者, 如楸木色.

一客衆主人 醉此顧虎頭 虎頭持龍節 排河使東流 :『예기・증자문』에서 "임금이 죽었는데 세자가 있는 경우, 여러 주인들과 경대부, 사와 방안 의 부인들이 모두 곡을 하는데 뛰지는 않는다"라고 했다. 여기서 이 글 자를 차용하였다. 『주례・장절』에서 "경대부가 호수가 많은 나라로 사

신을 보낼 때는 용이 그려진 신표를 사용한다"라고 했다. 『맹자』에서 "회수와 사수를 돌려서 장강에 들어가게 했다"라고 했다.

體記曾子問曰, 衆主人卿大夫士, 房中皆哭不踊. 此借用其字. 周禮掌節曰, 澤國用龍節. 孟子曰, 排淮泗而注之江.

厥田惟上上 桑麻十數州 計功不汗馬 可封萬戶侯:『서경·우공』에서 "옹주의 밭은 상의 상이다"라고 했다. 『좌전』에서 "명문銘文은 제후는 거동한 때를 말하고 이룬 공을 칭한다"라고 했다. 『한서·소하전』에서 "고조는 소하의 공이 가장 크다고 여겨 제일 먼저 찬후로 봉하고 팔천호의 식읍을 주었다. 공신들이 모두 "소하는 말을 달려 싸운 전공이 없는데 도리어 신들의 위에 있는 것은 어째서입니까?"'라고 했다. 「이광전」에서 "만약 고조의 시대에 태어났다면 만호후에 봉해지는 것은 말할 필요가 있겠는가"라고 했다.

禹貢, 雍州厥田惟上上. 左傳曰, 諸侯言時計功. 漢書蕭何傳曰, 上以何功最盛, 先封爲酇侯, 食邑八千戶. 功臣皆曰, 蕭何未有汗馬之勞, 顧居臣等上, 何也. 李廣傳曰, 令當高祖世, 萬戶侯豈足道哉.

28. 급사 장창언의 「희우」에 차운하다[109]

次韻張昌言給事喜雨

三雨全淸六合塵	삼일의 비가 육합의 먼지를 다 쓸어갔는데
詩翁喜雨句凌雲	시옹의 「희우」구는 구름을 타고 오르네.
垤漂戰蟻餘追北	개미 둑 넘쳐 싸우던 개미는 달아나고
柱擊乖龍有裂文	기둥에 때리자 괴룡의 무늬가 찢어졌네.
減去鮮肥憂玉食	근심에 신선하고 살진 옥식 줄이며
徧宗河嶽起爐薰	강과 산의 신령을 받들어 제사를 지냈네.
聖功惠我豊年食	임금이 나에게 은혜를 베풀어 풍년을
	누리게 하는데
未有涓埃可報君	임금께 보답할 게 조금도 없구나.

【주석】

三雨全淸六合塵 詩翁喜雨句凌雲 : 『이아』의 주에서 "비가 삼일 이상이
되면 장마라고 한다"라고 했다. 『문선』에 실린 반악의 「한거부」에서
"가는 비가 개니 육합이 산뜻하다"라고 했다. 「동도부」에서 "우사가
물로 쓸고 풍백이 먼지를 깨끗이 쓸어갔다"라고 했다. ○ 한 무제가 사
마상여의 「대인부大人賦」를 보고서 "구름을 타고 훨훨 날아오르는 기상

---

109 동파와 난성의 시를 살펴서 편차하였다. 난성의 시에서 "이미 누에와 보리 거둬
날이 많지 않네[已收蠶麥無多日]"라 하였다.

이 있다"라고 했다.

爾雅注曰, 雨三日已上爲霖. 文選潘岳閑居賦曰, 微雨新晴, 六合淸郞. 東都賦曰, 雨師汎灑, 風伯淸塵. ○ 司馬相如賦, 飄飄然有凌雲之氣.

垤漂戰蟻餘追北 柱擊乖龍有裂文 : 『예기·학기』에서 "개미는 수시로 흙을 나르는 일을 익혀 간다"라고 했는데, 주에서 "이蛾는 개미로, 작은 곤충이다. 때때로 기술을 배워 큰 개미 둑을 짓는다"라고 했다. 『동관한기』에서 "패헌왕 유보劉輔는 『주역』에 능하였다. 영평 5년에 비가 조금 밖에 오지 않아 천자가 『역림』으로 점을 치게 하였다. 점괘에 "개미집에 둑을 쌓으니 큰비가 곧 올 것이다"라 하였다. 천자가 보에게 물으니,"라고 했다. 『고금오행기』에서 "후위 현종 천안 원년에 연주에 검은 개미와 붉은 개미가 싸우는 일이 벌여졌는데, 붉은 개미가 머리가 잘려 죽었다. 당시 제나라 명제가 스스로 왕위에 올랐다가 위군에 의해 대패를 당하였다"라고 했다. 가의의 「과진론」에서 "도망자를 추격하고 달아난 자들을 쫓았다"라고 했다. 『세설신어』에서 "하후태초가 기둥에 기대어 시를 쓰는데 벼락이 기둥을 쳐서 무너졌으나 안색이 변함이 없었다"라고 했다. 한유의 「수계」에서 "괴룡의 왼쪽 귀[110]를 잘라오다"라고 했다. 『북몽쇄언』에서 "괴룡은 비를 내리는데 고달파서 숨는 경우가 많다. 뇌신에게 붙잡힐까 봐서 간혹 고목이나 처마기둥 안에

---

110 괴룡의 왼쪽 귀 : 이는 목이(木耳) 버섯을 가리킨다. 제목의 수계(樹鷄) 또한 목이 버섯이다.

숨는다"라고 했다. ○ 맹교의 「고한행苦寒行」에서 "두꺼운 얼음은 갈라
진 무늬가 없다"라고 했다.

學記曰, 蛾子時術之. 注云, 蛾, 蚍蜉也, 微蟲爾. 時術其功, 乃成大垤也.
東觀漢記曰, 沛獻王輔善易. 永平五年, 少雨, 上以易林占之. 其繇曰, 蟻穴封
戶, 大雨將至. 上以問輔, 云云. 古今五行記曰, 後魏顯宗天安元年, 兗州有黑
赤蟻鬪, 赤蟻斷頭而死. 時齊明帝自立, 大爲魏軍所破. 賈誼過秦論曰, 追亡逐
北. 世說, 夏侯太初倚柱作詩, 霹靂破柱, 神色無變. 退之樹雞詩云, 割取乖龍
左耳來. 北夢瑣言曰, 世言乖龍苦於行雨, 而多竄匿, 爲雷神捕之, 或在古木及
簷楹之內. ○ 孟郊詩, 厚冰無裂文.

減去鮮肥憂玉食 徧宗河嶽起爐薰 : 위구는 조정이 가뭄 때문에 일상의
반찬 수를 줄인 것을 말한다. 맹교의 「조원노산弔元魯山」에서 "호방한
이 살 찐 생선 먹네"라 했다. 『서경』에서 "임금만이 진귀한 음식을 먹
을 수 있다"라고 했다. 아래구는 여러 사람들의 바람에 부응하여 기우
제를 지냄을 이른다. 『시경·운한雲漢』에서 "신령을 높이지 않음이 없
다"라고 했다.

上句謂朝廷以旱故減常饍. 孟郊詩, 豪人飫鮮肥. 書曰, 惟辟玉食. 下句謂
徧走羣望以禱雨. 雲漢詩曰, 靡神不宗.

聖功惠我豊年食 未有涓埃可報君 : 두보의 「야망野望」에서 "성스런 조정
에 보답할 게 조금도 없네"라고 했다.

老杜詩, 未有涓埃答聖朝.

1. 이덕소가 서성으로 돌아가는 것을 전송하다

送李德素歸舒城

이절의 자는 덕소이고, 서주 용면산에 은거했다.

李繁字德素, 隱舒州龍眠山.

僧夏莫問途	사원에서는 아무도 길을 묻지 않는데
麥秋宜煮餅	보리 익는 계절이니[1] 떡은 마땅히 쪄야 한다네.
北寺旬休歸	포지사에서 순휴[2] 맞아 돌아가는데
長廊六月冷	6월의 행랑은 쓸쓸하고 춥다네.
簟翻寒江浪	대자리는 차가운 강 물결 이는 듯하고
茶破蒼璧影	차에서 푸른 구슬 그림자 부서지네.
李侯爲我來	이후가 나를 위해 찾아왔는데
遽以歸期請	급히 돌아가겠다고 청하네.

---

1   보리가 익는 계절 : '맥추(麥秋)'는 보리가 익는 계절로, 일반적으로 음력 4·5월
    을 가리킨다.
2   순휴 : '순휴(旬休)'는 열흘에 한 번 쉬는 휴가를 말한다. 한나라 때는 '휴목(休
    沐)'이라 하여 5일에 한 번씩 쉬었고, 남북조시대에는 '순휴'라고 하여 10일에
    한 번씩 쉬었는데 이것이 당송(唐宋) 때까지 이어졌다.

青衿廢詩書	젊은 학인이 시서를 폐하고
白髮違定省	백발이 되도록 부모님 봉양을 저버렸다.
荒畦³當鉏灌	거칠어진 밭도 일궈야 하고
蠹簡要籤整	벌레 먹은 책도 찌를 꽂아 정돈해야 하네.
挽衣不可留	옷을 잡아당겨도 붙잡을 수 없고
決去⁴事幽屏	이곳을 떠나서 은거하려고 하네.⁵
天恢獵德網	하늘의 그물은 크고 넓어 덕 있는 사람을 불러들이고
日饎養賢鼎	날마다 솥에 밥을 지어 어진 사람에게 가져다주네.
此士落江湖	이런 선비가 강호에 영락해있으니
熟思令⁶人癭	생각하면 할수록 혹이 날 지경이다.
胸中吉祥宅	마음속은 길상이 깃든 집 같고
膜外榮辱境	몸 밖은 영욕의 경계이다.
婆娑萬物表	속세 너머에서 한가롭게 지내는데
藏刀避肯綮	칼날을 숨기고 얽히고설킨 곳을 피하네.
人生要當學	사람이 살면서 마땅히 학문해야 하니

---

3   **[교감기]** ‘荒畦’가 원본(元本)과 명대전본(明大全本)에는 ‘芳畦’로 되어있다.
4   **[교감기]** ‘決去’가 원작에는 ‘決云’으로 되어있는데, 여기서는 문집(文集)·원본(元本)·장지본(蔣芝本)·전본(殿本) 등에 따른다.
5   이곳을 (…중략…) 하네 : ‘유병(幽屏)’은 은거하는 곳, 은자의 집을 의미한다.
6   **[교감기]** ‘令’이 원본(元本), 부교본(傳校本), 장지본(蔣芝本), 명대전본(明大全本)에는 ‘念’으로 되어 있다.

安宴[7]不徹警	한가하고 편안함에 젖어
	게을러지면 안 되는 것을.
古來惟深地	예부터 심오한 이치에 대해서
相待汲脩綆	긴 두레박줄로 물 길으며 기다린다.

【주석】

僧夏莫問途 麥秋宜煮餅 : '승하'는 다른 판본에서 '괴하槐夏'라고 했는데 옳지 않다. 위응물의 「기도율사동거동재원起度律師同居東齋院」에서 "같은 사원에서 안거하며, 맑은 밤 글을 암송하네"라고 했다. 『장자』에서 "일곱 명의 성인들이 모두 길을 잃었는데, 길을 물으려 해도 물을 사람이 없었다"라고 했다.

僧夏, 他本或作槐夏, 非是. 韋應物詩曰, 安居同僧夏, 淸夜諷道言. 莊子曰, 七聖皆迷, 無所問途.

北寺旬休歸 長廊六月冷 : '북사'는 포지사이다. 한유의 「점簟」에서 "말아 보내준 여덟 자 대자리 안에 바람까지 있을 것을"이라고 했다. 소식 시에서 "대자리 무늬는 물 같고 장막은 연기 같네"라고 했다. 황정견의 「사송년학원간아謝送碾壑源揀芽」에서 "삼색구름[8]이 용을 따르는 작고 푸

---

7 [교감기] '安宴'이 문집(文集)·장지본(蔣芝本)에는 '安燕'으로 되어있다. 살펴보건대, '燕'은 '宴'과 통하니, 이 아래에 다시 나와도 교감하지 않겠다.
8 삼색구름(矞雲) : 삼색구름으로 옛날에는 상서로운 징조로 여겼다.

른 구슬[9]차를 묘사한 구절임"이라고 했다.

北寺卽酺池寺. 退之簟詩曰, 卷送八尺舍風漪. 坡詞, 簟紋如水帳如煙. 山谷謝送碾壑源揀芽, 矞雲從龍小蒼璧.[10]

李侯爲我來 遽以歸期請. 靑衿廢詩書 白髮違定省. 荒畦當鉏灌 蠹簡要籤整. 挽衣不可留 決去事幽屛 : 이 여덟 구는 대체로 한유의 「송장도사送張道士」 시의 의미를[11] 활용했다. 한유는 또 다른 시에서 "어찌 오래도록 이룸이 없이, 집으로 돌아갈 때를 나에게 알리도록 했는가"라고 했다. 『자금시주』에서 "청금은 푸른 옷깃인데, 학자들이 입었다"라고 했다. 『예기』에서 "부모님이 살아 계시면 옷에 청색으로 선을 두른다"라고 했다. 『곡례』에서 "저녁에는 바르게 준비해 드리고[잠자리를 보아 드리고],

---

9   푸른 구슬 : '蒼璧'은 '푸른 구슬'로, 창룡벽(蒼龍璧)이라고도 부르며 송대 용단 (龍壇, 차를 공처럼 둥글레 말아 겉면에 용무늬를 새긴 것) 공차(貢茶, 조정에 진 상하는 차)의 별칭이다.
10   [교감기] '坡詞'부터 '蒼璧'까지의 주(注)가 부교본(傅校本)에는 없다.
11   한유의 (…중략…) 의미를 : 한유가 쓴 「송장도사(送張道士)」 시의 서문에서 "장 도사는 숭산에 사는 은자로, 고금의 학문에 정통하고, 문무에 능한 재능을 지니 고 있었는데, 노자의 가르침에 뜻을 기탁하고 도사가 되어 그 친족을 부양했다. 조정에서 세금을 내지 않은 동방의 번진을 법대로 처리할 계획이라는 말을 듣고, 9년간 세 번이나 글을 지어 올렸으나 답이 없자, 그만두고 돌아갔다. 장안에 사는 여러 사대부가 시를 지어 그에게 보냈고 내가 그 서문을 쓰기로 했다[張道士, 嵩 高之隱者. 通古今學, 有文武長材, 寄迹老子法中, 爲道士, 以養其親. 九年, 聞朝廷將 治東方貢賦之不如法者, 三獻書不報, 長揖而去. 京師士大夫多爲詩以贈, 而屬愈爲 序]"라고 했다. 한유의 이 시는 숭산에서 내려온 장 도사와 헤어질 때 쓴 작품으 로, 세속에 어울리지 않아 다시 산으로 돌아가는 장 도사의 모습을 본 감회를 읊 었다.

아침에는 살펴본다[문안을 드린다]"라고 했다. 『장자』에 "한수漢水의 남쪽[12] 에서 한 노인이 바야흐로 막 밭일[13]을 시작하려 하는데, 굴을 파고 우 물로 들어가서, 항아리를 안고 나와 물을 주곤 했다"라고 했다. 『목천 자전』에 "한여름 좀벌레가 우릉[14]에 쏜다"라고 했다. 두보 시에 "책표 지와 약봉지에 거미줄 얽어 있다"라고 했다.

此數句大抵用退之送張道士詩意. 退之又有詩云, 胡爲久無成, 使以歸期 告. 子衿詩注云, 靑衿, 靑領也, 學子之所服. 禮, 父母在, 衣純以靑. 曲禮曰, 昏定而晨省. 莊子曰, 漢陰丈人, 方將爲圃畦, 鑿隧而入井, 抱甕而出灌. 穆天 子傳曰, 暴蠹書於羽陵. 老杜詩, 書籤藥裹封蛛網.

天恢獵德網 日饎養賢鼎 : 『노자』에 "하늘의 그물은 크고 넓다"라고 했 다. 양자는 "덕 있는 사람을 포획해서 덕 있는 사람을 얻는다"라고 했 다. 이것을 빌어 모든 현준賢俊한 선비를 불러들였음을 말한 것이다. 『주역·정괘』에서 "성인이 음식을 크게 마련해서[15] 성현을 봉양했다"

12　한수의 남쪽(漢陰) : '음(陰)'은 산의 북쪽, 물의 남쪽을 가리키는 것이므로, 여기 서 '한음(漢陰)'은 한수(漢水)의 남쪽을 의미한다.

13　밭일 : 포(圃)와 휴(畦) 모두 채마밭을 뜻하는 글자로, 여기서 '포휴(圃畦)'는 밭 일의 의미로 쓰였다.

14　우릉 : '羽陵'은 본래 옛 지명인데, 한여름 책에 벌레가 좀먹기 때문에 좀먹은 책 이라고 했다. 이후로 고대 비적을 보관한 곳의 의미로 사용되었다.

15　성인이 (…중략…) 마련해서 : "聖人大亨"는 '성인은 밥을 넉넉히 마련한다'는 뜻 으로, 큰 제사를 지내고 난 뒤에 음식을 모두 나눈다는 것을 말한다. 고대에는 큰 제사를 지내고 나면 제사 음식을 나누어 먹었다. 음식이 어떻게 나누어지는가 를 보면 그 정치가 제대로 되고 있는지를 알 수 있었다고 한다.

라고 했다. 『시경·형작洞酌』 시에서 "선 밥과 술밥을 만들 수 있다"라고 했는데, 주注에 "치饎는 술밥이고, 발음은 치熾다"라고 했다.

老子曰, 天網恢恢. 揚子曰, 獵德而得德. 此借用, 言網羅賢俊也. 易鼎卦曰, 聖人大亨, 以養聖賢. 洞酌詩曰, 可以餴饎. 注云, 饎, 酒食也, 音熾.

此士落江湖 熟思令人瘦 : 『남사·유지린전劉之遴傳』에서 "유지린은 때로 후경이 있는 곳에서 유랑했다"라고 했다. 맹교 시에서 "장안 햇빛 아래의 그림자, 또다시 강호로 떨어지네"라고 했다. 『한서漢書·조충국전趙充國傳』에서 "오직 군대의 이로움과 해로움을 생각해서 뚜렷이 알 때까지 이르렀다"라고 했다. 『위지魏志·가규전賈逵傳』의 주注에서 "가규는 전농교위典農校尉와 공사를 다투었는데, 그 이치를 깨닫지 못하자, 이내 발분하여 혹이 날 지경이었다"라고 했다.

南史劉之遴傳曰, 之遴時落侯景所. 孟郊詩, 長安日下影, 又落江湖中. 漢書趙充國傳曰, 但思惟兵利害至熟悉也. 魏志賈逵傳注曰, 逵與典農校尉爭公事, 不得理, 乃發憤生瘦.

胸中吉祥宅 膜外榮辱境 : 『장자』에서 "저 텅 빈 곳을 보라. 빈 방이지만 환하게 밝지 않은가. 길하고 상서로움도 빈 마음에 모인다"라고 했다. 또 말하기를, "칭찬과 비난에 추호의 흔들림도 없다"라고 했다. 또 「덕충부」 주注에서 "지극히 충만한 사람은 근심 때문에 마음이 놀라게 하지 않고, 만약 능력 밖의 것이라면 그저 지나친다"라고 했다. 『의

서』에서 "횡경막은 심장과 폐의 아래에 있고, 등·배와 붙어있어서 탁한 기운을 막아준다"라고 했다. '膜外膜外'는 어느 판본에는 '券外'로 되어있다. 『장자』에서 "자기 내부에 대해 충실한 사람은 이름을 바라지 않는 실행을 할 것이고, 외부에 대해 추구하는 사람은 재물을 바라는 실행에 뜻을 둘 것이다"라고 했다. 주注에서 "권券은 나누는 것이다"라고 했다. 『화엄경』에서 "상서로운 집을 우러러본다"라고 했다.

莊子曰, 瞻彼闋者, 虛室生白, 吉祥止止. 又曰, 辨乎榮辱之境. 又德充符注, 夫至足者, 不以憂患驚神, 若皮外而過去. 醫書曰, 膈膜自心肺之下, 與脊腹相着, 以遮蔽濁氣. 膜外, 一本作券外. 莊子曰, 券內者行乎無名, 券外者志乎期費. 注云, 券, 分也. 華嚴經云, 瞻仰吉祥宅.[16]

婆娑萬物表 藏刀避肯綮 : 『장자』에 "포정이 문혜군을 위해 소를 잡았다"라고 했다. 또 "틈이 넓은 곳을 벌리고 그 곳에 칼을 넣는 것은 본래의 생김새를 따르는 것이고, 근육과 뼈가 엉켜 있는 복잡한 궁계에도 아직까지 칼날이 다쳐 본 적이 없는데, 하물며 큰 뼈와 같은 것이겠는가"라고 했다. 또 "칼을 든 채 일어나서 사방을 둘러보며 머뭇거리다가 이내 흐뭇해져서 칼을 잘 닦아 넣어둡니다"라고 했다. 『음의』에 "궁계[17]는 모이는 곳이다"라고 했다. '綮'는 음이 '苦'와 '挺'의 반절이다.

---

16 [교감기] "『화엄경』에서 말하기를"이라고 했는데, 부교본에는 이 주석이 없다.
17 궁계 : '궁계(肯綮)'는 근육과 뼈가 결합된 곳으로 가장 복잡하고 중요한 곳을 뜻한다.

萬物表見上注. 莊子庖丁爲文惠君解牛. 曰, 批大郤, 導大窾, 因其固然, 技經肯綮之未嘗, 而況大軱乎? 又曰, 提刀而立, 爲之四顧, 爲之躊躇滿志, 善刀而藏之. 音義曰, 肯綮猶結處也. 綮音苦挺反.

人生要當學 安宴不徹警 : 『좌전』에서 "한가하고 편한 것은 짐독과도 같으니, 이것을 품어서는 안 된다"라고 했다. 또 "군사적 수비를 거두지 않은 것은 경계함이다"라고 했다.

左傳曰, 宴安酖毒, 不可懷也. 又曰, 軍衛不徹, 警也.

古來惟深地 相待汲脩緶 : 『주역·계사』에서 "무릇 역은 성인이 심오함을 다하고 조짐을 연구하는 수단이다. 심오하기 때문에 세상의 이치를 통할 수 있다"라고 했다. '수편脩緶'은 앞의 주를 보라.

易繫辭曰, 夫易, 聖人之所以極深而研幾也. 惟深也, 故能通天下之志. 脩緶見上注.

2. 이백시가 한간[18]의 삼마도[19]를 모사한 것을 읊어서 자유 소철蘇轍의 시에 차운하여 이백시에게 편지삼아 보내고 겸하여 이덕소에게 보내다

詠李伯時摹韓幹三馬次蘇子由韻簡伯時兼寄李德素[20]

太史瑣窗雲雨垂	태사의 작은 창에 비구름 드리워있고
試開三馬拂蛛絲	삼마도를 펼쳐보며 거미줄을 떨어낸다.
李侯寫影韓幹墨[21]	이후가 한간의 먹으로 그림을 그리니
自有筆如沙畫錐	용필이 절로 추획사錐畫沙 같네.
絶塵超日精爽緊	절진은 해를 추월할 정도이고 정신도 영민하며
若失其一望路馳	무언가 잃어버린 듯 오로지 길만 바라보며 내달리네.
馬官不語臂指揮	마관이 말없이 팔을 들어 흔들면
乃知仗下非新羈	의장대용이지 새로 길들인 말이 아님을

---

18 한간 : 당나라 때의 궁정화가로 초상, 인물, 화죽(花竹) 등의 그림에 능했는데, 특히 말 그림을 잘 그렸다. 이에 현종이 대완국(大宛國)의 공헌마(貢獻馬) 중 준마(駿馬)를 항상 그에게 그리게 했다고 한다.

19 삼마도(三馬圖) : 한간은 살진 말을 그리는 데 뛰어난 재능을 보였는데, 대표작품으로 「조야백도(照夜白圖)」, 「신준도(神駿圖)」, 「목마도(牧馬圖)」가 있다. 여기서 '삼마'는 이 세 작품을 말한 것이다.

20 [교감기] '次子由韻簡伯時兼寄李德素'는 문집(文集)·고본(庫本)의 시 제목 아래의 원주(原注)에서 "이시백은 이름이 공린(公麟)이고 이덕소의 이름은 '절(窃)'이라고 했다. 전본(殿本)의 제목에는 '소(蘇)'자가 없다.

21 [교감기] '幹翰'이 문집(文集)·고본(庫本)·장지본(蔣芝本)·전본(殿本)에는 '韓幹'으로 되어 있다.

바로 알겠다.

吾嘗覽觀在坰馬²²	내가 먼 들에서 내달리는 말을 좀 살펴보니

吾嘗覽觀在坰馬²²　내가 먼 들에서 내달리는 말을 좀 살펴보니

駑駘成列無權奇　시원찮은 말만 줄지어 있고 잘 달리는
말이 없구나.

緬懷胡沙英妙質²³　저 멀리 오랑캐 사막의 뛰어난 바탕을 가진
말을 떠올려 보건대

一雄可將十萬雌²⁴　한 마리 수말이 십만 마리 암말 이끌만하네.

決非皂櫪所成就²⁵　결코 말구유가 이루어진 바가 아니고

天驥生駒人得之²⁶　천리마가 망아지를 낳으면 세상에서 그것을
취하게 되네

千金市骨今何有　천금시마千金市馬가 지금 어디에 있겠는가.

士或不價五羖皮　사인은 간혹 염소가죽 다섯 장 값도
매겨지지 않는다.

李侯畫隱百僚底　그림으로 은둔한 이후는 백관보다 못한데도

初不自期人誤知　처음에는 남들이 쓸데없이 알아주기를
바라지 않았다네.

22　[교감기] '覽觀'이 원본(元本)·부교본(傅校本)·명대전본(明大全本)에는 '觀覽'
으로 되어 있다.

23　[교감기] '英妙'가 고본(庫本)에는 '英賢'으로 되어있다.

24　[교감기] '十'이 장지본(蔣芝本)·전본(殿本)·건륭본(乾隆本)에는 '千'으로 되어
있다.

25　[교감기] '皂櫪'이 문집(文集)·고본(庫本)·장지본(蔣芝本)·건륭본(乾隆本)에는
'厮養'으로 되어 있다.

26　[교감기] 장지본(蔣芝本)에는 '得之'가 '得知'로 되어있다.

戲弄丹青聊卒歲 단청을 희롱하며 그저 한 해를 보내니,

亦如閱世老禪師[27] 역시 시대를 보내는 노선사 같네.

【주석】

太史瑣窻雲雨垂 試開三馬拂蛛絲 : '태사太史'는 응당 자유 소철蘇轍을 말하는 것으로 기거랑이 되었고 좌사의 임무를 맡았다. 『문선』에 실린 포조 시에서 "옥고리가 작은 창을 사이에 두고 걸려 있다"라고 했다. 두보의 「조공당시趙公堂詩」에서 "무너진 집에 비바람이 드리운다"라고 했다. 이것을 인용하여 그가 천상에 있음을 말했다. 『문선』에 실린 강엄의 「의장화시擬張華詩」에서 "옥으로 장식한 누대에 그물이 생겼네"라고 했다. 이선의 주注에서 『논형』을 인용해 "거미는 가느다란 줄로 날아다니는 벌레를 가둔다"라고 했다.

太史當謂子由, 作起居郎, 居左史之任. 文選鮑照詩, 玉鉤隔瑣窻. 老杜趙公堂詩, 落架垂雲雨. 此引用, 言其在天上也. 文選江淹擬張華詩云, 玉臺生網絲. 李善注引論衡曰, 蜘蛛輕絲, 以網飛蟲.

李侯寫影韓幹墨 自有筆如沙畫錐 : 『서결묵수書訣墨藪』에서 저하남이 "붓놀림은 마땅히 송곳으로 모래에 획을 긋는 것처럼, 진흙에 인장을 찍는 것처럼 해야 한다.[28] 그 필봉을 감추어 쓴다면 그 획은 침착한 모양이

---

27 [교감기] 문집(文集), 고본(庫本), 장지본(蔣芝本), 전본(殿本), 건륭본(乾隆本)에는 '亦如'가 '身如'로 되어있다.

나타나게 된다. 붓끝의 사용은 마땅히 항상 붓끝이 종이의 뒷면까지 스며들게 할 정도의 힘을 가해야 한다"라고 했다.

　書訣墨藪, 褚河南曰, 用筆當如印印泥, 如錐畫沙, 欲其藏鋒, 畫乃沈著. 當其用鋒, 常欲透過紙背.

　絶塵超日精爽緊 若失其一望路馳 : 『서경잡기』에서 "문제는 준마駿馬 아홉 필을 가지고 있었는데, 그중 한 마리의 이름이 절진이다"라고 했다. 『왕자년습유기』에서 "주목왕의 팔룡지준 가운데 넷째의 이름은 월영으로 해를 뒤쫓아 달린다"라고 했다. 두보 시에서 "위 장군의 기골은 솟구치고 정신은 영민하다"라고 했다. 『장자·서무귀徐無鬼』에서 "천하제일의 명마는 뛰어난 자질을 갖추고 있는데, 이 말은 공허한 듯하고 무엇인가를 잃어버린 것 같으며, 마치 자기 자신을 잃어버린 것 같은 모습으로 있는데, 이와 같은 말은 그 빠르기가 먼지조차 따돌려 어디로 갔는지도 알 수 없다"라고 했다. 『문선』의 시에서 "네 필의 말이 길을 향해 내달린다"라고 했다.

　西京雜記, 文帝有良馬九匹, 一名絶塵. 王子年拾遺記曰,[29] 周穆王八龍之駿, 四名越影, 逐日而行. 老杜詩, 魏侯骨聳精爽緊. 莊子徐無鬼曰, 天下馬有

28　송곳으로 (…중략…) 한다 : '인인니(印印泥)'와 '추획사(錐畫沙)'는 서예에서 금과옥조로 여기는 용필법이다. 즉 '모래에 송곳으로 그어재끼듯 진흙에 인장을 찍듯' 평면의 선이 아닌 입체적인 획으로 붓글씨를 써야함을 말한다.

29　[교감기] '王子年拾遺記'는 본래는 '記'자가 빠졌는데 전본(殿本)에 근거해 이 글자를 더하였다.

成材, 若岫若失, 若喪其一. 若是者, 超軼絶塵, 不知其所. 選詩, 四牡向路馳.

馬官不語臂指揮 乃知仗下非新羈 : 그것이 길이 잘 들어서 잘 따르고 복종함이 이와 같으니 반드시 새로 서쪽 변방에서 온 것은 아니라고 말한 것이다. 두보 시에서 "마관과 시양은 줄지어 서있네"라고 했다. '비지휘'는 즉 『시경·무양無羊』 시에서 말한 "팔을 들어 손짓하다"이다. 『장자·서무귀徐無鬼』에서 "제가 말을 감정함에 있어서, 말이 직진할 때는 먹줄에 맞고, 굽이돌 때는 갈고리에 맞고, 각지게 꺾어질 때는 곱자에 맞고, 둥글게 돌 때는 그림쇠에 들어맞으면, 이런 말은 나라의 명마라고 할 수 있지만 천하의 명마라고는 할 수는 없습니다"라고 했다. 산곡은 아마도 이 뜻을 인용한 듯하다. 『당서·이임보전李林甫傳』에서 "입장마立仗馬를 보지 못했는가, 종일 아무 소리도 없이 3품의 사료를 먹인다"라고 했다. '신기미新羈馬'는 『문선』에 보인다.

言其馴服如此, 必非新自西極來者. 老杜詩, 馬官厮養森成列. 臂指揮卽無羊詩所謂麾之以肱. 莊子徐無鬼曰, 吾相馬, 直者中繩, 曲者中鉤, 方者中矩, 圓者中規, 是國馬也, 而未若天下馬也. 山谷蓋用此意. 唐書李林甫傳曰, 不見立仗馬乎, 終日無聲, 而飮三品芻豆. 新羈之馬, 見文選.

吾嘗覽觀在坰馬 駑駘成列無權奇 : 『사기·봉선서封禪書』에서 "후세의 군자는 내 글을 통해서 그 정경을 살펴볼 수 있을 것이다"라고 했다. 『시경·경구駉』 시에서 "살지고 큰 수말들 뛰놀고 있네, 저 먼 들판에서

뛰놀고 있네"라고 했다.『한서』에 실린「천마가天馬歌」에서 "기세 제어하기 쉽지 않으나, 대단히 잘 내달리네, 뜬 구름을 밟고서, 날쌔게 하늘로 내달리네"라고 했다.

史記封禪書曰, 後有君子, 得以覽觀焉. 駉詩曰, 駉駉牡馬, 在坰之野. 漢書, 天馬歌曰, 志俶儻, 精權奇, 籋浮雲, 晻上馳.

縝懷胡沙英妙質　一雄可將十萬雌 :『한서』에 실린「천마가天馬歌」에서 "천마가 오는데, 서쪽 끝에서라네, 유사타클라마칸사막를 건너니, 아홉 오랑캐가 복종하네"라고 했다.『문선·서정부西征賦』에서 "종군은 산동의 영재이다"라고 했다. 이것을 차용한 것이다. 두보의「천육표기가天育驃騎歌」에서 "당시 사십만 필의 말, 장공은 죄다 하등의 자질인 것을 탄식했네. 이에 천리마 그림 그려 세상에 전하니, 자리에 두고 봄에 오랠수록 더욱 새롭구나"라고 했다.

漢書, 天馬歌曰, 天馬來, 從西極. 涉流沙, 九夷服. 文選西征賦曰, 終軍山東之英妙. 此借用. 老杜天育驃騎歌曰, 當時四十萬疋馬, 張公歎其材盡下. 故獨寫真傳世人, 見之座右久更新.

決非皁櫪所成就　天驥生駒人得之 : 차산 원결元結의 시에서 "어찌 말구유에 있으면서 보리싸라기와 풀따위를 먹으려 다투겠는가"라고 했다.『한서』에서 "원정 4년, 악와수에서 말이 출현하여,「천마지가」를 지었다"라고 했다. 안연지의「자백마부赭白馬賦」에서 "한나라의 도가 형통하

니 천마天馬가 재주를 드러내네"라고 했다. 『한서·서역전西域傳』에서 "대완국[30]에는 좋은 말이 많았는데, 이 말들은 피 같은 땀을 흘리고, 천마의 후손이라고 합니다"라고 했다. 맹강의 주注에서 "대완국에는 높은 산이 있고 그 위에 말이 있으나 가히 얻을 수 없었다. 이에 오색의 모마母馬를 취해 그 아래 두니 더불어 모였으며, 망아지를 낳았는데 모두 피 땀을 흘리므로 천마의 새끼라고 불렀다"라고 했다. 『공자가어』에, 공자가 "사람이 활을 잃어버리면 그 활을 얻는 것 또한 사람이다"라고 했다. 이것을 차용한 것이다. 시의 뜻은 조정의 선비로 늙었으니, 조축[31]에서 온 자와 그 영걸한 기상이 자연히 같지가 않은 것은 마치 조정의 말과 악와수의 준마가 다른 것과 같음을 말한 것 같다.

元次山詩曰, 豈欲卓櫪中, 爭食秅與藄. 漢書, 元鼎四年, 馬生渥洼水中, 作天馬之歌. 顔延之赭白馬賦曰, 漢道亨而天驥呈才. 漢書西域傳曰, 大宛國多善馬, 馬汗血, 言其先天馬子也. 孟康注曰, 言大宛國有高山, 其上有馬, 不可得. 因取五色母馬置其下與集, 生駒, 皆汗血, 因號曰天馬子云. 家語, 孔子曰, 人遺弓, 人得之. 此借用. 詩意若曰, 老於中朝之士, 與來自釣築者, 其英傑之氣故自不同, 如仗下馬與渥洼之驥也.

千金市骨今何有 : 『전국책』에, 곽외가 연소왕에게 "옛날에 어느 왕이

30 대완국 : 지금의 우즈베키스탄 페르가나 지방이다. 명마(名馬)의 생산지였다.
31 조축 : 조(釣)는 주(周)나라 여상(呂尙)이 반계(磻溪)에서 낚시질한 것을 가리키고, 축(築)은 은(殷)나라 부열(傅說)이 공사장에서 막노동한 고사를 가리킨다. 후에 때를 만나지 못해 큰 뜻을 펴지 못하는 의미의 전고로 사용되었다.

사자를 보내 천금을 주고 다른 나라에서 천리마를 구해오라고 했습니다. 천리마가 있는 곳에 가지도 못했는데, 천리마는 이미 죽었습니다. 그는 죽은 말의 머리를 5백금을 주고 사서 돌아왔습니다. 세상 사람들은 왕이 좋아하는 바를 알게되었습니다. 그래서 일 년이 되었을 때 천리마가 3필이나 모였다고 합니다. 왕께서 선비를 구하시려면 먼저 저 곽외부터 중용해 시작하시면, 저 같은 이도 중용하시는 것을 보면, 어찌 저보다 현명한 사람들이 오지 않겠습니까"라고 했다. 『문선』에 실린 문거 공융孔融의 글에서, "연나라 왕이 천리마의 **뼈**를 사왔다고 하자, 이에 절족絶足[32]을 불러들이고자 했다"라고 했다.

戰國策, 郭隗謂燕昭王曰, 古之人君, 遣使者, 齎千金, 市千里馬於他國. 未至, 馬已死, 買其首五百金以歸. 天下知君之好也, 於是期年而千里之馬至者三焉. 王誠欲致士, 先從隗始, 隗且見事, 況賢於隗者乎. 文選孔文擧書曰, 燕君市駿馬骨, 乃欲以招絶足也.

士或不價五羖皮 : 『사기·진본기秦本紀』에서 "목공이 백리혜의 어짊을 듣고 그를 거듭 사오고자 했으나 초나라 사람이 주지 않았다. 이에 오고양피[33]를 지불하고 바꿀 것을 청하자 초나라 사람이 마침내 주었다"라고 했다.

32 　절족(絶足) : 주(周)나라 목왕(穆王)에게 8필의 준마가 있었는데 그중 한 마리의 이름이다. 이후에 뛰어난 인물을 비유하는 전고로 사용되었다.
33 　오고양피 : 검은 양 다섯 마리의 가죽으로, 매우 값비싼 대가(代價)를 의미한다.

史記秦本紀曰, 繆公聞百里奚賢, 欲重贖之, 恐楚人不與, 乃請以五羖羊皮贖之, 楚人遂與之.

李侯畫隱百僚底 初不自期人誤知 : 두보 「적명부狄明府」에서 "재주가 있으나 운명이 기박하여 백관의 아래에 있네"라고 했다. 왕유 「우연작 6수偶然作六首」에서 "전생에 잘못해 시인이나 했었고, 전생의 몸 응당 화공이었을 것이네. 못된 버릇 못 버리고 현세에 태어나, 사람들에게 어쩌다 이름 알려졌네"라고 했다.

老杜詩, 有才無命百僚底. 王維詩, 夙世謬詞客, 前身應畫師. 不能捨餘習, 偶被時人知.

戲弄丹靑聊卒歲 亦如閱世老禪師 : 오묘한 즐거움을 얻었다고 한 것이다. 『문선』에 실린 사혜련 시에서 "그림의 광채가 산뜻하고 아름답네"라고 했다. 이선 주注에서 『장망집』을 인용하여 "그림의 형상이 단청이다"라고 했다. 『시경』에서 "편안하고 유유하게, 그저 한 해를 마치네"라고 했다. 『한서 · 개관요전蓋寬饒傳』에서 "이곳은 전사[34]처럼 보는 사람이 많다"라고 했다. 두보 시에서 "빠르게 사람 마을 덮치는구나"[35]라고 했다. '대代'는 '세世'인데 피휘하여 이렇게 쓴 것이다.

34　전사 : 옛날에 행인에게 휴식과 잠자리를 제공하던 곳으로 오늘날의 여관과 같다.
35　빠르게 (…중략…) 덮치는구나 : '勢閱人代速'은 물살이 빨라서 마치 한 세대가 빠르게 지나가는 듯하다는 말로, 세상사가 상전벽해와 같이 변함을 뜻한다. 원래는 산골짜기에 물이 불어남을 서술한 것이다.

謂其得游戲三昧. 文選謝惠連詩, 丹青曁雕煥. 李善注引張綱集曰, 圖形, 丹青. 詩曰, 優哉游哉, 聊以卒歲. 漢書蓋寬饒傳曰, 此如傳舍, 閲人多矣. 老杜詩, 勢閲人代速. 代卽世也, 避諱, 故云.

3. 자첨 소식이 자유 소철의 「한간의 삼마도를 보고서 이백시가 천마를 그린 것을 논함」에 화답한 것에 차운하여 짓다

次韻子瞻和子由觀韓幹馬因論伯時畫天馬

于闐花驄龍八尺	팔 척의 우전국의 꽃무늬 청백색 말[36]
看雲不受絡頭絲	구름을 보며 재갈 끈[37]을 받아들이지 않는다
西河驄作蒲萄錦	서역의 준마[38]의 말 갈기는 황금빛이고
雙瞳夾鏡耳卓錐	두 눈동자는 거울처럼 반짝이고 귀는 송곳을 꽂은 듯.
長楸落日試天步	큰 길에 지는 해는 하늘의 운행을 시험하고
知有四極無由馳	사방에 길 있어도 달릴 수 없음을 알겠네.
電行山立氣深穩	추전[39]의 걸음걸이 산처럼 흐트러짐 없고 기상은 깊고 안온한데
可耐珠韀白玉覊	구슬 안장과 백옥의 굴레는 어쩔 수 없구나.
李侯一顧歎絶足	이후가 한 번 돌아보며 절족을 칭찬하니

---

36 꽃무늬 청백색의 말 : '화총(花驄)'은 오색 빛깔의 털을 가진 말인데 여기서 '화(花)'는 얼룩이라는 뜻이다.

37 재갈 끈 : '낙두(絡頭)'는 마구의 하나로 말 갈기 위에 장식하는 재갈에 걸친 끈을 말한다.

38 준마 : '포도(葡萄)'는 고대 준마(駿馬)의 이름이다.

39 섭경과 추전 : '섭경(躡景)'과 '추전(追電)'은 진시황의 준마이다. 진시황의 칠준마(七駿馬)는 추풍(秋風), 백토(白兔), 섭경(躡景), 추전(追電), 비편(飛翩), 동작(銅爵), 신부(晨鳬)이다.

領略古法生新奇	옛 법을 이해하니 새롭고 기이함이 생겨난다
一日眞龍入圖畫	어느 날 진짜 용이 그림 속으로 들어오니
在坰群雄望風雌	들판의 뭇 수컷이 암컷 바라본다.
曹霸弟子沙苑丞	조패의 제자 사원의 승상 한간
喜作肥馬人笑之	살찐 말을 잘 그려 사람들이 좋아했네.
李侯論幹獨不爾	이후가 한간을 논하면서는 유독 그렇지 않아
妙畫骨相遺毛皮	골격을 잘 그리면서도 가죽을 남겼다고 했네
翰林評書乃如此	한림에서 글씨실제로는 그림를 평하기가 이와 같은 즉
賤肥貴瘦渠未知	천하면서 살찐 것과 귀하면서 마른 것을 어찌 모르랴
況我平生賞神駿	하물며 내 평소 신준함을 즐기기에
僧中云是道林師	스님들 가운데 도림거사라고 하거늘

【주석】

西河驄作蒲萄錦 雙瞳夾鏡耳卓錐 : 소식의 『삼마도찬인三馬圖贊引』에서 "원
우 초, 희하에서 유사웅인명이 활강猾羌의 대수령 귀장청의결인명을 생포
하여 바쳤다"라고 했다. 당시 서역의 공헌마貢獻馬는 키가 팔 척이고 용
의 머리에 봉황의 가슴을 가졌고, 범의 등을 하고 표범의 무늬를 가졌
다. 동화문[40]을 나와 천사감에 들어가니, 갈기를 떨며 길게 울부짖어,

---

40 동화문 : '동화문(東華門)'은 궁성(宮城) 동문의 이름이다.

만 마리 말이 모두 벙어리가 된 듯 조용해졌다. 다음 해, 오랑캐 강羌의 온계심이 좋은 말을 가지고 있었는데, 태사 노국공[41]에게 바치고자 하여, 조서를 내려 허락했다. 장지기는 희하[42]의 장수가 되었는데, 서번에서 한혈마라는 준마를 바친 자가 있었다. 장지기가 청하여, 공물을 받을 때가 아니라는 이유로 받지 말자고 한 사건이 예부로 떨어졌다. 소식이 당시 예부상서로서 고발 건을 판결하여 말하기를, "조정에서 바야흐로 오히려 말로 밭을 가는 마당에 다시 한혈마라 한들, 또한 무슨 소용이 있겠는가" 사건이 일단락되었다. 소식은 일찍이 승의랑 이공린에게 사사로이 청하여, 당시 삼준마의 모습을 그리게 하여, 귀장청의결에게 임모臨摹하게 하여 집에 소장했다. 이백시의 자가 공린이다. 살펴보건대, 『한서·서역전』에서 "우전국 왕이 서역을 다스렸다"라고 했다. 『통전』에서 "총령의 북쪽 2백여 리에 있다"라고 했다. '서하'는 마땅히 희하 지역을 말한다. 『주례』에서 "말의 키가 팔 척 이상이면 용이라고 한다"라고 했다. 두보의 「고도호총마행高都護驄馬行」 시에서 "푸른 실로 갈기 딴 채 늙고 있으니, 어찌 횡문 길 내달릴 수 있으랴"라고 했다. 사장의 「무마부舞馬賦」에서 "화려한 문양에서 웅대한 정신을 기른다"라고 했다. 『서경잡기』에서 "곽광의 아내는 순우연인명에게 포도금을 보냈다"라고 했다. 안연지의 「자백마부赭白馬賦」에서 "두

---

41   노국공 : '노국공(潞國公)'은 송대 제일의 재상으로 꼽히는 문언박(文彦博)을 가리킨다.
42   희하 : '희하(熙河)'는 감숙성(甘肅省)과 내몽고(內蒙古) 서부에 있던 나라인 서하(西夏)의 서남부 지역을 말한다.

눈동자는 거울처럼 반짝이고 두 뺨은 달과 같네"라고 했다. 『전등록·앙산전』에서 "향엄이 말하길, "작년에는 송곳 하나 꽂을 땅도 없었다""라고 했다.

東坡三馬圖贊引云[43], 元祐初, 熙河游師雄, 擒猲羌大首領鬼章青宜結以獻. 時西域貢馬, 首高八尺, 龍顧而鳳膺, 虎脊而豹章. 出東華門, 入天駟監, 振鬣長鳴, 萬馬皆瘖. 明年, 羌溫溪心有良馬, 願以餽太師潞國公, 詔許之. 蔣之奇爲熙河帥, 西蕃有貢駿馬汗血者. 之奇爲請, 乞不以時入. 事下禮部. 軾時爲宗伯, 判其狀云, 朝廷方却走馬以糞, 正復汗血, 亦何所用. 事遂寢. 軾嘗私請於承議郎李公麟, 畫當時三駿馬之狀, 而使鬼章青宜結效之, 藏於家. 伯時, 公麟字也. 按漢書西域傳于闐國王治西域. 通典云, 在葱嶺之北二百餘里. 西河當謂熙河之地. 周禮曰, 馬八尺以上爲龍. 老杜高都護驄馬行曰, 靑絲絡頭爲君老, 何由却出橫門道. 謝莊舞馬賦曰, 養雄神於綺文. 西京雜記曰, 霍光妻遺淳于衍蒲萄錦. 顏延之赭白馬賦曰, 雙瞳夾鏡, 兩權協月. 傳燈錄仰山傳, 香嚴曰, 去歲無卓錐之地.

長楸落日試天步 知有四極無由馳 : 『문선』 시에서 "큰 길[44]로 말을 달린

---

43 [교감기] '三馬圖贊引' 이 문장은 『소식문집(蘇軾文集)』권21에 보이는데, 직접 쓴 문장이 명(明) 張丑의 『청하서화방(淸河書畫舫)』에 수록되어있다. '三'이 원 작에는 '九'로 되어 있는데, 지금은 전본(殿本)을 따르고 『소식문집』 및 진적(眞迹)에 근거해 수정했다.

44 큰 길: '장추(長楸)'는 '큰 길'을 뜻하는데, 옛날 사람들은 길가에 개오동나무(가래나무)를 심었기에 '추간(楸間)'은 양쪽에 개오동나무가 심어져있는 사잇길을 가리킨다.

다"라고 했다. 『시경』에서 "하늘의 운행에 어려움이 있다"라고 했다. 『이아』의 '서극' 주注에서 "사방이 지극히 먼 나라이다"라고 했다. 두보의 「천육표기가天育驃騎歌」에서 "오호라, 나는 듯한 질주 이제 탈 수 없구나"라고 했다.

選詩, 走馬長楸間. 詩曰, 天步艱難. 爾雅四極注曰, 四方極遠之國. 老杜天育驃騎歌曰, 嗚呼健步無由騁.

電行山立氣深穩 可耐珠鞴白玉羈 : 최표의 『고금주』에서 "진시황에게 명마가 있었는데 섭경과 추전이다"라고 했다. 안연지의 「자백마부」에서 "기이한 몸은 산봉우리처럼 생겼고, 특이한 얼굴은 고상하고 윤이 난다"라고 했다. '산립山立'은 『예기·옥조玉藻』에 보인다.[45] 두보의 「화마도인畫馬圖引」에서 "청고함을 돌아보니 기상이 깊고 안온하네"라고 했다. 『담원』에서 "유창은 구슬로 안장과 굴레를 장식하여 용이 희롱하는 형상을 하였다"라고 했다.

崔豹古今注曰, 秦始皇有名馬, 躡景追電. 顔延之赭白馬賦曰, 異體峰生, 殊相逸發. 山立字見禮記玉藻. 老杜畫馬圖引曰, 顧視淸高氣深穩. 談苑曰, 劉鋹自結眞珠鞍勒, 爲戲龍之狀.

---

45 산립은 (…중략…) 보인다 : '산립(山立)'은 『예기·옥조(玉藻)』에 보이는데, 그 기록은 다음과 같다. "서 있는 모습은 공손히 하되 지나치게 굽신거리는 모습이 없게 하고, 목은 반드시 곧게 하며, 산처럼 흔들림이 없게 하라[立容, 辨卑毋諂, 頭頸必中, 山立時行]"라고 했다.

李侯一顧歎絶足 領略古法生新奇 : 『춘추후어』에서 소대가 "어떤 사람이 준마를 팔고자 하여, 백락을 찾아가서 "사흘 동안 아침마다 시장에서 있었지만 아무도 물어보는 사람이 없었습니다. 부디 선생께서 돌아오시면서 제 말을 한 번 쳐다봐주시고, 가실 때 한 번 돌아봐주십시오. 신이 청컨대 하루아침의 값을 드리도록 하겠습니다"라고 했더니, 하루아침에 말값이 열 배가 되었다백락이 그 말대로 했더니 하루아침에 말 값이"라고 했다. 위문제의 『여손권서』에서 "중국에 비록 많은 말이 있으나 유명한 절족[46]은 적다"라고 했다. 『세설신어』에서 "강승연이 갑자기 은심원이 있는 곳으로 가서 바로 도의와 이치에 대해 언급했는데, 표현과 의미가 뛰어나고 대략의 취지를 잘 이해하여 단번에 높은 경지에 이르렀다"라고 했다. 또 "지도림의 글 짓는 재주가 참신하고 기발하여 마치 꽃이 만발하여 빛나는 것과 같았다"라고 했다.

春秋後語, 蘇代曰, 人有駿馬欲賣之, 見伯樂曰, 比三旦立於市, 人莫與言, 願子還而視之, 去而顧之, 臣請獻一朝之價. 伯樂如其言, 一旦而馬價十倍. 魏文帝與孫權書曰, 中國雖多馬, 其知名絶足亦少. 世說, 康僧淵忽往殷深源許, 遂及義理, 語言詞旨自若, 領略粗擧, 一往參詣. 又曰, 支道林才藻新奇, 花爛映發.

46 　절족 : '절족(絶足)'은 준마의 이름으로, 『습유기(拾遺記)』에 따르면 주(周) 목왕(穆王)에게 여덟 필의 준마가 있었는데 첫 번째는 절족(絶足)이고 두 번째는 번우(飜羽)라고 했다.

一日眞龍入圖畵 在坰群雄望風雌 : 두보의 「단청인증조패丹靑引贈曹霸」 시에서 "조서 내려 장군은 비단을 펼쳐 그리라 하니 골똘히 어떻게 그릴까 고민하던 가운데, 잠깐 사이에 구중궁궐에 참 용마가 나오니 만고의 평범한 말 모습 다 씻어 없앴네"라고 했다. '진룡'은 대개 『신서』에 나오는 섭공의 일[47]을 이용한 듯하다.

老杜丹青引贈曹霸云, 詔謂將軍拂絹素, 意匠慘澹經營中. 斯須九重真龍出, 一洗萬古凡馬空. 真龍蓋用新序葉公事.

曹霸弟子沙苑丞 喜作肥馬人笑之 : 두보의 「단청인丹靑引」에서 "제자인 한간도 일찍 높은 경지를 보였으니 말 그림을 잘 그려 빼어난 모습 한껏 표현했네. 한간은 겉모습 그렸으나 뼈는 그리지 못하니, 화류마의 넘치는 기상을 표현하지 못했네"라고 했다. 장언원의 『화기』에서 "한간의 관직은 태부승에 이르렀고, 말 그리기에 더욱 뛰어났는데, 처음에는 조패를 스승으로 삼았으나 나중에는 스스로 독자적으로 그렸다"라고 했다. 이 구에서 '사원승沙苑丞'이라고 했는데, 미상이다무슨뜻인지알수없다.

丹青引云, 弟子韓幹早入室, 亦能畫馬窮殊相. 幹惟畫肉不畫骨, 忍使驊騮氣凋喪. 張彥遠畫記曰, 韓幹官至太府丞, 尤工鞍馬, 初師曹霸, 後自獨擅. 此

47　섭공의 일 : '섭공의 일(葉公事)'은 섭공이 용을 좋아한 것을 말하는 것으로, 『장자』에 전한다. 섭공이 용을 좋아해서 우물과 뒷간 사이에 그 형상을 그려 놓았는데, 진짜 용이 섭공이 용을 좋아한다는 것을 알고 그의 집에 모습을 드러냈더니, 섭공은 몹시 놀라서 도망갔다고 한다.

云沙苑丞, 未詳.

李侯論幹獨不爾, 妙畫骨相遺毛皮 : 『진서·왕헌지전』에서, "사안이 "그
대의 글씨는 선친왕희지과 비교하면 어떤가?"라고 물었다. "당연히 같지
않습니다"라고 답했다. 다시 사안이 "세상 사람들은 그렇지 않다고 하
네"라고 말하니, 군가준은 "세상 사람들이 어찌 알겠습니까?"라고 했
다"라고 했다. 『고승지둔전』에서 사안이 말하길 "구방인이 말의 상을
볼 때, 그것의 밖으로 드러나는 검고 누런 색은 중시하지 않고 빨리 달
리는 것을 중시했다"라고 했다. 한유의 「소주유별장단공사군韶州留別張端
公使君」에서 "골상 험한 우번을 스스로 한탄하네"⁴⁸라고 했고 또 「귀팽성
歸彭城」에서 "털과 가죽을 없앨 수 없네"라고 했다.

晉書王獻之傳, 謝安問, 君書何如君家尊. 答曰, 故當不同. 安曰, 外論不爾.
答曰, 人那得知. 高僧支遁傳, 謝安曰, 九方歅之相馬, 略其玄黃, 而取其駿逸.
退之詩, 自歎虞翻骨相屯. 又詩, 未能去毛皮.

翰林評書乃如此 賤肥貴瘦渠未知 : 두보의 「이조팔분소전기李潮八分小篆歌」
에서 "글씨는 여윔과 굳셈이 적절하니 신묘함과 통하였네"라고 했다.

---

48 골상 (…중략…) 한탄하네 : "自歎虞翻骨相屯"은 삼국시대 오(吳)나라 우번(虞翻)
    의 고사를 말한 것이다. 『삼국지·우번전(虞翻傳)』오번이 기도위(騎都尉)로 있으
    면서 손권(孫權)의 잘못을 거리낌없이 간하다가 단양(丹陽) 경현(涇縣)으로 귀
    양간 뒤에 다시 교주(交州)로 귀양가 그곳에서 죽었는데, 그가 일찍이 말하기를
    "나는 예절에 무식하고 골체(骨體)가 부드럽지 못해 윗사람을 범하다가 죄를 얻
    은 것이 한스러우니, 바닷가에 묻혀 세상을 떠나는 것이 마땅하다"라고 했다.

소식의 「손신로구묵묘정孫莘老求墨妙亭」에서 "두보는 글씨가 여윔과 굳셈이 적절하다고 평했는데, 이 말은 공평하지 않으니 나는 따르지 않으려네"라고 했다.

老杜詩云, 書貴瘦硬方通神. 而東坡詩曰, 杜陵評書貴瘦硬, 此論未公吾不憑.

況我平生賞神駿, 僧中云是道林師 : 『고승전』에서 "지둔의 자는 도림이고, 일찍이 말을 길렀는데, 어떤 사람이 그것을 비방하자, 지둔은 "그것의 신준함을 좋아하여 잠시 그것을 키우는 것입니다"라고 했다"라고 했는데 역시 『세설신어』에 보인다.

高僧傳, 支遁字道林, 嘗養馬, 人有譏之者, 曰, 愛其神駿, 聊復蓄爾. 亦見世說.

4. 차운하여 왕신중에 답하다

次韻答王荀中⁴⁹

有身猶縛律	몸이 있기에 아직도 계율에 매여 있고
無夢到行雲	꿈을 꾸지 않고 떠가는 구름에 이르네.
俗裏光塵合	속세에서는 빛과도 먼지와도 함께해도
胸中涇渭分	마음속은 경수와 위수의 맑고
	탁함을 구별하네.
我搴江南秀	내가 강남의 현인을 취하려고
一見空馬群	한 번 쳐다보니 말 떼가 텅 비어버렸네.
夸士慕鍾鼎	과시하기 좋아하는 선비는 종정에 이름
	새겨지기만을 바라고
寒儒守典墳	빈한한 유생은 경전을 지키네.
吾欲超萬古	내 만고의 세월을 뛰어넘고자 함은
乃如負山蚊	마치 모기의 등에 산을 짊어지게
	하는 것과 같네.
能來商略此	의논하러 이곳까지 올 수 있다면
趺坐對爐芬	결가부좌하고 향기로운 향로를 마주하겠네.

49　[교감기] '次韻答王荀中'은 문집(文集)·고본(庫本)의 시 제목 아래의 원주에서
　　'인(寅)'이라고 했다. 또 문집은 '荀'자를 피휘하여 주(注)에서 "현재 임금의 이
　　름이다(今上御名)"라고 했다.

【주석】

有身猶縛律 : 『전등록』 지공가에서 "율사는 계율을 지키며 스스로 속박하니"라고 했다. 두보의 「야청허십일송시 애이유작夜聽許十一誦詩 愛而有作」에서 " 몸은 아직도 좌선에 매여 있네"라고 했다.

傳燈錄誌公歌曰, 律師持律自縛. 杜詩, 身猶縛禪寂.

無夢到行雲 : 송옥의 「고당부」에서 "옛날에 선왕께서 일찍이 고당에 놀러 갔다가 낮잠을 잤는데, 꿈에서 한 여인을 만났다. 그 여인이 "저는 무산의 남쪽, 높고 험한 산꼭대기에 있습니다. 아침에는 떠가는 구름이 되고 저녁에는 지나가는 비가 됩니다. 매번 아침저녁마다 양대의 아래에 있을 것입니다"라 했다"라고 했다..

宋玉高唐賦曰, 昔者先王嘗游高唐, 晝寢, 夢見婦人, 曰, 妾在巫山之陽, 高丘之阻. 朝爲行雲, 暮爲行雨. 朝朝暮暮, 陽臺之下.

俗裏光塵合 胸中涇渭分 : 『노자』에서 "빛과도 조화를 이루고 먼지와도 함께 한다"라고 했다. 퇴지 한유의 「여최군서與崔群書」에서 "그대가 내가 마음속에서 시비를 가리지 못한다고 여길까 두렵습니다"라고 했다. '경위'는 위의 주에 보인다. 두보의 「추우탄삼수秋雨歎三首」에서 "탁한 경수 맑은 위수 어떻게 구별할까"라고 했다.

老子曰, 和其光, 同其塵. 退之與崔群書曰, 懼足下以爲吾不致黑白於胸中. 涇渭見上注. 老杜詩, 濁涇淸渭何當分.

我搴江南秀 一見空馬群 : 『이소』에서 "아침에는 비산의 목란을 꺾고"라고 했다. 주注에서 "건搴은 취하다取 이다"라고 했다. 퇴지 한유의 「송온조서送溫造序」에서 "백락이 기북[50]의 들판을 한 번 지나가니 말 떼가 마침내 텅 비어 한 마리도 남지 않게 되었다"라고 했다.

離騷曰, 朝搴阰之木蘭. 注云, 搴, 取也. 退之送溫造序云, 伯樂一過冀北之野, 而馬群遂空.

夸士慕鍾鼎 寒儒守典墳 : 생각의 편협함을 말한 것이다. 『한서』에 실린 가의의 「붕조부」에서 "과시하려는 사람은 권세에 목숨을 바친다"라고 했다. 『문선』에 실린 유효표의 「광절교론」에서 "옥첩에 쓰고 종정에 새긴다"라고 했다. 『좌전』에서 장무중이 "이기를 만들어 그 공적을 새긴다"라고 했는데 주注에서 "종정은 종묘에서 사용하는 상기常器이다"라고 했다. 이 구에서는 이를 인용하여 과시하려는 사람은 공명을 따른다는 것을 말한 것이다. 『문선』에 실린 문통 강엄江淹의 「의포조시擬鮑照詩」에서 "노비같은 유생이 경전 하나를 지킨다"라고 했다. 『좌전』에서 "좌사 의상만이 『삼분』, 『오전』을 읽을 줄 안다"라고 했다.

言所見之偏也. 漢書賈誼鵩鳥賦曰,[51] 夸者死權. 文選劉孝標廣絶交論曰, 書玉牒而刻鐘鼎. 左傳, 臧武仲曰, 作彝器以銘其功烈. 注謂鍾鼎爲宗廟之常

50 　기북 : "기북(冀北)"은 하남(河南)·하북(河北)의 북부지방으로 말이 많이 생산된다는 곳이다.
51 　[교감기] '鵩鳥'는 본래 '服鳥'로 되어 있는데 지금은 전본(殿本)을 따른다.

器. 此句引用, 言夸士徇功名也. 文選江文通擬鮑照詩曰, 堅儒守一經. 左傳曰, 左史倚相讀三墳五典.

吾欲超萬古 乃如負山蚊 : 『장자』에서 "마치 바다를 맨발로 걸어서 건너고 강물을 맨손으로 파서 길을 내며 모기의 등에 산을 짊어지게 하는 것과 같다"라고 했다.

莊子曰, 猶涉海鑿河, 而使蚊負山也.

能來商略此 趺坐對爐芬 : '상략商略'은 앞의 주에 보인다. 『연경』[52]에서 "결가부좌[53]하다"라고 했다. 『문선』에 실린 문통 강엄江淹의 「의고시擬古詩」에서 "침향목의 향 끊겼고"라고 했다. 주注에서 "로爐는 향로香爐인데, 향기로운 냄새를 취하여 '고膏'자를 더한 것이다"라고 했다.

商略見上注. 蓮經云, 結加趺坐. 文選江文通擬古詩云, 膏爐絶沉燎. 注云, 爐, 薰爐也, 取其芬香, 故加之膏.

---

52 연경 : '蓮經'은 『법화경(法華經)』의 다른 이름이다.
53 결가부좌 : '結跏趺坐'는 먼저 오른발을 왼편 넓적다리 위에 놓고, 왼발을 오른편 넓적다리 위에 놓고 앉는 것을 가리킨다.

5. 자첨 소식이 작년 봄에 이영을 시립했고 자유 소철이 가을과 겨울 사이에 이어서 조정으로 들어갔는데 각자의 소회를 시로 쓴 것에 나 또한 차운하다. 4수

子瞻去歲春侍立邇英子由秋冬間相繼入侍作詩各述所懷予亦次韻. 四首[54]

　　북송 인종 건흥 초, 날마다 궁전의 서무에서 손석과 풍원 등을 불러 모아 조종祖宗 고사를 임금을 모시고 강의하게 했다. 짝숫날에 유학에 조예가 깊은 신하를 불러들이는 것이, 비록 홀수날이라도 또한 손에 경서를 들고 조종에 들어가 시중들게 했다. 경우 2년 정월 계축일에 조서를 내려 이영각과 연예각 두 전각을 설치하고 병풍에 『서경·무일편』을 써서 두었다. 이영각은 영양문의 북쪽에 위치하고 있으며 동쪽을 향하고 있는데 『실록』에 모두 기록되어 있다. 『동경기』에서 "숭정전의 서쪽에 이영각이 있고 동쪽에 연예각이 있는데, 강독하고 풍간하던 곳이다"라고 했다. 또한 살펴보건대 당시 조정은 봄 2월부터 단오까지, 가을 8월부터 동지까지 홀수날에 이영각에서 관리들이 교대로 강독했다.

　　仁宗乾興初, 日御殿之西廡, 詔孫奭, 馮元等, 勸講祖宗故事. 以雙日延見儒臣, 至此雖隻日, 亦令執經入侍. 景祐二年正月癸丑, 詔置邇英·延藝二閣書無逸篇于屏. 邇英在迎陽門之北, 東向, 事具實錄. 東京記曰, 崇政殿西有邇

54　[교감기] '子瞻去歲春侍立邇英'이라고 한 것에서 문집(文集)·고본(庫本)은 '春' 아래에 '夏'자가 있고, '邇'는 '延'으로 되어 있다.

英閣, 東有延藝閣, 講諷之所. 又按國朝春二月至端午, 秋八月至冬至, 遇隻
日, 邇英閣輪官講讀.

첫 번째 수其一

赤壁歸來入紫淸	적벽에서 돌아와 자청궁으로 들어가며
堂堂心在鬢彫零	당당한 마음 여전한데 귀밑머리는 쇠했네.
江沙踏破靑鞋底	강가 모래밭을 밟으니 푸른 신 바닥이 다 헤졌는데
却結絲絇侍禁庭	비단 신발 끈을 묶고 궁에서 시중드네.

【주석】

赤壁歸來入紫淸 堂堂心在鬢彫零 : 태백 이백李白의 「춘일행春日行」 시에
서 "깊숙한 궁궐 높은 누대가 하늘을 찌르고"라고 했다. 살펴보건대
「상황옥제음옥청지은서上皇玉帝吟玉淸之隱書」에서 "하늘의 경치는 아침 햇
살을 내뿜고, 금빛 기운이 하늘궁전에 가득하네"라고 했다. 『한림
지』에서 "당시에 한림원에 기거하는 것을 능옥청이라 했는데, 소자
소[55]이다"라고 했다. 『한서·소망지찬』에서 "바라봄이 당당하고 꺾여
도 굴하지 않는다"라고 했다. 구공표는 "바람과 서리 맞으며 귀밑머리

---

55 소자소 : 자소(紫霄)는 제왕의 거처를 뜻하는데, 한림원에 들어가는 것을 영광으
로 여겨 소자소라 하였다.

쇠한다"라고 했다.

太白春日行曰, 深宮高樓入紫淸. 按上皇玉帝吟玉淸之隱書曰, 上景發晨暉, 金霄鬱紫淸. 翰林志云, 時以居翰苑者, 謂凌玉淸, 遡紫霄. 漢書蕭望之贊曰, 望之堂堂, 折而不撓. 歐公表曰, 風霜所迫, 鬢髮彫殘.

江沙踏破靑鞋底 却結絲絇侍禁庭 : 한산자의 시에서 "물결이 주작문으로 흐르니 험한 길에 짚신 바닥이 다 헤졌네"라고 했다. 두보의 「봉선유소부신화산수장가奉先劉少府新畫山水障歌」에서 "푸른 신과 베 버선으로 이제 떠나런다"라고 했다. 『주례·구인屨人』 주注에서 "신에는 장식이 있고 끈이 있고 생사生絲가 있는데, 마디이다. 구絇는 잡다拘로 신발의 앞코를 나타내는 것으로 계를 행하는 것이다"라고 했다. 살펴보건대 경연[56]에서 모두 비단으로 만든 신발을 신었기 때문에 한 말이다. 낙천 백거이의 「초제상서랑탈자사비初除尚书郎脱刺史绯」에서 "푸른 빛의 옷을 입고 옥계단에서 시중드네"라고 했다.

寒山子詩曰, 浪行朱雀門, 踏破庲鞋底. 老杜詩, 靑鞋布襪從此始. 周禮屨人注曰, 屨有絇·有繶·有純者, 節也. 絇謂之拘, 著爲屨之頭, 以爲行戒. 按經筵中, 皆繫絲鞋, 故云. 樂天詩, 却着靑袍侍玉除.[57]

---

56 경연(經筵) : 임금과 신하가 함께 경서를 읽고 토론하는 자리를 말한다.
57 [교감기] '樂天詩'를 말한 주(注) 부분이 전본(殿本)에는 없다.

두 번째 수 其二

胸蟠萬卷夜光寒	가슴속에 책 만 권을 품어 차가운 밤 빛 아래
筆倒三江硯滴乾	필력은 삼강을 다 기울여도 연적이 마를 정도네.
大似不蒙稽古力	커다란 능력이 계고의 힘을 입지 못하고
只今猶着侍臣冠	그저 지금 시신의 관을 쓰고 있구나.

【주석】

胸蟠萬卷夜光寒 筆倒三江硯滴乾 : 필력에 여유가 있어, 삼강의 물을
다 쏟아도 문장을 쓰기에 부족했음을 말한 것이다. 『한서』에서 주안세
가 말한 "남산의 대나무를 다 가져와도, 내 말을 받들기에 부족하다"라
고 한 것과 같다. 우공은 "세 개의 강물이 바다로 흘러들어가"라고 하
였다. 『서경잡기』에서 "옥을 벼루로 삼고, 술을 물로 삼는다"라고 하였
다. 『수서·정역전』에서 "고조高祖가 내사령內史令 이택림에게 정역鄭譯
을 복관復官시키는 조서를 지으라고 명하자, 고경이 농담으로 정역에게
"붓이 말랐다"라고 하였다. 유우석의 시 「회기懷妓」에서 "시가 이루어
짐에 눈물없다고 이상히 여기지 마시라, 동해를 다 기울여도 마를 것
이니"라고 하였다.

言筆力有餘, 傾倒三江之水, 不足以供其翰墨. 如漢書朱安世所謂南山之
竹, 不足受我辭也. 禹貢曰, 三江既入. 西京雜記曰, 以玉爲研, 以酒爲滴. 隋
書鄭譯傳, 上令李德林, 立作詔書, 高熲戲謂譯曰, 筆乾. 劉禹錫詩, 莫怪詩成
無淚滴, 盡傾東海也須乾.

大似不蒙稽古力 只今猶着侍臣冠 : 그가 아직까지 크게 쓰이지 못했음을 말하였다. 『후한서·환영전桓榮傳』에, 환영이 태자소부가 되었는데, 여러 생도들을 모아놓고 임금이 하사한 거마와 인수를 보여주면서, "오늘 은혜를 입게 된 것은 옛글을 상고한 덕분이니"라고 하였다.

言其猶未大用. 後漢, 桓榮爲太子少傅, 大會諸生, 陳其車馬印綬曰, 今日所蒙, 稽古之力也.

세 번째 수其三

對掌絲綸罷記言	임금의 조서를 지으며 좌사의 일은 그만두고
職親黃屋傍堯軒	황옥을 친히 모시며 요임금의 난간을[58] 가까이하였지.
鴈行飛上猶回首	기러기 행렬이[59] 날아가다가 오히려 머리를 돌려
不受青雲富貴吞	청운과 부귀를 삼키지 않네.

---

58 요임금의 난간 : 요헌은 요임금과 같은 성군의 조정을 의미한다.
59 기러기 행렬(안행[鴈行]) : 『예기·왕제(王制)』의 "아버지와 같은 나이인 사람에게는 뒤에서 따라가고, 형과 같은 나이인 사람에게는 날아가는 기러기 행렬처럼 따라가고, 친구 사이에는 서로 앞서지 아니한다(父之齒隨行, 兄之齒鴈行, 朋友不相踰)"에서 유래한 것으로, 안행은 형제 또는 형제처럼 친한 사이를 비유하는 말로 쓰인다. 여기서는 소식과 소철 형제를 가리킨 것이다.

【주석】

對掌絲綸罷記言 職親黃屋傍堯軒 : 사륜絲綸은[60] 중서사인, 한림학사를 말하는 것으로, 『예기』의 "왕의 말이 실처럼 가늘지만, 그 말이 밖으로 나가면 밧줄처럼 굵어진다"고 한 것의 의미를 취한 것이다.[61] 기언記言 은 기거랑이 사인에 이른 것을 말하는 것으로, 이는 즉 옛날 좌사와 우사이다. 『예기·옥초玉藻』에서, "천자가 동작을 하면 왼쪽의 사관이 이것을 기록하고, 천자가 말을 하면 오른쪽의 사관이 이것을 기록한다" 라고 하였고, 또 "좌사는 말을 기록하고, 우사는 일을 기록한다"라고 하였다. 동파 소식蘇軾은 좌사에서 중서사인·한림학사로 옮겨졌고, 잇달아 자유 소철蘇轍은 좌사에서 사인으로 옮겨졌다. 당 소종 때, 순경에 봉해져, 『내외제』[62]를 지었다. 『문선』에 실려있는 범화 시에서 "황옥은 요임금의 마음이 아니다"라고 하였다. 두목의 「화청궁삼십운華淸宮三十韻」 시에서 "궤석에 앉아 요순에 이르고, 헌지[63]에서 우탕을 세운다" 라고 하였다.

絲綸謂中書令舍人, 翰林學士, 取禮記王言如絲, 其出如綸之意. 記言謂起居郎及舍人, 卽古之左右史. 禮記曰, 動則左史書之, 言則右史書之. 又曰, 左

---

60 사륜(絲綸) : 임금의 조서(詔書), 임금이 선포한 말을 가리킨다.
61 『예기』의 (…중략…) 취한 것이다 : 『예기·치의(緇衣)』에 "왕의 말이 실처럼 가늘지만, 그 말이 밖으로 나가면 노끈처럼 굵어진다"라고 한 데서 나온 말로, 왕의 말은 그 발단은 매우 미세해도, 그 끝은 매우 커진다는 의미이다.
62 『내외제』 : 『내외제(內外制)』는 소식이 해남(海南)에 거처할 때 지은 것으로, 『내제(內制)』 10권과 『외제(外制)』 10권으로 각각 내외의 제문(制文)을 기록한 것이다.
63 헌지 : 헌지(軒墀)는 궁전 앞 섬돌로, 보통 조정(朝廷)을 가리킨다.

史記言, 右史記事. 東坡自右史遷中書舍人·翰林學士, 相繼子由自左史爲舍
人. 唐昭宗時, 封舜卿從子渭, 對掌內外制. 文選范曄詩, 黃屋[64]非堯心. 杜牧
之詩, 几席延堯舜, 軒墀立禹湯.

　雁行飛上猶回首 不受靑雲富貴吞 : 유우석의 「기양급사」에서 "곧장 푸
른 구름에 오르기까지 멀리 않은데, 오히려 비껴 날며 흐름을 따르고
자 하네"라고 하였다. 노동의 「월식」에서 "어찌하여 만 리의 빛이 이를
받아 액운을 삼키고 내뱉는가"라고 하였다.
　劉禹錫寄楊給事詩曰, 靑雲直上無多地, 却要斜飛取勢回. 盧仝月蝕詩, 奈
何萬里光, 受此吞吐厄.

네 번째 수其四

樂天名位聊相似	낙천의 명위와 애오라지 비슷하여
却是初無富貴心	처음부터 부귀에 대한 마음이 없었네.
只欠小蠻樊素在	다만 소만과 번소 없음이 흠이기에
我知造物愛公深	조물주가 공을 깊이 아꼈음을 알겠네.

64　황옥 : 황옥(黃屋)은 누런 비단으로 장식된 수레 덮개로 천자의 수레 덮개를 가리
　　키기도 하고, 천자가 거처하는 궁전을 의미하기도 한다.

【주석】

只欠小蠻樊素在　我知造物愛公深 : 소식의 「식이거세춘하시립이영운
운軾以去歲春夏侍立邇英云云」에서 "향산의 늙은 거사와 흡사하여, 속세 인연
은 얕고 도의 뿌리는 깊네"라고 하였다. 자주自注에서 "늙고 젊었을 때
벼슬에 나아가고 아니 나아감이 대개 백거이와 흡사하다"라고 하였다.
『운계우의』에 실려있는 백거이의 시에서 "빨간 앵도는 번소의 입이요,
버들가지는 소만의 허리로다"라고 하였다.[65] 모두 백거이 집의 두 희
첩姬妾이다.

東坡詩云, 定似香山老居士, 世緣終淺道根深. 自注曰, 出處老少, 大略似
樂天. 雲溪友議載樂天詩曰, 櫻桃樊素口, 楊柳小蠻腰. 蓋其家二姬也.

65　빨간 앵도는 (…중략…) 허리로다 : 번소와 소만은 백거이의 두 애첩의 이름인데,
　　번소는 노래를 잘하였고, 소만은 춤을 잘 추었으므로, 이것을 그가 일찍이 시구
　　로 읊은 것이다.

6. 재차 차운하다. 4수

再次韻. 四首

첫 번째 수其一

隆儒殿閣對橫經	융유전의 누각에서 가로놓인 경서를 마주하고
咫尺淸都雨露零	지척에 있는 청도에는 비와 이슬이 내렸네.
見說文星環北極	문성이 북극성을 둘러싸고 있어서
人間無路仰天庭	인간 세상에 천정을 우러러볼 길이 없다 하네.

【주석】

隆儒殿閣對橫經, 咫尺淸都雨露零 : 『춘명퇴조록』에서, "융유전은 이영각 뒤 빽빽한 대나무 가운데 있다"고 하였다. 사승의 『후한서』에서, "동춘이 경서를 펴 놓고[66] 두 손을 공손히 모았다"[67]라고 하였다. 이백의 「상배장사서」에서, "경서를 가로로 펼쳐 놓다"라고 하였다. 『좌전』에서, "천자의 위엄이 나의 얼굴에서 지척도 떨어져있지 않다"라고 하였다. 『열자』에서, "목왕이 화인의 궁전에 이르러보니, 청도·자미·균천·광악은 모두 상제가 거처하는 곳이다"라고 하였다. '우로雨露'는 앞의 주에 보인다. 『시경』에서, "비가 부슬부슬 내렸다"라고 하였고,

---

66 경서를 펴서 들고 : 횡경(橫經)은 경적(經籍)을 가로로 죽 펴 놓은 것을 이르는 말로, 일반적으로 수업 또는 독서를 의미한다.

67 두 손을 (…중략…) 모았다 : 봉수(捧手)는 두 손을 마주잡아 가슴까지 올려서 행하는 예를 의미한다.

또 "이슬이 듬뿍 내려 촉촉하다"라고 하였다.

春明退朝錄曰, 隆儒殿在邇英閣後叢竹中. 謝承後漢書曰, 董春橫經捧手.
李白上裴長史書曰, 橫經藉書. 左傳曰, 天威不違顏咫尺. 列子曰, 穆王及化人
之宮, 以爲淸都・紫微・鈞天・廣樂, 帝之所居. 雨露見上注. 詩曰, 零雨其濛.
又曰, 零露泥泥.

見說文星環北極, 人間無路仰天庭 : 두보의 「형주송이대부칠장면부광
주衡州送李大夫七丈勉赴廣州」에서, "남두기[68] 문성을[69] 피하는구나"라고 하였
다. 『사기・천관서』에서, "중궁 천극성[70]은 그것을 둘러싸고 보호하는
열 두 개의 별은 번신인데, 이를 모두 자궁이라 한다"라고 하였다. 조자
건의 시에서, "뭇 별들이 북극성을 둘러싸고 있다"라고 하였다. 『한
서』에 실린 양웅의 『해조』에서, "천정을 아직 우러러보지 못했다"라고
했다. 또 『법언』에서, "천정을 우러러보아야 하늘 아래가 낮다는 것을
알 것이다"라고 하였다.

老杜詩, 南斗避文星. 史記・天官書曰, 中宮天極星, 環之匡衛十二星, 藩
臣. 皆曰紫宮, 曹子建詩, 衆星環北辰. 漢書・揚雄解嘲曰, 未仰天庭. 又法言

---

68 남두 : 남두(南斗)는 북두(北斗)의 남쪽에 위치한 별 이름으로, 전하여 남방 사람
   을 가리킨다.
69 문성 : 문성(文星)은 문장을 담당하는 별로, 보통 문장이 뛰어난 상대를 가리킨
   다. 두보의 「형주송이대부칠장면부광주(衡州送李大夫七丈勉赴廣州)」 시에서
   "북풍이 시원한 기운을 따라오니, 남두가 문성을 피하는구나(北風隨爽氣, 南斗避
   文星)"는 상대의 문재를 칭찬하는 의미이다.
70 천극성 : 천극성(天極星)은 북극성의 별칭이다.

曰, 仰天庭而知天下之居卑也哉.

두 번째 수 其二

風櫺倒影日光寒	바람부는 난간에 거꾸로인 그림자에
	햇빛 찬데
堯日當中露正乾[71]	요임금의 해가 중천에 뜨니 이슬이 바로 마르네.
殿上給扶鳴漢履	궁궐의 원로대신들은 한 나라의
	신발 소리를 울리고
螭頭簪筆見秦冠	이두에서 사필 잡고 진 나라의 관을 바라보네.

【주석】

風櫺倒影日光寒, 堯日當中露正乾 : 한유의 「답장철答張彻」에서, "여름날 저녁 바람부는 난간에서 잠드네"라고 하였다. 양웅의 「감천부」에서, "거꾸러진 그림자를 지나니 비량이 끊어지네"라고 하였고, "일월의 위에 있는데, 일월이 거꾸로 따라와 아래를 비추어 이에 그림자가 뒤집어진 것이다"라고 주注하였다. 『사기·요기』에서, "가까이 나아가 보면 따스한 햇볕 같다"[72]라고 하였다. 『시경』에서, "흠뻑 내린 이슬은, 태

---

71 [교감기] '露'가 장지본(蔣之本)에는 '路'로 되어 있다.
72 가까이 (…중략…) 햇볕 같다 : 취일(就日)은 임금의 덕을 말하는 것으로, 취지여일(就之如日)은 요임금의 덕을 칭찬한 것이다.

양이 아니면 말리지 못하리라"라고 하였고, "희晞는 건乾이다"라고 주注
하였다. 제후는 오직 천자만이 작위를 하사하는데, 엄숙하고 경건하게
명을 받드는 것이, 마치 이슬이 태양을 보아야 마르는 것과 비슷함이
있다.

退之詩, 暑夕眠風欞. 揚雄甘泉賦曰, 歷倒影而絶飛梁. 注云, 在日月之上,
日月返從下照, 故其影倒. 史記堯紀曰, 就之如日. 詩曰, 湛湛露斯, 匪陽不晞.
注云, 晞, 乾也. 諸侯唯天子賜爵, 肅敬承命, 有似露見日而晞.

殿上給扶鳴漢履, 螭頭簪筆見秦冠 : 이 두 구는 모두 경연에서의 일을
기술하였다. 급부는 그 당시의 원로를 말하고, 잠필은 좌우사를 말한
다. 한유는 「한굉비」를 지어 말하기를, "어전에 나가 알현할 때에, 절
을 하고 무릎을 꿇을 때 모두 부축하도록 해준 것이다"라고 하였다.
『한서 · 정숭전』에서, "(한 나라 정숭이 상서복야尙書僕射로 발탁된 뒤에 아무도
못하는 말을 감히 직간하곤 하였는데,) 그가 가죽 신발을 끌고 오는 소리를
들을 때마다, 애제는 "정상서의 신발 소리임을 내가 알겠다"라고 웃으
며 말했다"고 하였다. 『당 · 백관지』에서, "기거사인은, 만약 병기가 궁
궐[73]의 내각에 있으면, 향안을 끼고 정전 아래 각자 서 있는데, 바로 두
번째 이수가 먹을 갈고 붓을 먹에 적시는데 즉 움푹 패인 곳으로, 그
당시 이두라고 불렀다"라고 하였다. 『한서 · 조충국전』에서, "장안세가

---

73 궁궐 : 천자가 조정 백관과 외국 사신을 접견하는 정전(正殿) 이름으로, 전하여
    임금이 있는 궁궐을 가리킨다.

탁·잠·필을 가지고"라고 하였다. '진관'은 '주후혜문' 주注에 보인다. 『후한·지』에서, "법관은 주후혜문관이라고도 하는데, 법을 집행하는 자들이 이것을 머리에 썼다. 혹자는 이것을 일컬어 해치관이라고 했다. 이것을 차용한 것이다"라고 하였다.

兩句皆紀述經筵事, 給扶謂當時元老, 簪筆謂左右史. 退之作韓玄碑曰, 進見上殿, 拜跪給扶贊. 漢書·鄭崇傳, 每見曳革履, 哀帝笑曰, 我識鄭尚書履聲. 唐百官志云, 起居郎及舍人, 若仗在紫宸內閣, 則夾香案分立殿下, 直第二螭首, 和墨濡筆, 卽坳處, 時號螭頭. 漢書·趙充國傳曰, 張安世持橐簪筆. 秦冠見柱後惠文注. 後漢·志, 法冠一曰柱後, 執法者服之. 或謂之獬豸冠. 此借用耳.

세 번째 수其三

萬國歸心天不言[74]	만국이 귀의하니 하늘이 아무말 하지않고
諸儒爭席異臨軒	유생들은 자리 다투며 조정을 가까이하네.
聖功典學形歌頌[75]	학문에 몰입한 성스러운 공적이 문장으로 드러남이
更覺曹劉不足吞[76]	조식과 유정 떠올릴 정도이니 숨길 수 없구나.

---

74 [교감기] '歸心'이 고본(庫本)에는 '傾心'으로 되어 있다.
75 [교감기] '形'이 고본(庫本)에는 '昭'로 되어 있다.
76 [교감기] '更'이 고본(庫本)에는 '便'으로 되어 있다.

【주석】

萬國歸心天不言, 諸儒爭席異臨軒 : 『노론』에서, "하늘이 무슨 말을 하던가, 그럼에도 불구하고 사시는 운행하고, 만물은 자라난다"라고 하였고, 또 "천하의 민심이 귀의하였다"라고 하였다. 『후한‧대빙전』에서, "광무제가 정단에 조회를 마치고, 신하들 중 경서에 능한 자로 하여금 바꿔가며 서로 논박하게 했는데, 뜻이 통하지 않으면, 곧 그 자리를 빼앗아, 더 잘 해석한 자에게 주었다. 대빙은 마침내 50여 자리를 겹쳐않게 되었다"라고 하였다. 『장자』에서, "함께 묵은 나그네들이 그와 자리를 다툴 정도가 되었다"[77]라고 하였다. '이임헌異臨軒'[78]은 도를 강설하는 모습이 온화하고 조용한 것을 말한 것으로, 난간과 섬돌을 엄격히 구별한 것은 아니다. 『한서‧사단전』에서, "천자는 몸소 누대의[79] 난간[80] 위에 임하여, 둥근 구리를 떨구어 북을 치다"[81]라고 하였

---

77 『장자』에서 (…중략…) 정도가 되었다. : 춘추시대 양자거(陽子居)라는 사람이 여관에 묵을 때, 처음에는 그가 지나치게 예절을 갖추자 다른 사람들이 모두 그를 두려워하고 매우 조심스럽게 대접했다. 그런데 노자의 "정말 청렴한 사람은 오히려 더러워 보이고, 참으로 덕을 갖춘 인물은 오히려 모자란 듯이 보이는 법이다"라고 한 가르침을 받고 소탈한 태도를 보인 이후, 다른 사람들이 그와 더불어 좋은 자리를 서로 다툴 정도로 친숙해졌다고 한다. 이 고사는 꾸밈없이 순박한 태도로 사람들과 어울리는 것을 의미한다.

78 임헌(臨軒) : 임헌은 군주가 정전(正殿)에 앉지 않고 전각 앞의 섬돌 위에 나왔다는 의미이다. 전각의 앞 당(堂)과 계단의 사이에 있는 난간이 마치 수레와 같기 때문에 '임헌'이라 일컬은 것이다.

79 누대 : 헌(軒)은 누대의 판자이다.

80 난간 : 함(檻)은 누대 앞의 난간으로 궁전 위 가장자리를 꾸민 것이니, 또한 사람이 추락하는 것을 방지하려는 것이다.

81 둥근 (…중략…) 치다 : 퇴(隤)는 아래로 떨어지는 것이고, 과(撾)는 던져서 치는

다. 또 『진서·여복지』에서, "임헌에서 크게 모이니, 임금이 타는 수레와 가마가 궁전 뜰에 늘어섰네"라고 하였다.

魯論曰, 天何言哉, 四時行焉, 百物生焉. 又曰, 天下之民歸心焉. 後漢·戴憑傳, 光武正旦朝會畢, 令群臣說經者更相難詰. 有不通者, 輒奪其席, 以益通者. 憑遂重坐五十餘席. 莊子曰, 舍者與之爭席矣. 異臨軒言講道雍容, 非若軒陛之嚴分也. 漢書·史丹傳曰, 天子自臨軒檻上, 隤銅丸以擿鼓. 又晉書·輿服志曰, 臨軒大會, 則陳乘輿車輦於殿庭.

聖功典學形歌頌, 更覺曹劉不足呑 : 『서경·설명』에서, "생각의 시작과 끝을 학문에 둔다"라고 하였다. '가송歌頌'은 이소[82]의 시를 가리킨다. 조식과 유정은 모두 위 문제 때의 문사이다. 원진의 『노두묘명서』에서, "말은 소식과 이백을 빼앗은 듯하고, 기세는 조식과 유정을 삼킨 듯하네"라고 하였다. 두보의 「객거客居」 시에서, "토번이 어찌 중국을 삼킬 수 있으랴"라고 하였다.

書·說命, 念終始典于學. 歌頌指二蘇詩. 曹植·劉楨皆魏文帝時文士. 元稹作老杜墓銘序曰, 言奪蘇李, 氣呑曹劉. 老杜詩, 犬戎何足呑.[83]

것이니, '隤銅丸以擿鼓'는 가까이 누대 난간에 임하여 그 위에서 둥근 구리를 떨어뜨려 북을 치는 것이다.
82 이소(二蘇) : 이소는 소식과 소철을 말한다.
83 [교감기] '老杜詩伏戎何足呑'이 조주(條注)를 전본(殿本)에는 빠져있다.

네 번째 수其四

延和西路古槐陰	연화전 서쪽의 묵은 홰나무 그늘
不隔朝宗夙夜心	밤낮으로 모이는 마음 막지 못하네.
公有胸中五色線	공께서는 가슴에 오색의 실을 지니고
平生補袞用功深	평생토록 곤룡포 기우니 공부가 깊구려.

【주석】

延和西路古槐陰, 不隔朝宗夙夜心 : 『동경기』에서, "숭정전의 남쪽에 연화전이 있다"라고 하였다. 소식은 「연화전주신악부」에서, "이영각 옆에서 고로가 오지 않음을 생각한다"라고 하였다. 또 「사사어서시」 주注에서, "이영각 앞에 홰나무 두 그루가 있는데, 땅에 닿은 굽은 가지 가 마치 용의 모습과 같았다"라고 하였다. 『서경』에서, "강수江水와 한 수漢水가 바다로 흘러들어가 모인다"라고 하였다. 『시경』에서, "밤낮으 로 게을리 하지 않아서, 한 사람만을 섬기도다"라고 하였다. 시의 뜻은 강연이 친근하고, 충적한 마음을 다함을 말한 것이다.

東京記曰, 崇政殿南有延和殿. 東坡作延和殿奏新樂賦曰, 邇英傍矚念故老 之不來. 又謝賜御書詩注云, 邇英閣前有雙槐, 樛枝屬地, 如龍形. 書曰, 江漢 朝宗于海. 詩云, 夙夜匪懈, 以事一人. 詩意謂講筵親近, 可傾盡忠赤之心也.

公有胸中五色線, 平生補袞用功深 : 두목의 「군재독작」에서, "평생토록 오색실을 가지고, 순 임금의 옷 기워보는 것이[84] 원이로다"라고 하였다. 한유의 「답유정부서答劉正夫書」에서, "공부가 깊은 자는, 그 명성이 오래도록 전해진다"라고 하였다.

　杜牧之郡齋獨酌詩曰, 平生五色線, 願補舜衣裳. 退之書曰, 用功深者, 其收名也遠.

---

7. 자첨 소식의 「곽희가 산을 그린 것에 쓰다」에 차운하다
次韻子瞻題郭熙畫山[85]

곽약허의 『도화견문지』에서, "곽희는 하양 온현 사람이다. (신종) 희녕 초에 어서원예학이 되어, 산수한림을 잘 그렸다"라고 하였다.

郭若虛圖畫見聞誌云, 郭熙, 河陽溫人. 熙寧初爲御書院藝學, 工畫山水寒林.

黃州逐客未賜環[86]	황주로 쫓겨난 객 아직 환環을 하사받지 못하여
江南江北飽看山	강남과 강북에서 산만 실컷 바라보네.
玉堂臥對郭熙畫	옥당에 누워서 곽희의 그림을 마주하니
發興已在靑林間	흥이 일어 이미 푸른 숲 사이에 있는 듯하네.
郭熙官畫但荒遠	곽희의 그저 황량한 평원을 그렸을 뿐인데
短紙曲折開秋晚	작은 종이에 굽이굽이 늦가을이 펼쳐지네.
江村煙外雨脚明	강촌의 안개 밖은 빗발이 선명하고
歸鴈行邊餘疊巘	돌아오는 기러기 옆으로는 작은 산들이 첩첩이네.
坐思黃柑洞庭霜	앉아서 귤 보니 동정호의 서리가 떠올라
恨身不如鴈隨陽	신세가 햇빛 쫓는 기러기만도 못함을

---

85 [교감기] '郭熙畫山'이 문집(文集)·장지본(蔣芝本)·전본(殿本)에는 '山'자 앞에 '秋'자가 있다.

86 [교감기] '賜環'이 장지본(蔣芝本)에는 '賜還'으로 되어 있다.

	한스러워하네.
熙今頭白有眼力	곽희는 백발이 되어도 시력이 있어
尙能弄筆映窗光	오히려 창문의 빛을 비추어 붓을 희롱한다.
畫取江南好風日	그림 속 강남의 좋은 바람과 햇빛이
慰此將老鏡中髮[87]	장차 거울 속 백발을 위로하리.
但熙肯畫寬作程	곽희는 느리게 그리기를 즐겨 법도로 삼아
十日五日一水石	열흘에 물 한줄기 닷새에 돌 하나를 그렸네.

【주석】

黃州逐客未賜環, 江南江北飽看山 : 원풍 2년, 소식은 황주단연부사·본주안치로 책수[88]되었다. 『사기·이사전』에서, "이에 (왕은 이사를 불러 그의 관작을 회복시키고) 빈객을 추방하라는 명령을 없앴다"라고 하였다. 『순자』에서, "제후가 다른 나라로 사신을 보낼 때 규를 쓰고, 다른 사람에게 일에 대해 물을 때는 벽을 쓰고, 다른 사람을 부를 때는 원을 쓰고, 어떤 사람과 절연할 때는 결을 쓰고, 절연한 사람과의 관계를 되돌릴 때는 환을 쓴다"라고 하였다. 도연명의 「음주飮酒」에서, "굶주림과 추위만이 지겹도록 이어지네"라고 하였다.

元豊二年, 東坡責授黃州團練副使·本州安置. 史記·李斯傳曰, 乃除逐客之令. 荀子曰, 聘人以珪, 問士以璧, 召人以瑗, 絶人以玦, 反絶以環. 陶淵明

---

87   [교감기] '老'가 건륭본(乾隆本)에는 '衰'로 되어 있다.
88   책수 : 책수(責授)는 꾸짖고 관직을 깎아 제수하다는 말이다. 즉 좌전을 의미한다.

詩, 飢寒飽所更.

玉堂臥對郭熙畫, 發興已在青林間：『난파유사』에서, "순화 2년 10월, 태종이 비백체로 '옥당지서'[89]라고 써서, 학사 소이간에게 하사하였다"라고 하였다.『한림지』에 따르면, 그 당시 한원에 거하는 것을 일컬어 능옥청·소자소라 했고, 또한 왕서·옥당에 오르다 라고 했다. 원우 원년 가을, 소식은 한림학사에 천거되었다. 두보의 「배이북해연역하정陪李北海宴歷下亭」에서, "구름 낀 산에 이미 흥취 이는데, 옥 패물 찬 기생이 때 맞춰 노래하네"라고 하였다. 구양수의 「황주黃州」에서, "길을 걸으며 노래하며 시골 노인들을 불러, 함께 푸른 숲 사이를 거니네"[90]라고 하였다.

蠻坡遺事, 淳化二年十月, 太宗飛白書玉堂之署, 賜學士承旨蘇易簡. 按翰林誌, 時以居翰苑者, 謂凌玉淸·遡紫霄·亦曰登王署·玉堂焉. 元祐元年秋, 東坡遷翰林學士. 老杜詩, 雲山已發興, 玉佩仍當歌. 歐公詩, 行歌招野叟, 共步青林間.

郭熙官畫但荒遠, 短紙曲折開秋晚. 江村煙外雨脚明, 歸鴈行邊餘疊巘：황정견의 『발혜숭구록도跋惠崇九鹿圖』에서, "황량하고 추운 평원[91]에서 뜻

---

89 옥당지사 : 옥당(玉堂)은 한림원의 별칭으로, 송 태종이 한림원에 친히 행차하여 '옥당지사'라 쓴 비백체의 액자를 하사하였다고 한다.
90 「황주(黃州)」 시는 소식의 작품인지 구양수의 작품인지 분명하지 않다.
91 평원 : 평원(平遠)은 중국 산수화에서 가까운 높은 산에서 먼 산을 바라보는 시각

을 이루니, 이 또한 한묵의 뛰어남이네"라고 하였다. '단지短紙'는 그린 것이 작은 경치라서 강남지방의 빼어난 산수를 다 그려내지 못하여 그 다음구와 같이 말한 것이다. 『한서·이광전』에서, "글을 올려 천자께 사정을 보고하고자 한다"라고 하였다. 두보의 「위농爲農」에서, "전란 너머의 금리, 여덟 아홉 집의 강가 마을"이라고 하였다. 또 「위모옥추풍소파가爲茅屋秋風所破歌」에서 "빗발이 마처럼 끊이지 않는구나"라고 하였다. 『문선』에 실린 사령운謝靈運의 「만출서사당晚出西射堂」에서, "이어진 산들 첩첩이 험준하다"라고 하였다. 『공류시주』에서, "헌巘은 작은 산으로, 큰 산과 구별된다"라고 하였다.

山谷有跋惠崇九鹿圖云, 得意于荒寒平遠, 亦翰墨之秀也. 短紙言所畫但小景, 未畫江南之勝, 故下句云云. 漢書·李廣傳, 欲上書報天子曲折. 老杜詩, 錦里煙塵外, 江村八九家. 又詩, 雨脚如麻未斷絶. 選詩, 連郭疊巘嶭. 公劉詩注曰, 巘, 小山, 別于大山也.

坐思黃柑洞庭霜, 恨身不如鴈隨陽 : 미불의 『서사』에서, "당나라 사람이 왕우군[92]이 서첩에서 "귤 삼백 개를 받았습니다, 서리가 내리기 전에는, 많이 얻을 수 없을 것입니다"라고 한 것을 모방했다"라고 하였다. 위응물의 「답정기조청귤절구答鄭騎曹青橘絶句」에서, "책을 읽고 나면

───────────────
으로 평평한 공간의 넓이는 표현하는 방법을 말한다. 이 시는 곽희의 그림에 대해 읊은 것이므로, 그림 속 풍경을 묘사한 것이다.
92   왕우군 : 왕우군은 우군장군(右軍將軍)을 지낸 진(晉)나라의 명필 왕희지(王羲之)를 가리킨다.

삼백 편의 시를 짓고 싶은데, 동정호는 수풀에 서리 가득 내리기를 더 기다리네"라고 하였다. 모두 이것을 말한 것이다. 두보의 「동제공등자 은사탑同諸公登慈恩寺塔」에서, "그대는 보시게, 햇빛 좇는 기러기들도, 모두 먹을 것은 챙기는 것을"이라고 하였다. 『서경 · 우공』 주注에 따르 면, "햇빛 좇는 새는 기러기 부류이다"라고 하였다.

米芾書史曰, 唐人模王右軍一帖云, 奉橘三百顆, 霜未降, 未可多得. 韋應物詩云, 書後欲題三百顆, 洞庭更待滿林霜. 蓋謂此也. 老杜詩, 君看隨陽鴈, 亦有稻粱謀. 按書禹貢注曰, 隨陽之鳥, 鴻鴈之屬.

熙今頭白有眼力, 尙能弄筆映窓光 : 맹교의 「자석自惜」에서, "내 시력이 나빠져도, 시를 뽑음에 남들보다 낫다"라고 하였다. 구양수의 「독서讀書」에서, "눈이 나빠져 침침하여도, 마음은 오히려 꺾이지 않네"라고 하였다. 한유의 「기노동」에서, "지난 해에 붓 희롱하여 같고 다름을 조롱하니, 괴이한 말 사람들 놀래켜 비방 그치지 않네"라고 하였다. 한악의 「안빈安貧」에서, "창문 속에 햇빛이 아지랑이를 피우네"라고 하였다.

孟郊詩, 傾盡眼中力, 抄詩過與人. 歐公詩, 眼力雖已疲, 心意殊未倦. 退之寄盧仝詩, 往年弄筆嘲同異, 謗辭驚衆怪不已. 韓偓詩, 窓裏日光飛野馬.

畫取江南好風日, 慰此將老鏡中髮 : 강남은 황정견의 고향이 있는 곳이다. 백거이의 「만귀유감晚歸有感」에서, "봄철이면 도성의 좋은 바람과 햇볕"이라고 하였다. 한유의 「동도우춘東都遇春」에서, "백발이 거울에 가득하다"라고 하였다.

江南蓋山谷鄕里. 樂天詩, 春城好風日. 退之詩, 白髮忽滿鏡.

但熙肯畫寬作程. 十日五日一水石 : 두보의 「희제산수도가」에서, "열흘에 강 하나 그리고, 오일에 돌 하나 그리네. 일에 능하면 재촉을 받지 않으니, 왕재가[93] 비로소 참된 그림을 남겼구나"라고 하였다.

老杜戱題山水圖歌曰, 十日畫一水, 五日畫一石. 能事不受相促迫, 王宰始肯留眞跡.

---

93 왕재 : 장언원(張彦遠)의 『명화기(名畫記)』에서, "왕재는 촉 지역 사람으로 촉의 산을 많이 그렸는데, 영롱한 창공과 가파르고 뾰쪽한 산을 잘 그렸다"라 하였다.

8. 곽희의 산수화 부채에 쓰다

題郭熙山水扇

郭熙雖老眼猶明	곽희가 비록 나이 들었지만 눈은 오히려 밝아서
便面江山取意成	부채 위에 강산의 정취를 그대로 담았네.
一段風煙且千里	좁은 화폭에 어렴풋하게 천 리의 풍경이 담겨
解如明月逐人行	밝은 달과 더불어 사람을 쫓아다닐 줄도 안다네.

【주석】

郭熙雖老眼猶明, 便面江山取意成 : 『한서·장창전』에서, "편면으로[94] 말을 가볍게 친다"라고 했고, 주注에서 "지금의 사미승[95]이 가지고 있는 죽선와 같다"라고 하였다.

漢書·張敞傳, 以便面拊馬. 注云, 若今沙彌所持竹扇.

一段風煙且千里, 解如明月逐人行 : 부채가 비록 작지만 어렴풋한 천리의 기세를 그려내어, 부채 속 강산은 항상 사람과 함께, 마치 달이 하늘에 있는 것처럼, 모든 곳에서 만나게 된다. 두보의 「입주항증서산검

---

94 편면(便面) : 『한서·장창전』에 "편면으로 말을 가볍게 친다"라고 했고, 그 주에 안사고(顏師古)는 "편면은 낯을 가리는 것인데 대개 부채의 부류이다. 사람을 보고자 아니할 때 이로써 얼굴을 가리면 편리하여 편면이라 했다"라고 하였다.
95 사미승 : 사미(沙彌)는 20세가 되기 전에 출가하여 십계(十戒)를 받고 수행하는 남자 승려를 이른다.

찰사두시어入奏行贈西山檢察使竇侍御」에서, "밝은 광채는 맑은 얼음을 깊은 골짜기에서 꺼낸 듯"이라고 하였고, 또 「강릉망행江陵望幸」에서, "전쟁의 바람과 이내는 월나라 새를 감싸고"라고 하였다. 『서도부』에서, "여염집이 많고"라고 하였다. 소미도의 「원소元宵」에서, "밝은 달이 사람을 쫓아 오네"라고 하였다.

言扇雖小而畫有風煙千里之勢, 扇中江山, 常與人俱, 如月在天, 處處皆逢也. 老杜詩, 烱如一段淸冰出萬壑. 又詩, 風煙含越鳥. 西都賦, 閭閻且千. 蘇味道詩, 明月逐人來.

9. 혜숭의 그림 부채에 쓰다

題惠崇畫扇

곽약허의 「도화견문지」에서, "승려 혜숭은 건양 사람으로 거위·기러기·해오라기를 잘 그렸고, 특히 작은 규모의 풍경화에 뛰어났다. 찬물가와 안개 낀 물가, 소쇄하고 텅 빈 형상을 잘 그렸다"라고 하였다.

郭若虛圖畫見聞誌云, 僧惠崇, 建陽人, 工畫鵝·鴈·鷺鷥, 尤工小景, 善爲寒汀·煙渚, 蕭灑虛曠之象.

惠崇筆下開江面[96]	혜숭이 붓을 대자 강물이 흐르는 것 같고
萬里晴波向落暉	만 리의 맑은 파도가 석양을 향하는 듯하네.
梅影橫斜人不見	매화 그림자 비스듬히 드리우고 사람은 보이지 않는데
鴛鴦相對浴紅衣	원앙이 서로 마주하고 붉은 옷을 씻어주는구나.

【주석】

惠崇筆下開江面, 萬里晴波向落暉. 梅影橫斜人不見, 鴛鴦相對浴紅衣 : 두보의 「단청인」에서, "장군이 붓을 대자 살아 있는 얼굴 같았네"라고 하였다. '향락휘'는 해가 장차 지는 것을 말한다. 임포의 「매梅」 시에서, "성긴 그림자 많고 얕은 물 위에 비스듬히 드리우고, 은은한 향기 달빛

96　[교감기] '開江面'이 건륭본(乾隆本)에는 '開生面'으로 되어 있다.

여린 황혼에 떠도네"라고 하였다. 전기의 「상령고슬湘靈鼓瑟」에서, "곡
이 끝나자 사람이 보이지 않는데"라고 하였다. 두목의 「제안후지절구
齊安後池絶句」에서, "원앙이 서로 마주하고 붉은 옷을 씻어주네"라고 하
였다. 황정견의 뜻은, 이렇게 맑기 그지없는 곳에 사람이 이르지 않으
니, 한 쌍의 원앙이 그것을 독점했음을 말하였다.

老杜丹青引曰, 將軍下筆開生面. 向落暉謂日將暮. 林逋梅詩曰, 疏影橫斜
水淸淺, 暗香浮動月黃昏. 錢起詩, 曲終人不見. 杜牧之齊安後池絶句曰, 鴛鴦
相對浴紅衣. 山谷意謂, 此淸絶之境, 人所不到, 雙鴛擅而有之.

10. 정방의 화집에 쓰다. 5수

題鄭防畫夾 五首

첫 번째 수其一

惠崇煙雨歸鴈	혜숭의 안개비 속에 기러기 돌아가는 그림은
坐我瀟湘洞庭	나를 소수瀟水와 상강湘江의 동정호로 이끄네,
欲喚扁舟歸去	조각배 불러 고향으로 가려 하는데
故人言是丹靑[97]	옛사람이 때마침 이게 그림이라고 일러주네.

【주석】

惠崇煙雨歸鴈, 坐我瀟湘洞庭. 欲喚扁舟歸去, 故人言是丹靑 : 개보 왕안석의 「순보출승혜숭화요여작시純甫出僧惠崇畫要予作詩」에서, "화사가 분분하니 어찌 다 헤아릴 수 있으랴만, 늦게 나온 혜숭을 나는 가장 인정한다네. 6월의 한운이 수풀에 가리더니, 갑자기 나를 물가로 옮겨놓네"라고 하였다. 두보의 「산수장가劉小府畫山水障歌」에서, "초연히 나를 천모산天姥山[98] 아래에 앉혀 놓으니, 귓가에는 이미 맑은 원숭이소리가 들리는 듯하네"라고 하였다. 유혼의 「강남곡江南曲」에서, "물가에서 마름풀

---

97 **[교감기]** '惠崇'부터 '丹靑'까지, 『동파속집』에도 이 시가 수록되어 있는데, 제목이 '惠崇蘆雁'으로 되어 있다. 동파집에는 '歸'가 '蘆'로 되어 있고, '喚'이 '買'로 되어 있으며, '言'이 '云'으로 되어 있다. 생각건대, 『송문감(宋文鑑)』권26에 이 시가 수록되어 있는데, 황정견의 작품이다. 청대 사람이 이에 근거하여 『동파속집』에 수록하였는데, 잘못되었다.

98 천모산(天姥) : 천모(天姥)는 곧 항주의 천목산(天目山)이다.

따는, 해 저무는 강남의 봄이라오. 동정호에 돌아온 사람 있고, 소상강
에도 옛사람을 만났다하네"라고 하였다.

王介甫詩, 畫史紛紛何足數, 惠崇晚出吾最許. 旱雲六月漲林莽, 移我悠然
墮洲渚. 老杜山水障歌曰, 悄然坐我天姥下, 耳邊已似聞春猿. 柳渾詩曰, 汀洲
采白蘋, 日落江南春. 洞庭有歸客, 瀟湘逢故人. 丹青見上注.

두 번째 수其二

能作山川遠勢	산천의 아득한 기세를 잘 그린 사람
白頭惟有郭熙	오직 백발의 곽희뿐이네.
欲寫李成驟雨	이성의 소나기 그림을 그리려는데
惜無六幅鵝溪	여섯 폭의 비단 없음을 애석해하네.

【주석】

能作山川遠勢, 白頭惟有郭熙. 欲寫李成驟雨, 惜無六幅鵝溪 : 『남사』에
서, "경릉왕 자량의 후손 분이, 부채 위에 산수를 그렸는데, 지척이지
만, 오히려 만 리처럼 아득하였다"라고 하였다. '곽희'는 앞의 주에 보
인다. 『명화평』에서, "이성은 영구 사람으로, 대대로 유학을 업으로 삼
았는데, 산수와 나무를 잘 그려, 그 당시 제일이라 칭해졌다"라고 하였
다. 조무혜왕이 이성의 산수그림을 보고, 시를 지어 "여섯 폭의 흰 비
단이 푸른 병풍에 걸려있고, 첩첩이 위태로운 산봉우리는 험준함을 다

투네"라고 하였다. 황산곡의 「발곽희산수」에서, "곽희는 소재옹의 집
에서, 여섯 폭의 '이성취우도'를 배꼈는데, 이때부터 필묵이 크게 나아
갔다"라고 하였다. '아계'는 지금의 동천에 있는데, 그림을 그리는 비
단이 나오는 곳이다.

南史, 竟陵王子良之孫賁, 扇上圖山水, 咫尺之內, 便覺萬里爲遥. 郭熙見
上注. 名畫評曰, 李成, 營丘人, 世業儒, 能畫山水林木, 當時稱第一. 有於曹
武惠王第, 見成山水圖, 愛之不已. 作詩曰, 六幅冰綃挂翠屏, 危峰疊嶂鬪崢
嶸. 山谷跋郭熙山水曰, 熙因爲蘇才翁家, 摹六幅李成驟雨, 從此筆墨大進. 鵝
溪在今潼川, 畫絹所出.

세 번째 수其三

徐生脫水雙魚	서생이 두 마리 물고기의 물을 털어주니
吹沫相看晚圖	거품을 불어주며 저녁 그림을 바라본다.
老矣箇中得計	늙어서는 그 속에서 계책을 얻어
作書遠寄江湖	글로 지어 멀리 강호에 부친다.

【주석】

徐生脫水雙魚, 吹沫相看晚圖 : 『장자 · 거협胠篋』에서, "물고기는 깊은
못을 떠날 수 없다"라고 하였고, 또 『장자 · 대종사大宗師』에서, "물이 바
짝 마르면, 물고기들이 서로 입김을 불어 축축하게 해주고, 서로 거품

으로 적셔주었으나, 강호에서 서로 잊고 지내느니만 못하였다"라고 하였다.

莊子曰, 魚不可脫於淵. 又曰, 泉涸, 魚相與處於陸, 相煦以濕, 相濡以沫, 不若相忘於江湖.

老矣箇中得計, 作書遠寄江湖 : 황산곡이 스스로의 상황을 기탁하였다. 『장자·서무귀徐无鬼』에서, "물고기에게서 계책을 얻는다"라고 하였다. 고악부에서, "하수 위 흐느끼는 마른 고기여, 어느 때 다시 돌아갈건가. 글 지어 방어 연어에게 주며, 서로 출입을 삼가라 하네"라고 하였다.

山谷託以自況. 莊子曰, 於魚得計. 古樂府曰, 枯魚過河泣, 何時復還入. 作書與魴鱮, 相教慎出入.

네 번째 수其四

折葦枯荷共晚	꺾어진 갈대 마른 연잎 함께 저물고
紅榴苦竹同時	붉은 석류와 대나무가 같은 때이네.
睡鴨不知飄雪	잠자는 오리는 날리는 눈을 알지 못하고
寒雀四顧風枝	겨울 참새는 바람 부는 가지를 돌아보네.

【주석】

折葦枯荷共晚, 紅榴苦竹同時. 睡鴨不知飄雪, 寒雀四顧風枝 : 두보의 「곡

강曲江」에서, "시들어 꺾인 마름과 연잎 바람 따라 물결치니"라고 하였다. 『장자·양생주養生主』에서, "사방을 돌아보다"라고 하였다. 한유의 「신죽新竹」에서, "바람 불어도 가지 휘날리지 않는데, 붉은 꽃에 먼저 이슬 맺혔네"라고 하였다. 또 유종원 시에서, "가지에 바람불어 잎이 흩어지네"라고 하였다.

老杜詩, 菱荷枯折墮風濤. 莊子曰, 爲之四顧. 退之竹詩, 風枝未飄吹, 露粉先含淚. 又柳子厚詩, 風枝散陳葉.

다섯 번째 수其五

子母猿號槲葉[99]	모자 원숭이 떡갈나무에서 울부짖고
山南山北危機	산의 남쪽과 북쪽 모두 위태롭다.
世故誰能橾里	세상사 누군들 저리처럼 지혜로울 수 있으리
彀中皆是由基	명중시키는 자 모두 양유기라네.

【주석】

子母猿號槲葉, 山南山北危機 : 『세설신어·출면편黜免篇』에서, "환공이 촉을 치러, 삼협에 이르렀을 때, 부하가 새끼 원숭이를 잡았는데, 그 어미가 강안을 따라 슬피 울었다"라고 하였다. 『집운』에서, "槲樕는 나

---

99 [교감기] '猿號'가 건륭본(乾隆本) 원교(原校)에서, "'號'는 『精華錄』에 '嗁'로 되어 있다"라고 했다. 『文集』·『庫本』에는 '猿啼'로 되어 있다.

산곡시집주권제칠(山谷詩集注卷第七)　425

무 이름이고, 음은 곡이다"라고 하였다. 『후한서·범진전』에서, "장차 북산의 북쪽과, 남산의 남쪽에 은거하겠습니다"라고 하였다. 『문선』조 경진서에서, "풍파에 가라앉고 흩어질까, 위기가 자주 생길까 항상 두려워한다"라고 하였다. 소대환이 말하기를, "북산의 북쪽에서 인간세상과 단절하고, 남산의 남쪽에서 세상의 그물을 멀리 벗어나려 한다"라고 하였다.

世說曰, 桓公入蜀, 至三峽中部, 伍有得猿子者, 其母緣岸哀號. 集韻曰, 槲樕, 木名, 音穀. 後漢·法真傳曰, 將在北山之北, 南山之南矣. 文選趙景真書曰, 常恐風波潛駭, 危機密發. 蕭大圜云, 北山之北, 棄絶人間, 南山之南, 超蹈世網.

世故誰能樗里, 穀中皆是由基 : '세고'는 다음 주注에 보인다. 『사기·저리자전』[100]에서, "(저리자는) 말이 매끄럽고 익살스러우며 지혜가 많아서, 진나라 사람들을 꾀주머니라고 불렀다"라고 하였다. 『회남지·설산훈』에서, "초나라 왕이 흰 원숭이를 기르고 있었는데, 초왕이 스스로 활을 쏘니, 원숭이가 화살을 잡고서 웃었다. 양유기로 하여금 그를 쏘게 하니, 처음 활을 골라 화살을 바르게 준비하고, 아직 쏘지 않았는데 원숭이가 나무를 안고 울부짖었다"라고 하였다. 『장자·덕충부德充

---

100 저리 : 『사기』에 따르면, "힘은 임비(任鄙)요, 지혜는 저리(樗里)이다"라고 기록하였다. 저리는 말솜씨가 뛰어나고 지모가 풍부하여 진나라 사람들이 꾀주머니(지낭, 智囊)이라고 불렀다.

符』에서, "후예后羿의 활 사정거리 안에서 노닌다면, 그 한 가운데는 화살이 명중하는 곳이네. 그런데도 맞지 않는다면, 운명이다"라고 하였다.

世故見下注. 史記·樗里子傳, 滑稽多智, 秦人號曰智囊. 淮南子·說山訓曰, 楚王有白蝯, 王自射之, 則搏矢而熙. 使養由基射之, 始調弓矯矢, 未發而蝯擁柱號矣. 莊子曰, 遊於羿之彀中. 中央者, 中地也. 然而不中者, 命也.

11. 열 마리 참새가 날벌레를 잡는 그림 부채에 장난삼아 쓰다
戲題十雀捕飛蟲畫扇101

小蟲心在一啄間	작은 벌레는 마음이 한 번 쪼아먹는 사이에 있음은
得失與世同輕重	세상에서의 얻고 잃음의 경중과 같다네.
丹青妙處不可傳	그림의 묘한 지점은 말로 전할 수 없다는 것은
輪扁斲輪如此用	윤편이102 계속 수레바퀴를 깎는 이유와 같네.

【주석】

小蟲心在一啄間, 得失與世同輕重 : 『장자·양생주養生主』에서, "못에 사는 꿩은 열 걸음 걷고 나서 한 번 쪼아먹고, 백 걸음 걷고 나서 한 번 물을 마신다"라고 하였다.

莊子曰, 澤雉十步一啄, 百步一飮.

丹青妙處不可傳, 輪扁斲輪如此用 : 『세설신어』에서, "사마태부가 사거기에게, 혜자의 다섯 수레에 실린 책은,103 어찌 현묘한 경지에 이르는 말이 한 마디도 없는가?하고 묻자, 사거기는 마땅히 현명한 경지는 말

로써는 전할 수 없다고 말했다"라고 하였다.『장자·천도天道』에서, "제
환공이 어전에서 책을 일고 있는데, 윤편이라는 목수가 어전 뜰에서
수레바퀴를 깎고 있다가, 말하기를 "소신이 하는 일을 두고 하시는 말
씀입니다, 나무를 깎아 바퀴에 맞출 때 너무 쉽게 들어가면 견고하지
못하고, 너무 끼게 하면 잘 들어가지 않습니다. 너무 헐겁지도 않고 너
무 끼지도 않게 하는 것은, 손으로 터득하여 마음으로 수긍할 뿐이지,
입으로 말할 수 없지요. 그 사이에 비결이 있는 것입니다. 옛날 사람들
은 그들이 전할 수 없다는 것과 이미 죽었으니, 그대가 읽는 것들은 옛
사람의 찌꺼기일 뿐입니다""라고 하였다.

世說, 司馬太傅問謝車騎, 惠子五車, 何以無一言入玄? 謝曰, 當是妙處不
傳. 莊子曰, 桓公讀書於堂上, 輪扁斵輪於堂下. 曰, 以臣之事觀之, 斵輪, 徐
則甘而不固, 疾則苦而不入. 不徐不疾, 得之於手而應之於心, 口不能言, 有數
存焉於其間. 古之人與其不可傳也死矣. 然則君之所讀者, 古人之糟粕已.

12. 공작 그림에 쓰다
題畫孔雀

桃榔暗天蕉葉長	광랑잎 파초잎이 길어 하늘을 가렸는데
終露文章嬰世網	마침내 문장이 드러나 세상 그물에 걸렸네.
故山桂子落秋風	옛 산 계수나무 꽃이 가을바람에 떨어지고
無因雌雄青雲上[104]	까닭없이 암수가 푸른 구름 위에 있구나.

【주석】

桃榔暗天蕉葉長, 終露文章嬰世網 : 구양경의 「남향자」 곡에서, "길이 남쪽으로 드는데, 광랑 잎은 어둡고 여뀌 꽃은 붉네"라고 하였다. 두보의 「고백행」에서, "문장에 드러내어 말하지 않아도 세상에서 이미 놀래니"라고 하였다. 『문선』에 실린 육기陸機의 「부낙도중작赴洛道中作」에서, "세상의 그물이 내 몸을 걸었네"라고 하였다.

歐陽炯南鄉子曲曰, 路入南中, 桃榔葉暗蓼花紅. 老杜古柏行, 不露文章世已驚. 選詩, 世網嬰我身.

故山桂子落秋風, 無因雌雄青雲上 : 『문선』에 실린 사령운 시에서, "옛 산의 해 이미 멀어졌는데, 바람과 물결은 어찌 돌아올 때인가"라고 하였다. 백거이 시의 주注에서, "항주의 천축사에는 매년 중추절에 달 속

---

104 [교감기] '青'이 문집(文集)에는 '碧'으로 되어 있다.

의 계수나무 꽃이 떨어졌다"라고 하였다. 『옥대신영』에 실린 오매원의 악부에서, "가련한 백학 한 쌍, 쌍쌍이 세상의 먼지와 끊어지네. 그치지 않고 경치를 희롱하고, 서로 목을 감고 푸른 구름위에서 노닌다. 그물을 만나고 또 만나, 암수가 하루 아침에 헤어졌네"라고 하였다.

文選, 謝靈運詩, 故山日已遠, 風波豈還時. 樂天詩注曰, 杭州天竺寺, 每歲中秋, 月中有桂子墮. 玉臺新詠吳邁遠樂府曰, 可憐雙白鶴, 雙雙絶塵氛. 連翩弄光景, 交頸遊靑雲. 逢羅復逢繳, 雌雄一旦分. 又按李太白白紵詞曰, 願爲天池雙鴛鴦, 一朝飛去靑雲上.

13. 잠자는 오리

睡鴨[105]

山雞照影空自愛	꿩은 모습을 비추며 부질없이 스스로 사랑하고
孤鸞舞鏡不作雙[106]	외로운 난새는 거울을 대하며 짝을 이루지 않네.
天下眞成長會合	천하가 오랜 만남을 진실로 이루니
兩鳧相倚睡秋江[107]	두 마리 오리가 서로 의지하며
	가을 강가에서 잠드네.

【주석】

山雞照影空自愛, 孤鸞舞鏡不作雙 : 『박물지·물성物性』에서 "꿩은 아름다운 깃털을 가지고 있는데, 스스로 그 색을 사랑한다. 종일 물에 자신의 모습을 비추어 보다가, 그 색깔에 눈이 어지러워지면 물에 빠져 죽는다"라고 하였다. 왕안석의 「금릉절구金陵絶句」에서 "꿩이 푸른 물에 자신을 비춰보며, 스스로 사랑함이 얼마나 어리석은가"라고 하였다. 『이원』에서 "계빈국왕이 난새 한 마리를 얻었는데, 삼 년동안 울지 않았다. 부인이 거울을 걸어 비춰 보여주니, 그 모습을 보고 슬피 울다가,

---

105 [교감기] '睡鴨'이 건륭본 원교(原校)에 "방망(方網)에 따르면, 『정화록』에는 이 것의 제목을 '題畫睡鴨'으로 했다"고 되어 있다.
106 [교감기] '산계(山雞)' 두 구는 건륭본 원교(原校)에 "방망(方網)에 따르면, '조영 (照影)'이 '임수(臨水)'로, '무(舞)'가 '대(對)'로 되어 있는 것도 있다"고 되어 있다. 현재 문집과 고본에는 '무(舞)'가 '대(對)'로 되어 있다.
107 [교감기] '수(睡)'가 장지본에는 '조(照)'로 되어 있다.

한밤중에 한 번 떨더니 죽었다. 외로운 난새에게 모습을 보여주어, 그 짝을 알려주니 이내 노래하고 춤추었다"라고 하였다. 유신의 「대인상왕시代人傷往詩」 시에서 "청전[108] 나무 위 한 마리 황학, 상사수 아래 두 마리 원앙. 아무일 없이 그로 하여금 다시 잃게 하면, 이제껏 짝을 이루지 못하게 미치지 못하리라"라고 하였다.

博物志曰, 山雞有美毛自, 愛其色, 終日映水, 目眩則溺死. 王介甫詩, 山雞照綠水, 自愛一何愚. 異苑曰, 罽賓國王得一鸞, 三年不鳴. 夫人懸鏡照之, 睹影悲鳴. 中宵一奮而絶. 言孤鸞見影, 以謂其雌, 乃歌舞. 庾信詩曰, 青田樹上一黃鶴, 相思樹下兩鴛鴦. 無事教渠更相失, 不及從來莫作雙.

天下眞成長會合, 兩鳧相倚睡秋江 : 서릉의 「원앙부」에서 "꿩이 물을 비추며 얼마나 뜻이 맞는지, 외로운 난새는 거울 비추며 짝을 이루지 못하네. 천하의 진실된 오랜 만남이, 짝으로 다니는 비익조와 원망보다 못하구나"라고 하였다. 황정견이 모방한 것이 아니라, 서릉의 시어가 약하기 때문에 그것을 다시 고쳐 배우는 자들에게 보인 것이다. 마지막 시구에 이르러서는 그 용의用意가 더욱 깊은 것이, 서릉이 미친 바가 아니다. 당대 오융의 「지상쌍부」에서 "가련한 물총새 구름같은 머리로 돌아가니, 원앙이 그림에 들어감을 부러워 말아라. 다행히 깃털

---

108 청전 : 청전(青田)은 고대 중국에서 학이 살았다는 곳이다. 『태평어람·영가군기(永嘉郡記)』에 "목계(沐溪)의 들 청전에 백학 한 쌍이 살았는데 매년 새끼를 쳐서 키워 떠나보내고 어미 한 마리만 그대로 남아서 살았다"고 기록되어 있다.

취할 곳 없어, 한평생 늙은 부들풀에서 편안하네"라고 하였다. 뜻은 비록 아름답지만 시어가 미천하니, 황정견은 이 두 사람의 장점을 아울러 썼는데, 정사에 있어서 마치 임회왕이 곽자의의 군대를 이용할 때 한 번 호령으로 그 기색이 더욱 정명 대신해 한 번 호령하자, 기색이 더욱 정명精明해진 것과 같다.

徐陵鴛鴦賦曰, 山雞映水那相得, 孤鸞照鏡不成雙. 天下眞成長會合, 無勝比翼兩鴛鴦. 山谷非蹈襲者, 以徐語弱, 故爲點竄, 以示學者爾. 至其末語, 用意尤深, 非徐所及. 唐人吳融池上雙鳧詩曰, 可憐翡翠歸雲髻, 莫羨鴛鴦入畫圖. 幸是羽毛無取處, 一生安穩老菰蒲. 意雖佳而語陋, 山谷兼用二人之長, 政如臨淮王用郭汾陽部曲, 一經號令, 氣色益精明云.

14. 작은 오리

小鴨

小鴨看從筆下生	작은 오리 붓끝에서 나옴을 보니
幻法生機全得妙	환법과 생기 모두 오묘함을 얻었네.
自知力小畏滄波	스스로 힘없음을 알아 파도를 두려워하고
睡起晴沙依晚照[109]	깨끗한 모래에서 잠 깨어 석양에 기대네.

【주석】

小鴨看從筆下生, 幻法生機全得妙 : 왕유의 『화산수묵결』에서 "춘하추동이 붓끝에서 탄생한다"라고 하였다. 백거이의 「화죽시」에서 "뿌리가 생기지 않았어도 마음따라 생겨나고, 죽순이 이루어지지 않았어도 붓따라 이루어진다"라고 하였다. 『능엄게』에서 "환幻 아닌 것이 환법幻法이 된다"라고 했다. 『열자‧천서天瑞』에서 "만물은 모두 조화의 기틀에서 나와서, 그 기틀 속으로 들어간다"라고 했는데, 주注에서 "여기서 태어나면, 저기서 죽고, 저기서 죽으면 여기서 태어난다"라고 했다. 『능엄경』에서 "태어나는 기틀이 전부 깨진다"라고 했다. 여기서는 그 글자를 차용하였다.

王維畫山水墨訣曰,[110] 春夏秋冬, 生於筆下. 樂天畫竹詩曰, 不根而生從意

---

109 **[교감기]** '의(依)'가 장지본에는 '의(倚)'로 되어 있다.
110 **[교감기]** '화산수묵결(畫山水墨訣)'이, 전본에는 '산(山)'자가 없는데, 거의 옳다.

生, 不笋而成由筆成. 楞嚴偈曰, 非幻成幻法. 列子曰, 萬物皆出於機, 皆入於機. 注云, 生於此者, 或死於彼. 死於彼者, 或生於此. 楞嚴經曰, 生機全破. 此借用其字.

自知力小畏滄波, 睡起晴沙依晚照 : 두보의 「주전소아아舟前小鵝兒」[111]에서 "지난밤부터 내린 비에 날갯짓 하더니, 힘이 없어 파도에 고생하네"라고 하였다. 또 「백수최소부십구옹고재삼십운白水崔少府十九翁高齋三十韻」에서 "앞 처마에 석양은 지고"라고 했다.

老杜小鵝詩, 翅開遭宿雨, 力小困滄波. 又詩, 前軒頹晚照.

생각건대, 이하 인용문은 현재 통용되는 판본『왕유집교주·부록』에 보인다. 제목은 「화학비결(畫學祕訣)」이라고 되어 있으며, 명대 첨경봉(詹景鳳)이 편찬한『화원보익(畫苑補益)』권1에서 나왔다. 혹 위조품인 듯하다. 그래서 임연(任淵)이 응당 다른 판본을 가지고 있을 것이다.

111 임연은 두보 시의 제목을 「소아(小鵝)」로 잘못 주석하였기에, 「주전소아아(舟前小鵝兒)」로 바로잡아 번역하였다.

15. 유장군의 기러기를 노래하다. 2수

題劉將軍鴈. 二首[112]

첫 번째 수其一

滕王蛺蝶雙穿花	등왕이 그린 두 마리 호랑나비 꽃 사이에 있고
東丹胡馬獻長沙[113]	동단국의 말은 모래를 길게 내뿜는다.
祁連將軍一筆鴈	기련 장군이 일필에 기러기를 그리니
生不並世俱名家	살아서는 함께하지 못했지만
	함께 명가를 이루었네.

【주석】

滕王蛺蝶雙穿花, 東丹胡馬獻長沙 : 『명화기』에서 "사등왕 담연은, 호랑나비를 잘 그렸다"라고 했다. 왕건의 「궁사」에서 "내전의 비빈[114] 여러 날 부름이 없어, 「등왕협접도」를 그려 얻었네"라고 했다. 대개 이것을 말한 것이다. 두보의 「곡강曲江」에서 "꽃 사이 맴도는 호랑나비 보이다 말다 하고"라고 했다. 유도순의 『성조명화평』에서, "고금에 토번의 말이라는 것은, 또한 여러 호인이 둘러 그 살을 얻었고, 동단은 그 뼈를 얻었다"라고 했다. 주注에서 "동단왕 찬화는 거란 사람이다"라고 했

---

112 [교감기] '제유장군안이수(題劉將軍鴈二首)'가 문집·고본에는 '이수(二首)' 두 글자가 없다. 두 시는 문집·고본에 권5와 권7에 나뉘어서 수록되어 있다.
113 [교감기] '장사(長沙)'가 문집·고본·전본·건륭본에는 '호사(胡沙)'로 되어 있다.
114 내중(內中) : 후정(後庭)에 있는 집. 또는 내전(內殿)의 비빈(妃嬪).

다. 곽약허의 『도화견문지』에서 "동단왕은 본국의 인물과 말을 잘 그렸다. 그러나 그 말이 풍만하고 살쪄, 건장한 기운은 부족하였다"라고 하였다. 『오대사·사이』 부록에서 "거란 아보기가 발해를 쳐서, 그 나머지 하나의 성을 취했는데, 동단국이다. 그 장자 돌욕을 동단왕으로 봉했다. 후에 당으로 달아났는데, 명종이 그에게 동단이라는 성을 주었고, 그의 이름을 모화라고 하였다. 후에 이 씨 성고 찬화라는 이름을 주었다. 그림을 잘 그렸고, 자못 글을 알았다"라고 하였다. 『목천자전』에 "당시 사람들의 노래에 "황의 연못에서 그 말은 모래를 내뿜었고, 황인은 위의하였다""라고 했다.

名畫記曰, 嗣滕王湛然, 善畫蝴蝶. 王建宮詞云, 內中數日無呼喚, 寫得滕王蛺蝶圖. 蓋謂此也. 老杜詩, 穿花蛺蝶深深見. 劉道醇聖朝名畫評曰, 古今爲蕃馬者, 亦數胡環得其肉, 東丹得其骨. 注云, 東丹王贊華, 契丹人. 郭若虛圖畫見聞誌曰, 東丹王善畫本國人物鞍馬. 然而馬尙豐肥, 筆乏壯氣. 按五代史·四夷附錄曰, 契丹阿保機攻勃海, 取其扶餘一城, 以爲東丹國, 以其長子突欲爲東丹王. 後奔于唐, 明宗賜其姓爲東丹, 而更其名曰慕華. 後賜姓李, 名贊華, 工畫, 頗知書. 穆天子傳, 時人歌曰, 黃之池, 其馬歕沙, 黃人威儀.[115]

---

115 [교감기] '안오대사(按五代史)'부터 '위의(威儀)'까지가 전본 주(注)와 약간 다른데, 후에 안(案)을 더했는데, "'안파견(安巴堅)'이 옛날에는 '아보기(阿保機)'라 했고, '탁운(托雲)'이 옛날에는 '돌욕(突欲)'으로 되어 있었다. 지금은 『요사(遼史)』에 근거해 고친다"라고 했다. 이름을 번역하는 데 쓰인 글자는 차이가 있는데, 옛 주(注)를 꼭 바로잡을 필요는 없다.

祁連將軍一筆鴈, 生不並世俱名家 : 『한서·흉노전』에 "기련국 장군 전광명"이라는 말이 있다. 또 『곽거병전』 주注에서 "기련은 산의 이름이니 곧 천산이다. 흉노는 하늘을 기련이라 부른다"라고 하였다. 여기에 인용하여 유군을 비유하였다. 한유의 「취류동야醉留東野」에서 "나는 동야와 동시대에 사는데, 어찌 다시 이자의 뒤를 밟겠는가"라고 했다. 『사기·공자제자전』에서 "공자는 모두 그들보다 뒤 시대 사람이어서, 세대를 같이 하지는 않았다"라고 하였다. 『한서·예문지』에서 "제론을 전한 자는 오직 왕양 명가뿐이다"라고 하였다.

漢書·匈奴傳有祁連將軍田廣明. 又按霍去病傳注曰, 祁連山卽天山也, 匈奴呼天爲祁連. 今引用, 以比劉君. 退之詩曰, 吾與東野生並世, 如何復躡二子蹤. 按史記·孔子弟子傳曰, 孔子皆後之, 不並世. 漢書·藝文志云, 傳齊論者, 唯王陽名家.

두 번째 수其二

將軍一矢萬人看	장군의 한 화살을 만인이 보고 있으니
雪灑晴空碎羽翰	눈이 맑게 갠 하늘에 뿌리듯 날개가 부서지네.
乞與失群沙宿鴈	무리 잃고 기러기에게 잠 잘 모래를 주려니
筆間千頃暮江寒	붓 사이에서 아득한 해 저문 강가가 차갑기만 하네.

【주석】

유군이 그의 기러기를 쏘아 맞춘 것을 후회한 것을 말한 것이다. 슬픔과 동정의 마음이 있어 그림에 기탁함으로써 그 뜻을 표현했다. '乞'자는 거성으로 읽는다. 장호張祜의 「관서주이사공렵觀徐州李司空獵」에서 "만인이 일제히 손가락으로 가리키니, 한 마리 기러기가 변새 밖으로 떨어지네"라고 하였다. 반고의 「서도부」에서 "풍우같은 털과 피, 들판에 떨어져 하늘을 가리네"라고 하였다. 『전국책』에서 "기러기가 동쪽에서 날아오자, 경리가[116] 활시위만 당겨서 떨어뜨렸다"라고 했다. 또 "느리게 나는 것은, 상처가 아프기 때문이고, 우는 것이 처량한 것은, 무리를 잃은 지 오래이기 때문이다"라고 하였다. 두보의 「초당즉시草堂卽事」에서, "잠 잘 기러기는 둥근 모래밭에 모여드네"라고 했고, 또 「미피행渼陂行」에서 "아득한 파도는 유리가 쌓인 듯하다"라고 했다.

言劉君悔其射鴈, 有慈哀不忍之心, 寓於丹青, 以見意焉. 乞字作去聲讀. 張祜詩, 萬人齊指處, 一鴈落塞空. 班固西都賦曰, 風毛雨血, 灑野蔽天. 戰國策曰, 鴈從東方來, 更羸以虛發而下之. 曰, 飛徐者, 故瘡痛也. 鳴悲者, 久失群也. 老杜詩, 宿鴈聚圓沙. 又詩, 波濤萬頃堆琉璃.

---

116 경리 : 전국 시대 활의 명수 경리(更羸), 경영(更嬴) 혹은 경영(更盈)이라고도 한다.

16. 유장군의 거위를 노래하다

題劉將軍鵝

箭羽不霑春水	화살깃 봄물에 젖지 않고
籒文時印平沙	사주의 서체는 평평한 모래펄에
	흔적을 남겼지.
想見山陰書罷	산음을 만나고 싶어 글쓰기를 마치고
舉群驅向王家	온 무리를 다 몰아 왕가로 향하네.

【주석】

　백거이의 「방안시」에서 "너의 날개를 뽑아 화살깃으로 삼는다"라고 하였다. 대전은 대개 주 선왕 때 사주[117]가 만든 것이다. 『담수』에 실린 오균의 시에서 "기러기는 발로 누런 모래에 도장을 찍는다"라고 하였다. 두보의 「후출새後出塞五首」에서 "너른 모래밭에 많은 막사 벌여 있고"라고 하였다. 『진서·왕희지전』에서 "산음의 도사가 거위 기르는 것을 좋아하였는데, 왕희지가 그것을 팔 것을 청하자, 도사가 이르기를 "나를 위해 『도덕경』을 써주면, 온 무리를 다 주겠네"라고 하였다. 왕희지는 기쁘게 다 써 준 다음, 거위를 새장에 넣어 가지고 돌아갔다"

117　사주 : 사주(史籒)는 주(周) 선왕(宣王) 때의 태사(太史)이다. 고문(古文)을 고쳐 대전(大篆)을 만든 사람이다. 그러므로 대전을 주문(籒文)이라고 한다. 또한 주 선왕을 칭송하는 글을 지어서 북처럼 생긴 돌에 새겼다고 한다.

라고 하였다.

樂天放鷳詩云, 拔汝翅翮爲箭羽. 大篆蓋周宣王時史籀所作. 談藪吳均詩, 鷳足印黃沙. 老杜詩, 平沙列萬幕. 晉書·王羲之傳, 山陰道士好養鵝, 羲之求市之, 道士云, 爲寫道德經, 擧群相贈爾. 羲之欣然寫畢, 籠鵝而歸.

17. 조이도의 기러기 그림에 쓰다

題晁以道雪鴈圖

飛雪灑蘆如銀箭	흩날리는 눈 물시계의 은 바늘 같아
前鴈驚飛後回眄	앞 기러기는 놀라 날아가고 뒤 기러기는 돌아보네.
憑誰說與謝玄暉	누구의 말에 기대 사현휘를 칭찬하려나
莫道澄江靜如練[118]	맑은 강 비단 같다고 말하지 마시오.

【주석】

飛雪灑蘆如銀箭, 前鴈驚飛後回眄. 憑誰說與謝玄暉, 莫道澄江靜如練 : 이백의 「오서곡」에서 "은 바늘[119]의 금 항아리에는 물시계 물 많이 떨어져"라고 했다. 이것을 차용하였다. 또 「금릉성서루월하음金陵城西樓月下吟」에서 "맑은 강은 깨끗하기가 비단과 같다는 표현을 알겠으니, 사람으로 하여금 사현휘를[120] 회상하게 하네"라고 하였다. 여기서는 이것을 반대로 이용해, 이 경물 중에서 한 구절을 도출하는 것보다 못함을 말한 것이다.

李太白烏棲曲, 銀箭金壺漏水多. 此借用. 又詩, 解道澄江靜如練, 令人長

---

118 [교감기] '막도(莫道)'구는, 문집·고본·건륭본에는 '막(莫)'이 '휴(休)'로 되어 있다. 전본에는 '강(江)'이 '호(湖)'로 되어 있다.
119 은 바늘 : 물시계의 바늘.
120 사현휘 : 현휘(玄暉)는 남제(南齊)의 시인 사조(謝眺)의 자이다.

憶謝玄暉. 此反而用之, 言不若於此景物中, 道出一句也.

18. 자첨 소식이 粥자의 운으로 쓴 「허물없이 여가의 대나무 그림을 얻어 그것에 쓰다」에 차운하여 人자운으로 장난삼아 놀리며 대나무를 읊다

次韻子瞻題無咎所得與可竹二首粥字韻戲嘲無咎人字韻詠竹[121]

첫 번째 수其一

十字供籠餅	십자 모양을 농병에 그리고
一水試茗粥	한 차례 물이 명죽을 시험하네.
忽憶故人來	갑자기 옛 친구 온 것인가 했던 때를 추억하니
壁間風動竹	벽 사이로 부는 바람이 대나무를 흔드네.
舍前粲戎葵	집 앞은 깨끗한 융규
舍後荒苜蓿	집 뒤는 거친 목숙.
此郎如竹瘦	이 아이 마른 대나무 같음을 보니
十飯九不肉[122]	열 끼니 중 아홉은 고기반찬이 아니겠구나.

【주석】

十字供籠餅, 一水試茗粥 : 『진서·하증전』에서 "백설기 위를 십자 모

---

121 [교감기] '차운(次韻)'부터 '영죽(詠竹)'까지에서, 문집의 제목은 이것과 조금 다른데, '여가(與可)' 앞에 '문(文)'자가 있고, '인자(人字)' 아래 '운(韻)'자가 빠져 있다.

122 [교감기] '십반구불육(十飯九不肉)'이, 고본에는 '반(飯)'이 '어(飫)'로 되어 있고, 장지본에는 '육(肉)'이 '족(足)'으로 되어 있다.

양으로 갈라놓지 않으면 먹지 않았다"라고 하였다. 『조야첨재』에서 "후사지는 농병을 먹을 때, 반드시 파에 고기를 넣었다. 농병은 곧 만두이다. 채군모의 『다록』에서, 건안 시기에 차 겨루기를 할 때, 찻물의 흔적이 먼저 생긴 자가 지고, 오래 버틴 자가 이기는 것으로 하였다. 그러므로 승부를 겨루는 말에 "물 한 차례나 두 차례의 차이"라고 한 것이다"라고 하였다. 또 찻잎이 오래되어 향이 나지 않으면, 진송에서는 이미 버리고, 오인들을 잎을 따서 그것을 익혀, 그것을 명죽이라고 했다.

晉書・何曾傳, 蒸餠上, 不拆作十字不食. 朝野僉載曰, 侯思止食籠餠, 必令縮葱加肉. 籠餠卽饅頭. 蔡君謨茶錄曰, 建安鬪茶, 以水痕先者爲負, 耐久者爲勝. 故較勝負之說, 相去一水兩水. 又云, 茶古不聞, 晋宋已降, 吳人採葉煮之, 名茗粥.

忽憶故人來, 壁間風動竹 : 당 이익의 「죽창문풍」에서 "발 걷자 바람이 대나무를 흔들어, 옛 친구가 온 것인가 했네"라고 했다.

唐李益竹窗聞風詩, 開簾風動竹, 疑是故人來.

舍前粲戎葵, 舍後荒苜蓿 : '융규'는 앞의 주에 보인다. 『한・서역전』에서 "한나라 사신이 포도와 목숙의 씨앗을 가지고 돌아왔다"라고 하였다. ○ 『민천명사전』에서 "설령지의 「자도自悼」에서 "아침 해가 둥그렇게 떠올라, 선생의 소반을 비추어주네. 소반에 무엇이 담겨 있는가, 난간에서 자라난 목숙 나물[123]이로세'"라고 하였다.

戎葵見上注. 漢·西域傳, 漢使采蒲萄·苜蓿種歸. ○ 閩川名士傳, 薛令之詩曰, 初日上團團, 照見先生盤. 盤中何所有, 苜蓿長闌干.

此郎如竹瘦, 十飯九不肉 : 소식의 「어잠승녹균헌於潛僧綠筠軒」에서 "밥 먹을 때 고기반찬이 없는 것은 괜찮지만, 사는 집에 대나무가 없으면 안되네, 고기가 없으면 사람이 마를 뿐이지만, 대나무가 없으면 사람이 속되게 된다오"라고 하였다. 『진서·왕희지전』에서, "이 아이도 대롱 구멍으로 표범을 엿본다"라고 하였다.

東坡詩, 可使食無肉, 不可居無竹,[124] 無肉令人瘦, 無竹令人俗. 晉書·王獻之傳, 此郎管中窺豹.

두 번째 수其二

地下文夫子	지하에 있는 문부자
風流絶此人	풍류가 그대에서 끊어졌네.
能和晩煙色	저녁 안개빛과 능히 조화를 이루고
幻出歲寒身[125]	환상 속에 나타나는 세한의 신세이네.

---

123 목숙 나물 : 목숙(苜蓿)은 채소의 일종으로, 빈약한 식생활을 비유할 때 흔히 쓰인다.
124 [교감기] '거무죽(居無竹)'은, '거(居)' 앞에 본래 '사(使)'자가 있었는데, 전본과 소식의 「어잠승록균헌(於潛僧綠筠軒)」의 노교 석각본에 근거해 삭제하였다.

馬鬣松成拱	무렵봉 위의 소나무 이미 한 아름인데
鵝溪墨尚新	아계견 위의 먹은 지금도 새로워라.
應懷斲泥手	손에 묻은 진흙을 깎을 생각으로
去作主林神	떠나 주림신 되었으리.

【주석】

地下文夫子, 風流絶此人. 能和晚煙色, 幻出歲寒身 : 문동의 자字는 여가이고 먹으로 대나무를 그리는 것을 잘했다. 두보의 「회구懷舊」에서 "지하에 있는 소 사업이여"라고 하였다. 또 「곡이상시역哭李常侍嶧」[126]에서 "일대의 풍류가 다하였으니, 깊은 지하에서 수문랑이 되었으리"라고 하였다. 『전등록』에 실린 「칠불게」에서 "몸은 본디 형상이 없는 것에서 태어났으니, 마치 환상 속에 나타나는 모든 형상과 같음이라"라고 하였다.

文同, 字與可, 妙於墨竹. 老杜詩, 地下蘇司業. 又哭李嶧詩, 一代風流盡, 修文地下深. 傳燈錄七佛偈曰, 身從無相中受生, 猶如幻出諸形像.

馬鬣松成拱, 鵝溪墨尚新 : 『예기·단궁』에 이르기를, "자하가 말하기를 "예전에 부자께서 말씀하시기를, "내가 옛날에 보니 봉분을 쌓는 것

을 당堂처럼 쌓은 것이 있고, 제방처럼 쌓은 것이 있고, 하나라 때의 가옥처럼 쌓은 것이 있고, 도끼처럼 쌓은 것이 있다. 나는 도끼처럼 쌓은 것을 따르겠다"고 하였는데, 세속에서 이른바 마렵봉말갈기 봉분이라고 하는 것이다"라고 하였다"라고 했다. 『좌전』에서 "네 무덤 위의 나무가 이미 한 아름이 되었다"라고 하였다. 문동이 소식에게 보낸 편지 끝에 쓴 시에서 "한 필의 아계견[127]을 가지고서, 1만 자나 되는 차가운 대나무 가지를 모두 취하여 그리겠다"라고 하였다. '아계'는 앞의 주에 보인다.

禮·檀弓, 子夏曰, 昔者夫子言之曰, 吾見封之若堂者矣, 見若坊者矣, 覆夏屋者矣, 見若斧者矣, 從若斧者焉. 馬鬣封之謂也. 左傳曰, 爾墓之木拱矣. 與可嘗有詩曰, 擬將一段鵝溪絹, 掃取寒梢萬尺長. 鵝溪見上注.

應懷斲泥手, 去作主林神 : '착니'는 앞의 주에 보인다. 『화엄경』「세주묘엄품」에 "열 분의 주림신이 있는데, 소위 포화여운주림신, 탁간서광주림신, 생아발요주림신, 길상정엽주림신, 수포염장주림신, 청정광명주림신, 가의뢰음주림신, 광향보변주림신, 묘광형요주림신, 화과광미주림신들이다"라고 했다. 주림신을 논하면, 법왕자이며 력바라밀에 머무르니 밝은 설법은 숲과 같아 복음이 광대하니 고로 법사의 자리이니라.

斲泥見上注. 華嚴經, 世主妙嚴品, 有十主林神, 所謂布華如雲生林神, 及擢幹舒光, 生芽發耀, 吉祥淨業, 垂布焰藏, 淸淨光明, 可意雷音, 光香普遍,

---

127 아계견(鵝溪絹) : 좋은 비단으로 주로 그림을 그리는 데 썼다.

妙光迥曜, 華果光味. 主林神論曰, 主林神是法王子住主力波羅密, 明說法如林, 廣多覆蔭, 故是法師位也.

19. 문잠이 휴가 가서 나오지 않은 것을 읊은 시에 차운하다.[128] 2수

次韻文潛休沐不出. 二首

첫 번째 수其一

風塵車馬逐	바람불어 먼지 가득한 수레와 말 달리니
得失兩關心	얻고 잃음이 모두 마음에 걸리네.
惟有張仲蔚	오직 장중울이 있어
門前蓬藋深	문 앞에 쑥대와 잡초가 우거졌도다.
自公及歸沐	공소에서 나와 휴가에 이르렀으니
畢願詩書林	시서의 숲도 그만두고 싶네.
墻東作瘦馬[129]	담장 동쪽에는 야윈 말이 있고
萬里氣駸駸	만 리에는 기운이 빠르네.

【주석】

風塵車馬逐, 得失兩關心. 惟有張仲蔚, 門前蓬藋深 : '중울'[130]은 앞의 주에 보인다. 『장자・서무귀徐无鬼』에서 "텅 빈 골짜기에 숨어사는 사람

---

128 문잠(文潛)은 북송 시인 장뢰(張耒)를 가리킨다. '문잠'은 그의 자(字)이다.
129 [교감기] '수마(瘦馬)'가 고본에는 '주마(走馬)'로 되어 있다.
130 중울은 후한의 은자(隱者) 장중울(張仲蔚)이다. 박학다식하고 천문과 시부(詩賦)에 능했음에도 몸을 숨기고 벼슬하지 않은 채 늘 빈한하게 살았다. 또 일체 외출하지 않아 그의 집 마당에는 사람의 키를 넘을 만큼 쑥대가 우거졌다고 한다. 『고사전・중・장중울(高士傳・中・張仲蔚)』에 보인다.

은, 명아주와 콩잎이 족제비의 길마저 막고 있다"라고 하였다. '조藋'는
발음이 '조'이다.

仲蔚見上注. 莊子曰, 夫逃虛空者, 藜藋柱乎鼪鼬之徑. 藋音徒弔反.

自公及歸沐, 畢願詩書林:『시경·소남召南·고양羔羊』에서 "공소公所에
서 물러 나와 식사를 하니"라고 하였다.『진서·위서전』에서 "숙부 형
이 탄식하며 이르기를, "위서는 수백 집의 길이를 할 수 있으니, 내 바
람은 끝이네""라고 했다. 양웅의「장양부」에서 "덤불과 책이 어우러져
있다"라고 했다.

詩曰, 退食自公. 晉書·魏舒傳, 叔父衡歎曰, 舒堪數百戶長, 我願畢矣. 揚
雄長楊賦曰, 幷苞書林.

墙東作瘦馬, 萬里氣駸駸: 장방회가본에 있는 황정견의 자주自注에서
는 "장뢰는 말 그리는 것을 좋아하였다"라고 하였다. ○ 용생의『열
자』에서 "백락은 말을 살필 때, 야윈 말 중에서 취하고, 성인은 사람을
살필 때, 멀리 떨어져 있는 사람을 취한다"라고 하였다.『시경·소아小
雅·사모四牡』에서 "다급히 달려가네"라고 하였다.

張方回家本有山谷自注云, 文潜喜畫馬.[131] ○ 用生烈子曰,[132] 伯樂相馬,

---

131 [교감기] 고본에서는 시 끝에 '문잠선회마(文潜善畫馬)'라는 원주(原注)가 있다.
132 [교감기] '용생열자(用生烈子)'가 전본에서는 '주생열자(周生列子)'라고 고쳤는
데, 이 때문에 풀이를 해치니, 원주에 잘못이 있는 듯하다.

採之於瘦, 聖人相士, 取之於疏. 詩曰, 載驟駸駸.

두 번째 수其二

與世自少味	세상사 맛 자연스레 적어지니
閉關非有心	문 닫은 것이 마음먹은 것은 아니라네.
戎葵一笑粲	한 번 환하게 웃는 해바라기
露井百尺深	백 자만큼 깊은 노정.
著書灑風雨	글 쓴 것에 비바람 뿌리고
枯筆束如林	묶여있는 마른 붓 숲을 이뤘네.
蘇公歎妙墨	소공이 탄식할 만한 오묘한 서법
逼人太駸駸	사람에게 다가섬이 몹시 빠르네.

【주석】

與世自少味, 閉關非有心 : 한유의 「시상示爽」에서 "나는 나이 들면서 세상사 관심 없어져"라고 했다. 『후한서·마원전』에서 "지나치면 맛이 덜해진다"고 하였다. 『문선』에 실린 안연년의 「오군영」에서 "유영께선[133] 폐관하시길[134] 잘 하였거니, 정을 숨기고 보고들음을 없게하누나"라고 하였다.

---

133 서진(西晉)의 사상가로 죽림칠현의 한 사람이다.
134 폐관은 문은 닫고 들어앉아 있으면서 손님을 사절하고 왕래하지 않음을 말한다.

退之詩, 吾老世味薄. 後漢·馬援傳曰, 過是欲少味矣. 文選顏延年五君詠曰, 劉伶善閉關, 懷情滅聞見. 文中子, 或問陶元亮, 子曰, 放人也. 歸去來有避地之心焉, 五柳先生傳則幾於閉關矣. 喻藏身也.

戎葵一笑粲, 露井百尺深 : 이 구는 모두 앞의 주에 보인다. 『악부시집樂府詩集·계명鷄鳴』에서 "복숭아는 노정에서[135] 자라났으며"라고 했다. 노동의 「방함희상인訪含曦上人」 시에서 "백 척 우물에 도드래질 할 사람 없고"[136]라고 하였다.

上句並見上注. 古詩曰, 桃生露井上. 盧仝詩, 轆轤無繩井百尺.

著書灑風雨, 枯筆束如林 : 두보의 「기이십이백이십운寄李十二白二十韻」에서 "붓을 들면 비바람이 놀라고"라고 하였다. 또 「협구이수峽口二首」 시에서 "세상이 어지러우니 창이 숲을 이뤘네"라고 하였다.

老杜詩, 筆落驚風雨. 又詩, 世亂戟如林.

蘇公歎妙墨, 逼人太駸駸 : 『법첩·위부인』에서, "위부인에게 제자 왕희지가 있는데, 위부인의 서법을 잘 배우는 것을 보고는, "어쩌면 그렇게도 닮았는가"[137] 하며, 왕희지의 서체에 필세가 동정하고, 자체가 주

---

135 노정(露井) : 덮개가 없는 우물.
136 백 척 (…중략…) 사람 없고 : 임연이 '록로무승정백척(轆轤無繩井百尺)'로 잘못 주석하였기에, '록로무인정백척(轆轤無人井百尺)'로 바로잡아 번역하였다.
137 어쩌면 (…중략…) 닮았는가[咄咄逼人] : 경탄할 정도로 기예가 뛰어나 앞사람을

미하다고 칭찬했다"고 하였다. 『남사·왕승건전』에서 "자경이 중령에게 이르기를, "서체가 빨리 달리는 말과 같아, 화류마[138] 뛰어넘으려 하네""라고 했다.

法帖衛夫人書云, 衛有弟子王逸少, 甚能學衛真書, 咄咄逼人, 筆勢洞精, 字體遒媚. 南史王僧虔傳, 子敬謂中令云, 弟書如騎驟駿駿, 常欲度驊騮前.

초월한 것을 말한다.
138 화류마(驊騮馬) : 화류(驊騮)는 화류마로, 준마(駿馬)·천리마의 일종이다.

20. 소식의 운을 받들어 지어 정국에게 부치다[139]

奉同子瞻韻寄定國

風雲開古鏡	바람과 구름이 옛 거울함을 열고
淮海熨冰紈	회수와 바다는 흰 비단을 다린 듯하네.
王孫醉短舞	왕손이 작은 춤에 취하고
羅襪步微瀾	비단 버선은 잔잔한 물결위를 걷네.
老驥心雖在	늙은 말은 마음 비록 있다하나
白鷗盟已寒	흰 갈매기의 맹약은 이미 식었구나.
斯人氣金玉	이 사람은 기운이 금옥과 같은데
視世一鼠肝	이 세상은 하나의 쥐의 간과 같구나.
南歸脫蟲蠱	남쪽으로 돌아가 벌레를 털어내고
入對隨孔鸞	공작과 난새를 따라 궁중에 들어가네.
忽以口語去[140]	갑자기 구설로 떠나
鼓舩下驚湍	배를 저어 여울물을 내려가네.
收身薄冰釋	몸을 수습하니 얇은 얼음이 풀어지는 듯하고
置枕泰山安[141]	태산에 베개를 두어 편안하네.

---

139 정국(定國) : 왕공(王鞏)을 말한다. 자(字)가 정국이고, 호가 청허거사(淸虛居士)이다.

140 [교감기] '홀(忽)'이 고본에는 '인(忍)'으로 되어 있다.

141 [교감기] '태(泰)'는 원래 '태(太)'이고, 주(注)에서 '대(大)'라고 했는데, 지금은 문집과 전본을 따른다. 생각건대 '태(泰)'는 '태(太)'와 통하며, 옛날에는 '대(大)'라고 했다. 이하 같은 것이 나와도 다시 교감하지 않는다.

后土花藥麗	땅에는 꽃과 약초가 곱고
海門天水寬	바다에는 하늘과 물이 닿아 있네.
伐木思我友	나무를 베며 나의 벗을 생각하니
知人良獨難	사람을 알아봐주는 것 참으로 유독 어렵도다.
遙憐鬢鬢綠	멀리 푸른 귀밑머리 그리워도
猶復耐悲歡	오히려 슬픔과 기쁨을 참으며 되돌린다.

【주석】

風雲開古鏡, 淮海熨冰紈 : 한유의 「수사문로사형운부원장망추직酬司門盧四兄云夫院長望秋作」에서 "비에 씻긴 장안은 가을이 새롭게 나오고, 끝까지 바라보니 먼지 덮였던 옛 거울함이 열리는 듯하네"라고 하였다. 하늘이 맑게 열림을 말한 것이다. 사조의 「만등삼산환망경읍晚登三山還望京邑」에서 "맑은 강은 깨끗하기 명주 같네"라고 하였다. 백거이의 「요릉」에서 "금으로 만든 인두로 주름 펴고 칼로 무늬를 자른다"라고 하였다. 『한서·지리지』에서 "제땅의 베틀로 맑은 비단 짓네"라고 하였다. 『서경·우공禹貢』에서 "회수와 바다에 양주가 있다"라고 하였다. 정국은 당시 양주의 수령이었다.

退之詩, 長安雨洗新秋出, 極目古鏡開塵函. 言天宇開明也. 謝玄暉詩, 澄江静如練. 樂天繚綾詩曰, 金斗熨波刀剪紋. 漢書·地理志曰, 齊地織作冰紈. 書曰, 淮海惟揚州. 定國時爲揚倅.

王孫醉短舞, 羅襪步微瀾 :『초사』에서 "왕손이 유람 길 떠나셔서 돌아오지 않는데"라고 하였다. 도악『영릉기』에서 "장사정왕이[142] 조정에와서, 임금 앞에서 혼자 짧은 춤을 추며, "소신의 나라는 땅이 좁아서소매를 돌릴 수가 없습니다"했다고 하였다""라고 했다. 조자건의「낙신부」에서 "물결을 타고 사뿐사뿐 걸으니, 비단 버선에 물방울 튀어오르네"라고 하였다.

楚辭曰, 王孫遊兮不歸. 陶岳零陵記曰, 長沙定王入朝, 於上前自爲短舞. 曰, 臣國小地狹, 不足回旋. 曹子建洛神賦曰, 凌波微步, 羅襪生塵.

老驥心雖在, 白鷗盟已寒 : 위 무제 조조曹操가 노래하기를, "늙은 말이구유에 엎드려 있으나, 뜻은 천리 밖에 있네. 열사는 늙었어도, 장대한포부는 그치지 않았네"라고 하였다.『문선』에 실린 포조鮑照의「상심양환도도중작上潯陽還都道中作」[143]에서 "백구가 물결 위를 오르고"라고 하였다.『열자』에서 "바닷가에 사는 사람중에 갈매기를 좋아하는 사람이있었는데, 아침이면 바닷가에 가서, 갈매기를 따르며 노니, 이르는 갈

---

142 장사정왕 : 한(漢)나라 경제(景帝)의 아들 유발(劉發), 조하(朝賀)하러 왔을 때 술잔을 올리고 춤을 추게 되었는데, 유발은 단지 소매를 조금만 돌리면서 손을 들어 춤을 추었으므로 그 졸렬한 춤을 보고는 좌우가 모두 웃었다. 경제가 괴이하게 여겨 그 이유를 묻자, 정왕은 "신은 나라가 작고 땅이 협소해서 소매를 돌릴수가 없습니다"라고 대답하니, 경제가 더 많은 봉지(封地)를 받았다.『사기·오종세가(五宗世家)』에 보인다.
143 포조의 (…중략…) 시에서 : 임연은 '번랑양백구(翻浪揚白鷗)'을 사조(謝朓)의 것으로 보았으나, 이는 포조(鮑照)의「상심양환도도중작시(上潯陽還都道中作詩)」의 한 구절이다. 이에 바로잡아 번역하였다.

매기의 수가 백이었다. 그 아버지가 말하기를, "내가 들으니 갈매기가 너를 따라논다고 하니, 네가 잡아와 보거라, 내가 그것을 가지고 놀테니"하였다. "알겠습니다"하고 말하고, 다음날 아침 바닷가로 가니, 갈매기가 춤은 추지만 내려오지는 않았다"라고 하였다. 『문선』에 실린 강엄의 「잡체」에서 "맑은 현사에 게을리하지 않고, 마음속에서 기교심을 없애네. 사물과 내가 모두 무심하니, 갈매기를 잡을 수 있었지"라고 하였다. 이백의 「명고가」에서 "흰 갈매기 날아와, 오래도록 그대와 친하리라"라고 하였다. 황정견의 여러 시에서 이 의미를 자주 사용하였다. 『좌전』에서 "맹약을 만약 굳게 할 수 있다면, 역시 그 맹약을 식게 할 수도 있다"라고 하였다.

魏武帝歌曰, 老驥伏櫪, 志在千里. 烈士暮年, 壯心不已. 文選謝玄暉詩, 翻浪揚白鷗. 列子曰, 海上有人好鷗鳥者, 旦而之海上, 從鷗鳥游, 鷗鳥至者百數. 其父曰, 吾聞鷗從汝游, 試取來, 吾從玩之. 曰, 諾. 明旦, 之海上, 鷗鳥舞而之不下. 文選江文通雜體詩曰, 亹亹玄思淸, 胸中去機巧. 物我俱忘懷, 可以狎鷗鳥. 而李白鳴皐歌曰, 白鷗兮飛來, 長與君兮相親. 山谷諸詩多用此意. 左傳曰, 盟若可尋, 亦可寒也.

斯人氣金玉, 視世一鼠肝 : 『한서·천문지』에서 "아래는 척천금보가 있고, 위에는 온통 기운이 있으니, 살피지 않으면 안된다"라고 하였다. 『지경도』에서 "적황색의 황금 기운, 천만근이 넘어, 광대함이 경반과 같다"라고 하였다. 『예기』에서, "군자는 옥에 덕을 견주니, 옥의 흰 기운이 하늘의 흰 기운과 같다"라고 하였다. 『장자·대종사大宗師』에서 "위대하도다, 조물주여. 그대를 주의 간으로 만들려는 것인가, 벌레의 팔로 만들려는 것인가"라고 하였다.

漢書天文志曰, 下有積泉金寶, 上皆有氣, 不可不察. 地鏡圖曰, 黃金氣赤黃, 千萬斤以上, 光大若鏡盤. 禮記曰, 君子於玉比德焉, 氣如白虹天也. 莊子曰, 偉哉造化, 將以汝爲鼠肝乎, 以汝爲蟲臂乎.

南歸脫蟲蠱, 入對隨孔鸞 : 한유의 「영정행」에서 "벌레 떼 날아와 밤 등불 덮치네"라고 하였다. 또 「화장십일억작행」에서 "천사와 여고는 죽음을 택하지 않고, 홀연 하늘에서 조서가 날아오네"라고 하였다. 또 "조정에 공작과 난새 모이는데, 어찌 물오리에서 취하랴"라고 하였다. 사마상여의 「상림부」에 따르면 "공작과 난새를 쫓고, 준의를 재촉하며"[144]라고 했다. 또 『산해경·대황남경』에 따르면 "남쪽에는 난새, 물총새, 공조가 있다"고 했는데, 주注에서 이르길, "공작이다"라고 했다.

退之永貞行曰, 蠱蟲群飛夜撲燈. 又和張十一憶昨行曰, 踐蛇茹蠱不擇死, 忽有飛詔從天來. 又詩, 明庭集孔鸞, 曷取於鳧鷖. 按司馬相如上林賦曰, 道孔鸞, 促鵔儀. 又按山海大荒南經曰, 南方有鸞鳥, 有翠鳥, 有孔鳥. 注云, 孔雀也.

忽以口語去, 鼓舡下驚湍 : 소식은 십과거사로 왕공王鞏을 추천했는데,

---

144 공작과 (…중략…) 재촉하며 : 임연이 '도공란, 촉준의(道孔鸞, 促鵔儀)'로 잘못 주석하여, '추공란, 촉준의(遒孔鸞, 促駿儀)'로 바로잡아 번역하였다.

그 뒤에 말하는 사람이 왕공에게 소식에게 아첨하여 섬겼다고 말해, 종정승에서 양주통판으로 좌천되었다. 이 일은 『동파주의』에 실려있다. 『한서·사마천전』에서 "저는 구설로 이 화를 당하였습니다"라고 하였다. 『문선·저연비』에서 "노를 저으니 푸른 물결 진동하네"라고 하였다. 반악潘岳 시에서 "여울물이 바위 비탈에 부딪쳐 흐르네"라고 하였다.

東坡以十科薦定國, 其後言者謂定國諂事東坡, 遂自宗正丞出倅揚州. 事具東坡奏議. 漢書·司馬遷傳曰, 僕以口語, 遇遭此禍. 文選·褚淵碑曰, 鼓棹則滄波振蕩. 潘安仁詩, 驚湍激巖阿.

收身薄冰釋, 置枕泰山安 : 한유의 「남내조하귀정동관南內朝賀歸呈同官」 시에서 "몸 수습해서 관동으로 돌아가, 죽음에 이르지 않기를 바라네"라고 하였다. 『시경·소민小旻』에서 "살얼음을 밟는 듯이 하다"라고 했다. 『노자』에서 "풀어지기가 얼음이 막 풀리는 듯하고"라고 하였다. 『초사·구변九辯』에서 "베개를 높이 베고 마음가는 대로 살았네"라고 하였다. ○ 『한서·매승전』에서 "손바닥 뒤집는 것보다 쉽고, 태산처럼 안정될 것입니다"라고 하였다.

退之詩, 收身歸關東, 期不到死迷. 詩曰, 如履薄冰. 老子曰, 渙若冰將釋. 楚辭曰, 故高枕而自適. ○ 漢書·枚乘傳曰, 易於反掌, 安於泰山.

后土花藥麗, 海門天水寬 : 왕우칭의 「경화」 서에서 "양주 후토묘에,

한 그루의 꽃이 있는데, 희고 사랑스러워서, 사람들이 "경화"라고 불렀다"라고 하였다. 『동파악부』에서 "후토사 가운데 옥예화가 있고, 봉래전 뒤에는 모란꽃이 있네"라고 하였다. 도연명의 「시운」에서 "꽃과 약초가 줄지어 있고"[145]라고 했다. 여기서 그 의미를 차용하였다. ○ 장순민의 『남천록』에서 "윤주 감로사, 동쪽으로 바다를 바라보고, 북쪽으로 양주가 보이네"라고 하였다. 한유의 「숙증강구시질손상이수宿曾江口示侄孫湘二首」에서 "하늘과 물이 아득히 서로 맞닿았네"라고 하였다.

王禹偁瓊花詩序云, 揚州后土廟, 有花一株, 潔白可愛, 俗謂之瓊花. 東坡樂府云, 后土祠中玉蕊, 蓬萊殿後輕紅. 淵明時運詩云, 花藥分別. 此借用其意. ○ 張舜民南遷錄云, 潤州甘露寺, 東眺海門, 北見揚州. 退之詩, 天水溁相圍.

伐木思我友, 知人良獨難: 「벌목」 시는 『시경·소아』에 보인다. '지인'은 『서경·고요모』에 보인다. 『진서·환이전』에, "쟁을 타면서 「원시」를 노래하기를, "임금 되기도 쉽지 않은데, 신하 되기는 참으로 유독 어렵네"했다고 하였다" 조식의 작이다.

伐木詩見小雅. 知人見皐陶謨. 晉書·桓伊傳, 撫箏歌怨詩曰, 爲君旣不易, 爲臣良獨難. 蓋曹子建所作.

---

145 꽃과 약초가 줄지어 있고 : 임연이 '화약분별(花藥分別)'로 잘못 주석하였기에 '화약분열(花藥分列)'로 바로잡아 번역하였다.

遙憐鬚鬢綠, 猶復耐悲歡 : 맹교의 「제원한식濟源寒食」에서 "술과 사람은 함께 봄처럼 푸른 살쩍에 기대고, 병든 노인은 홀로 가을의 흰 머리를 숨기네"라고 하였다. 『문선』에 실린 임언승의 시에서 "슬픔과 기쁨을 스스로 지키지 못하네"라고 하였다.

孟郊詩, 酒人皆倚春鬢綠, 病叟獨藏秋髮白. 文選任彦昇詩, 悲歡不自持.

21. 왕정국이 양주에서 보낸 시의 운을 빌어 짓다
次韻王定國揚州見寄

清洛思君晝夜流	그대 생각 낙수[146] 따라 밤낮으로 흐르는데
北歸何日片帆收	그대를 태운 배는 언제나 북으로 돌아올까.
未生白髮猶堪酒	흰머리 생기기 전에 술을 실컷 마시면서
垂上靑雲却佐州	청운의 꿈 안고 오히려 수령을 돕고 있네.
飛雪堆盤膾魚腹	쟁반 위의 회는 날리는 눈과 같고
明珠論斗煮雞頭	말로 세는 계두미는[147] 진주처럼 빛날테지.
平生行樂自不惡	일생의 행락 스스로 싫어하지 않는데
豈有竹西歌吹愁	죽서정에서[148] 노는 것에 어찌 근심이 있겠는가.

【주석】

清洛思君晝夜流, 北歸何日片帆收. 未生白髮猶堪酒, 垂上靑雲却佐州 : 신묘 원풍 연간에, 낙수를 끌어다가 변하로 들어가게 하였는데, 그것을 일컬어 청변이라고 하였다. 양주는 물이 지나가는 곳이다. 시의는 그리워하는 마음이 물과 더불어 다함이 없음을 말하였다. 노동의 「문폄한직방유감시」에서 "약한 힘으로 높은 곳 오르려 하다, 하늘이 높아

146　낙수 : 낙수(洛水)는 주로 벗을 그리워하는 마음을 가리키는 말로 쓰인다.
147　계두미 : 가시연밥.
148　죽서성 : 양주성(揚州城) 북문 밖에 있는 정자의 이름. 지명으로도 쓰인다.

또 오르지 못하네"라고 하였다.

神廟元豊中, 導洛水入汴河, 謂之淸汴. 揚州, 水所過之地也. 詩意謂相思之心, 與水無極. 盧仝聞貶韓職方有感詩曰, 力小垂垂上, 天高又不登.

飛雪堆盤膾魚腹, 明珠論斗煮雞頭 : 두보의 「문향강칠소부설회희증장가閬鄕姜七少府設膾戲贈長歌」에서 "소리 없이 잘게 써니 부서진 눈 날리는 듯, 뼈를 자르니 봄날 파처럼 뾰족하네. 살진 뱃살 힘써 권하니 젊은 강후에게 부끄럽고, 향기로운 밥을 연하게 지으니 늙은이 위해서네. 도마에 떨어져도 흰 종이 젖지 않고[149], 젓가락으로 마음껏 먹어도 금쟁반은 비지 않네"라고 하였다. 한유의 「영정행永貞行」 시에서 "화제가 수북이 금쟁반에 쌓인다"라고 하였다. 『본초강목』에서 "계두실은 일명 검이다"라고 하였다. 『도경』에서 "그 모양이 닭머리와 비슷하기 때문에 붙여진 이름이다"라고 하였다. 유몽득의 「태낭가」에서 "말로 세는 진주에 새가 마음 전해주고"라고 했다.

老杜設膾歌曰, 無聲細下飛碎雪, 有骨已剁觜春葱. 偏勸腹腴愧年少, 軟炊香飯緣老翁. 落礩何曾白紙濕, 放筯未覺金盤空. 退之詩, 火齊磊落堆金盤. 本草, 雞頭實一名芡. 圖經曰, 其形類雞頭, 故以名之. 劉夢得泰娘歌曰, 斗量明珠鳥傳意.

---

149 장진(張潛)의 주에서, "'침(礩)'은 고기를 자르는 도마를 말한다"라 하였다. '백지습(白紙溼)'은 대개 회를 만들 때 재로 핏물을 제거하는데, 그 때 종이에 재를 싸서 재가 고기에 묻지 않게 한다. 『제민요술(齊民要術)』에서, "회를 자를 때 고기를 씻지 않는데, 씻으면 회가 젖는다"라 하였다.

平生行樂自不惡, 豈有竹西歌吹愁 : '행락'·'불오' 모두 앞의 주에 보인
다. 두목의 「제양주선지시題揚州禪智寺」에서 "누가 알겠느냐 대숲 서쪽
길에, 노래와 풍악 울리는 곳이 양주인 줄"150라고 하였다.

行樂·不惡並見上注. 杜牧之詩, 斜陽竹西路, 歌吹是揚州.

---

150 두목의 (…중략…) 양주일 줄 : 임연이 '사양죽서로(斜陽竹西路)'라고 잘못 주석
하였기에 '수지죽서로(誰知竹西路)'로 바로 잡아 번역하였다.

22. 지난해 「과광릉치조춘」 시를 지어 "봄바람이 십리의
　　주렴을 걷게 한 것은, 마치 두목의 삼생인 듯하네.
　　작약 가지 끝에 작은 꽃망울 피고, 양주의 풍물은
　　이와 같은데 귀밑머리는 실을 이루었네"라고 하였는데,
　　이번 봄에 회남에서 온 사람이 양주의 일을 이야기하기에
　　재미삼아 이전 시의 운으로 시를 지어 정국에게 부치다.
　　2수
　　往歲 "過廣陵值早春" 嘗作詩云, "春風十里珠簾卷, 髣髴三生杜牧之. 紅藥梢
　　頭初繭栗, 揚州風物鬢成絲"151 今春有自淮南來者道揚州事, 戲以前韻 / 寄
　　王定國. 二首

　　두목의 「증별」에서 "아리땁고 가냘픈 열서너 살 그대, 이월 초 가지
끝의 두구화 같구나. 봄바람 불어오는 양주의 십리 길에, 주렴 걷어 보
아도 모두 너만 못하구나"라고 하였다. 또 「제선원題禪院」에서 "한 잔의
술 단숨에 마시고, 십대 청춘이 후회는 없도다. 오늘 백발이 되어 선원
에 앉아있는데, 차향이 꽃바람에 흩어지누나"라고 하였다. '홍약'은 양
주의 작약芍藥을 말한다. 『예기·왕제』에서 "천지에 제사를 지내는 소
는 그 뿔이 견율152 같아야 하고"라고 하였다. 이것을 차용하였다. 이

---

151 [교감기] '시운(詩云)'부터 '성사(成絲)'까지에서, 고본에는 '시운(詩云)'이 '시
　　왈(詩曰)'로 되어 있고, 시의 제목이 「양주희제」로 되어 있다. '춘풍(春風)'부터
　　'성사(成絲)'까지를 이 시에서 빼서 『산곡외집(山谷外集)』 권6에 넣었다.
152 견율 : 송아지의 작은 뿔이 고치나 밤과 같음을 형용한 말.

것을 차용하여 꽃망울이 작음을 말하였다. 마지막 구는 풍물이 이와
같으니, 자신의 늙음을 애석해함을 말한 것이다.

杜牧之贈別詩, 娉娉嫋嫋十三餘, 荳蔻梢頭二月初. 春風十里揚州過, 卷上
珠簾總不如. 又有詩云, 舴舩一棹百分空, 十載靑春不負公. 今日鬢絲禪榻畔,
茶煙悠颺落花中. 紅藥謂揚州芍藥. 禮記·王制曰, 祭天地之牛角繭栗. 此借
用, 以言花苞之小. 末句謂風物如此, 惜其身之老也.

첫 번째 수其一

淮南二十四橋月	회남의 이십사 교의 달
馬上時時夢見之	말 위에서 때때로 꿈속에서 보았네.
想得揚州醉年少	양주에서의 젊은 시절 생각해보니
正圍紅袖寫烏絲	검은 실로 테두리를 두른 붉은 소매.

【주석】

淮南二十四橋月, 馬上時時夢見之 : 양주는 회남지역에 속한다. 두목의
「지양주한판관」 시에서 "이십사교의[153] 달 밝은 밤에, 어느 곳에서 미
인이 통소를 불게 했나"라고 하였다. 『문선·악부』에서 "길이 멀어 생
각조차 할 수 없더니, 지난밤 꿈속에서 만났네"라고 하였다.

---

153 이십사교 : 양주(揚州) 서교(西郊)에 24개의 교량이 있는 곳. 24인의 미인이 이
곳에서 통소를 불었던 연유로 이십사교라고 불리게 되었다고 한다.

揚州屬淮南. 杜牧之寄揚州韓判官詩曰, 二十四橋明月夜, 玉人何處教吹
簫. 文選・樂府曰, 遠道不可思, 夙昔夢見之.

想得揚州醉年少, 正圍紅袖寫烏絲 : '취년소'는 왕정국을 말한다. 『개원
천보유사』에서 "신왕은 겨울이 되면, 궁녀들을 좌석 곁에 빽빽이 둘러
앉게 하고, 이를 기위라고 불렀다"라고 하였다. 『이문집・곽소옥전』에
서 "곽소옥이 구슬을 취하고, 실로 꿰맨 수놓은 주머니 속에서, 월희의
검은 실로 테두리를 친 흰 비단 석 자를 꺼내서 이생에게 주었다. 이생
은 본디 재주가 많아, 그것에 붓을 잡고 글을 지었다"라고 하였다.

醉年少謂定國. 開元天寶遺事曰, 申王冬月, 令宮女密圍而坐, 謂之妓圍.
異聞集・霍小玉傳云, 取朱絡, 縫綉囊中, 出越姬烏絲欄素緞三尺以授李生.
生素多才思, 援筆成章.

두 번째 수其二

日邊置論誠深矣	해 옆에서 정성 깊게 논하였는데
聖處時中乃得之	성현이 때로 맞으니 이에 그것을 얻었네.
莫作秋蟲促機杼	가을 벌레소리에 베틀 북을
	재촉하게 하지 마시라
貧家能有幾絇絲	가난한 집에 실이 몇 올이나 있겠는가.

【주석】

日邊置論誠深矣, 聖處時中乃得之 : 제성에 들어갈 것을 반드시 요청하지는 않아도 되고, 제일음무 어찌 가하겠는가를 말하였다. 유소의『유동전』에서 "진 명제 소는, 원제의 아들이다. 원제가 물었다 "장안이 어떠하냐, 해가 먼가?" 소가 답하기를 "해가 멉니다. 해 곁에서 왔다는 사람은 들어보지 못했고, 장안에서 왔다는 사람은 들어보았으니, 확실히 알 수 있습니다" 다음날은 또 해가 가깝다고 하였다. 원제가 이상하게 여겨, "이유가 무엇이냐"고 물었다. 소가 답하기를 "머리를 들면 장안은 보이지 않지만, 해는 볼 수 있으니, 이로써 해가 가깝다는 것을 압니다""라고 하였다. '치론'은 그냥 두고 논하지 않음을 말한다.『장자』에서 "말로 하면 얕은 것이고, 말로 하지 않으면 깊은 것이다"라고 하였다.『위지 · 서막전』에서 "조달이 관청 일을 물으니, 서막이 "성인이 되었다"라고 하였다. 조달이 이것을 태조에게 알리자, 태조가 크게 노하였다. 선우보가 나아가 말하기를, "평소에 취객은, 맑은 것을 성인이라 하고, 탁한 것을 현인이라 합니다. 서막의 본성은 몸과 마음을 수양하고 행동을 삼가는 사람이니, 본의 아니게 나온 취중의 말일 뿐입니다"하였다. 뒤에 문제가 또 서막에게 묻기를, "경은 다시 성인에게 맞는가"하니, 서막이 말하기를 "때로 다시 맞곤 합니다"하자, 임금이 크게 웃었다"라고 하였다. 한유의 시에서, "성현에 이르지 못함이 어찌 어리석지 않아서이겠는가"라고 하였다.『맹자』에서 "보는 자의 뜻으로써 작자의 뜻을 맞추어야, 시를 알 수 있다"라고 하였다.

言不必求入帝城, 第日飮無何可也. 劉昭幼童傳曰, 晉明帝紹, 元帝子, 元帝問, 長安何如日遠, 答曰, 日遠. 不聞人從日邊來, 只聞人從長安來. 居然可知. 帝異之. 明日又以日爲近. 帝問, 何故. 答曰, 擧頭不見長安, 只見日, 以是知近. 置論謂置而不論. 莊子曰, 言之淺矣, 不言深矣. 魏志徐邈傳, 趙達問以曹事, 邈曰, 中聖人. 達言之太祖, 太祖甚怒. 鮮于輔進曰, 平日醉客, 謂淸者爲聖人, 濁者爲賢人. 邈性修愼, 偶醉言耳. 後文帝幸許昌, 問邈曰, 頗復中聖人否. 邈對曰, 時復中之. 帝大笑. 退之詩, 不到聖處寧非癡. 孟子曰, 以意逆志, 是爲得之.

莫作秋蟲促機杼, 貧家能有幾絇絲 : 납세를 징수하는 것을 늦추고자 함이다. 왕안석의 「촉직」에서 "가난한 집에만 베틀 북을 재촉하게 하는데, 몇 집에서 실 한 올 있겠는가"라고 하였다.

欲其緩於追科也. 王介甫促織詩, 只向貧家促機杼, 幾家能有一絇絲.

23. 전목보의 「고려의 송선을 주자」 시를 차운하다[154]

次韻錢穆父贈松扇[155]

목보의 이름은 협이다.

穆父名勰. 按本傳, 元豐七年使高麗, 松扇蓋奉使時所得. 王雲鷄林誌云, 高麗松扇, 揭松膚柔者緝成, 文如櫺心, 亦染紅間之, 或言水柳皮也.

銀鉤玉唾明繭紙	은 갈고리 같은 글씨, 옥 뱉어 놓은 듯한 시구가 고치 종이를 밝히고
松筆輕凉幷送似[156]	솔부채의 가볍고 시원함 함께 보낸다.
可憐遠度幘溝婁[157]	가련하게도 멀리 책구루[158] 건너오니
適堪今時襪襪子	이제 내대자[159]보다 낫다.
丈人玉立氣高寒	장인 우뚝 서니 기운은 높고 차가운데
三韓持節見神山	삼한에 사신으로 가 신산을 보니

---

154 전목보(錢穆父) : 목보는 송대 시인 전협(錢勰)의 자(字)이다.
155 [교감기] '차운전목부증송선(次韻錢穆父贈松扇)'이 문집·고본에는 시 제목 아래 '협(勰)'이라는 원주(原注)가 있다.
156 [교감기] '송사(送似)'가 장지본에는 '상사(相似)'로 되어 있다.
157 [교감기] '구루(溝婁)'가 문집·장지본에는 '구루(溝漊)'로 되어 있다. 생각건대 '루(婁)'와 '루(漊)'는 음이 같다.
158 책구루(幘溝婁) : 고구려 때 현도군(玄菟郡)의 동쪽 경계에 있던 작은 성. 중국에서 세시(歲時)에 조복(朝服) 의책(衣幘)을 이곳에 놓아두면 고구려에서 받아가던 곳. 여기서는 고려를 지칭해 쓴 말이다.
159 내대자(襪襪子) : 흔히 물정을 모르는 사람 또는 권세에 빌붙는 사람을 뜻한다.

合得安期不死藥¹⁶⁰　　언제 안기생의¹⁶¹ 불사약을 얻을까

使我蟬蛻塵埃間　　나로 하여금 껍질을 벗고 세상에 나가게 하네.

【주석】

銀鉤玉唾明繭紙, 松筠輕涼幷送似 : '은구'는 앞의 주에 보인다. 이백의
「첩박명妾薄命」에서 "하늘에서 떨어진 침방울조차, 바람 따라 구슬로
변할 지경이네"라고 하였다. 『법서요록』에서 "왕희지는 잠견지와¹⁶²
서수필로¹⁶³ 『난정집』의 서문을 썼다"라고 하였다. 양웅의 『방언』에서
"선은, 관동에서 온 것으로, 삽이라고 부른다"라고 하였다. 한유의 「수
씨자」에서 "내가 지은 이 시를 가져다 그 사람에게 전해주시오"라고
하였다.

銀鉤見上注. 太白詩, 欻唾落九天, 隨風生珠玉. 法書要錄, 王羲之蘭亭序
用蠶繭紙, 鼠鬚筆. 揚雄方言曰, 扇, 自關而東, 謂之箑. 退之誰氏子詩曰, 寫
吾此詩持送似.

可憐遠度幘溝婁 : 『위지·동이전』에서 "고구려는, 한나라 때 고취기
인을 하사받았는데, 늘 현도군에 가서 조복朝服·의복·책幘, 머리에 쓰는 건

---

160 [교감기] '합(合)'이 문집·고본에는 '응(應)'으로 되어 있다. '약(藥)'은 문집·고
　　본·건륭본에 '초(草)'로 되어 있다.
161 안기생(安期生) : 신선의 이름. 일찍이 하상장인(河上丈人)을 따라 황제(黃帝)와
　　노자(老子)의 설을 배우고 동해 가에서 불사약을 팔았다고 한다.
162 잠견지(蠶繭紙) : 누에고치로 만든 비단 종이이다.
163 서수필(鼠鬚筆) : 쥐의 수염털로 만든 붓이다.

의하나을 받아왔고, 현령縣令이 명적名籍,호적을 맡아 보았다. 뒤에는 점점 교만하여져 다시 군郡에 나아가지 아니하니, 군에서 동쪽 경계에 자그마한 성을 쌓고 세시歲時에 받아가게 하였다. 따라서 그 성을 "책구루"라고 이름하였는데, '구루'는 고구려 말로 성이다"라고 하였다.

魏志東夷傳曰, 高句麗, 漢時賜鼓吹伎人, 常從玄菟郡受朝服衣幘. 高句麗令主其名籍. 後稍驕恣, 不復詣郡, 於東界築小城, 置朝服衣幘其中, 歲時來取之. 今胡猶名此城爲幘溝婁. 溝婁者, 句麗名城也.

適堪今時褦襶子 : 『초학기』에 실린 정효의 「복일」에서 "지금 세상의 내대자, 더위 속에서 남의 집을 찾아가네. 부채를 흔드니 어깨가 아프고, 땀이 주루룩 흐르네"라고 하였다. 이백의 「송왕옥산인위만환왕옥送王屋山人魏萬還王屋」에서도 "오월에는 나에게 말 지으니, 우매한 사람 아님을 알겠네"라고 하였다. 생각건대 '대의'는 어리석은 사람을 말하고, '나대'는 사람을 모시는 것에 밝지 않음을 말한다. '나'의 발음은 '나'이고, '대'의 발음은 '대'이며 『집운』에 보인다. 이 구는 황정견 자신을 말하였다.

初學記載程曉伏日詩云, 今世褦襶子, 觸熱到人家. 搖扇臂中疼, 流汗正滂沱. 李白贈王屋山人魏萬詩亦云, 五月造我語, 知非僂儸人. 按僂儸謂癡人, 而褦襶謂不曉事人. 褦音耐, 襶音戴, 見集韻. 此句山谷以自道.

丈人玉立氣高寒 : 『문선』에 실린 환온의 「천초원언표」에서 "조행을

굳게 지켜, 맹세에 욕되게 하지 않는다"라고 하였다. 한유는 「유통군
묘지」를 지어 말하길 "여전히 세상 북쪽에서, 그 높은 곳의 차가움을
즐기고 있구나"라고 하였다.

文選桓溫薦譙元彥表曰, 抗節玉立, 誓不降辱. 退之作劉統軍墓誌曰, 仍世
北邊, 樂其高寒.

三韓持節見神山 : 고려로 하여금 반드시 바닷길을 따르게 했다. 『통
전』에서 "마한은, 후한 때에 통했다. 세 종류가 있었는데, 마한, 진한,
변한이라 하였다. 그 뒤에 모두 백제·신라가 함께한 곳이다"라고 하
였다. 『사기·봉선서』에서 "제나라의 위와과 선왕, 연나라의 소왕 이
래로 사람을 바다로 보내어, 봉래·방장·영주를 찾도록 했다. 이 삼신
산은, 바다 가운데 있고, 선인仙人들과 불사약이 모두 거기에 있다고 전
한다"라고 하였다.

使高麗必從海道. 通典曰, 馬韓, 後漢時通焉. 有三種, 一曰馬韓, 二曰辰韓,
三曰弁韓. 其後皆爲百濟·新羅所幷. 史記·封禪書曰, 自威宣燕昭, 使人入海,
求蓬萊·方丈·瀛洲. 此三神山者, 其傳在海中, 諸僊人及不死之藥皆在焉.

合得安期不死藥, 使我蟬蛻塵埃間 : 설능의 「사다謝茶」에서 "시정이 뜻
에 맞는 건 차를 맛봄과 부합하는 것이니"라고 하였다. 『봉선서』에서
또 "이소군이 상제에게 말하길, "신이 일찍이 바다에서 놀다가, 안기생
을 만났습니다"했다"고 하였다. 『후한서·일민전』에서 논하기를 "매미

껍질이 먼지 가운데 있네"라고 하였다. 『사기·굴원전』에 따르면 "더
러움을 벗어던지고"라고 하였다. 한유의 「증장공조贈張功曹」에서 "먼지
속에서 매질 당함을 면하지 못하였네"라고 하였다.

薛能詩, 賴有詩情合得嘗. 封禪書又云, 李少君言上曰, 臣嘗游海上, 見安
期生. 後漢書·逸民傳論曰, 蟬蛻囂埃之中. 按史記·屈原傳曰, 蟬蛻於濁穢.
退之詩, 未免捶楚塵埃間.

24. 문잠 장뢰의 「전목보가 고려의 송선을 보내준 데 대해 사례하는 시」에 재미삼아 화답하다[164]

戲和文潛謝穆父松扇戲和文潛謝穆父松扇

猩毛束筆魚網紙	성성이 털 묶은 붓과[165] 어망으로[166] 짠 종이와
松枬織扇淸相似	솔가지 짠 부채는 맑기가 서로 비슷하네.
動搖懷袖風雨來	가슴 앞에 놓고 흔들자 비바람이 몰려오고
想見僧前落松子[167]	중 앞에 솔방울이 떨어짐을 보겠구나.
張侯哦詩松韻寒	장후가[168] 읊은 시는 솔바람 소리 찬데
六月火雲蒸肉山	유월 뙤약볕에 육신이 찌는 듯하네.
持贈小君聊一笑	아내에게 보내주면 한 번 웃을 것이니
不須射雉彀黃間	쇠뇌 당겨 꿩을 쏠 필요가 없으리라.

【주석】

猩毛束筆魚網紙, 松枬織扇淸相似 : 황정견의 「성모필」 시가 있는데, 목보가 고려에서 받은 것이다. 『계림지』에서 "고려의 저지는 광택이 나고

---

164 문잠 : 장뢰(張耒)의 자(字)이다.
165 성성이 털 묶은 붓 : 성성이 털로 만든 붓으로 매우 진귀한 붓이다.
166 어망 : 종이의 별칭이다.
167 [교감기] '상견(相見)'이 장지본에는 '수견(愁見)'으로 되어 있다.
168 장후는 장뢰(張耒)를 가리킨다.

희어서 참 좋은데, 이름을 백추지라고 한다"라고 하였다.『박물지』에서 "한나라 환제 때, 채륜이 어망을 찧어서 종이를 만들었다"라고 하였다. 이것을 차용한 것이다. '부'는 당시 '폐'인데,『설문해자』에서 "나무를 깎은 대팻밥이다"라고 하였다. 음은 방과 폐의 반절이다.

山谷有猩毛筆詩, 蓋亦穆父高麗所得. 雞林志云, 高麗有楮紙, 光白可愛, 號白硾紙. 博物志曰, 漢桓帝時, 蔡倫始擣魚網造紙. 此借用. 柎當作柿, 說文, 削木札撲者也. 音芳廢反.

動搖懷袖風雨來, 想見僧前落松子 :『문선』에 실린 반첩여의「원가행」에서 "임금의 품속에 드나들면서, 흔들어 실바람 내었네"라고 하였다. 두보의「쌍송도가」에서 "솔잎 가운데 솔방울, 중 앞에 떨어지네"라고 하였다.

文選班婕妤怨歌行曰, 出入君懷袖, 動搖微風發. 老杜雙松圖歌曰, 葉裏松子僧前落.

張侯哦詩松韻寒, 六月火雲蒸肉山 : 시는 비록 맑고 차서, 마치 소나무 숲 사이로 부는 바람 같은데 몸집이 비대하고 뜨겁기가, 마치 고깃덩이 산을 찌는 듯하다고 하였다. 한유의「남전승청벽기」에서 "맞은 편에 소나무 두 그루를 심어놓고, 매일 그 사이에서 시를 읊조리네"라고 하였다. 이 때문에 송선에 이른 것이다.『초학기』에 실린 노사도의「납량부」에서 "불 구름이 뜨거워 사거하네"라고 하였다.『능엄경』에서

"터짐이 되거나 문드러짐이 되거나, 큰 고기산이 되어, 백천안이 있게 되는데, 무량한 것들이 빨아먹게 된다"라고 하였다. 장뢰의 몸집이 비대하였기 때문에, 황정견 시에서는 "비록 비대한 몸집이 호리병박과 같으니"라고 했고, 진사도 시에서는 "시인은 야위어져 가는데 그대는 살이 쪘네"라고 하였다. 『전등록』에 실린 「일통판례일승문종지」에서, "중이 말하기를 "땅에 엎드려 예배하지 말아라""고 하였다.

謂詩雖淸寒, 如松風之韻; 而體則肥熱, 如肉山之蒸. 退之藍田丞廳壁記曰, 對樹兩松, 日哦其間. 此因松扇故及之. 初學記載盧思道納涼賦曰, 火雲赫而四擧. 楞嚴經曰, 爲綻爲爛, 爲大肉山, 有百千眼, 無量咂食. 文潛頗肥, 故山谷詩有雖肥如瓠壺, 陳後山詩有詩人要瘦君則肥之句. 傳燈錄載, 一通判禮一僧問宗旨, 僧曰, 不要你肉山倒地.

持贈小君聊一笑, 不須射雉轂黄間 : 장뢰의 몸집이 비대함을, 못생긴 가대부에 빗대어 놀려 말한 것이다. 『한서・동방삭전』에서 "집으로 가지고 가서 세군에게 주었다"라고 하였다. 주注에서 "동방삭은 자신이 제후에 비교하며, 자신의 아내를 소군이라 칭했다"라고 했다. 『좌전』에서 "옛날에 몹시 못생긴 가대부가, 아름다운 부인에게 장가들었는데, 부인이 3년 동안 말도 안하고 웃지도 않았다. 어느 날 밖으로 나가서 꿩을 쏘아 잡으니 그 부인이 비로소 웃었다"라고 했다. 『문선』에 실린 번안인의 「사치부」에서 "쇠뇌를 당겨 활을 쏘았다"라고 했고, 주注에서 "황간은 쇠뇌의 이름이다"라고 하였다.

戲謂文潛之肥, 如賈大夫之陋. 漢書·東方朔傳, 歸遺細君. 注曰, 朔自比於
諸侯, 謂其妻曰小君. 左傳曰, 昔賈大夫惡, 取妻, 三年不言不笑, 御以如皐射
雉, 獲之, 其妻始笑. 文選潘安仁射雉賦曰, 捧黃間以密彀. 注云, 黃間, 弩名.

25. 정굉중이 고려의 화선을 보내준 데 대해 사례하다. 2수
謝鄭閎中惠高麗畫扇. 二首

굉중의 이름은 목이다. 『계림지』에서 "고려에서는 종이를 접어 부채를 만들었는데, 동수 무늬에 은장식을 더하였는데, 또한 화인의 사물이다"라고 하였다.

閎中名穆. 雞林志云, 高麗疊紙爲扇, 銅獸壓環, 加以銀飾, 亦有畫人物者.

첫 번째 수 其一

會稽內史三韓扇	회계내사 정목이 삼한의 부채를
分送黃門畫省中	황문과 화성에[169] 나누어 보냈네.
海外人煙來眼界	바다 밖의 사람살이 모습이 눈앞으로 다가오는데
全勝博物注魚蟲	모두 박물지나 주어충 보다 낫네.

【주석】

會稽內史三韓扇, 分送黃門畫省中 : 진나라 때 왕술과 왕희지 모두 회계 내사가 되었다. 『직관지』에 따르면 "제왕국은 내사에 태수의 임무를 맡았다. 이것을 인용하여 굉중을 말하였다. 원풍 3년, 월주에서 늙

---

169 황문은 문하성(門下省)의 별칭이고, 화성은 상서성(尙書省)의 별칭이다.

어서 벼슬을 그만두었다. 원우 초, 들어가 국자제주가 되었는데, 이는 모두『실록』본전에 수록되어 있다"고 하였다. 월주는 곧 회계이다. '삼한'은 앞의 주에 보인다.『진·지』에서 "급사 황문시랑은, 문하의 모든 일을 관리해서, 문하성이라고 부르기도 한다"라고 했다. 채질의 『한관전직』에서 "상서성 안은 모두 호분으로 벽에다 회칠을 한 다음 현인과 열사의 초상을 그렸다"라고 하였다. 이것을 차용한 것이다. 『실록』에 따르면, 원우 5년 10월, 비서성국사안을 옮겨 지금의 국처로 두고, 국사와 실록을 전적으로 관리하고, 책력을 편수하여, 국사원으로 이름붙이고, 문하성에 속할 것을 명령하였다. 황정견은 당시 사관이었기 때문에 이렇게 말한 것이다.

晉王述·王羲之皆爲會稽內史. 按職官志, 諸王國以內史掌太守之任. 此引用, 以屬閩中. 元豊三年, 守越州告老. 元祐初, 入爲國子祭酒, 事具實錄本傳. 越州卽會稽也. 三韓見上注. 晉·志曰, 給事黃門侍郞, 俱管門下衆事, 或謂之門下省. 蔡質漢官典職曰, 尙書省中, 皆以胡粉塗壁, 畫古賢烈女. 此借用. 按實錄, 元祐五年十月, 詔移祕書省國史案就現今置局處,[170] 專掌國史·實錄, 編修日曆, 以國史院爲名, 隸門下省. 山谷時爲史官, 故云.

海外人煙來眼界, 全勝博物注魚蟲 :『문선』에 실린 조식 시에 "천 리에 사람 집에 연기가 없네"라고 하였다.『심경』에서 "눈의 경계도 없음에

---

170 '현금치국처(現今置局處)'는 원래 '견금치국처(見今置局處)'로 되어 있었는데, 전본과『송사·직관지사』에 근거하여 교정했다.

이르다"라고 하였다. 한유의 「독황보식공안원지시서기후이수讀皇甫湜公安園池詩書其後二首」에서 "『이아』의 충어에 주를 달았지만, 결코 뛰어난 사람은 아니었으리"라고 하였다.

文選曹子建詩, 千里無人煙. 心經曰, 乃至無眼界. 退之詩, 爾雅注蟲魚, 定非磊落人.

두 번째 수其二

蘋汀游女能騎馬	물가의 노니는 여인 말을 잘 탈 수 있어
傳道蛾眉畫不如	그 아름다운 모습은 그림도 이만 못하네.
寶扇真成集陳隼	보배로운 부채 접으면 진나라에 모인 새매가 되니
史臣今得殺靑書	사신은 이제서 쇄청서를 얻었네.

【주석】

蘋汀游女能騎馬, 傳道蛾眉畫不如 : 부채의 그림이 이와 같음을 읊은 것이다. 유운의 「강남곡江南曲」[171]에서 "물가 모래섬에서 흰 개구리밥 따는데"라고 하였다. 『시경·위풍衛風·석인碩人』에서 "매미 이마에 나방의 눈썹"이라고 했다. 왕안석의 「증외손贈外孫」에서 "또렷한 눈썹과

---

171 「강남곡(江南曲)」은 유운(柳惲)의 작품인데, 임연은 '유혼(柳渾)'으로 잘못 주석하여, 바로잡아 번역하였다.

눈매 그림보다 예쁘다"라고 하였다.

詠扇中所畫如此. 柳惲詩, 汀洲採白蘋. 碩人詩曰, 螓首蛾眉. 王介甫詩, 眉目分明畫不如.

寶扇眞成集陳隼, 史臣今得殺靑書 : '진준'은 앞의 주에 보인다. 유향의 『전국책·서』에서 "모두 쇄청서로 정하였으니, 베껴서 활용할 수 있다"라고 하였다. 응소의 『풍속통』에서 "유향의 『별록』에 따르면, 쇄청은 푸른 대나무를 이용해 글을 쓴 것"이라고 하였다.

陳隼見上注. 劉向戰國策·叙曰, 皆定以殺靑書, 可繕寫. 應劭風俗通, 按劉向別錄曰, 殺靑者, 直用靑竹簡書耳.